Oscar Wilde

The Picture of Dorian Gray

부클래식

098

———

도리언 그레이의 초상

오스카 와일드

남장현

도리언 그레이의 초상

1판 1쇄 발행 2025년 8월 29일

지은이 | 오스카 와일드
옮긴이 | 남장현
발행인 | 신현부
발행처 | 부북스
주　소 | 04613 서울시 중구 다산로29길 52-15(신당동), 301호
전　화 | 02-2235-6041
이메일 | boobooks@naver.com
ISBN | 979-11-91758-31-3 (03840)

차례

서문

예술가는 아름다운 것들의 창조자이다.

예술가를 숨기고 예술만 드러내는 것이 예술의 목표다.

비평가는 아름다운 것들에 대한 자신의 인상을 다른 방식으로 혹은 새로운 물질로 변환할 수 있는 자이다.

비평의 가장 낮은 형태지만 그나마 최고 형태는 자서전이란 방식이다.

아름다운 것들에서 추악한 의미들을 찾는 자들은 아무런 매력도 없이 썩은 자들이다. 이거야말로 악행이다.

아름다운 것들에서 아름다운 의미를 찾는 사람이야말로 교양 있는 사람들이다. 이들에게는 희망이 있다.

이들은 선택된 사람들로 그들에게 아름다운 것들은 오직 아름다움(美)만을 의미할 뿐이다.

도덕적이거나 부도덕한 책 같은 그런 건 없다. 책은 그저 잘 쓰이거나 잘못 쓰인 거다. 그뿐이다.

19세기가 지닌 사실주의에 대한 혐오는 거울에 비친 자기 얼굴을 바라보는 캘리밴[01]의 분노이다.

19세기가 보인 낭만주의에 대한 혐오는 거울에 비친 자기 얼굴을 볼 수 없는 캘리밴의 분노이다.

인간의 도덕적 삶은 예술가의 주제 중 하나가 되지만, 예술의 도덕성은 불완전한 매체를 완벽하게 사용하는 데 있다.

어떤 예술가도 무언가를 입증하길 바라지 않는다. 심지어 사실인 것들도 증명될 수 있지만 말이다.

어떤 예술가도 윤리적 동정심을 지니지 않는다. 예술가에게 윤리적 동정심은 용서할 수 없는 문체의 매너리즘이다.

어떤 예술가도 병적이지 않다. 예술가는 모든 것을 표현할 수 있다.

예술가에게 사고(思考)와 언어는 예술의 도구이다.

예술가에게 악과 선은 예술을 위한 재료이다.

형식의 관점에서 모든 예술의 모범은 음악가의 예술이다. 감정의 관점에서 보면 배우의 기교가 모범이다.

모든 예술은 표상이자 동시에 상징이다.

표상 아래까지 내려가는 사람은 위험을 무릅쓰고 그렇게 한다.

상징을 읽는 사람도 위험을 무릅쓰고 그렇게 한다.

예술이 진정으로 비추는 대상은 삶이 아니라 관객이다.

---

01   셰익스피어의 작품 『템페스트』에 등장하는 흉측하고 역겨운 인물.

예술 작품에 대한 의견이 분분하다는 것은 그 작품이 새롭고, 복잡하며, 생명이 있다는 걸 나타낸다.

비평가들이 의견을 달리할 때는, 예술가는 자신과 하나가 된 것이다.

자신이 만든 걸 찬미하지만 쓸모 있는 것을 만드는 사람을 우리는 용서할 수 있다. 쓸모없는 것을 만든 것에 대한 유일한 변명은 그것을 강렬히 찬미하는 것이다.

모든 예술은 전적으로 쓸모없는 것이다.

오스카 와일드

1장

화실은 진한 장미 향으로 가득했다, 그리고 정원의 나무들 사이로 가벼운 여름 바람이 일자, 열린 문으로 짙은 라일락 냄새, 아니 더 은은한 분홍가시나무 꽃향기가 들어왔다.

페르시아산 말안장 가죽으로 만든 긴 등받이 의자 한쪽에서 습관처럼 무수히 담배를 피우며 누워 있던 헨리 워튼 경은 꿀처럼 달콤하게 꿀빛으로 반짝이는 라버넘 꽃송이들을 겨우 볼 수 있었는데, 그 떨리는 가지는 꽃송이들의 그렇게 불꽃 같은 아름다움의 무게를 감당하지 못하는 듯했다. 때때로 큰 창에 길게 드리운 참사 비단 커튼 앞을 스치며 날아가는 새들의 환상적인 그림자는 잠깐이지만 일본 느낌을 만들었고, 그로 인해 워튼 경은 필연적으로 움직일 수 없는 미술이란 매체를 통해 움직임과 민첩함의 느낌을 전달하려고 애쓰는 도쿄 화가들의 누렇게 뜬 낯빛을 떠올렸다. 깎지 않아 길쭉한 잔디 사이를 밀치거나 또는 마구 자란 인동덩굴의 먼지 쌓인 금색 뿔들 주위를 고집스러울 정도로 단조롭게 도는 벌들의 둔한 윙윙거림은 고요함을 더 따분하게 만드는 듯했다. 런던의 희미한 아우성은 마치 먼 곳에서 들려오는 파이프오르간의 가장 낮은 저음 같았다.

방 한가운데에 세워 놓은 이젤에는 비범하게 수려한 용모를 지닌 젊은이의 전신 초상화가 있었고, 그 앞에서 약간 떨어진 곳에 바질 홀워드가 앉아 있었는데, 그는 몇 년 전에 갑자기 사라져 대중의 관심을 불러일으켰고, 수없이 많은 이상한 억측을 만들어 낸 바로 그 화가였다.

화가가 자신의 기교로 능란하게 그려낸 우아하고 멋진 형상을 바라보자, 기쁨의 미소가 그의 얼굴에 나타나 잠시 머물려는 듯했다. 하지만 그가 갑자기 일어나 눈을 감더니, 마치 깨어날까 두려운 기이한 꿈을 그의 머릿속에 가두려는 듯이 손가락으로 눈꺼풀 위를 지그시 눌렀다.

"이건 네 최고 작품이야, 바질. 네가 이뤄낸 최고야." 헨리 경이 나른하게 말했다. "내년에 무조건 이걸 그로스브너 화랑에 보내야 해. 그 협회야말로 너무 비대하고 천박하지만 말이야. 매년 거기에 갈 때마다, 사람들이 너무 많아서 그림들을—그게 끔찍해서—볼 수 없거나, 아니면 그림들이 너무 많아서 그 사람들을—더 끔찍해서—볼 수 없었지. 그로스브너가 정말 유일한 곳이라고."

"어디에도 보낼 생각이 없어," 그가 말하면서. 옥스퍼드 시절 친구들을 웃게 했던 아주 특이한 방식으로 고개를 까닥였다. "싫어, 어디에도 보내지 않을 거야."

헨리 경은 눈썹을 치켜올린 뒤, 아편이 들어간 묵직한 담배에서 아주 멋지게 굽이치며 올라오는 흐리고 푸르스름한 연기 소용돌이 사이로 놀란 듯 그를 바라보았다. "아무 데도 안 보낸 다고? 아니 이 친구야, 왜? 무슨 이유라도 있나? 화가들이란 참 별종이야! 명성을 얻기 위해서는 세상의 무슨 일이든 하면서. 명성을 얻자마자, 바로 던져 버리고 싶어 하는 척하니. 너도 참 어리석어. 세상에서 남의 입에 오르내리는 것보다 더 나쁜 게 하나 있는데, 그게 바로 아무도 얘기조차 안 하는 거야. 이런 초 상화라면 너는 영국의 어떤 젊은이보다 훨씬 위에 있을 거야, 그리고 늙은이들, 행여 늙은이들이 어떤 감정이라도 있다면, 꽤 시기할 텐데."

"네가 날 비웃을 줄 알았지," 그가 대답했다, "하지만 나는 정말 이걸 전시할 수 없어. 이 그림에 나 자신을 너무 많이 쏟 아 넣었거든."

헨리 경은 긴 의자에서 기지개를 켜며 웃었다.

"그래, 네가 웃을 걸 알았지. 여전히 정말 사실이야."

"자신이 너무 많이 들어있다고! 단언컨대, 바질, 나는 네가 그렇게 허황한 줄 몰랐네. 둘 사이에 닮은 점을 하나도 못 찾겠 는데, 자네가 거칠고 강한 얼굴에 숯처럼 검은 머리라면, 이 젊 은 아도니스는 상아와 장미꽃잎으로 만들어진 것처럼 보여. 아 니, 이 친구야, 그가 나르시스라면 넌 — 음, 물론 넌 지적인 표 정과 그런 걸 갖고 있지. 하지만 아름다움, 진정한 미는 지적인 표정이 생기면 끝나는 거야. 지성은 그 자체로 과장의 양식이고 어떤 얼굴이든 그 조화를 깨뜨리지. 사람이 생각하려고 앉는 순간 얼굴 전체가 다 코나 이마, 아니면 끔찍한 무언가로 바뀌지. 배움이 많은 직업 중 어디에서든 성공한 사람을 봐봐. 완벽할 정도로 추하기 그지없어! 물론 교회의 성직은 빼고. 하지만 성직에 있는 이들은 생각을 안 하잖아. 주교는 여든 살이 되어서도 열여덟 살 소년일 때 배운 걸 허구한 날 그대로 설교하고 있으니, 주교가 항상 즐거워 보이는 건 당연한 결과지. 네가 이름조차 말해주지 않았는데, 정말로 나를 매료시킨 그 초상화 속의 신비에 싸인 네 젊은 친구는 생각이라고는 절대 안 할걸. 난 확실히 그렇다고 봐. 그는 뇌가 없는 아름다운 생명체니까, 우리가 바라볼 꽃이 없는 겨울에도 그는 항상 여기 있어야 하고, 우리 지성을 식힐 무언가가 필요한 여름에도 그는 항상 여기 있어야 해. 정신 차리게, 바질. 너와 그는 전혀 닮은 게 없어."

"넌 내 말을 잘못 알아들었어, 해리," 화가가 대답했다. "물론 나는 그와 다르지. 그건 나도 잘 알고 있어. 정말로, 그처럼 생겼다면 오히려 유감이겠지. 어깨를 으쓱인 건가? 자네한테 사실을 말하는 기야. 육체적이든 지적이든 비범함에는 다 숙명적인 무언가, 역사를 관통해서 왕들의 주저하는 발걸음을 물고 늘어지는 듯한 그런 숙명적인 무언가가 들어있지. 주변 사람과 다르지 않은 게 더 좋은 거야. 그 때문에 못생긴 사람들과 멍청한 사람들이 이 세상에서 운이 가장 좋은 거야. 편하게 앉아서 입을 헤벌리고 연극을 볼 수 있는 게 그들이지. 그들이 승리에 대해 아는 게 하나도 없다면, 아무튼 패배에 대해서도 알 일이 없잖아. 그들이야말로 우리가 모두 살아야 할 삶, 있는 그대로 무심하게 아무 불안도 없는 삶을 살고 있지. 다른 사람들에게 폐도 끼치지 않고, 타인의 손에 해도 당하지 않지. 해리, 넌 지위와 부를 받았고, 난 있는 그대로 두뇌와 무슨 가치가 있는지 모르는 미적 능력을 받았고, 도리언 그레이는 훌륭한 용모를 받았지 — 우리는 모두 신이 우리에게 주신 것 때문에 고통받거든, 끔찍하게 고통받지."

"도리언 그레이? 그의 이름인가?" 헨리 경이 화실을 가로질러 바질 홀워드에게 다가가며 말했다.

"응, 그게 그의 이름이야. 말하려고 한 건 아닌데."

"아니 왜?"

"아, 설명하기 힘들어. 나는 내가 누군가를 엄청나게 좋아하면 다른 사람에게 그의 이름을 절대 말하지 않거든. 그 사람의 일부를 떠넘기는 것 같아서. 나는 비밀을 사랑하거든. 비밀이야말로 우리에게 현대의 삶을 신비하고 멋지게 만드는 유일한 것 같아. 흔하디흔한 것도 누군가 숨기면 기쁨이 되지. 요즘 내가 도시를 떠날 때, 사람들에게 어디로 가는지 절대 말하지 않아. 말하면 모든 즐거움이 사라질 거야. 솔직히 말하면 바보 같은 습관이지만 비밀은 어쨌든 우리 삶에 대단히 많은 로맨스를 가져다주는 듯해. 너는 나를 지독하게 멍청하다고 여길 거야."

"아니 전혀," 헨리 경이 대답했다, "전혀 그렇지 않아, 바질이 친구야. 자넨 내가 결혼한 것을 잊은 것 같은데, 결혼의 유일한 매력은 거짓된 삶이 양쪽 모두에게 절대적으로 필요하다는 거야. 아내가 어디에 있는지 나는 전혀 모르고, 내가 무엇을 하는지 내 아내도 전혀 몰라. 우리가 만나거나—정말 가끔 만나지만—우리가 함께 식사하러 나가거나, 혹은 공작댁에 가면, 우리는 가장 진지한 표정으로 가장 터무니없는 얘기를 서로에게 하지. 내 아내는 정말 잘해—사실, 나보다 훨씬 더 잘해. 절대 날짜를 헷갈리지 않아, 나는 맨날 헷갈리는데. 하지만 내가 틀린 걸 그녀가 알아도, 전혀 시끄럽게 뭐라고 하지도 않지. 가끔 그래 줬으면 하는데도, 그냥 웃어넘겨."

"해리, 나는 네 결혼 생활에 대해 네가 그렇게 말하는 게 싫어," 정원으로 나가는 문을 향해 천천히 걸어가며 바질 홀워드는 말했다. "넌 아주 좋은 남편인데, 너 자신의 미덕에 대해 심하게 부끄러워하는 거라고 믿어. 넌 정말 대단한 녀석이야. 넌 도덕적으로 옳은 건 한 번도 말하지 않아, 그러면서 옳지 않은 일도 전혀 하지 않지. 자네의 냉소주의도 그저 겉치레에 불과해."

"자연스럽다는 것도[02] 순전히 겉치레야, 내가 아는 가장 짜

---

02   Being natural: "자연의 무한한 다양성이라는 것은 순전한 신화일 뿐이다. 무한한 다양성은 자연 그 자체 안에 존재하지 않는다. 오히려 그

증 나는 겉치레지," 헨리 경이 웃으며 외쳤다. 그리고 두 젊은 이는 함께 정원으로 나가 키가 큰 로렐 덤불 그늘에 놓인 긴 대나무 의자에 앉았다. 윤이 나는 잎들 위로 햇빛이 미끄러졌다. 잔디밭에는 흰 데이지꽃들이 흔들리고 있었다.

잠시 후, 헨리 경은 시계를 꺼냈다. "미안하지만 가야 할 것 같아, 바질." 그가 나지막이 말했다. "그리고 가기 전에 좀 전에 네게 한 질문에 대한 답을 들어야겠어."

"뭐였지?" 계속 땅에 시선을 고정한 채, 화가가 말했다.

"잘 알잖아."

"몰라, 헨리"

"음, 뭔지 말해줄게. 왜 도리언 그레이의 초상을 전시 안 하려는지 설명해주면 좋겠어. 진짜 이유를 원해."

"진짜 이유를 말해 줬잖아."

"아니, 말 안 했어. 그 작품에 너 자신이 너무 많이 들어있어서라고만 말했잖아. 근데, 그 이유는 너무 유치하잖아."

"해리" 바질은 헨리를 똑바로 바라보며 말했다. "감정을 갖고 그린 모든 초상화는 앉아 있는 사람이 아니라 예술가의 초

것은 자연을 바라보는 사람의 상상력, 환상, 혹은 길러진 맹목성 속에 존재한다."('The Decay of Lying': 'As for the infinite variety of Nature, that is pure myth. It is not to be found in Nature herself. It resides in the imagination, or fancy, or cultivated blindness of the man who looks at her' (CWks, viii. 4)).

상이라고. 모델은 단지 사건이고 계기일 뿐이야. 화가에 의해서 드러나는 건 그 모델이 아니야, 색칠된 화폭에 드러나는 사람은 바로 화가 자신이지. 이 초상화를 전시하지 않으려는 이유는 그 안에 내 영혼의 비밀이 드러나 있을까 봐 두렵기 때문이야."

헨리 경이 웃었다. "그래서 그게 뭔데?" 그가 물었다.

"말해줄게," 홀워드가 말했다. 하지만 얼굴에 당황한 기색이 나타났다.

"완전히 기대되네, 바질" 친구가 그를 흘긋 보며 계속 말했다.

"아, 딱히 말할 게 거의 없어, 해리," 화가가 대답했다. "그리고 네가 이해 못 할까 봐 걱정돼. 아마 믿을 수 없을걸."

헨리 경은 웃으면서 잔디밭으로 몸을 숙여 분홍 꽃잎의 데이지를 꺾어 찬찬히 살펴보았다. "분명 이해할 수 있어," 작은 흰 깃털처럼 꽃잎이 달린 황금 데이지 꽃심을 뚫어져라 바라보며 그가 대답했다. "뭔가를 믿는 문제라면, 나는 뭐든지 믿을 수 있어, 완전히 믿을 수 없는 경우라도 말이야."

바람이 나무에 핀 꽃들을 흔들었다, 그리고 송이송이 별꽃들로 무거운 라일락이 나른한 공기 속에서 이리저리 흔들렸다. 메뚜기 한 마리가 벽 옆에서 찌르르 울기 시작했다, 그리고 푸른 실처럼 가늘고 긴 잠자리가 연갈색 날개를 펴고 둥둥 날아갔다. 헨리 경은 바질 홀워드의 심장 소리가 들리는 듯했고, 무슨 얘기가 나올지 궁금했다.

"이야기는 그냥 이래," 잠시 후 화가가 말했다. "두 달 전에 나는 브랜든 부인의 북적거리는 연회에 갔어. 우리 불쌍한 예술가들은 때때로 사교계에 모습을 드러내야 한다는 걸 너도 알지. 단지 사람들에게 우리가 야만인이 아니란 걸 일깨워주기 위해 말이야. 일전에 네가 말했듯이, 이브닝코트에 하얀 타이를 매면 누구나 심지어 주식 중개인조차도 교양 있다는 평판을 얻을 수 있다고. 음, 방에서 한 십 분쯤 미망인과 지루한 예술원 회원들과 이야기하고 있었는데, 갑자기 나는 누군가가 나를 쳐다보고 있다는 걸 의식했지. 반쯤 몸을 돌렸고 처음으로 도리언 그레이를 보았어. 우리의 시선이 마주쳤을 때, 나는 창백해지는 걸 느꼈어. 기이한 공포심이 나를 훑고 지나갔지. 너무나도 매혹적이라, 그냥 아무것도 하지 않고 놔두면, 내 모든 본성과 내 모든 영혼, 심지어 내 예술 자체마저 다 삼켜버릴 듯한 그런 인상의 사람과 정면으로 마주한 걸 알았지. 인생에서 어떤 외부 영향도 나는 원치 않았어. 너 자신도 알듯이, 해리, 나는 천성적으로 정말 독립적이잖아. 항상 나 자신의 주인이었지. 적어도 도리언 그레이를 만나기 전까진 항상 그랬지. 그런데 그때 — 어떻게 그걸 설명해야 할지 모르겠어. 내가 인생에서 엄청난 위기의 순간에 처한 거라고 뭔가가 내게 말하는 듯했어. 운명이 나를 위해 너무나 별난 기쁨과 별난 슬픔을 준비하고 있다는 묘한 느낌을 받았지. 나는 두려웠고, 방을 나가려고 돌아섰어. 양심 때문에 그런 건 아냐. 일종의 비겁함이었지. 도망치려고 한 게 내가 대단해서도 아니었어."

"양심과 비겁은 진짜로 같은 거야, 바질. 양심은 그냥 회사를 나타내는 이름에 불과해. 그뿐이라고."

"난 그 말을 안 믿어, 해리. 그리고 너도 안 믿을 거로 생각해. 하지만 동기가 무엇이었든—자존심이었을 수도 있어, 나는 자존심이 매우 세니까—분명 나는 힘들게 문으로 향했지. 근데 거기서 브랜든 부인과 맞닥뜨렸어. '이렇게 일찍 내빼려는 건 아니죠, 홀워드씨?' 그녀가 비명 지르듯 말했지. 너도 그녀의 이상할 정도로 째지는 목소리 알지?"

"알아, 그녀는 어느 모로 봐도 공작새 같은 여자지, 아름다운 거만 빼고." 헨리 경은 긴 손가락으로 소심하게 데이지 꽃잎을 하나하나 잡아뽑으며 말했다.

"그녀를 뿌리칠 수 없었어. 그녀는 나를 왕족들에게 데리고 갔지, 그리고 훈장과 휘장을 두른 사람들에게 그리고 앵무새 코에다 거대한 티아라를 쓴 노(老)부인들에게 데리고 갔지. 나를 자기가 소중히 여기는 친구라고 소개하는 거야. 전에 한 번 본 게 다인데도, 나를 추켜세우려고 작정한 거야. 그 당시 내 그림 하나가 크게 성공해서, 적어도 몇몇 싸구려 신문에서 19세기 불멸의 표준이라고 화제가 되었기 때문인 것 같아. 순간적으로 나는 그 매력적인 모습으로 나를 이상하게 흔들어 놓은 그 젊은이와 얼굴을 마주하게 된 걸 알았지. 우리는 정말 가까워서 거의 몸이 닿을 것 같았어. 다시 서로 눈이 마주쳤지. 나는 앞뒤 가리지 않고, 브랜든 부인에게 그를 소개해달라고 했어. 어찌 되었건, 그렇게 무모한 건 아니었던 것 같아. 그저 어쩔 수 없었던 거야. 소개받지 않았어도 우리는 서로 얘기를 나눴을 거야. 분명 그랬을 거야. 나중에 도리언도 그렇게 말했지. 그도 역시 우리가 서로 알게 될 운명이라 느꼈다고."

"근데 브랜든 부인이 그 놀라운 젊은이를 어떻게 평가했어?" 친구가 물었다. "내가 알기로 그녀는 손님들을 아주 잽싸게 한마디로 정리하는 경향이 있다던데. 한번은 훈장과 휘장으로 온몸을 휘감은 표독하고 불그스레한 얼굴의 노신사에게 나를 데리고 가서는, 그 방에 있던 사람들이 모두 다 들을 정도의 비극적인 귓속말로 경악할 사실들을 일일이 내 귀에 대고 쉿소리로 말해준 게 기억나. 나는 그냥 도망쳤어. 나는 나 스스로 사람들을 알아 가는 게 좋아. 하지만 브랜든 부인은 정확히 경매꾼이 매각 물건들을 다루듯이 손님들을 다루지. 손님들 전부에게 다 말해버리든지, 아니면 한 사람에게 그 사람이 듣고 싶은 얘기만 빼고 죄다 말해버리지."

"불쌍한 브랜든 부인! 너무 심하게 말하는군, 해리!" 홀워드는 맥없이 말했다.

"이 친구야, 그 부인은 사교 살롱을 열려다가, 그냥 식당을 차린 꼴이거든. 내가 어떻게 그 부인을 존중할 수 있겠어? 아니 그냥 말이나 해줘, 그 부인이 도리언 그레이에 대해 뭐라 했데?"

"아, 이런 거였어, '멋진 아이지 — 불쌍한 저 애 엄마와 나는 뗄 수 없는 사이지. 그 애가 하는 일이 뭔지 잊었는데 — 말하기 뭐하지만 — 아무 일도 안 하던가. — 아, 맞아 피아노를 쳤지, - 아니 바이올린이었나, 그레이 군?' 우리는 웃을 수밖에 없었고, 바로 친구가 되었지."

"웃음으로 우정을 시작하는 게 나쁘진 않지, 물론 끝낼 때 웃는 게 진짜 최고지만 말이야." 젊은 귀족 헨리는 데이지 꽃잎을 하나 더 뽑으며 말했다.

홀워드는 고개를 저었다. "해리, 넌 우정이 뭔지도 모르면서." 그가 웅얼거렸다. "그러니까 미움이 뭔지도 모르고. 넌 아무나 다 좋아하잖아. 말하자면 너는 모두에게 무관심한 거야."

"어떻게 그럴 수가, 너 진짜 너무해!" 헨리 경이 모자를 뒤로 기울이며 말했다. 텅 빈 청록색 여름 하늘을 올려다 보았는데 둥실 떠가는 작은 구름이 반드르르한 하얀 비단에서 풀어져 나온 실타래처럼 보였다. "그래, 진짜 너무해. 나도 사람을 정말 구분한다고. 멋진 외모를 지닌 사람은 친구로 삼고, 성격이 좋은 사람은 그냥 아는 사람으로 지내고, 똑똑한 사람은 적으로 대하지. 누굴 적을 대할 때는 아무리 조심해도 지나치지 않지. 나는 멍청이를 한 번도 적으로 둔 적 없어. 내 적들은 모두 지적 능력이 있는 사람들이야, 그래서 그들 모두가 나를 높이 평가하지. 내가 그렇게 심하게 허황하냐? 생각해 보니 좀 허황하긴 하네."

"내 생각도 그래, 해리. 네 기준에 따르면 나는 그냥 아는 사람이겠네."

"내 오랜 친구 바질, 넌 아는 사람 훨씬 이상이지."

"친구보단 한참 밑이네. 뭐 그럼 형제인가."

"오 형제! 형제는 상관없어. 우리 형은 죽지 않으려 하고, 동생들은 다른 어떤 일도 안 할 것 같으니까."

"해리!" 홀워드는 얼굴을 찌푸리며 외쳤다.

"이 친구야, 진심으로 한 말이 아니야. 그래도 내가 친척들을 싫어하는 건 어쩔 수 없어. 우리는 모두 자신과 같은 결점이 있는 다른 사람들을 참을 수 없어서 싫어한다고 생각해. 사람들이 상류층의 부도덕이라 부른 것에 대해 영국 민주주의가 지닌 분노에 나는 상당히 공감해. 대중들은 술에 취하고, 어리석고, 부도덕한 것은 그들만의 특별한 속성이라, 만약 우리 중에 누군가 멍청하게 굴어 웃음거리가 되면 자신들의 영역을 침범하는 거라고 느끼지. 불쌍한 서더크가 이혼 법정에 섰을 때, 대중의 분노는 정말 대단했지. 하지만 프롤레타리아 중에 바르게 사는 사람은 10퍼센트도 안 된다고 봐."

"네가 하는 말은 한마디도 인정할 수 없어. 게다가 해리, 너도 네 말을 인정하지 않잖아."

헨리 경은 뾰족한 갈색 수염을 살짝 건들며, 술이 달린 흑단 지팡이로 공인된 가죽 장화의 엄지 쪽을 톡 쳤다. "바질, 너야말로 정말 영국적이야! 너가 그런 의견을 낸 게 벌써 두 번째 야. 누군가 진정한 영국인에게 자기 의견을 밝히면 — 늘 무모 한 짓이긴 한데 — 그 사람은 그 의견이 옳은지 그른지 고려할 꿈조차 안 꿔. 영국인이 중요하다고 여기는 딱 하나는 말한 사 람이 스스로 그걸 믿느냐 아니냐지. 그래, 그 의견의 가치는 그 걸 표현하는 사람의 진심하고는 전혀 상관없어. 참으로 그 사 람이 진지하지 않으면 않을수록 그 의견이 순전히 더 지적일 가능성이 크지. 왜냐하면 그 의견이 그의 필요나 욕구 혹은 편 견에 의해서 윤색되지 않았을 테니까. 그렇다고, 내가 정치나 사회학 혹은 형이상학을 너와 논하자는 건 아니야. 나는 세상 에서 다른 어떤 것보다 어떤 원칙도 없는 사람이 좋아. 도리언 그레이에 대해 더 얘기해 줄래. 얼마나 자주 보는데?"

"매일. 하루라도 그를 안 보면 불행할 것 같아. 나에게 절대 적으로 필요한 사람이지."

"정말 대단해! 넌 너의 예술 말고는 다른 어떤 것도 신경 안 쓴다고 생각했는데."

"이제 그가 내 예술의 전부야," 화가가 심각하게 말했다. "나는 때때로, 해리, 세계사에서 조금이라도 중요성이 있는 시 대는 두 시대뿐이라고 생각해. 첫 번째 시대는 예술을 위한 새 로운 매체의 출현이고, 두 번째 시대는 예술을 위한 새로운 인 물의 출현이지. 베네치아인들에게 유화의 발명이 있었다면 후 기 그리스 조각에 안티누스의 얼굴이 있었고, 언젠가 나에게는 도리언 그레이의 얼굴이 그런 걸 거야. 단지 그를 보고 그림을 그리고, 묘사하고, 스케치하는 게 아니라 그 이상이야. 물론 그 것도 다 했지. 하지만 나에게 그는 모델이나 앞에 앉아 있는 사 람 그 이상의 존재야. 내가 그의 모습을 담아낸 것이 만족스럽 지 않다는 말도 아니고, 그의 아름다움이 예술이 표현할 수 없 는 그런 거라는 말도 아니야. 예술이 표현할 수 없는 것도 없고, 도리언 그레이를 만난 뒤로 내가 한 작품도 다 훌륭한 작품이 고, 내 인생의 최고 작품이란 걸 알아. 하지만 아주 기이한 방식 으로— 네가 내 말을 이해할는지 모르지만—그의 개성이 예술 에서 완전히 새로운 방식, 완전히 새로운 양식의 스타일을 나 에게 보여주었지. 나는 사물을 다르게 보고 다르게 생각하게 되었어. 전에는 내게 보이지 않던 방식으로 삶을 다시 창조할 수 있게 된 거야. '사상의 시대에 꾸는 형식의 꿈'—누가 이 말 을 했더라? 까먹었네. 아무튼 도리언 그레이가 나에겐 바로 그 런 거야. 이 소년을 눈앞에 볼 수 있다는 사실—물론 스무 살이 넘었지만, 아직도 내게는 그냥 소년일 뿐이야—그래 그를 내 눈앞에 볼 수 있다는 사실—아! 이게 무슨 뜻인지 네가 알 수 있을까? 알아차리지도 못한 채 그는 나에게 새로운 학파에 대 한 노선을 정해주지. 낭만적인 정신의 모든 열정을, 그리스적 인 정신의 극치를 그 안에 품은 그런 학파 말이야. 영혼과 육체 의 조화—얼마나 위대한 일인가! 우리는 광기에 **빠져** 그 둘을 떼어낸 뒤, 천박한 사실주의와 공허한 이상주의로 만들었지.

해리! 정말 도리언 그레이가 내게 어떤 존재인지 네가 알 수만 있다면! 내가 그린 그 풍경화를 기억하지? 애그뉴가 엄청난 가격을 제시했는데, 내가 떠나보내지 못했던 그림말이야. 내가 완성한 그림 중에 최고에 속하지. 근데 왠지 알아? 그걸 그리는 동안 도리언 그레이가 내 옆에 앉아 있었기 때문이지. 그로부터 어떤 미묘한 영향이 나에게 전해졌고, 나는 난생처음으로 별 볼 일 없는 숲에서 내가 늘 찾으려 했지만, 항상 놓쳐왔던 경이로움을 보았어."

"바질, 이거 정말 엄청나네! 도리언 그레이를 만나야겠어."

홀워드는 자리에서 일어나 정원을 거닐었다. 잠시 후 그는 다시 돌아왔다. "해리," 그가 말했다. "나에게 도리언 그레이는 단순히 예술의 한 모티브야. 넌 그에게서 아무것도 보지 못할 수도 있어. 나야 그에게서 모든 걸 보지만 말이야. 내 작품에서 그가 어느 때보다 선명하게 존재하는 순간은 바로 그의 어떤 이미지도 거기 존재하지 않을 때야. 내가 말했듯이 그는 새로운 양식을 보여주는 존재야. 몇몇 선들의 곡선 속에서도 난 그를 발견하고, 어떤 색들의 사랑스러움과 미묘함 속에서도 나는 그를 발견해. 그게 전부야"

"근데 왜 그의 초상화를 전시하시 잃겠다는 거야?" 헨리 경이 물었다.

"왜냐하면, 의도치 않게 그 초상화에 이 모든 진기한 예술적 숭배를 표현해 넣었기 때문이야. 물론 나는 이걸 그에게 추호도 말할 생각이 없어. 그는 아무것도 몰라. 절대 알아서도 안 돼. 하지만 세상은 그걸 추측할 수도 있겠지. 뭐든 캐보려는 얄팍한 세상의 눈에 내 영혼을 드러낼 수는 없어. 그들의 현미경 아래 절대 내 심장을 놓지 않을 거야. 해리, 그 안에 너무 많은 나 자신이 들어 있어, 너무나 많은 나 자신이 말야."

"시인들은 너처럼 신중하지 않아. 그들은 감정이 출판에 얼마나 유용한지 잘 알지! 요즘엔 아픈 마음 하나로도 책이 여러 권 나오지."

"바로 그게 난 싫은 거야," 홀워드가 외쳤다. "예술가는 아름다운 것을 창조해야 하지만 자기 삶의 어떤 것도 그 속에 넣어선 안 돼. 예술은 마치 자서전의 한 형태일 수밖에 없다고 생각하는 시대에 우리는 살고 있지. 아름다움에 대한 추상적인 의미를 잃어버렸지. 언젠가 나는 세상에 아름다움이 뭔지 보여줄 거야. 그런 이유로 세상은 도리언 그레이의 초상을 봐서는 안 돼."

"바질, 나는 네가 틀렸다고 생각하지만, 너와 말씨름하고 싶지 않아. 지적으로 길을 잃은 사람이나 말싸움하지. 말해 봐, 도리언 그레이가 널 좋아하긴 하니?"

화가는 잠깐 생각했다. "좋아하지," 그가 뜸을 들인 후에 말했다. "날 좋아하는 걸 알아. 물론 과할 정도로 내가 그의 비위를 맞춰주거든. 나는 말한 뒤 후회할 걸 알면서도 그에게 이런저런 얘기를 하면서 야릇한 기쁨을 느껴. 대체로 그는 내게 매력을 발산하고, 그래서 우리는 화실에 앉아 수많은 얘기를 나누거든. 하지만 때때로 그는 심할 정도로 아무 생각이 없어, 그리고 내게 고통을 주는 게 마냥 즐거운 것 같아. 그러면, 해리, 마치 옷깃에 꽂는 꽃이나, 허영심을 뽐낼 장신구나, 아니면 여름날 달고 다니는 장식처럼 나를 취급하는 사람에게 내 영혼을 완전히 다 줘버린 느낌이야"

"바질, 여름날은 질질 늘어지는 편인데," 헨리 경이 나지막이 말했다. "그래서 아마 그 아이보다 자네가 더 먼저 지쳐 떨어질걸. 생각하면 슬픈 일이지만 천재성이 아름다움보다 오래가는 건 의심의 여지가 없어. 그것이 우리가 개고생하며 지나치게 공부하는 이유야. 존재를 위한 치열한 싸움 속에서 우리는 오래 남는 무언가를 갈망하거든, 그래서 우리는 우리 자리를 지키겠다는 어리석은 희망으로 머릿속을 쓰레기와 사실들로 가득 채우지. 완전히 잡지식으로 꽉 찬 사람, 바로 그런 사람이 현대의 이상적 인간이지. 완전히 잡지식으로 꽉 찬 인간의 정신이야말로 끔찍하기 짝이 없는데 말이야. 마치 잡동사니 가게 같아, 제값 이상으로 가격이 매겨진 괴물들과 먼지뿐이지. 아무래도 네가 먼저 지쳐 떨어질 것 같아. 언젠가 넌 그 친구를 바라보다가, 그가 마치 선이 조금 비뚤어진 그림처럼 느껴지거나, 아니면 색조가 이상하게 거슬릴 수도 있고, 뭐 그런 식으로 말이야. 그러면 넌 마음속에서 그를 신랄하게 비난할 거야, 그리고 진짜 그가 네게 너무 못되게 굴었다고 생각할 거야. 다음

번에 그가 찾아오면 너는 아주 냉담하게 전혀 관심 없겠지. 정말 안쓰러운 일이지. 왜냐하면 그런 냉담함이 너를 바꿔놓을 테니까. 지금까지 네가 나한테 해준 말은 정말 로맨스야, 예술의 로맨스라고 부를 만해, 그런데 진짜 거지 같은 건 그런 로맨스를 겪고 나면 사람이 더 이상 로맨틱하지 않게 된다는 거야."

"해리, 그렇게 말하지 마. 내가 살아있는 한 도리언 그레이의 개성이 나를 지배할 거야. 너는 내가 느끼는 걸 느낄 수 없어. 너는 너무 자주 바뀌잖아."

"아, 바질 이 친구야, 바로 그래서 나도 느낄 수 있는 거야. 충직한 사람들은 사랑의 사소한 면만 알지. 사랑의 비극을 아는 사람은 바로 부정한 자들이지." 그러고 나서 헨리 경은 우아한 은 담뱃갑에 성냥불을 지폈다. 그리고 세상을 한 문장으로 요약한 듯이 자의식적이고 만족한 자세로 담배를 피우기 시작했다. 반질반질한 녹색 담쟁이 잎들 속에서 쩍쩍거리는 참새들의 바스락거리는 소리가 났다. 그리고 푸른 구름의 그림자가 마치 제비처럼 잔디밭을 가로지르며 스스로를 쫓고 있었다. 얼마나 유쾌한가 정원의 세상은! 또한, 얼마나 재미있는가 다른 사람들은 감정은!—그에게는 사람들의 생각보다 감정이 더 재밌어 보였다. 한 사람의 영혼 그리고 그의 친구들의 열정들— 그것들이 인생에서 흥미진진한 것들이었다. 그는 바질 홀워드와 그렇게 오래 머물다가 놓쳐버린 지루한 점심 만찬을 말없이 유쾌하게 마음속으로 그려보았다. 숙모 댁에 갔었다면, 분명히 그곳에서 군바디 경을 만났을 거고, 대화 내용이라곤 모두 가난한 사람에게 밥을 주는 얘기나 모범 거주 시설의 필요성에 관한 얘기였겠지. 각 계층은 그런 미덕이 중요한 가치인 양 설파했겠지, 정작 자신들의 삶에서는 그런 미덕을 실천할 필요가 없으니까. 부자들은 검소함의 가치를 떠들어 대고, 게으른 자들은 노동의 고귀함에 대해 열변을 토했을 거야. 그 모든 걸 피하다니 너무 좋아! 그는 숙모를 생각하다가 문득 한 가지 생각이 번뜩 떠올랐다. 그는 홀워드를 향해 몸을 돌리며 말했다. "이봐 친구, 막 기억이 났는데."

"뭐가 기억났는데, 해리?"

"도리언 그레이란 이름을 어디서 들었는지를."

"어디서 들었는데?" 홀워드가 약간 미간을 찡그리며 말했다.

"그렇게 화나는 표정을 짓지 마, 바질. 우리 숙모 아가사 부인 댁에서였어. 숙모가 아주 멋진 청년을 알게 되었다고, 이스트엔드에서 숙모를 도와줄 건데 그의 이름이 도리언 그레이라고 했지. 근데 분명 말하지만, 숙모는 나한테 그가 잘 생겼다고 한 적 없는데. 여자들이 멋진 외모의 진가를 알 리가 없잖아. 최소한 착한 여자들은 모르지. 숙모는 그가 아주 진지하고 아름다운 천성을 지녔다고 말했어. 단박에 난 혼자 안경을 쓰고 차분한 머리에, 아주 큰 발로 쿵쿵거리며 다니는 주근깨투성이인 사람을 그려보았지. 그가 네 친구인 걸 알았으면 좋았을 텐데."

"몰라서 정말 다행이야, 해리."

"왜?"

"난 네가 그 애를 안 만났으면 해."

"내가 그를 만나는 걸 원치 않는다고?"

"응."

"도리언 그레이 씨가 화실에 와 계십니다, 선생님." 집사가 정원으로 들어서며 말했다.

"이제 나한테 소개해줘야겠네," 웃으며 헨리 경이 외쳤다.

화가는 햇빛 때문에 서서 눈을 깜빡이는 하인 쪽으로 돌아섰다. "파커, 그레이 씨에게 잠시 기다리라고 해줘. 곧 간다고 말이야." 하인은 인사를 하고 안으로 돌아갔다.

그런 다음 화가는 헨리 경을 보았다. "도리언 그레이는 나의 가장 소중한 친구야," 그가 말했다. "그의 천성은 단순하고 아름다워. 숙모가 그에 대해 말한 내용은 진짜야. 그를 망치지 마. 영향을 주려고도 하지 마. 네 영향은 나쁠 테니까. 세상은 넓고 그 안에는 놀라운 사람들이 많아. 내 예술을 매력 있게 만들어 주는 유일한 사람을 내게서 뺏지 마. 예술가로서 내 인생은 그에게 달려있어. 해리, 명심해. 널 믿어." 그가 아주 천천히 말했는데, 그 말은 거의 그의 의지에 반해 쥐어짠 것 같았다.

"무슨 말도 안 되는 소리야." 헨리 경이 웃으며 말한 뒤, 홀 워드의 팔을 잡고 집으로 거의 끌고 들어갔다.

2장

그들은 집에 들어서며 도리언 그레이를 보았다. 그는 그들을 등지고 피아노에 앉아 슈만의 '숲의 정경' 악보를 넘기고 있었다. "바질 이거 내게 꼭 빌려줘요," 그가 외쳤다. "나 정말 배우고 싶어요. 완전히 멋진 곡이에요."

"그건 오늘 네가 어떻게 앉아 있는지에 달려있어, 도리언."

"오, 앉아 있는 것도 지겹고, 실물 크기의 내 초상화도 원치 않아," 고집스럽고 삐친 태도로 연주용 의자에서 몸을 빙빙 돌리며 그가 말했다. 그는 헨리 경의 모습을 보자 잠시 뺨에 옅은 홍조를 띠더니 벌떡 일어섰다. "죄송해요, 바질, 하지만 다른 사람과 같이 있는 걸 몰랐어요."

"도리언, 이분은 옛날 옥스퍼드 대학 친구인 헨리 워튼 경이야. 지금까지 네가 얼마나 최고의 모델인지 이분에게 말하고 있었는데, 네가 방금 다 망친 거지."

"자네를 만나는 기쁨은 망치질 않았네, 그레이 군," 헨리 경이 한 발 앞으로 나서서 손을 내밀며 말했다. "숙모가 자네 얘기를 종종 하셨지. 숙모가 총애하는 분이더군, 안타깝지만, 희생양이기도 하고."

"저는 요즘 아가사 부인의 블랙리스트에 들어 있어요," 도리언이 참회하는 듯한 별난 표정으로 대답했다. "제가 지난 화요일에 부인과 함께 화이트채플의 한 모임에 가기로 약속했는데, 완전히 까먹었거든요. 함께 듀엣을 하기로 했었지요— 듀엣 세 곡이나요. 부인이 제게 뭐라 할지 모르겠어요. 찾아뵙기도 너무 겁나요."

"오, 내가 숙모와 화해할 수 있게 해주지. 숙모는 자네에게 완전히 빠져있거든. 클럽에 안 간 게 그리 큰 문제라고 생각지 않아. 청중들도 아마 듀엣으로 노래한다고 생각했을 거야. 아가사 숙모가 피아노에 앉으면 충분히 두 사람의 소리를 낼 수 있거든."

"그건 숙모님에게 너무 심한 말 아니에요. 제게도 별로 안좋은 말이고요." 도리언이 웃으며 대답했다.

헨리 경은 그를 쳐다보았다. 그래, 분명히 정말 멋진 아이야. 미세하게 올라간 옅은 빨간 입술, 솔직한 파란 눈, 그리고 곱슬한 금발 머리. 보자마자 사람들이 믿게 만드는 뭔가가 그의 얼굴에 있어. 청년의 열렬한 순수함뿐만 아니라 모든 솔직함도 있군. 세상의 때가 묻지 않은 모습을 간직한 느낌이야. 바질 홀워드가 그를 떠받드는 것도 놀랍지 않아.

"그레이 군, 자네는 자선 모임에 가기에 너무나 매력적이네 — 너무나 매혹적이야." 그리고 헨리 경은 긴 의자에 몸을 던지듯 앉아서 담뱃갑을 열었다.

화가는 물감들을 섞고 붓을 준비하느라 바빴다. 그는 걱정스러운 표정이었다, 그리고 헨리 경의 마지막 말을 듣고 흘깃 그를 보고 나서, 잠시 머뭇거리다가 말했다. "해리, 오늘은 꼭 이 그림을 끝내고 싶어. 이만 가 달라고 하면 너무 무례하다고 할 건가?"

헨리 경은 웃으며 도리언 그레이를 바라보았다. "내가 가야 할까, 그레이 군?" 그가 물었다.

"오, 가지 마세요, 헨리 경. 바질이 심통 나는 게 보여요. 그가 심통 나면 난 견딜 수 없어요. 게다가 제가 왜 자선 모임에 가서는 안 되는지 말해주면 좋겠어요."

"내가 그걸 말해도 될지 모르겠네, 그레이 군. 너무 지루한 주제라 아주 진지하게 얘기해야만 하거든. 자네가 있으라고 했으니 분명 도망가지는 않겠네. 바질 정말 괜찮은 거지, 그렇지? 앉아 있는 모델들이 누군가 수다를 떨 사람이 있으면 좋겠다고 네가 종종 말했잖아."

홀워드는 입술을 깨물었다. "도리언이 원한다면 물론 남아 있어야지. 도리언의 변덕은 우리 모두에게 법이야, 자기만 빼고."

헨리 경은 모자와 장갑을 집어 들었다. "바질, 네가 그렇게까지 붙잡으니 어쩔 수 없네, 이렇게 말할 줄 알았지만 아무래도 가야겠어. 올린즈에서[03] 누굴 만나기로 했거든. 잘 있게, 그

---

03   올린즈 하우스는 1710년 런던의 템스 강 옆 트위크넘 공원 근처에 존

레이 군. 언제 오후에 커즌 가의 우리 집에 들러주게. 나는 5시에는 거의 집에 있네. 올 때 전갈 보내주게. 못 보면 섭섭할 것 같아."

"바질," 도리언 그레이가 외쳤다. "만약 헨리 워튼 경이 가면 나도 갈래요. 당신은 그림 그릴 때 절대 입을 열지 않으니까 단 위에 서서 기분 좋은 표정을 짓는 게 얼마나 지겨운데. 더 계시라고 부탁해줘요. 제발요."

"가지 마, 해리, 도리언 기분도 맞춰주고 내 체면도 봐서," 홀워드는 그림을 뚫어지게 바라보며 말했다. "내가 작업할 때 말도 안 하고 무슨 말도 못 듣는 건 사실이야. 불행하게 앉아 있는 사람은 지겨워 죽을 맛일 거야. 제발 남아 있어줘."

"하지만 올린즈에서 보기로 한 사람은 어떡하고?"

화가가 웃었다. "그건 그리 어렵지 않게 해결할 수 있잖아. 해리, 다시 앉아. 그리고 이제, 도리언, 단 위에 올라가서 너무 많이 움직이지도 말고 헨리 경이 하는 말을 조심해서 잘 들어. 그는 친구들 모두에게 몹시 나쁜 영향을 미치거든, 유일하게 나만 빼놓고."

도리언 그레이는 젊은 그리스 순교자와 같은 모습으로 단 위에 올라갔다, 그리고 꽤 자기 마음에 들어한 헨리 경을 향해 불만스러운 듯 다소 찡그린 표정을 지었다. 그는 바질하고는

___

제임스가 지은 신고전주의인 팔라디아 양식의 건물.

딴판이었다. 그 둘은 기분 좋은 대조를 이뤘다. 그는 정말 아름다운 목소리를 가졌다. 잠시 후, 그는 헨리 경에게 말했다. "당신이 정말 나쁜 영향을 미치나요, 헨리 경? 바질이 말한 대로 그렇게요?"

"좋은 영향 같은 건 없네, 그레이 군. 모든 영향은 부도덕하지—과학적인 관점에서는 부도덕해."

"왜요?"

"사람에게 영향을 준다는 건 그 사람에게 자신의 영혼을 주는 거거든. 그럼 그 사람은 자기 본래의 생각을 생각하는 것도 아니고 자신의 타고난 욕정으로 타오르는 것도 아니거든. 자신의 미덕도 그에게는 진짜가 아니지. 죄라는 게 있다고 해도, 그 죄도 자기 것이 아니라 빌려온 거지. 그는 다른 누군가 부르는 음악의 메아리가 되거나, 그에 맞춰 쓴 역할이 아닌 역할을 하는 배우가 되지. 인생의 목표는 스스로 성장하는 건데 말이야. 자신의 본성을 완벽히 깨닫는 것—그것이 우리 각자가 여기에 존재하는 이유지. 요즘 사람들은 자기 자신을 두려워해. 그들은 모든 의무 중에 가장 고귀한 의무, 즉 우리 자신에게 행해야 할 의무를 잊고 있지. 물론 사람들이 인정은 있지. 배고픈 사람에게 밥을 주고 거지에게 옷을 주지. 하지만 자신의 영혼은 굶주리고 헐벗었지. 용기는 우리 종족에게서 완전히 사라졌어. 어쩌면 한 번도 갖지 못했을 수 있어. 도덕의 근간인 사회에 대한 두려움, 종교의 비밀인 신에 대한 두려움—이 두 가지가 진정 우리를 지배하는 건데. 하지만—."

"머리를 조금 오른쪽으로 돌려봐, 도리언, 착한 소년처럼." 화가가 작업에 푹 빠진 채 말했고, 다만 그 소년의 얼굴에서 전에는 전혀 본 적이 없는 표정이 나타나는 걸 감지할 수 있었다.

"근데," 헨리 경이 저음의 듣기 좋은 목소리로 정말 그만의 특징적이고 심지어 이튼학교 시절부터 지녔던 우아한 손짓을 하며 말했다. "어떤 사람이 자기 삶을 온전하고 충만하게 살아서, 모든 감정에 형태를 주고 모든 생각에 표현을 주고, 모든 꿈에 실재를 줄 수 있다면, 정말 신선한 기쁨의 충동을 얻어, 세상은 중세 시대의 모든 병폐를 잊고 헬레니즘의 이상, 어쩌면 헬레니즘의 이상보다 더 세밀하고 충만한 것으로 돌아갈 수 있을 거라 믿어. 하지만 우리 가운데 가장 용감한 사람도 자신을 두려워해. 야만인들의 팔다리를 자르는 풍습이 우리 삶을 자해하는 자기 부정이란 비극적 형태로 살아남은 거지. 우리는 자신을 거부한 죄로 벌을 받는 거야. 우리가 애써 옥죄려는 모든 충동이 우리 정신 속에서 똬리를 틀고 우리를 독살하지. 육체가 일단 죄를 지으면, 그 죄로 육체는 끝장나지, 왜냐면 행위 자체가 정화의 방법이라서 그래. 행위를 한 다음엔 쾌락의 회상 혹은 사치스러운 후회 말고는 아무것도 남지 않아. 유혹을 없애는 유일한 방법은 유혹에 몸을 맡기는 거야. 거부하면 네 영혼은 그 스스로가 금기시한 것들에 대한 갈망과 기괴한 영혼의 법칙에 따라 불법의 흉측한 것이 되어버린 걸 욕망하며 병들어

가지. 세상의 거대한 사건들은 뇌에서 일어난다는 말이 있지. 세상의 엄청난 죄 역시 바로 뇌, 오직 뇌에서만 일어나거든. 너, 그레이 군, 바로 넌, 장밋빛 붉은 젊음과 장밋빛 하얀 소년기의 모습을 지녔고, 자신도 두려워질 정도로 강렬한 욕망을 가졌고, 공포로 널 가득 채울 생각들을 해왔고, 그저 기억만으로도 부끄러워 얼굴이 붉어질 몽상과 꿈들을 꿔왔지ㅡ."

"그만!" 도리언 그레이가 더듬거렸다. "그만! 당신 때문에 정신이 없어요. 무슨 말을 해야 할지 모르겠어요. 당신 말에 대답할 말이 있는데, 못 찾겠어요. 그만 말씀하세요. 잠시 생각하게요. 아니 아무 생각도 안 하게요."

한 십 분 정도 그레이는 입을 약간 벌리고 묘하게 빛나는 눈으로 꼼짝하지 않고 서 있었다. 완전히 새로운 힘이 자기 내면에서 꿈틀대는 것을 느꼈다. 그러면서도 그는 그 힘이 진정 자신에게서 나온 듯했다. 바질의 친구가 그에게 얘기한 몇 안 되는 말들 ㅡ 틀림없이 우연히 내뱉은 말이고 일부러 역설적으로 한 말이지만 ㅡ 전에는 한 번도 켜본 적이 없는 비밀의 현(絃)이 이제 묘한 율동에 맞춰 떨리고 울리는 느낌이었다.

전에 음악이 그런 식으로 그를 요동치게 한 적이 있었다. 음악은 여러 번 그를 괴롭혔었다. 하지만 음악은 명확하게 들리는 울림이 아니었다. 음악은 우리 내부에서 창조해낸 것은 새로운 세상이 아니라 오히려 또 다른 혼돈이었다. 말들! 단순한 말들! 그 말들은 얼마나 끔찍한가! 얼마나 분명하고 생생하고 잔인한가! 누구도 그 말에서 벗어날 수 없다. 그리고 말속에는 얼마나 교묘한 마법이 들어 있던가! 말은 형체가 없는 것들에 유연한 형태를 주며, 비올이나 류트의 음악처럼 그 자체의 달콤한 음악을 지닌 듯하다. 단순한 말들! 말들처럼 진짜인 게 있을까?

그렇다. 어린 시절에는 그가 이해하지 못한 것들이 있었다. 지금은 이해하지만 말이다. 갑자기 그에게 삶이 불처럼 타오르는 색채가 되었다. 마치 불길 속을 걸어온 듯했다. 왜 그걸 몰랐을까?

헨리 경은 옅은 미소를 띠며 도리언을 바라보았다. 그는 아무 말도 안 하는 바로 그 심리적인 순간을 알고 있었다. 강렬한 흥미를 느꼈다. 자신의 말들이 만들어 낸 갑작스러운 효과에 스스로 놀라며, 그가 열여섯 살 때 읽었던 책, 전에는 그가 몰랐던 많은 것들을 보여준 준 책을 기억하며 도리언 그레이가 비슷한 경험을 겪고 있는지 궁금했다. 그냥 단순히 공중에 화살을 쏘았을 뿐인데. 과녁을 맞힌 걸까? 얼마나 흥미진진한 젊은이인가!

홀워드는 엄청나게 대담한 그만의 터치로 그림을 그려갔다. 어쨌든 예술에서 오직 힘이 있어야 나올만한 진정한 세련됨과 완벽한 섬세함을 지닌 그런 터치로 그림을 그려 나갔다. 그는 정적조차 의식하지 못했다.

"바질, 서 있기 지겨워요," 갑자기 도리언 그레이가 외쳤다.

"정원에 나가서 앉아야겠어요. 여긴 숨이 막힐 것 같아요."

"오, 친구, 정말 미안해. 그림을 그릴 때 나는 다른 건 전혀 생각하지 못해. 어느 때보다 잘 앉아 있었어. 완전 가만히 앉아 있었지. 그래서 내가 원하던 효과—약간 벌어진 입술과 밝게 빛나는 눈의 표정—를 잡아낼 수 있었어. 해리가 네게 말한 게 뭔지 모르겠지만 분명 가장 경이로운 표정을 짓게 한 거야. 네게 찬사를 퍼부은 것 같은데. 그가 하는 말은 한마디도 믿으면 안 돼."

"나를 칭찬하는 말은 전혀 없었어요. 어쩌면 그것이 제가 이분 말을 하나도 믿지 않는다는 근거죠."

"내 말을 다 믿는다는 것을 너 스스로 알 걸," 헨리 경이 꿈꾸듯 나른한 눈빛으로 그를 바라보며 말했다. "나도 같이 정원에 나가야겠군. 화실 안은 미칠 듯 더워서. 바질, 얼음을 띄워 마실 것 좀 가져다줘, 딸기가 들어간 거로."

"물론이지, 해리. 그 종을 쳐줘, 그러면 파커가 왔을 때 네가 마시고 싶은 걸 말할게. 나는 여기 배경을 좀 더 다듬어야해, 그래서 조금 있다가 합석할게. 도리언을 너무 오래 잡고 있지 마. 오늘만큼 그림이 잘 된 적이 없었어. 이 상태로도 걸작이야."

헨리 경은 정원으로 나갔고 커다란 라일락 꽃송이에 도리언 그레이가 얼굴을 파묻고 마치 포도주인 듯 그 향기를 들뜬 듯 마시는 걸 보았다. 그에게로 다가가서 어깨에 손을 얹었다. "그렇게 하는 게 맞지," 그가 중얼거렸다. "감각 말고 영혼을 치유할 수 있는 게 없지. 영혼만큼 감각을 치유할 수 있는 게 없는 것처럼."

그 아이는 흠칫 놀라 뒤로 물러섰다. 그는 모자를 쓰지 않았다, 그리고 나뭇잎들이 그의 반항하는 곱슬머리에 뒤섞이며 금빛으로 빛나는 머릿결을 엉클어트렸다. 그의 눈에는, 마치 갑자기 깨어나는 사람처럼, 두려운 표정이 깃들어 있었다. 섬세하게 깎아 다듬은 듯한 콧구멍이 살짝 벌름거렸고, 숨어있던 신경들이 입술의 선홍빛을 건드려 파르르 떨고 있었다.

"그래," 헨리 경이 말을 이었다. "그렇게 하는 것—감각을 통해 영혼을 치유하고 영혼을 통해 감각을 치유하는 것—이 생명의 위대한 비밀 가운데 하나라네. 당신은 정말 놀라운 창조물이야. 당신은 당신이 알고 있다고 생각하는 것보다 더 많이 알고 있지만 마찬가지로 당신이 알고 싶어 하는 것보다는 덜 알고 있지."

도리언 그레이는 이마를 찌푸리며 고개를 돌렸다. 그는 자기 옆에 서 있는 이 키가 크고 기품 있는 젊은 남자를 좋아하지 않을 수가 없었다. 그의 낭만적인 올리브색 얼굴과 초췌한 표정이 그의 관심을 끌었다. 그의 낮고 나른한 목소리에는 완전히 사람을 사로잡는 뭔가가 있었다. 하얀 피부에 시원하고 꽃처럼 보이는 그의 손마저 궁금증을 자아내는 매력을 지녔다. 그가 말할 때면 그의 손도 음악을 연주하듯 움직이며 그 손 나름의 언어를 가진 듯했다. 하지만 도리언은 그에게 두려움을 느꼈고, 동시에 두려워하는 게 창피했다. 왜 낯선 사람이 자기 자신을 다 드러내도록 내버려 둔 걸까? 몇 달 동안 바질 홀워드를 알고 지냈지만 그들의 우정은 그를 하나도 바꾸지 않았다. 갑자기 누군가 그의 인생에 다가와 그에게 인생의 신비를 보여주려고 하는 거지. 그렇다고 두려울 게 뭐가 있지? 어린 학생도 아니고 어린 소녀도 아닌데. 겁을 먹는 건 말도 안 돼.

"그늘에 가서 좀 앉을까," 헨리 경이 말했다. "파커가 마실 걸 가져왔고, 이 뙤약볕 아래 더 머물면 얼굴이 상할 거야, 그러면 바질도 다시는 당신을 그리지 않을걸. 햇볕에 그을리면 정말 안 돼. 흉해질 거야."

"무슨 대수라고요?" 도리언 그레이는 정원 끝에 놓인 의자에 앉으며 큰소리로 웃으며 말했다.

"당신에겐 아주 중요한 문제지, 그레이 군."

"왜요?"

"당신은 가장 경이로운 청춘을 갖고 있고, 청춘이야말로 유일하게 지킬만한 가치가 있는 거니까."

"나는 그렇게 느끼지 않아요, 헨리 경."

"그렇지, 지금은 그걸 못 느끼지. 언젠가 나이가 들고 주름이 지고 추해질 때, 생각이 당신 이마에 주름살로 낙인을 찍고, 열정이 입술을 섬뜩한 불길로 지질 때가 되면, 그때 느끼게 될 거야, 지독하게 느낄 거야. 지금은 어디를 가더라도 당신은 세상을 사로잡을 수 있겠지. 근데 항상 그럴 것 같아? …… 너는 놀랄 정도로 아름다운 얼굴을 가졌지, 그레이 군. 얼굴 찌푸리지 말고. 정말 아름다워. 아름다움은 천재성의 한 형태지—아니, 훨씬 더 고귀한 거야, 설명할 필요가 없을 정도로. 아름다움은 세상의 가장 위대한 사실 중 하나야. 햇빛이나 봄, 혹은 우리가 달이라 부르는 저 은빛 조개가 검은 물에 반사되는 것처럼 말이야. 의심조차 할 수 없는 사실이야. 아름다움은 그 나름의 신성한 주권을 지녔지. 아름다움을 지닌 사람들을 왕자로 만들어주지. 너 웃는 거니? 아! 네가 아름다움을 잃으면 웃을 수 없을 걸 …… 사람들은 가끔 아름다움은 피상적인 것에 불과하다고 말하지. 어쩌면 그럴 수도 있어. 하지만 적어도 생각만큼 피상적이지는 않아. 내게 아름다움은 모든 경이 가운데 최고의 경이이야. 외모로 판단하지 않는 사람은 그저 얄팍한 사람들뿐이지. 세상의 진정한 신비는 가시적인 것이지 비가시적인 게 아니야 …… 그래, 그레이 군, 신들이 당신을 정말 어여삐 여긴 거야. 하지만 신들이 준 건 한순간에 그 신들이 뺏어가지. 당신이 진정으로 온전히 완벽하게 살 수 있는 시간도 몇 년밖에 안 남았어. 젊음이 지나가면 너의 아름다움도 함께 가버릴 거고, 그러면 넌 어떤 승리도 네게 남아 있지 않다는 걸 한순간 깨닫거나, 보잘것없는 승리에 만족하며 살아야 할 텐데, 그러면 과거의 기억으로 패배보다 더 쓰라린 고통을 겪겠지. 한 달 한 달 젊음이 시들어가면서 너는 점점 무시무시한 어떤 것에 가까워질 거야. 시간은 너를 질투하고 너의 백합들과 장미들과 싸우지. 당신은 쪼그라들고, 볼은 야위고 눈은 흐려질 거야. 끔찍한 고통에 시달릴 거야 …… 아! 젊음이 있을 때 젊음을 실감해야 해. 너의 황금 시절을 쓸데없이 낭비하지 마. 지루한 얘기를 들으며 가망 없는 실패를 만회하려고 하지마, 무식한 사람들이나 천하고 상스러운 사람들에게 네 인생을 싸게 팔아버리지 마. 그것들은 우리 시대의 구역질나는 목표이고 거짓 이상이야. 살아가라고! 네 안에 있는 놀라운 삶을 살아가라고! 어떤 것도 놓치지 말고. 항상 새로운 감각을 찾아. 아무것도 두려워하지 말아 …… 새로운 탐미주의—그거야말로 우리 시대가 필요한 거야. 당신은 탐미주의의 가시적인 상징이 될 수도 있어. 너의 매력적인 인품으로 넌 못할 게 하나도 없어. 한 시절만 세상은 당신 것이야. 내가 너를 만난 순간 너는 너 자신이 진정 어떤 존재이고 진정 어떤 존재가 될 것인지 전혀 의식하지 못한다는 걸 알았어. 너에게는 나를 매료시키는 게 너무 많아서 너 자신에 관해 뭔가를 얘기를 해줘야 한다고 느꼈어. 네가 쓸데없이 버려지면 얼마나 비극적일까 하고 나는 생각했어. 네 젊음이 지속할 시간이 정말로 얼마 없기 때문이야. 시간이 정말 얼마 없다고. 들판의 흔한 꽃들은 시들지만, 그 꽃들은 다시 피어나지. 싸리꽃은 지금처럼 다음 유월에도 노란 꽃을 피우겠지. 한 달 있으면 클레마티스에도 자줏빛 별들이 피어나겠지, 그리고 해마다 밤처럼 짙은 녹음의 잎들은 그 자줏빛 별들을 다시 간직하겠지. 하지만 우리는 젊음을 되찾을 수 없어. 스무 살에 우리 안에서 고동치는 기쁨의 박동도 느려지겠지. 팔다리는 힘없고 감각도 무뎌지지. 우리는 우리가 너무나 두려워했던 열정에 대한 기억에 시달리며, 그리고 용기가 없어 받아들이지 못했던 격렬한 유혹들에 대한 기억에 시달리며, 추한 꼭두각시로 퇴락하지. 젊음! 젊음! 세상에서 젊음을 빼면 단연코 아무것도 없어."

도리언 그레이는 눈이 휘둥그레져 의아한 표정으로 귀를 기울였다. 그의 손에 들고 있던 흐드러진 라일락 꽃송이가 자갈길 위로 떨어졌다. 솜털로 덮인 벌이 잠시 주위를 오가며 윙윙거렸다. 그러고 나서 이내 타원형 별 모양의 둥글고 작은 꽃송이 위를 기어가기 시작했다. 그는 미미한 것들에 묘한 관심이 생겨 그 벌을 바라보았다. 마치 극히 중요한 일들이 우리를 두렵게 할 때, 아니면 우리가 뭐라고 표현할 수 없는 새로운 감정에 동요될 때, 혹은 우리를 공포에 떨게 하는 생각이 갑자기 뇌를 사로잡아 굴복하라고 할 때, 그럴 때 우리가 애써 가지려는 관심말이다. 잠시 후 벌이 날아갔다. 그는 벌이 나팔 모양의 얼룩진 자주색 메꽃 속으로 기어들어 가는 걸 보았다. 꽃이 떨리는 듯하더니 이내 앞뒤로 부드럽게 흔들렸다.

갑자기 화가가 화실 문가에 다가와 그들에게 딱딱 끊어지는 손짓으로 들어오라고 했다. 그들은 서로 마주 보며 웃었다.

"기다렸잖아," 그가 소리쳤다. "어서 들어와. 빛이 아주 완벽해. 마시던 것도 가져와."

그들은 일어나서 함께 정원 길을 천천히 걸었다. 흰색과 녹색의 나비 두 마리가 날개를 퍼덕이며 그들 옆으로 지나갔다. 정원 모퉁이에 있는 배나무에서 지빠귀가 지저귀기 시작했다.

"날 만나서 기쁘지, 그레이 군," 헨리 경이 그를 보며 말했다.

"네, 지금은 기뻐요. 앞으로도 항상 기쁠 수 있을지 모르겠어요."

"항상! 그건 무서운 단어야. 그 단어를 들으면 나는 몸서리가 쳐져. 여자들은 그 단어를 사용하는 걸 너무 좋아해. 여자들은 모든 연애를 영원히 지속시키려고 하다가 연애를 망치지. 그것은 아무 의미 없는 단어이기도 해. 변덕과 평생의 열정 사이에서 차이가 있다면 변덕이 좀 더 오래 간다는 거야."

그들이 화실에 들어가자 도리언 그레이는 헨리 경의 팔에 손을 얹었다. "그럼 우리의 우정은 변덕스러운 것으로 하죠," 그가 나지막이 말하고, 자신의 대담함에 얼굴을 붉혔다. 그는 이내 단 위로 올라가 자세를 취했다.

헨리 경은 커다란 등나무 안락의자에 몸을 던지고 나서, 그를 바라보았다. 캔버스 위에서 빠르고 힘차게 움직이는 붓 소리가, 가끔 홀워드가 뒤로 물러나서 자기 작품을 멀찌감치 바라볼 때 말고는, 유일하게 적막을 깨는 소리였다. 열린 문 사이로 비스듬히 흘러드는 햇살 속에서 먼지가 황금빛으로 춤을 추며 떠돌았다. 장미의 진한 향기가 모든 것에 배어 있는 듯했다.

한 십오 분 정도 지난 뒤, 홀워드는 붓을 멈추고 도리언 그레이를 한동안 바라보았다. 그런 다음 커다란 붓끝을 입에 물고 미간을 찡그린 채 오랫동안 그림을 바라보았다. "다 끝났어," 마침내 그가 소리쳤다. 그리고 몸을 숙여 캔버스의 왼쪽 끝에 긴 주홍색 글자로 자기 이름을 썼다.

헨리 경이 다가와 그림을 찬찬히 살펴보았다. 분명히 경이로운 예술 작품이었고 또한 놀랄 정도로 실물과 똑같았다.

"이 친구야, 진심으로 축하해," 그가 말했다. "현대의 가장 훌륭한 초상화야. 그레이 군, 직접 와서 네 모습을 봐봐."

소년은 마치 꿈에서 깨어나는 듯 흠칫했다. "정말 끝났어요?" 그가 단에서 내려오며 낮은 소리로 말했다.

"다 끝났지," 화가가 말했다. "오늘 너 정말 멋지게 앉아 있었어. 정말 고맙기 그지없어."

"그게 전부 나 때문이지," 헨리 경이 끼어들었다. "그렇지, 그레이 군?"

도리언은 아무 대답도 없이, 멍하니 자신의 초상화 앞으로 걸어가 그림을 마주 보았다. 그림을 본 순간 그는 뒤로 물러섰다, 그리고 기쁨에 겨워 얼굴이 잠시 발그레해졌다. 그는 마치 처음으로 자신을 인식한 듯 그의 눈에 기쁨의 표정이 서렸다. 그는 놀란 채로 미동도 없이 그 자리에 서 있었고, 홀워드가 자신에게 말을 하고 있다는 건 어렴풋이 알았지만, 무슨 말인지 머리에 들어오지 않았다. 마치 계시처럼 자신의 아름다움에 대한 느낌이 그에게 다가왔다. 전에는 한 번도 그런 감정을 느껴 보지 못했다. 바질 홀워드의 칭찬이 그에게는 그저 우정에서 비롯한 황홀한 과장처럼 들렸다. 그 칭찬을 듣고는 웃어 버린 뒤 이내 잊어버렸다. 그 말들이 자신의 본성에 영향을 주진 않았다. 바로 그때 헨리 경이 다가와, 젊음에 대한 야릇한 찬사와 젊음의 덧없음에 대해 무시무시한 경고를 날린 것이다. 그 순간 그의 말이 그를 흔들어 놓았고, 이제 자신의 아름다움을 그대로 비추는 작품을 물끄러미 바라보는 이 순간, 헨리 경의 설명이 지닌 진정한 현실성이 섬광처럼 그를 훑고 갔다. 그래, 자신도 얼굴에 주름이 지고 처질 때가 언젠가 있을 거야. 눈도 침침하여 흐릿해지고, 우아한 몸매도 굽어 망가질 때가 올 거야. 입술에서는 선홍빛이 없어지고 머리카락도 금빛이 사라지겠지. 그의 영혼을 형성할 삶이 그의 육체를 망가뜨리겠지. 자신도 끔찍하며 추하고 꼴사납게 되겠지.

이런 생각이 들자 날카로운 통증이 칼처럼 온몸을 훑었다. 그리고 본성의 섬세한 신경 하나하나를 떨게 했다. 그의 눈은 자수정처럼 깊어졌고 눈물로 흐려졌다. 얼음 같은 손길이 심장을 누르는 느낌이었다.

"맘에 안 들어?" 도리언의 침묵이 무슨 뜻인지 이해하지 못한 채 그의 침묵에 마음이 상한 듯 홀워드가 큰 소리로 물었다.

"당연히 맘에 들겠지," 헨리 경이 말했다. "누가 맘에 안 들겠어? 현대 예술에서 최고의 걸작 중 하나인데. 네가 요구하는 대로 다 줄 테니 말만 해. 내가 이 작품을 가져야겠어."

"이건 내 소유가 아니야, 해리."

"누구 소유인데?"

"당연히 도리언 것이지," 화가가 대답했다.

"도리언은 정말 운이 좋은 친구이군."

"너무나 슬프죠!" 도리언 그레이가 계속 초상화에 시선을 고정한 채 나지막이 말했다. "얼마나 슬픈가! 나도 나이가 들고, 끔찍하고 추해지겠죠. 이 그림은 유월의 특별한 오늘보다 하나도 늙지 않을 거고 …… 만약에 반대로 될 수만 있다면! 항상 젊은 게 바로 나고, 늙어가는 게 이 그림이라면! 그럴 수 있다면—그것을 위해서라면—무엇이든 다 줄 텐데. 그래, 이 세상에 내가 못 해줄 게 없을 텐데. 내 영혼이라도 내줄 텐데."

"바질, 너는 그런 식의 타협은 마음에 안 들겠지," 헨리 경이 웃으며 소리쳤다. "그럼 네 작품이 정말 억울할 테니."

"난 아주 완강히 반대지, 해리," 홀워드가 말했다.

도리언 그레이가 고개를 돌려 홀워드를 바라보았다. "바질, 당신은 그럴 줄 알았어. 당신은 친구들보다 당신 예술을 더 좋아하잖아. 나는 당신에게 그저 초록 청동상에 불과하죠. 아니 장담하건대 그만큼도 못 될 거야."

화가는 놀라서 빤히 그를 쳐다보았다. 그렇게 말하다니 도리언답지 않았다. 무슨 일이 일어나는 거지? 상당히 화가 난 듯한데. 도리언의 얼굴은 붉게 상기되고 뺨은 화끈 타오르고 있었다. "맞아," 도리언이 말을 이었다. "나는 당신에게 상아로 만든 헤르메스 상이나 은으로 만든 파우나[04] 조각상만도 못하지. 당신은 계속 그 조각들을 좋아하겠지. 그런데 언제까지 당신은 나를 좋아할까? 첫 주름이 생길 때까지만 좋아할 것 같은데. 이제야 알겠어, 사람은 멋진 모습을 잃으면, 그 모습이 어떤 모습이든, 모든 것을 잃게 된다는 것을 말이야. 당신 초상화가 내게 그 사실을 알려줬어. 헨리 워튼 경의 말이 정말 맞았어. 젊음이야말로 유일하게 소유할 가치가 있는 거야. 내가 늙어간다는 걸 알면, 나는 죽어버릴 거야."

홀워드는 하얗게 질렸다, 그리고 도리언의 손을 잡았다. "도리언! 도리언!" 그가 소리쳤다. "그렇게 말하지 마. 나는 너 같은 친구가 한 번도 없었어, 그리고 너와 같은 친구가 앞으로도 없을 거야. 너는 물질에 불과한 걸 질투하는 사람이 아니잖아, 그렇지?—도대체 누가 너보다 더 멋있겠어!"

"나는 죽어 없어지지 않는 아름다움을 지닌 모든 것을 질투해. 나는 네가 그린 내 초상화도 부러워. 내가 잃을 수밖에 없는 것을 저 초상화는 왜 계속 가질 수 있는 거야? 흘러가는 모든

---

04 그리스 신화에서 헤르메스는 제우스와 마이아의 아들로 상업의 수호신이며 날개 달린 샌들을 신으며 로마 신화에서 머큐리와 같은 존재이다. 파우나는 숲과 관련된 반신임.

순간이 내게서 중요한 뭔가를 앗아가서 그 그림에 주겠지. 오, 반대로 될 수만 있다면! 초상화가 늙어갈 수만 있다면! 그리고 내가 항상 지금 그대로일 수만 있다면! 왜 이걸 그렸어? 언젠 가 이 그림이 나를 조롱하겠지—심하게 나를 놀릴 거야!" 그의 눈에 뜨거운 눈물이 가득 차올랐다. 그는 잡은 손을 뿌리치며 긴 의자에 몸을 던지고 나서, 기도하는 것처럼 쿠션에 그의 얼 굴을 묻었다.

"이게 네가 한 짓이야, 해리," 화가가 비참하게 말했다.

헨리 경은 어깨를 으쓱했다. "이게 진짜 도리언 그레이야— 그뿐이라고."

"아니야."

"아니면, 내가 뭘 어떻게 해야 하는데?"

"내가 가달라고 했을 때 넌 갔어야 했어," 그가 중얼거렸다.

"네가 부탁해서 남았던 거잖아," 헨리 경의 대답이었다.

"해리, 나는 동시에 나의 가장 친한 친구 두 명과 다투고 싶 지 않아. 너희 둘이서 내가 지금까지 그린 작품 중 최고의 작품 을 증오하게 했어. 부숴버릴 거야. 캔버스와 물감 외에 도대체 뭐란 말이야? 혹시라도 이 그림이 우리 세 사람 사이에 끼어들 어 우리의 인생을 망치게 할 순 없어."

도리언 그레이는 쿠션으로부터 금발의 머리를 들었다, 그리 고 창백한 표정을 한 채 눈물 젖은 눈으로 홀워드가 커튼이 드 리워진 높은 창문 아래에 놓여 있는 그림용 소나무 테이블로 걸어가는 것을 보았다. 거기서 뭘 하려는 걸까? 홀워드의 손가락이 양철 물감 튜브와 마른 붓 사이에서 마치 뭔가를 찾듯이 정처 없이 움직였다. 그래, 유연한 쇠로 만든 예리한 날의 긴 팔레트 칼을 찾는 거야. 드디어 칼을 찾았네. 그는 캔버스를 찢어버리려 했다.

도리언이 흐느낌을 억누르며 소파에서 벌떡 일어나 홀워드에게 달려가더니 그의 손에서 칼을 잡아채서 화실 구석으로 던져버렸다. "하지 마, 바질, 하지 말라고!" 그가 소리쳤다. "그건 살인이나 마찬가지야."

"마침내 네가 내 작품을 인정해 줘서 기뻐, 도리언," 화가가 놀란 마음을 진정시키고 차갑게 말했다. "인정해줄 거라고 하나도 생각하지 못 했는데."

"인정이라고? 나는 이 작품을 사랑해, 바질. 나 자신의 일부 잖아. 난 그렇게 느껴."

"그럼, 그림이 마르면 니스를 바르고 액자에 넣어 집으로 보내줄게. 그때 네가 하고 싶은 대로 해도 돼." 그리고 화가는 방을 가로질러 가더니 차를 내오게 하려고 종을 울렸다. "당연히, 차 마실 거지, 도리언? 너도 마실 거지, 해리? 그런 단순한 즐거움에 반대하진 않겠지?"

"단순한 즐거움은 정말 좋아," 헨리 경이 말했다. "그것은 복잡함을 피할 수 있는 마지막 피난처. 하지만 나는 무대 위에서 일어나는 게 아니라면 이런 장면은 싫어. 너희 둘 다 정말 터무니없어! 누가 인간을 이성적인 동물이라고 한 건지 참. 우리가 내린 정의 중 가장 성급하게 내린 정의야. 인간에는 여러 면이 있지만 전혀 합리적이지 않아. 어쨌든, 인간이 합리적이지 않아서 나는 기뻐. 초상화를 두고 너희 둘이 다투는 걸 원하진 않지만. 바질, 그림을 나에게 넘기는 게 더 좋을 것 같아. 이 어리석은 애는 진짜로 그림을 원하지 않지만, 나는 정말 갖고 싶어."

"나말고 누구라도 이 그림을 갖게 하면, 바질, 나는 너를 절대 용서하지 않을 거야!" 도리언 그레이가 소리쳤다. "그리고 누구도 날 어리석은 애라고 부르면 가만두지 않을 거야."

"이 초상화가 네 거라는 걸 알잖아, 도리언. 나는 그림이 존재하기 전부터 그림을 너에게 줬어."

"그레이 군, 자네가 조금 어리석다는 건 자네도 알지. 그리고 자네가 얼마나 젊은지 상기시켜 준 것도 개의치 않지."

"오늘 아침에 아주 강하게 반대했어야 했는데 그러질 못해 아쉽군요, 헨리 경."

"아! 오늘 아침! 그때부터 너는 진정으로 살기 시작한 거야."

문에서 노크 소리가 났다. 집사가 차가 가득한 쟁반을 들고 들어와 작은 일본식 탁자에 올려놓았다. 컵과 받침이 부딪치는 소리가 들렸고, 세로 홈이 새겨진 조지아풍의 주전자에서는 쉿 소리가 들렸다. 시종이 공처럼 생긴 자기 접시 두 개를 들고 들어왔다. 도리언 그레이는 다가가서 차를 따랐다. 다른 두 사람도 느릿느릿 무심하게 탁자로 걸어갔다. 그리고 뚜껑을 열고 그 밑에 뭐가 있는지 살펴보았다.

"오늘 밤에 연극 보러 가자," 헨리 경이 말했다. "분명 어딘가에서 뭔가가 공연하고 있을 거야. 화이트 클럽에서 저녁 먹기로 했지만, 그냥 오래된 친구와 하는 저녁이니까 몸이 편치 않다고, 아니면 나중에 잡힌 일정 때문에 못 간다고 전갈을 보내면 돼. 그게 꽤 괜찮은 핑계 같아. 솔직해보여서 오히려 의외의 효과도 줄 테니까."

"정장을 차려입는 건 진짜 따분한 일이야," 홀워드가 중얼거렸다. "게다가 그렇게 차려입으면, 차려입은 사람마저 끔찍해 보여."

"맞아," 헨리 경이 꿈꾸듯 대답했다. "19세기 의복은 너무 역겨워. 너무 칙칙하고 너무 우울해. 현대 생활에서 남은 유일하게 생생한 색은 죄악뿐이야."

"도리언 앞에서 제발 그런 말 하지 마, 해리"

"어떤 도리언 앞에서? 우리에게 차를 따르는 이 도리언 아니면 그림 속의 저 도리언?"

"누구든지."

"나는 당신과 극장에 가고 싶어요, 헨리 경," 도리언이 말했다.

"그럼 가야지. 바질 너도 갈 거지, 그렇지?"

"나는 정말 안 돼. 안 가는 낫겠어. 할 일이 많거든."

"음, 그럼, 너랑 나만 가자, 그레이 군."

"그게 훨씬 좋겠어요."

화가는 입술을 깨물며, 한 손에 컵을 들고 그림 쪽으로 걸어갔다. "나는 진짜 도리언과 있어야겠군," 그가 슬프게 말했다.

"그게 진짜 도리언이라구?" 초상화의 근원인 도리언이 그에게 다가가며 소리쳤다. "내가 정말 저렇게 생겼어?"

"그래, 너랑 정말 똑같아."

"참으로 훌륭해요, 바질."

"적어도 외모만 보면 넌 그림이랑 똑같아. 하지만 이 초상화는 절대 변하지 않을 거야," 홀워드가 한숨 쉬었다. "그게 대단한 거야."

"충실함에 대해 사람들은 너무 법석을 떨지!" 헨리경이 외쳤다. "아니, 심지어 사랑에서조차 충실은 순전히 생리학적인 문제인데 말이야. 그건 우리 자신의 의지와는 전혀 상관없어. 젊은 남자들은 충실하기를 바라지만 그러지 못하고, 늙은 남자들은 충실하지 않기를 원하지만 그렇게 하질 못해. 그뿐이지 달리 뭐라 말해."

"도리언, 오늘 밤 극장에 가지 마라," 홀워드가 말했다. "그냥 나랑 저녁이나 먹자."

"안 돼요, 바질."

"왜?"

"헨리 워튼 경한테 같이 가기로 약속했으니까."

"약속을 지킨다고 해서 너를 더 좋아할 친구가 아니야. 자기도 맨날 약속도 어기거든. 제발 가지 말아."

도리언 그레이는 웃으며 고개를 저었다.

"부탁이야."

그 애는 머뭇거리더니, 차 탁자에서 재미있는 듯 미소를 지으며 그들을 바라보고 있는 헨리 경을 쳐다보았다.

"무조건 갈래, 바질." 그가 대답했다.

"좋아," 홀워드가 말했다. 그리고 그는 탁자로 다가가 쟁반 위에 찻잔을 내려놓았다. "시간도 꽤 늦었어, 너희는 옷도 갈아입어야 하니, 지체하지 않는 게 좋겠어. 잘 가, 해리. 잘 가, 도리언. 조만간 보러 와. 내일 와줘."

"물론이죠."

"잊지 않을 거지?"

"당연히, 잊지 않죠," 도리언이 소리쳤다.

"그리고 …… 헨리!"

"응, 바질?"

"내가 한 말 기억해, 오늘 아침 정원에서 한 말."

"벌써 잊었는데."

"나는 너를 믿어."

"나도 나를 믿을 수 있으면 좋겠어," 헨리 경이 웃으며 말했다. "갈까, 그레이 군. 내 마차가 밖에 있으니, 자네 집 앞에서 내려줄 수 있네. 잘 있어, 바질. 오늘은 정말 흥미로운 오후였어."

그들 뒤로 문이 닫히자, 화가는 소파 위에 몸을 던졌다. 고통의 표정이 그의 얼굴에 비쳤다.

3장

다음 날 열두 시 반, 헨리 워튼 경은 삼촌을 찾아뵈려고 커즌 거리를 지나 피카딜리 거리의 알바니 아파트[05] 쪽으로 느릿느릿 걸어가고 있었다. 삼촌 퍼머 경은 태도는 다소 거칠지만 자상한 노총각인데, 외부 세상 사람들은 그에게서 각자 개별적인 이득을 얻지 못하여 그를 이기적인 사람이라고 부른다. 그래도 그를 즐겁게 해주는 사람들에게는 잘 대접해주니까 사교계 사람들은 그를 관대한 사람으로 여긴다. 삼촌의 아버지는 이사벨라 공주가 어려서 프림 장군[06]을 아직 모르던 시절에 마드리드주재 대사였다. 그런데 어느 날 삼촌은 집안으로 보나, 느긋한 성격으로 보나, 공문을 쓰는 훌륭한 영어와 도락을 즐기는 과도한 열정으로 보나, 당신이 완전히 적임자라고 여겼던 파리의 대사로 임명되지 못하자 열받아 순간 변덕을 부리며 외교계에서 물러났다. 자기 아버지의 사무관이었던 아들 퍼머 경

---

05 피카딜리 거리에 세워진 독신 남자들만이 사는 아파트로 바이런, 헉슬리, 그레이엄 그린 등 여러 유명인이 살았던 건물.

06 주앙 프림(1814~1870)은 1868년 반란을 일으켜 스페인의 여왕 이사벨라 2세를 폐위시킨 장군.

은, 그 당시에는 약간 어리석었다고 여겨졌지만, 상관인 아버지와 함께 사임했고, 몇 달 후 작위를 물려받자, 전적으로 아무것도 하지 않는 대단한 귀족이나 하는 기예를 연마하는 데 진지하게 몰두했다. 삼촌은 큰 타운하우스 두 채가 있었지만, 신경이 덜 쓰인다는 이유로 독신자용 전세 아파트에 사는 걸 더 좋아했고, 대부분 식사도 클럽에서 해결했다. 그는 중부 지방에 있는 탄광 사업에 어느 정도 신경을 썼는데, 석탄을 보유한 유일한 장점이 신사가 자기 벽난로에 장작을 땔 수 있는 품위를 누릴 수 있게 해준다는 이유로, 그런 산업적인 일에 관여하는 오명에 대해 자신을 변명했다. 정치적으로 토리당이 집권하지 않을 때만 토리당원이 되고 토리당이 집권하면 급진주의자 떼거리라고 가차 없이 비난했다. 자기를 괴롭히는 하인들에게는 영웅이면서 반대로 그가 못살게 구는 친척들에게는 주로 공포 대상이었다. 영국이니까 삼촌과 같은 사람이 생길 수 있는데도, 삼촌은 늘 이 나라는 망해 자빠질 거라고 말했다. 퍼머 경은 구닥다리 신념을 갖고 있었지만, 자기가 지닌 편견에 대해서는 할 말이 상당히 많았다.

헨리 경이 방에 들어갔을 때, 삼촌은 투박한 사냥 코트를 입고 앉아 궐련을 피우며, 타임즈지에 대고 투덜거리고 있었다. "어, 해리," 노신사가 말했다. "이렇게 이른 시간에 무슨 일로 왔냐? 너 같은 멋쟁이는 오후 두 시 전에는 절대 일어나지 않고, 다섯 시 전에는 눈에 띄지 않는다고 생각했는데."

"맹세컨대, 순수한 가족애죠, 조지 삼촌. 삼촌한테 뭔가 얻을 게 있어서요."

"돈이 필요한 모양이구나," 퍼머 경이 언짢은 표정으로 말했다. "그래, 앉아서 사정을 다 말해 봐라. 요즘 젊은 애들은 돈이 전부라 여기지."

"맞아요," 헨리 경은 코트 깃의 단추 구멍을 정리하며 나지막이 말했다. "그리고 사람들은 나이가 들어서야 그걸 알게 되죠. 하지만 저는 돈 때문은 아니에요. 돈이 필요한 사람은 청구서를 갚느라 바쁜 사람들뿐이지요, 조지 삼촌. 저는 절대 청구서를 갚지 않아요. 어린 자식들에게는 신용이 자산이에요, 그리고 신용으로 아주 폼나게 살죠. 더군다나, 전 항상 다트무어의 상인들만 상대하는데, 그들은 나를 귀찮게 하질 않죠. 내가 원하는 건 정보예요. 물론 돈 되는 정보는 아니고 쓸데없는 정보죠."

"음, 해리, 청서[07]에 나오는 거라면 뭐든 알려줄 수 있어, 요즘 그놈들은 쓸데없이 너무 말을 많이 하지만 말이야. 내가 외교관이었을 때는 상황이 훨씬 좋았지. 요즘은 시험을 봐서 외교관을 뽑는다고 하던데. 그러니 뭘 바랄 수 있겠나? 시험이란 처음부터 끝까지 순전 사기란다, 얘야. 사람이 신사라면 충분

---

07   영국 의회의 각종 자료를 담은 공식적인 보고서로 파란색 표지로 되어있음.

히 잘 아는 사람이고, 신사가 아니라면, 아는 게 뭐든 자기에게 좋지 않아."

"도리언 그레이는 국회 청서에는 나오지 않아요, 조지 삼촌," 헨리 경이 맥없이 말했다.

"도리언 그레이? 누군데 그러냐?" 퍼머 경이 짙은 흰 눈썹을 찌푸리며 물었다.

"그것 때문에 알아보려고 온 거죠, 조지 삼촌. 아니, 그가 누군지는 알아요. 작고한 켈소 경의 손자예요. 엄마는 데버루 가문으로 마가렛 데버루죠. 삼촌이 그의 엄마에 대해 말해주면 좋겠어요. 어떤 사람이었죠? 누구와 결혼했어요? 삼촌은 그 시절에 살던 사람을 거의 다 아시니까, 그분도 알 것 같아서요. 요즘 제가 그레이 군에게 아주 관심이 많거든요. 이제 막 만났지만 말이에요."

"켈소의 손자라고!" 노신사가 되풀이했다. "켈소의 손자!…… 물론 …… 그의 엄마를 속속들이 알지. 세례받을 때도 있었거든. 마가렛 데버루는 놀랄 정도로 아름다운 아이였는데, 한 푼도 없는 젊은 놈이랑 달아나 남자들을 다 미치게 했지. 정말 이름도 없는 놈으로 보병 연대의 준위였나 뭐였나 하는 놈이었어. 확실해. 어제 있었던 일처럼 전부 다 기억난다. 그 불쌍한 녀석은 결혼하고 몇 달 뒤 벨기에의 스파[08]에서 결투하다 죽

───────

08   중세부터 치유 효과로 유명한 벨기에 동부의 광천 휴양지.

었지. 추잡한 이야기가 돌았다. 켈소가 벨기에의 짐승 같은 야비한 협잡꾼한테 대중 앞에서 사위 그 녀석을 망신시키라고, 망신시키면 돈을 주겠다고, 그리고 돈도 주었었다는 얘기가 돌았지. 그 야비한 놈이 마치 사위가 비둘기인 양 그에게 침을 뱉었다고 했지. 그 일은 쉬쉬하며 묻혔는데, 빌어먹을, 시간이 꽤 지나서 켈소가 클럽에서 촙스테이크를 혼자 먹는 거야. 다시 딸도 되찾아 왔다고 들었는데, 딸애는 다시는 아버지와 말을 섞지 않았다더라. 아, 그래. 일이 잘못 처리된 거지. 그리고 그 아이도 죽었어, 일 년도 안 돼 죽었어. 그러니까 아들을 하나 남겼다고, 그런 거냐? 그건 잊고 있었네. 그 아들은 어떤 부류냐? 엄마를 닮았다면 잘생긴 녀석일 텐데."

"아주 잘 생겼어요," 헨리 경이 맞장구를 쳤다.

"걔가 제대로 된 사람 손에 들어갔으면 좋겠군," 노인이 말을 이었다. "켈소가 일을 제대로 처리했으면 상당한 돈이 그를 기다리고 있을 거야. 엄마도 돈이 좀 있었지. 셀비 동네의 모든 재산이 그녀의 할아버지를 통해 그녀에게 갔거든. 그녀의 할아버지는 켈소를 싫어했어, 천한 개라고 생각했지. 켈소도 똑같았지. 내가 마드리드에 있을 때 한번 마드리드에 왔었지. 젠장, 얼마나 창피했던지. 여왕님께서 늘 요금 문제로 마부들과 시비가 붙는 사람이 누구냐고 묻곤 했지. 사람들이 그 일 갖고 엄청나게 떠들어댄 바람에, 나도 한 달 동안 궁에 얼굴도 못 비췄지. 마부 다루듯이 그의 손자를 다루지 않으면 좋을 텐데."

"저는 몰라요," 헨리 경이 대답했다. "애가 풍족해 보이기는 하던데요. 아직 성년은 안 되어서요. 셀비에 재산이 있는 건 알아요. 저한테 그렇게 말했어요. 그런데…… 엄마가 정말 아름다웠다고요?"

"마가렛 데버루는 내가 본 사람 중 가장 사랑스러운 존재였지, 해리. 도대체 무슨 꼬드김에 빠져 그녀가 그렇게 됐는지 나는 도무지 이해가 안 된다. 자기가 고르기만 하면 누구와도 결혼할 수 있었을 텐데. 칼링톤도 그녀에게 완전히 반했었지. 하지만 그 애는 너무 낭만적이었어. 그 집안 여자가 모두 다 그래. 남자들은 별로였지만, 젠장, 여자들은 놀라웠어. 칼링톤이 무릎 꿇고 청혼했어. 그가 직접 내게 말해줬거든. 근데 그 애는 그를 비웃었어, 그 당시 런던에서 여자란 여자는 모두 칼링톤을 쫓아다녔는데 말이야. 그런데 해리, 바보 같은 결혼 얘기가 나왔으니 말인데, 다트무어가 미국 여자와 결혼한다고 네 아버지 말하던데, 그건 뭔 실없는 소리냐? 영국 여자애는 충분치 않다던?"

"요즘 미국인과 결혼하는 게 유행이라서요, 조지 삼촌."

"세상에 맞서서 나는 영국 여자를 지지할 거야, 해리," 주먹으로 탁자를 치며 퍼머 경이 말했다.

"미국인에게 걸어야 승산이 있어요."

"미국 애들은 오래 못 간다고 들었다," 삼촌이 작은 소리로 말했다.

"미국 여자들은 약혼 기간이 길면 지치지만, 장애물 경기에선 최고죠. 나는 것도 잡을 수 있지요. 제 생각엔 다트무어는 승산이 없을걸요."

"그 여자네 집안사람들은 누구냐?" 노신사가 투덜거리며 말했다. "집안은 있는 거냐?"

헨리 경은 고개를 저었다. "영국 여자가 과거를 숨기는 데 능란하듯 미국 여자들은 부모를 숨기는 데 영리하죠." 헨리 경이 가려고 일어나며 말했다.

"그들은 돼지 공장 일꾼들이겠지."

"다트무어를 위해서라도 그랬으면 좋겠죠, 조지 삼촌. 미국에서는 정치 다음으로 가장 돈이 되는 직업이 돼지고기 포장이라고 들었어요."

"애는 예쁘냐?"

"자기가 예쁜 것처럼 행동하긴 해요. 대부분 미국 여자들이 그렇잖아요. 그게 그들 매력의 비밀이죠."

"왜 미국 여자들은 자기네 나라에 가만히 있질 않은 거냐? 허구한 날 미국은 여자들의 낙원이라고 우리에게 떠벌리면서."

"낙원이죠. 그 때문에 이브처럼 미친 듯이 빗어나고 싶어 하는 거죠," 헨리 경이 말했다. "갈게요, 조지 삼촌. 더 지체하면 점심에 늦을 거예요. 원했던 정보를 줘서 고마워요. 전 오래된 친구들에 대해서는 아무것도 알고 싶지 않은데, 새로 사귀는 친구에 대해서는 모든 걸 알고 싶거든요."

"점심 어디서 하냐, 해리야?"

"아가사 숙모 댁에서요. 그냥 가는 거죠, 저와 그레이 군이. 요즘 숙모가 아끼는 애가 그레이 군이거든요."

"흠! 해리야, 자선 행사로 더 이상 나에게 귀찮게 부탁하지 말라고 아가사 숙모에게 전해라. 자선 행사라면 신물이 난다. 아니, 인정 많은 여자는 내가 멍청한 유행에 맞춰 수표를 써주는 거 말고 할 일이 하나도 없다고 생각하나 보다."

"알았어요, 조지 삼촌. 말씀드리겠지만 효과는 하나도 없을 거예요. 박애주의자들은 인간미의 의미를 다 잃었죠. 그게 딱 봐도 알 수 있는 그들만의 특징이죠."

노신사는 인정하듯 투덜거리며 하인을 부르려고 종을 쳤다. 헨리 경은 벌링톤 가로 이어진 낮은 회랑을 거슬러 올라가 버클리 광장 방향으로 발길을 돌렸다.

도리언 그레이의 혈통에 관한 얘기는 그런 거였다. 대충 조잡하게 들었지만, 이상하고 거의 현대적인 연애를 암시하여 헨리 경의 호기심을 불러일으켰다. 미친 열정을 위해 모든 것을 감내한 아름다운 여인. 끔찍하고 위험한 범죄로 인해 짧게 끝나버린 몇 주간의 격렬한 행복. 말할 수 없이 고통스러웠던 여러 달, 그리고 고통에서 태어난 아이. 죽음이 낚아채 간 엄마, 늙고 무정한 남자의 폭정에 고독하게 버려진 아이. 그래, 그건 흥미로운 배경이었어. 그 배경은 소년을 한 장면처럼 세워주었고, 말하자면 그 애를 더욱 완벽하게 보이게 만들었지. 세상에 존재하는 모든 아름다움 뒤에는 뭔가 비극적인 사연이 있는 법이야. 가장 미미한 꽃 한 송이조차 흔들리는데도 세상은 산고를 겪어야만 해. …… 전날 밤 저녁 식사 자리에서 그 애가 얼마나 매혹적이던지, 그가 놀란 눈과 두려운 기쁨에 살짝 벌어진 입술을 한 채 클럽에서 그의 맞은편에 앉아 있던 그 순간, 붉은 촛대 갓이 그 애의 얼굴에서 서서히 피어나는 경이로움을 더 진한 장밋빛으로 물들이던 그 순간은 얼마나 매혹적이던지. 그 애에게 말을 거는 건 정교한 바이올린을 켜는 것과 같았지. 활이 닿거나 떨릴 때마다 반응했지…… 영향력을 발휘하는 데 굉장히 황홀한 뭔가가 있어. 다른 어떤 활동도 그와 같지 않았어. 어떤 고상한 형상 속에 자신의 영혼을 투영하여 그것이 그 안에 잠시 머무르게 하고, 자신의 지적 견해가 열정과 젊음이라는 음악이 더 가미되어 돌아오는 것을 듣지. 자신의 기질이 마치 신비한 액체나 진기한 향기처럼 다른 이에게 전이되는 것, 바로 그런 행동이 진정한 기쁨을 주지. 우리 시대처럼 너무 제한적이고 천박한 시대—쾌락도 역겨울 정도로 육체적이고 그 목적도 역겨울 정도로 진부한 시대—에, 우리에게 남아있는 가장 흡족한 기쁨 말이야. …… 그 애는 실로 경이로운 존재였다. 우연이라 하기엔 너무나 기묘한 인연으로 바질의 화실에서 만나게 되었지만, 아무리 봐도 그는 누구보다 아름다운 존재로 다시 빚어질 수 있는 아이였다. 그에게는 우아함도, 소년이 지닌 순백의 청순함도, 고대 그리스의 조각상들이 보여주는 아름다움도 있지. 그를 어떤 존재로든 만들지 못할 존재가 하나도 없다. 타이탄이 될 수도 있고, 장난감이 될 수도 있지. 그런 아름다움이 시들 운명이라니 얼마나 안타까운가! …… 그리고 바질은? 심리학적인 관점에서 그는 얼마나 흥미로운가! 예술의 새로운 양식과 삶을 바라보는 선선한 방법을, 그 모든 걸 전혀 의식하지 못하는 누군가의 가시적인 존재만으로도 불가사의하게 느낄 수 있다니. 어스름한 숲속에 머물며 탁 트인 들판을 눈에 띄지 않고 거닐던 고요한 정령이, 그녀를 찾던 그의 영혼 속에 경이로운 통찰력, 오직 경이로운 것에만 드러나는 그 통찰력이 깨어났다는 이유로, 갑자기 나무 요정 드라이어드처럼 두려움을 떨치고 모습을 드러낸 건가? 단지 사물의 형태와 무늬일 뿐인 것들이, 더 완전한 어떤 다른 형태인 것처럼 정제되어 일종의 상징적 의미를 획득한 건가? 이 모든 것이 얼마나 기묘한 일인가! 헨리 경은 이와 비슷한 것을 역사 속에서 본 적이 있었다. 이런 이상적인 형상을 처음으로 분석한 사람은 사상의 예술가인 플라톤 아니었을까? 이 이상적인 형상을 연작 소네트라는 색색의 대리석 속에 조각했던 부오나로티[09]가 아니었을까? 하지만 우리 시대에는 이상하지…… 그래. 도리언 그레이가 자신도 모르게 그 놀라운 초상화를 만든 화가에게 그러했

---

09   로마 시스틴 성당의 장식으로 유명한 플로렌스의 화가 미켈란젤로 부오나로티(1475-1564)를 말함.

듯, 그도 도리언에게 그런 존재가 되려 했다. 그는 도리언을 지배하려 했고, 사실 이미 반쯤은 그렇게 한 셈이었다. 그는 그 놀라운 영혼을 자기 것으로 만들려 했다. 사랑과 죽음의 아들인 그에게는 사람을 사로잡는 뭔가가 있다.

헨리 경은 갑자기 길을 멈추고 집들을 올려보았다. 이미 숙모 댁을 한참 지나친 걸 깨닫고, 혼자 미소 지으며 길을 되돌아갔다. 다소 어둑한 현관에 들어섰을 때, 집사가 다가와 이미 오찬이 시작되었다고 전했다. 그는 하인에게 모자와 지팡이를 건넨 후 식당으로 들어갔다. "평소대로 늦었구나, 해리," 고개를 가로저으며 숙모가 큰 소리로 말했다.

그는 대충 적당한 변명을 하고 숙모 옆 빈자리에 앉아 누가 왔는지 둘러보았다. 식탁 맞은편에서 도리언이 수줍게 고개를 끄덕였고, 양 볼에 기쁨의 홍조가 살짝 스쳐 갔다. 맞은편에는 성격도 맘씨도 좋은 존경스러운 할리 백작 부인이 앉아 있었다. 그녀를 아는 사람들은 모두 부인을 상당히 좋아했다, 요즘 역사가들이 백작 부인이 아닌 여성들을 건장하다고 묘사하는 거대한 풍채와 골격을 지니고 있었다. 부인 옆 오른쪽에 앉은 사람은 토마스 버든 경이다, 그는 공적 생활에서는 지도자를 따르는 의회의 급진파이지만, 사적으로는 최고의 요리사들만 따라다니며 토리당원들과 식사하고, 영리하고 잘 알려진 규칙에 따라서, 자유당원이라고 생각되는 사람이었다. 그녀 왼쪽에는 상당한 매력과 교양을 지닌 노신사 트레들리의 어스킨 씨가 자리했다. 그는 일전에 아가사 숙모에게 말했듯이 서른이 되기 전에 할 말을 다 해버려서, 침묵하는 나쁜 습관을 가지게 되었다. 그의 바로 옆에는 반들러 부인이 자리했다, 그녀는 숙모의 오랜 친구인데 여자들 사이에서는 완벽한 성인이지만 너무나 단정치 못해서 잘못 제본한 기도서를 생각나게 하는 여자였다. 어스킨 씨에게 다행히도, 그녀의 다른 쪽 옆에 포델 의원이 앉았다. 그는 하원에서 하는 정부 발표처럼 뻔하기 짝이 없었고 지적으로 가장 얼치기 중년 신사인데, 반들러 부인은 그와 함께 아주 진지한 태도로 대화하고 있었다. 일전에 포델 의원이 말한 것처럼, 그렇게 진지한 태도야말로 진정 착한 사람이라면 모두 빠질 수밖에 없고 한번 빠지면 절대 헤어날 수 없는 과오, 용서할 수 없는 과오이다.

"불쌍한 다트무어에 대해 이야기하고 있었어요, 헨리 경," 공작 부인이 식탁 건너에서 고개를 유쾌하게 끄덕이며 말했다. "자네는 정말 그가 저 매력적인 젊은 여인과 결혼할 거로 생각해요?"

"그녀가 다트무어에게 청혼하기로 마음먹은 것으로 알고 있어요, 공작 부인."

"끔찍하기도 하지!" 아가사 부인이 외쳤다. "정말 누군가 말려야 해요."

"상당히 믿을 만한 소식통한테 들었는데, 그녀의 아버지가 미국에서 곡물상을 한다고 하던데," 토마스 버든 경이 거만하게 말했다.

"숙부님이 이전에 말씀하시길, 돼지고기 포장을 한다고 하던데요, 토마스 경."

"건어물이지! 근데 미국산 곡물이 뭐죠?" 공작 부인이 놀라서 커다란 손을 올리며 동사를 강조하여 말했다.

"미국 소설이죠," 헨리 경이 메추리 요리를 먹으며 말했다.

공작 부인은 어리둥절한 표정을 지었다.

"쟤는 신경 쓰지 마세요, 부인," 아가사 부인이 속삭였다. "쟤는 하는 말이랑 뜻이 전혀 다르거든요."

"미국이 발견되었을 때," 급진당 의원이 말을 시작하더니, 지루한 사실들을 늘어놓기 시작했다. 어떤 주제를 지치도록 파고드는 사람들이 그렇듯, 그도 듣는 사람들을 진 빠지게 했다. 공작 부인은 한숨 쉬며, 자신만의 특권을 발휘해 말을 끊었다. "처음부터 미국을 발견하지 않아야 했어요!" 그녀가 외쳤다. "정말 요즘에는 우리 여자애들에게 기회가 없어. 불공평하기 짝이 없어."

"어쩌면 결국 아메리카는 한 번도 '발견'된 적이 없었는지도 모르죠," 어스킨 씨가 말했다. "나라면 차라리 미국이 그냥 '우연히 들킨'거라고 말하고 싶네요."

"아! 그래도 저는 그곳 주민들의 표본은 몇몇 봤어요," 공작 부인이 어딘가 모호하게 대답했다. "솔직히 말하면 정말 그들 대부분은 꽤 예쁘던데요. 옷도 잘 입고요. 옷을 다 파리에서 사온다네요. 나도 그렇게 할 수 있으면 좋겠어요."

"사람들 말로는 착한 미국인이 죽으면 파리로 간다고 해요," 낡아빠진 농담만으로 옷장을 가득 채운 토마스 경이 키득거리며 말했다.

"진짜요! 나쁜 미국인이 죽으면 어디로 가나요?" 공작 부인이 물었다.

"미국으로 가죠," 헨리 경이 중얼거렸다.

토마스 경이 인상을 썼다. "안타깝지만 부인님의 조카는 그 위대한 나라에 대해 편견이 있는 것 같군요," 그가 아가사 부인에게 말했다. "기관장들이 제공한 차를 타고—그들은 이런 일에 아주 호의적이라서—그 나라 전역을 여행한 적이 있죠. 미국에 직접 가보면 큰 교육이 될 거라 확신해요."

"하지만 교육이나 받자고 우리가 시카고를 정말 가봐야 할까요?" 어스킨 씨가 애처롭게 물었다. "그런 여행은 내키지 않는데요."

토마스 경이 손을 저었다. "트레들리의 어스킨 씨 서재에 가면 온 세상이 다 있어요. 우리 실용적인 사람들은 세상 물정을 읽는 것보다 보는 걸 좋아하죠, 미국인들은 정말 흥미로운 사람들이에요. 그들은 정말 합리적이에요. 그들만의 눈에 띄는 특징이 바로 그거라고 생각해요. 맞아요, 어스킨 씨, 전적으로 합리적인 사람들이죠. 제가 장담하는데, 미국인들은 허튼 말이나 헛짓은 하지 않거든요."

"정말 끔찍하군요," 헨리 경이 소리쳤다. "전 야만적인 힘은 참을 수 있지만, 야만적인 이성은 도저히 견딜 수 없죠. 그걸 사용하는 건 뭔가 불공평해요. 지성 아래를 노리는 비열한 주먹질이죠."

"이해가 안 되는군요," 토마스 경이 다소 붉어지며 말했다.

"나는 이해가 돼요, 헨리 경," 어스킨 씨가 미소 지으며 작게 말했다.

"역설은 그 나름대로 좋은 면이 있지만요……" 준남작인 토마스 경이 대답했다.

"그게 역설이었나요?" 어스킨 씨가 물었다. "나는 그렇게 생각하지 않았는데. 아마 그럴 수도 있죠. 음, 역설의 길이 진리의 길이죠. 실재를 시험하려면 팽팽한 줄 위에 있는 실재를 봐야 하죠. 진리가 곡예사가 될 때만 우리는 진리를 판단할 수 있죠."

"아이고 머리야!" 아가사 부인이 말했다. "남자들이란 뭔 말씨름을 그렇게 하는지! 나는 정말 무슨 말을 하는지 하나도 못 알아듣겠다. 오! 해리, 너 때문에 골치 아프다. 왜 우리 착한 도리언 그레이 군에게 이스트 엔드에서 빠져나오라고 재촉하는 거냐? 분명 말하지만 아주 소중한 존재가 될 텐데. 사람들이 그의 연주를 정말 좋아할 거야."

"도리언이 나에게 연주해 주면 좋겠어요," 헨리 경이 미소 지으며 큰 소리로 말한 뒤, 식탁 끝을 바라보다가 환하게 화답하는 시선을 마주쳤다.

"하지만 화이트채플의 사람들이 너무 불행하잖아," 아가사 부인이 말을 이었다.

"고통만 빼고 나는 다른 모든 것에 공감할 수 있죠," 헨리 경이 어깨를 으쓱하며 말했다. "나는 고통에 공감할 수 없어요. 그건 너무 추하고 너무 끔찍하고 너무 비참하죠. 고통에 대한 현대인의 공감에는 끔찍하게 병적인 면이 있어요. 우리가 공감 해야 하는 건 색채와 아름다움, 그리고 삶의 즐거움이에요. 인생의 아픔은 덜 얘기할수록 더 좋은 거죠."

"그래도 이스트 앤드는 아주 중요한 문제죠," 심각하게 고개를 저으며 토마스 경이 촌평을 더했다.

"그렇긴 하죠," 젊은 귀족이 대답했다. "그건 노예 제도의 문제인데, 우리가 노예를 기분 좋게 만들어 이 문제를 풀려고 하는 게 문제죠."

정치가인 토마스 경이 그를 날카롭게 바라보았다. "그러면, 뭘 바꿔야 한다고 제안하는 건가?" 그가 물었다.

헨리 경이 웃었다. "날씨 말고는 영국에서 바꾸고 싶은 게 하나도 없어요," 그가 대답했다. "저는 철학적인 성찰에 충분히 만족하죠. 하지만, 19세기가 동정심의 과도한 지출로 인해서 파산했으니, 우리의 주장을 바로 잡으려면 과학에 호소해야 한다고 생각합니다. 감정의 장점이 우리를 길 잃고 헤매게 한다면, 과학의 장점은 감정적이지 않다는 점이죠."

"하지만 우리에게 아주 중대한 책임이 있거든요," 반들러 부인이 용기 내어 말했다.

"끔찍하게 중대한 책임이죠," 아가사 부인이 말을 되받았다.

헨리 경은 어스킨 씨를 쳐다보았다. "인류는 자신을 너무 진지하게 받아들이죠. 그게 세상의 원죄죠. 동굴에 살던 사람들이 웃는 법을 알았다면, 역사는 달랐을 텐데."

"정말로 위안이 되는군요," 공작 부인이 지저귀듯 말했다. "당신 숙모를 보러 올 때마다, 나는 이스트 앤드엔 관심이 전혀 없어서, 늘 약간 죄의식을 느꼈어요. 다음부턴 얼굴을 붉히지 않고 숙모를 마주 볼 수 있겠군요."

"얼굴이 붉은 게 아주 어울려요, 공작 부인," 헨리가 대답했다.

"젊었을 때나 그렇죠," 그녀가 대답했다. "나처럼 나이 든 여자가 얼굴에 홍조가 있으면, 안 좋은 징조죠. 아! 헨리 경, 다시 젊어지는 비결을 말해주면 좋을 텐데."

그는 잠시 생각했다. "어린 시절에 저질렀던 큰 실수 중 기억나는 게 있나요, 공작 부인?" 식탁 너머 그녀를 보면서 물었다.

"너무 많아 탈이죠," 그녀가 외쳤다.

"그럼 그 잘못을 다시 저지르세요," 그가 진지하게 말했다. "젊음을 되찾으려면, 그냥 바보짓을 다시 반복하기만 하면 되죠."

"재밌는 이론이네," 그녀가 감탄했다. "실행해 봐야겠네."

"위험한 이론이죠!" 어금니를 꽉 물며 토마스 경이 말했다. 아가사 부인은 고개를 저었지만, 기분이 좋아지는 건 어쩔 수 없었다. 어스킨 씨도 귀를 기울였다.

"맞아요," 그가 이어 말했다. "그게 인생의 위대한 비밀 가운데 하나죠. 요즘은 대부분 사람은 서서히 밀려오는 일종의 상식 때문에 죽죠. 그리고는 유일하게 절대 후회하지 않는 게 있다면 자신의 실수라는 걸 깨달을 때는 너무 늦지요."

한바탕 웃음이 식탁에 울려 퍼졌다.

그는 관념을 가지고 놀다가 점점 자유분방해졌다. 그는 관념을 공중에 던져 이리저리 변형하기도 하고, 그냥 달아나도록 가만두었다가 다시 붙잡기도 하며, 황당한 상상을 더하여 무지갯빛으로 만들기도 하고, 역설로 날개를 달아주기도 했다. 그렇게 헨리경은 말을 이어가자 어리석음에 대한 찬사는 철학으로 비상했고, 철학은 스스로 젊어지며, 쾌락의 미친 음악에 몸을 실은 뒤, 상상하던 대로 포도주 얼룩진 옷과 담쟁이덩굴 화관을 두른 채, 생명의 언덕 위를 바쿠스의 여사제처럼 춤을 추며 맨정신인 느릿한 숲의 신 실레노스를 비웃었다. 철학 앞에서 사실들은 숲속 생명체처럼 놀라 달아났다. 철학의 하얀 발이 현명한 오마르[10]가 앉은 거대한 포도주 압착기를 밟으니, 여

---

10   12세기 페르시아 시인. 그의 작품 『루바이야트』를 1859년 에드워드

신의 맨발 주위에 포도 주스가 부글부글 자색 거품 물결을 이루며 솟아오르다가 붉은 거품이 일더니 커다란 술통을 넘어 검고 비스듬한 면을 따라 뚝뚝 떨어지며 흘러내렸다. 그것은 비범한 즉흥 연주였다. 그는 도리언 그레이의 시선이 그에게 고정된 것을 느꼈다, 그리고 그의 청중 중에 마음을 사로잡고 싶은 사람이 있다는 걸 의식해서인지 그의 재치는 더 날카로워졌고, 상상력은 더 다채로워졌다. 그는 빛나고, 엉뚱하고, 무책임해졌다. 그는 청중들을 홀려서 넋이 나가게 했고, 청중들은 웃으며 그의 피리를 따라갔다. 도리언 그레이는 그에게서 한 번도 눈을 떼지 못한 채, 마법에 걸린 듯 앉아 있었다. 그의 입술엔 미소가 겹겹이 어른거렸고, 그의 짙어지는 눈동자에는 경이로움이 서서히 숙연함으로 깊어졌다.

마침내, 그 시대의 의상을 입은 현실이 하인의 모습으로 방에 들어와 공작 부인에게 마차가 기다리고 있다고 전했다. 그녀는 실망한 척 손을 비볐다. "정말 아쉬워요!" 그녀가 큰 소리로 말했다. "가봐야겠네요. 클럽에 있는 남편을 모시고 윌리스 회관에서 열리는 말도 안 되는 모임에 가야 하거든요. 남편이 거기서 의장을 맡기로 했어요. 늦으면 분명 그이가 격노할 테고. 이렇게 보넷 모자를 쓰고 야단법석을 떨면 안 되죠. 이건 너

피츠제럴드가 번역하여 유명해졌다. 그의 작품 속에 속세의 충고를 저버리고 걱정과 후회를 잊고 술병을 채우라는 장면을 상기시켜 줌.

무 부서지기 쉬우니. 몹쓸 말 한마디면 망가질걸요. 정말 가야겠어요, 아가사. 잘 있어요, 헨리경. 자네는 정말 유쾌하면서도 무서울 정도로 도덕을 흐리는 분이군요. 자네 견해에 대해 뭐라고 해야 할지 확신이 안 서네요. 조만간 우리 집에 저녁 먹으러 와요. 화요일 어떤가? 화요일에는 다른 일 없죠?"

"공작 부인을 위해서라면 누구든지 버릴 수 있어요, 부인," 헨리 경이 고개를 숙이며 말했다.

"아! 그말 참 듣기 좋지만 참으로 나쁜 말이네요," 그녀가 큰 소리로 말했다. "그럼 잊지 말고 오세요." 그리고 부인은 아가사 부인과 다른 부인들을 이끌며 휙 돌아 방을 나갔다.

헨리 경이 다시 자리에 앉자, 어스킨이 식탁을 돌아 그 옆자리에 앉았고, 그의 손을 자기 팔에 얹었다.

"당신은 책에 대해 끊임없이 말만 하는군요," 그가 말했다. "왜 직접 책을 안 쓰나요?"

"책 읽는 게 너무 좋아서 쓸 여력이 없군요, 어스킨 씨. 페르시아산 카페처럼 사랑스럽고 비현실적인 소설, 그런 소설을 쓰고 싶어요. 영국에는 신문이나 초급 독본이나 백과사전 말고 다른 책을 읽을만한 문학적인 대중이 없어서요. 세상 사람들 가운데 가장 문학의 아름다움을 못 느끼는 사람들이 영국인이죠."

"혹시 맞는 말일까 걱정되는군요," 어스킨 씨가 대답했다. "한때 저도 문학적 야망이 있었는데, 오래전에 포기했죠. 이제 젊은 친구분, 이렇게 부르는 걸 당신이 허락한다면, 점심 먹으면서 당신이 한 모든 말을 진심으로 말한 건지 혹시 물어봐도 될까요?"

"무슨 말을 했는지 다 잊었는데요," 헨리가 웃으며 말했다. "정말 그렇게 나빴나요?"

"정말 나빴죠. 사실 제 생각에 당신은 극도로 위험해서 만약 우리 착한 공작 부인에게 무슨 일이 생기면, 우리는 모두 우선 당신을 가장 책임이 있는 사람으로 생각할걸요. 하지만 당신과 인생에 관해 얘기하고 싶은 마음도 있죠. 제가 태어난 세대는 지루했거든요. 언젠가 런던이 지겨워지면 트레들리에 와서, 아주 운 좋게도 제가 충분히 소유한 훌륭한 버건디산 포도주를 마시며 쾌락에 대한 당신의 철학을 내게 자세히 얘기해주세요."

"완전 맘이 끌리네요. 트레들리를 방문하는 건 엄청난 특권이겠죠. 완벽한 주인이 있고, 완벽한 서재가 있으니."

"당신이 오면 정말 완벽해지겠죠," 예의를 차려 인사하며 노신사가 말했다. "자네의 훌륭한 숙모님에게 이제 작별을 고해야겠군. 나는 아테네움 클럽에[11] 가야하네. 거기서 눈을 붙일 시간이라서요."

---

11   1824년 설립된 가장 영향력 있는 신사 사교모임. 폴 몰(Pall Mall)에 있으며, 예술과 관련이 있음.

"당신들 모두요, 어스킨 씨?"

"우리 모두 사십 명이, 사십 개의 안락의자에서 자죠. 영국 문학 아카데미를 위해 훈련하는 거죠."

헨리 경이 웃으며 일어섰다. "전 하이드 파크에 갈래요." 그가 큰 소리로 말했다.

그가 문을 나섰을 때, 도리언 그레이가 그의 팔을 잡았다. "같이 가도 돼요," 그가 낮게 말했다.

"자네는 바질 홀워드에게 찾아가겠다고 약속한 거로 아는데," 헨리 경이 대답했다.

"나는 당신과 함께 가고 싶어요. 그래요, 꼭 같이 가야 할 것 같아요. 그렇게 하게 해줘요. 언제든지 항상 나와 이야기하겠다고 약속할 거죠? 당신처럼 이렇게 훌륭하게 말하는 사람은 아무도 없어요."

"아! 오늘은 이미 충분히 말했는데," 헨리 경이 미소 지으며 말했다. "지금은 그냥 삶을 바라보고 싶을 뿐인데. 너도 마음이 내키면 나랑 같이 가서 삶을 봐도 좋고."

4장

한 달 뒤 어느 날 오후 도리언 그레이는 메이페어에 있는 헨리 경의 집, 작은 서재에서 호사스러운 팔걸이의자에 기대앉아 있었다. 서재는 나름대로 아주 멋진 방이었다. 올리브색으로 염색된 참나무의 높은 패널 장식 벽면, 크림색의 띠 장식과 양각 석고 천장, 그리고 벽돌색 펠트 카펫 위에 긴 실크 술이 달린 페르시아산 양탄자들이 흩어져 있었다. 아주 작은 마호가니 탁자 위에 클로디온[12]의 작은 조각상이 놓여 있었고, 그 옆에는 『백 가지 새로운 이야기』라는 책 한 권이 있었는데, 그 책은 클로비스 이브가 마르그리트 드 발루아[13]를 위해 제본한 것으로, 마르그리트 여왕이 자신의 문장으로 선택한 금박을 입힌 데이지 꽃으로 장식되어 있었다. 벽난로 위에는 커다란 파란 도자기 몇 개와 패럿튤립이 가지런히 놓여 있었으며, 작은 밀납 창문틀을 통해 여름날 런던의 살구빛 햇살이 물결치듯 흘러들어

---

12 클로디온으로 알려진 Claude Michel은 로코코 스타일의 프랑스 조각가로 대리석이나, 동 혹은 테라코타 작품으로 특히 유명함.

13 프랑스 앙리 2세와 메디치가의 까뜨린느 사이의 딸.

왔다.

헨리 경은 아직 들어오지 않았다. 시간 엄수는 시간의 도둑이라는 그의 철칙에 따라 그는 늘 늦게 왔다. 그래서 그 청년은 약간 삐진 표정을 지으며, 정교한 삽화가 들어간 판본 『마농 레스코』[14]를 책장에서 찾아내서 무심한 손길로 책장을 넘기고 있었다. 틀에 박히고 단조로운 루이콰토즈 시계 소리가 그를 짜증 나게 했다. 한두 번 그는 그냥 가버릴까 생각했다.

마침내 문밖에서 발소리가 들렸고, 문이 열렸다. "정말 늦었군요, 해리!" 그가 낮게 말했다.

"미안하지만 해리가 아니네, 그레이 군," 새된 목소리가 답했다.

도리언은 얼른 뒤돌아보며, 벌떡 일어섰다. "죄송합니다. 제 생각엔 ―."

"제 남편이라고 생각했군요. 전 그의 아내랍니다. 제 소개를 해도 되겠지요. 사진을 봐서 전 당신을 잘 알고 있어요. 우리 남편이 당신 사진을 열일곱 장은 가지고 있는 거로 알아요."

"열일곱 장은 아니겠죠, 헨리 부인?"

"음, 그럼 열여덟 장인가요. 요전 날 밤 오페라 극장에서 남편과 있는 걸 보았어요." 그녀가 말하면서 소심하게 웃었다. 그리고 물망초처럼 파란 눈으로 그를 모호하게 쳐다보았다. 그녀

---

14 1731년 출판된 아주 인기 있던 아베 앙투안 프랑수아 프레보의 소설.

는 참 특이한 여인인데, 입고 다니는 옷은 늘 누가 화나서 만든 뒤, 급하게 폭풍우 속에서 걸친 듯했다. 그녀는 주로 누군가를 사랑하고 있는데, 그러다가 그녀의 애정에 대한 반응이 없으면 오만가지 허황한 생각을 했다. 그녀는 그림처럼 아름답게 보이려고 애썼지만 결국 어수선하게 보일 뿐이었다. 그녀 이름은 빅토리아이고, 교회 다니는 데에 완전히 미쳐있는 여자였다.

"『로엔그린』[15]을 보러 갔을 때였죠, 헨리 부인?"

"맞아요. 사랑스러운 『로엔그린』을 볼 때였죠. 전 다른 누구의 음악보다 바그너의 음악을 좋아해요. 음향이 너무 커서 오페라 내내 얘기해도 다른 사람들이 우리의 얘기를 못 듣죠. 그건 엄청난 장점이에요, 그렇지 않아요, 그레이 군?"

신경질적으로 끊어지는 웃음이 똑같이 그녀의 얇은 입술에서 터져 나왔다, 그리고 손가락으로 거북이 등 껍질로 만든 긴 종이칼을 만지작거리기 시작했다.

도리언이 웃으며 고개를 저었다. "죄송하지만 제 생각은 좀 다른데요, 헨리 부인. 저는 음악이 나오면 전혀 얘기를 안 해요, 적어도 좋은 음악이 나오면요. 나쁜 음악을 들으면 그 음악을 대화로 덮는 게 예의라고 생각해요."

"아! 그것도 헨리의 생각이죠, 그렇죠, 그레이 군? 항상 그

---

15   성배기사 로엔그린과 브라반트의 미녀 엘자와의 사랑을 그린 바그너의 오페라.

이의 생각을 친구들에게 듣는다니까요. 그이의 생각을 알 수 있는 유일한 방법이죠. 그렇다고 제가 좋은 음악을 싫어한다고 생각하지 마세요. 저도 아주 좋아하지만, 겁도 나죠. 좋은 음악을 들으면 전 너무 낭만적으로 변하거든요. 전 그냥 피아노 연주자들을 찬미하는 것뿐인데 말이죠 — 해리 말로는 가끔은 한 번에 두 명이나 좋아한다고 하는데. 뭐 때문에 그들에게 그러는지 모르겠어요. 아마 피아니스트들이 외국인이라 그런 거겠죠. 그들 전부 다 외국인이죠, 그렇지 않나요? 심지어 영국에서 태어난 연주자도 일정 시간이 지나면 외국인이 되잖아요, 그렇죠? 그들은 너무 영리해요, 그리고 그게 예술에 대한 찬사인 거죠. 예술을 아주 국제적으로 만들죠, 그렇죠? 그레이 씨, 제가 여는 파티에 한 번도 온 적이 없죠, 그렇죠? 한 번 오세요. 제가 난초들을 살 돈은 없어도 외국인한테 돈을 전혀 아끼지 않거든요. 그들이 있으면 파티장이 정말 그림처럼 멋있어지죠. 근데 해리가 왔네요! — 해리, 부탁할 게 있어서 당신을 보러 왔어요. — 그게 뭐였는지 잊었지만요 — 여기서 그레이 군을 보았죠. 음악에 관해서 즐거운 담소를 나누고 있었어요. 우린 생각이 아주 비슷하던데요. 그건 아니지, 서로 생각이 많이 다른 것 같아요. 그래도 아주 유쾌한 분이던데요. 이렇게 만나서 너무 기뻐요."

"정말 기쁘군, 여보, 정말 기뻐," 헨리 경이 말한 뒤, 그의 진한 초승달 눈썹을 추켜 올리며 흐뭇한 미소로 그 둘을 바라보왔다. "늦어서 너무 미안해, 도리언. 워더 스트리트의 오래된 브로케이드[16] 한 필(疋)을 구하러 갔다가 흥정하느라 몇 시간을 썼어. 요즘 사람들은 온갖 것들의 가격은 알아도, 진정한 가치 는 하나도 모른다니까."

"미안하지만 가야겠어요," 헨리 부인이 갑자기 주책없이 웃 으며 말해 어색한 침묵을 깼다. "공작 부인과 드라이브를 가기 로 약속했거든요. 잘 있어요, 그레이 군. 잘 있어, 해리. 저녁 식 사하러 나갈 거죠, 그렇죠? 저도 그런데. 아마 쏜버리 부인 댁 에서 볼 수도 있겠네요."

"그러겠지, 여보," 헨리 경이 문을 닫으며 말했다. 그녀는 밤 새도록 빗속에 있던 극락조처럼 보였고, 미세한 프랜지파니 꽃 향기를 남기며 방을 빠져나갔다. 그러자 헨리 경은 담뱃불을 붙이고 소파에 몸을 던졌다.

"밀짚 색 머리의 여자와는 절대 결혼하지 마, 도리언," 그가 담배를 몇 모금 빤 뒤 말했다.

"왜요, 해리?"

"너무 감상적이거든."

"전 감상적인 사람이 좋아요."

"아예 결혼하지 마, 도리언. 사내들은 지겨워서 결혼하지.

---

16   색실이나 금은실로 꽃 등 무늬를 도드라지게 놓아 짜거나 수를 놓은 화려한 견직물.

여자는 호기심에 결혼하고. 그리고 둘 다 실망하지."

"전 결혼할 것 같지는 않아요, 해리. 내가 너무 사랑에 빠졌거든요. 그것은 당신의 격언 중 하나잖아요. 나는 당신이 한 말을 모두 실천하듯이, 그 말을 실천 중이에요."

"누구를 사랑하는데?" 헨리 경이 잠깐 뜸을 들인 뒤 물었다.

"여배우요," 도리언 그레이가 얼굴을 붉히며 말했다.

헨리 경은 어깨를 으쓱했다. "데뷔치곤 다소 진부하네."

"그녀를 보면 그런 말을 못 할걸요, 해리."

"누군데?"

"그녀 이름은 시빌 베인이에요."

"전혀 들어보지 못한 이름인데."

"아무도 모르죠. 하지만 언젠가 모두 다 알게 되겠죠. 그녀는 천재이거든요."

"오 애야, 어떤 여자도 천재가 못돼. 여자란 성은 장식에 불과하지. 말할 만한 건 하나도 없지만, 그냥 매력적으로 말할 뿐이지. 여자는 정신에 대한 물질의 승리를 대표하는 반면, 남자는 도덕에 대한 정신의 승리를 대표하지."

"해리, 어떻게 그런 말을?"

"애야, 정말 사실이야. 현재 나는 여자를 분석 중이야, 그래서 분명히 잘 알지. 내가 생각한 만큼 그 주제는 그렇게 난해하지 않아. 궁극적으로 두 종류의 여자들이 있어, 못생긴 여자들과 화장한 여자들. 못생긴 여자들은 아주 쓸모가 많지. 네가 존경할 만한 사람이란 평판을 얻고 싶으면 못생긴 여자들을 저녁 식사에 데리고 가면 그만이지. 다른 쪽 여자들은 아주 매력적이야. 하지만 그녀들도 실수를 하나 하지. 애써 어려 보이려 덕지덕지 화장하거든. 우리 할머니들은 멋지게 말하려고 화장을 했었는데 말이야. 입술연지와 재치가 함께했었지. 그런 시절은 이제 끝났어. 여자들이 자기 딸보다 열 살이나 더 어려 보일 수 있다면, 다들 좋아 난리지. 대화하기 위해 런던에서 말을 섞을 만한 여자는 겨우 다섯 명 정도 있을 거야. 이들 중 두 명은 점잖은 사교계에서는 받아 주질 않지. 하지만 네가 말한 그 천재에 대해 말해줄래. 얼마나 알고 지낸 거야?"

"아! 해리, 당신 의견 때문에 너무 겁이 나요."

"그건 전혀 신경 쓰지 마. 얼마나 알고 지냈는데?"

"한 삼 주쯤이요."

"어디서 만난 건데?"

"말해줄게요, 해리. 내 이야기에 냉정하게 굴지 말아줘요. 결국, 당신을 만나지 않았다면 이런 일은 일어나지 않았을 거예요. 당신은 인생을 다 알고 싶다는 미칠듯한 욕망을 내게 심어줬어요. 당신을 만난 후 여러 날 동안, 내 혈관 속에서 뭔가가 요동치는 것 같았어요. 공원을 어슬렁거리거나 피카딜리를 천천히 걸어가면서, 나를 지나쳐 가는 모든 사람을 바라보며, 미칠듯한 호기심으로 그 사람들은 어떤 인생을 살까 궁금했어요. 어떤 이들은 내 눈길을 끌었죠. 또 다른 이들은 나를 공포로 떨

게 했죠. 강력한 독이 공기 중에 흘렀어요. 흥분할 만한 걸 찾고
싶은 열망이 생겼지요…… 아, 어느 날 저녁 일곱 시쯤 모험을
찾아 나서기로 했어요. 당신이 언젠가 말했듯이, 무수한 사람
들과 음침한 죄인들과 찬란한 죄들로 가득 찬 이 회색 괴물 런
던이 나를 위해 뭔가를 분명히 마련해 놓았을 거라 느꼈죠. 수
천 가지를 상상했죠. 그런 단순한 위험을 기대하는 것만으로도
나는 짜릿함을 느낄 정도였죠. 우리가 처음으로 함께 저녁을
먹었던 그 멋진 저녁에, 당신이 인생의 진정한 비밀은 아름다
움을 추구하는 것이라고 말해준 게 기억났죠. 내가 뭘 기대한
건지 모르겠지만 밖으로 나가 동쪽으로 정처 없이 걸어갔어요,
곧 미로같이 지저분한 길들과 시커멓고 잔디 하나 없는 광장들
에서 길을 잃었죠. 여덟 시 반쯤 나는 말도 안 되게 작은 극장
을 지나가는데, 거기에는 커다란 가스등 불꽃들이 너울거리고
야한 연극 포스터들이 붙어 있었어요. 흉측하게 생긴 유대인
이, 내가 본 것 중 가장 멋진 조끼를 입고, 극장 입구에 서서 독
한 시가를 피우고 있었죠. 그의 곱슬머리는 기름이 자르르 흘
렀고, 꼬질꼬질한 셔츠 한가운데 커다란 다이아몬드가 번쩍였
죠. 그 작자가 나를 보자, '칸막이 관람석이죠, 나으리?' 비굴할
정도로 굽실거리는 태도로 모자까지 벗으면서 물었죠. 해리,
제 기분을 맞추는 뭔가가 그 사람에게 있었어요, 해리. 그 작자
는 정말 악당인데 말이에요. 당신은 날 비웃을지 몰라요, 하지
만 나는 진짜로 극장 안으로 들어갔고, 칸막이 좌석 비용으로 1

기니를 다 냈죠. 지금 이 순간까지도 내가 왜 그랬는지 이해가 안 돼요, 하지만 내가 그렇게 안 했으면, 내 친구 헨리, 내가 극장에 들어가지 않았다면, 내 인생의 가장 위대한 로맨스를 놓쳤을 거예요. 당신이 웃는 게 보여요. 당신은 너무 못됐어요."

"웃지 않았네, 도리언. 적어도 널 비웃진 않았어. 하지만 네 인생 최고의 로맨스라고 말하면 안 되지. 네 인생의 최초의 로맨스라 해야지. 너는 항상 사랑받을 거야, 그리고 너는 항상 사랑이라는 감정에 빠져 있을 거야. 위대한 열정은 할 일이 없는 사람들의 특권이지. 그것이 바로 한 나라에 한가한 계층이 존재하는 유일한 이유야. 두려워하지 마. 너를 위해 황홀한 것들이 기다리고 있어. 이건 그저 시작에 불과해."

"내 천성이 그렇게 얄팍하다고 생각해요?" 도리언 그레이가 화내며 말했다.

"아니, 네 천성은 아주 심오하다고 생각하지."

"무슨 뜻이죠?"

"이 친구야, 일생에 딱 한 번만 사랑하는 사람이 진짜 얄팍한 사람이지. 그들이 말하는 충성심이나 정절을 나는 관습의 무기력 혹은 상상력의 부족이리 부르지. 감정적인 삶에 충직함이란 지식인의 삶에 있어 일관성과 같은 거야 — 그냥 실패했다고 고백하는 거나 마찬가지지. 충직함! 언젠가 이걸 분석해야겠군. 그 안에는 소유에 대한 애착이 있지. 다른 사람이 주워갈까 두려워하지 않는다면 우리는 버릴 물건이 아주 많을걸.

하지만 네 얘기를 끊고 싶지 않아. 계속 얘기해 줘."

"음, 나는 끔찍이 좁아터진 개인 좌석에 앉게 되었죠. 거기에는 포스터의 야한 장면이 정면에서 나를 마주 보았어요. 커튼 뒤에서 얼굴을 내밀고 극장을 살펴보았어요. 극장은 싸구려였고, 삼류 웨딩케이크처럼 큐피드 신들과 풍요의 원뿔들로 꾸며져 있었죠. 발코니 자리와 일층 뒤쪽 좌석은 꽤 많이 찼지만, 초라한 1층 앞자리의 두 줄은 비어 있었죠. 사람들이 특별석이라 부르는 곳에는 거의 한 사람도 없었어요. 여자들이 오렌지와 진저비어를 들고 다녔고, 사람들은 땅콩을 엄청나게 먹어대고 있었죠."

"영국 희곡의 전성시대와 아주 똑같은 모습이었군."

"제 생각에도 정말로 똑같았어요, 매우 우울했죠. 연극 프로그램이 눈에 들어왔을 때, 나는 도대체 뭘 하고 있는지 의아했죠. 그 연극이 뭐였을 것 같아요, 해리?"

"내 생각엔, 『멍청한 소년, 혹은 어리석지만 순진한 애』[17]이었겠지. 우리 부모 세대가 그런 유의 연극을 좋아했었지. 도리언, 내가 오래 살다 보니까 우리 부모 세대에 좋았던 것이 우리에게 꼭 좋은 게 아니라는 느낌이 점점 더 강하게 들어. 정치에서도 그렇듯이 예술에서도 '할아버지는 항상 틀렸어.'"

"이 연극은 우리한테 꽤 괜찮았어요, 해리. 『로미오와 줄리

---

17 당시에 하층 계급에 인기가 있었던 감상적인 멜로드라마 작품.

엣』이었거든요. 그렇게 지저분한 곳에서 셰익스피어 작품의 공연을 본다는 생각에 짜증이 났던 건 인정해요. 어쨌든 저는 1막까지 기다려 보기로 했죠. 금이 간 피아노에 앉은 히브리 젊은이가 오케스트라를 너무 끔찍하게 지휘해서 나는 거의 떠나려고 했어요. 그런데 마침내 연극 장면을 그린 커튼이 올라가고, 연극이 시작됐어요. 로미오는 나이 든 통통한 신사였는데, 태운 코르크를 칠한 눈썹과 비극적인 쉰 소리에, 맥주 통 같은 몸매였죠. 머큐시오도 끔찍하기 짝이 없었죠. 그 역을 저속한 희극배우가 연기했는데, 자기만의 개그를 선보였고 1층의 관객과는 매우 우호적인 관계를 유지했죠. 그들 모두 무대 장면처럼 기괴했고 마치 시골 노점에서 나온 것 같았었죠. 하지만 줄리엣! 해리, 꽃처럼 작은 얼굴, 겨우 열일곱 살인 소녀를 상상해봐요. 짙은 갈색 머리칼을 땋아 올린 작은 그리스인 머리, 열정의 샘 같은 보라색 눈, 그리고 장미 꽃잎 같은 입술을 상상해봐요. 내가 평생 본 것 중에서 가장 사랑스러운 존재였죠. 비애는 당신에게 전혀 감동을 주지 못했지만, 아름다움, 단순한 아름다움은 당신 눈을 눈물로 가득 채울 수 있다고 일전에 당신이 말했죠. 제가 말하지요, 해리, 저도 차오르는 눈물로 눈이 흐려져 그 아이를 거의 볼 수도 없었죠. 그리고 그 애의 목소리 ― 한 번도 그런 목소리를 들어본 적이 없었어요. 그 목소리는 처음에는 아주 낮았어요, 깊고 달콤했죠, 소리 하나하나가 귓가에 떨어지는 것 같았죠. 그런 다음 약간 더 커지더니, 플루트

나 먼 오보에 소리처럼 들렸죠. 정원 장면의 목소리에는 동트기 바로 직전 나이팅게일이 지저귈 때 나는 떨리는 황홀함이 있었죠. 나중에는 바이올린의 미친 듯한 열정이 들어 있는 순간들도 있었어요. 목소리가 얼마나 사람의 맘을 흔드는지 당신도 알잖아요. 당신의 목소리와 시빌 베인의 목소리는 제가 절대 잊지 못할 두 목소리죠. 내가 눈을 감고 당신 둘의 목소리를 들으면 둘은 서로 다른 말을 해요. 어떤 말을 따라야 할지 모르겠어요. 왜 그녀를 사랑하면 안 되나요? 해리, 난 진정 그 애를 사랑해요. 그 애는 내 인생의 전부예요. 밤마다 그녀의 연극을 보러 갔죠. 어느 밤에는 로잘린드였다가, 다른 밤에는 이모젠이 되었죠. 나는 그녀가 연인의 입술에 남은 독을 빨아들이며 어두운 이탈리아 무덤 속에서 죽는 걸 보았어요. 그리고 그녀가 아든 숲을 떠돌며, 꼭 끼는 타이즈와 더블릿, 앙증맞은 모자를 쓴 예쁜 소년으로 변장한 채, 정처 없이 헤매는 모습도 지켜봤어요. 그녀가 미쳐서 죄지은 왕 앞에 몸소 나서서, 회오를 받아들이라 하였고, 쓰디쓴 약초를 주었죠. 그녀는 아무 죄도 짓지 않았는데 질투의 검은 손이 그녀의 갈대 같은 목을 조르기도 했죠.[18] 나는 모든 연령대와 모든 복장으로 분장한 그녀를 보았어요. 평범한 여자들은 사람의 상상력에 전혀 호소하지 못하죠. 그들은 그저 자기 시대에 국한되죠. 어떤 화려함도 그들

---

18   셰익스피어 작품에 나오는 여주인공들.

을 바꾸지 못하죠. 우리가 그들의 보닛 모자를 알듯이 그들의 마음도 쉽게 알 수 있죠. 언제나 그런 여자들을 알아볼 수 있죠. 그들 중 누구도 신비로움이라고는 하나도 없죠. 그들은 아침에는 공원에서 말 타고, 오후에는 모임에서 차를 마시며 수다나 떨죠. 그들은 판에 박힌 웃음을 짓고, 유행에 따라 예의를 차리죠. 그들은 정말 눈에 빤히 보이죠. 하지만 여배우란! 여배우는 얼마나 다르던지! 해리! 사랑할 가치가 있는 유일한 건 여배우라고 왜 말을 안 해준 거죠?"

"왜냐하면 나도 여배우를 너무 많이 사귀었으니까, 도리언."

"오, 그래요, 머리는 염색하고 얼굴에는 화장을 처바른 끔찍한 사람들이죠."

"염색 머리와 화장한 얼굴을 헐뜯지 마라. 가끔 그들에게도 비범한 매력이 있지," 헨리 경이 말했다.

"이제 보니 시빌 베인 얘기를 안 할 걸 그랬어요."

"얘기 안 하고 못 배겼을걸, 도리언. 평생 살면서 넌 무슨 일을 하든 나한테 다 말하게 될걸."

"그래요, 해리. 저도 그런 거로 생각해요. 어쩔 수 없이 다 얘기하겠죠. 당신은 나에게 기이한 영향력이 있으니까요. 내가 범죄를 저질러도 당신에게 와서 실토하겠죠. 당신은 나를 이해해줄 테니까요."

"너 같은 사람—제 맘대로 빛나는 햇살 같은 삶—은 죄를 짓지 않아, 도리언. 하지만 어쨌든 칭찬 정말 고마워. 자 이제 말해줘 — 성냥 좀 집어 줄래, 착한 애처럼, 고마워 — 시빌 베인과 진짜로 어떤 관계냐?"

도리언 그레이는 얼굴을 붉히며 이글거리는 눈빛으로 벌떡 일어섰다. "해리! 시빌 베인은 신성해요!"

"손댈 가치가 있는 것은 오직 신성한 것뿐이야, 도리언," 헨리 경이 이상하게도 감상적인 어조로 말했다. "하지만 네가 왜 화를 내야 하지? 언젠가 그녀는 네 것이 될 텐데. 사람이 사랑에 빠지면 항상 자신을 속이면서 시작하고, 항상 타인을 속이면서 끝내지. 그걸 세상이 로맨스라고 부르는 거야. 어쨌든 넌 그녀를 아는 거지?"

"물론 알죠. 극장에 갔던 첫날 밤에, 그 끔찍한 늙은 유대인이 공연이 끝난 뒤 내 자리로 왔어요, 그리고 무대 뒤로 나를 데리고 가서 그녀에게 나를 소개해 주겠다고 하더군요. 나는 그에게 엄청 화를 내었죠, 줄리엣은 몇백 년 동안 죽은 상태이고 그녀의 시신은 베로나의 대리석 무덤에 누워있다고 말했죠. 놀라서 멍한 그의 표정으로 보아, 그는 내가 샴페인을 좀 과하게 마셨다든가, 뭐 그런 줄 알고 있었던 것 같아요."

"놀랄 일도 아니지."

"그리고 내가 신문사에 글을 기고하는 사람이냐고 물었어요. 나는 신문은 읽지도 않는다고 대답했죠. 그는 내 말에 심하게 실망한 것 같았고, 모든 연극 비평가들이 그에 대해 음모를 꾸미고, 매수된 것은 바로 그 기자들이라고 털어놓았죠."

"그 점에 있어 그가 꽤 맞다고 해도 난 놀랍지 않아. 하지만 다른 한편으로 비평가들의 행색만으로 보면, 대부분은 전혀 비쌀 것 같지 않던데."

"음, 그는 비평가들은 자기 재력으로 매수할 수 없는 사람들이라고 여기는 듯했죠," 도리언이 웃었다. "하지만, 그때 극장 불이 다 꺼졌고, 나도 극장을 나서야 했죠. 그가 강력하게 추천하는 시가를 내가 한 번 펴 보길 바랐죠. 나는 사양했어요. 물론 다음 날 밤에도 나는 그 극장을 찾아갔죠. 그가 나를 보자 꾸벅 인사하며, 나를 아주 후한 예술의 후원자라고 치켜세웠죠. 셰익스피어에 대해 과도한 열정을 갖고 있었지만, 그 사람은 불쾌하기 짝이 없는 무뢰한이었죠. 그가 한번은 의기양양한 태도로 자기가 다섯 번이나 부도난 건 전적으로 '그 음유시인' 때문이라고 말하며, 그렇게 불러야 한다고 우겼죠. 그게 영예의 표상이라고 생각하는 듯했죠."

"영예이긴 하지, 도리언 — 대단한 영예지. 대부분 사람은 산문 같은 인생에 너무 과하게 투자하다 파산하지. 시 때문에 자신을 망쳤다는 건 명예야.[19] 근데 시빌 베인 양이랑 언제 처음 얘기를 나눈 거야?"

---

19   와일드는 평범한 인생(the prose of life)의 산문이란 단어와 시인(the Bard)의 시란 단어로 말장난하고 있음.

"세 번째 밤이었죠. 그녀가 로잘린드를 연기하고 있었어요. 나는 더는 못 참고 보러 갔어요. 그녀에게 꽃을 던져 주었고, 그녀가 나를 보았죠. 적어도 날 보긴 한 것 같았죠. 그 늙은 유대인이 끈질겼거든요. 나를 무대 뒤로 데려가려고 작정한 듯했고, 나도 받아들였죠. 그녀를 알아보려 하지 않는 게 이상한 거죠, 그렇죠?"

"아니, 내 생각은 그렇지 않은데."

"헨리, 왜요?"

"다음번에 얘기해 줄게. 지금은 그 애에 대해 알고 싶을 뿐이야."

"시빌이요? 오, 그녀는 정말 수줍어했고, 아주 상냥했죠. 아이 같은 면도 있었죠. 그녀의 공연에 대한 제 생각을 말하자 완전히 놀라 눈이 휘둥그레졌죠. 자신이 지닌 힘을 모르는 듯했죠. 우리 둘 다 약간 긴장했나 봐요. 늙은 유대인이 우리 둘에 대해 상세한 설명을 늘어놓으며 먼지 가득한 분장실 문가에 서서 흐뭇하게 웃는 동안, 우리는 서로 바라보며 서 있었죠.

나를 집요하게 '나으리'라고 불러서, 시빌에게 나는 절대 그런 사람이 아니라고 확실히 말해줘야 했죠. 그녀는 아주 단순하게 '당신은 왕자 같아요. 전 백마 탄 왕자라고 부를래요.'라고 내게 말했죠."

"맹세코, 도리언, 시빌 양은 사람을 어떻게 치켜세울지 아는 여자네."

"당신은 그녀를 이해하지 못하는군요, 해리. 그녀는 그냥 나를 극 중의 인물이라고 여긴 거죠. 인생에 대해서는 하나도 모르는 아이예요. 엄마와 같이 사는데, 엄마는 피곤함에 찌든 한물간 여자로 첫날 밤에 헐거운 심홍색 드레싱 가운 같은 것을 입고 캐퓰렛 부인 역할을 했었죠. 잘나가던 시절도 있었던 것 같지만 말이에요."

"나도 그런 얼굴을 잘 알지. 그런 얼굴을 보면 나는 우울해져," 자기 반지들을 유심히 살펴보며 헨리 경이 나지막이 말했다.

"유대인이 내게 그녀 엄마 얘기해주려 했지만, 나는 관심이 없다고 말했죠."

"참 잘했군. 다른 사람의 비극에는 언제나 한없이 비천한 면이 있지."

"내가 유일하게 걱정하는 사람은 시빌뿐이죠. 그 애 출신까지 내가 굳이 알 필요가 있을까요? 작은 머리에서 자그마한 발끝까지 그녀는 전적으로 지극히 성스러운 존재였어요. 평생 매일 밤 그녀의 연기를 보러 갈 거고, 매일 밤 그녀는 경이로운 존재로 남을 거예요."

"그 때문에 요즘 나랑 저녁 식사를 안 했던 거군. 틀림없이 흥미로운 연애를 하는 중이라고 생각했는데, 정말 사랑에 빠져 있었네. 그런데 내가 기대했던 그런 연애는 아니군."

"헨리, 우리는 매일 점심이든 저녁이든 같이 먹고, 몇 번이나 함께 오페라도 보러 갔잖아요." 도리언이 놀라 파란 눈을 휘둥그레 뜨며 말했다.

"늘 지독히 늦게 오잖아."

"음, 시빌의 연극을 보러 가는 걸 참을 수 없어서 그래요," 그가 소리쳤다. "심지어 단막극일지라도 말이죠. 그녀의 존재를 보고 싶어 항상 굶주려 있어요. 그리고 그 조그만 상아색 몸에 숨겨진 놀라운 영혼을 생각하면 전 경외심으로 가득 차죠."

"오늘 밤은 같이 저녁 먹을 수 있지, 도리언, 그렇지?"

그는 고개를 저었다. "오늘 밤, 그녀는 이모젠이거든요," 그가 대답했다. "그리고 내일 밤은 줄리엣이고요."

"언제 시빌 베인이 되는데?"

"절대 그럴 때는 없어요."

"축하해."

"당신은 정말 못 됐어요! 그녀 하나에 세상의 위대한 여주인공이 모두 들어있는 거죠.

그녀는 단순히 한 개인 이상이죠. 당신은 웃지만, 그녀는 천재성을 지녔다고 나는 장담해요. 전 그녀를 사랑하고 그녀가 나를 사랑하도록 할 거예요. 삶의 모든 비밀을 아는 당신이, 시빌 베인이 나를 사랑하게 할 비법을 알려주세요. 로미오가 질투하게 하고 싶어요. 모든 세상의 죽은 연인들이 우리 웃음소리를 듣고 슬퍼졌으면 좋겠어요. 내 열정의 숨결로 그들의 먼지가 의식을 찾고, 그들의 재가 깨어나 고통을 겪길 바라요. 맙소사, 해리, 얼마나 내가 그녀를 숭배하는데!" 그는 말하면서 방 안을 왔다 갔다 했다. 흥분하여 피어나는 붉은 점들이 그의 뺨을 불태우고 있었다. 그는 격하게 흥분한 상태였다.

헨리 경은 묘하게 기쁜 감정을 느끼며 그를 바라보았다. 바질 홀워드의 화실에서 처음 만났던 소심하고 두려워하던 그 소년과 지금 그는 얼마나 다른가! 그의 본성이 꽃처럼 자라나, 선홍빛 불꽃 봉오리로 활짝 피어났다. 그의 영혼이 은밀하게 숨어있던 곳에서 슬금슬금 기어 나오다, 도중에 욕망과 마주친 거였다.

"그래서 뭘 하려는 건데?" 마침내 헨리 경이 말했다.

"조만간 당신과 바질이 나와 같이 극장에 가서 그녀의 연기를 봤으면 해요. 결과에 대해서는 전혀 걱정이 없어요. 분명 그녀의 천재성을 인정할 거예요. 그런 다음 우린 그 애를 유대인의 손아귀에서 빼내야죠. 그 애는 지금부터 계산하면 삼 년 — 최소 이 년 팔 개월 동안 그 인간에 묶여있거든요. 물론 상당한 대가를 치러야겠죠. 그 모든 게 해결되면 웨스트엔드의 극장을 하나 인수해서 정식으로 그녀를 소개할 작정이에요. 그녀가 나를 미치게 했듯이 세상을 열광하게 할 거예요."

"그건 불가능할 텐데, 애야?"

"가능해요, 그녀는 해낼 거예요. 그녀는 단순히 기술만, 더할 나위 없는 예술적 본능, 그런 거만 있는 게 아니라, 매력적인 개성도 있어요. 당신이 종종 제게 말했잖아요, 시대를 움직이는 건 원칙이 아니라 하나하나의 매력적인 개성들이라고."

"음, 우리가 언제 갈까?"

"잠시만요. 오늘이 화요일이죠. 내일로 정하죠. 내일 줄리엣 역할을 하거든요."

"좋아. 여덟 시에 브리스톨 호텔에서 보자. 바질은 내가 데려갈게."

"제발 여덟 시 말고요, 해리. 여섯 시 반이요. 막이 오르기 전에 가 있어야 해요. 1막에서 로미오를 만나고 있을 때 그녀를 봐야 해요."

"여섯 시 반! 말도 안 되는 시간이야! 고기에 차를 곁들여서 마시거나, 영국 소설을 읽는 것 같겠군. 일곱 시는 돼야지. 신사는 일곱 시 전에 저녁 식사를 안 하니까. 오늘부터 그사이에 바질을 볼 일이 있니? 아니면 내가 편지를 보낼까?"

"고마운 바질! 일주일 동안 그에게 눈길조차 주지 못했어요. 내가 너무 못됐죠, 특별히 내 초상화를 그가 직접 디자인한 가장 멋진 액자에 넣어 보내주기까지 했는데. 비록 지금 나보다 꼭 한 달이나 젊어 보이는 초상화를 질투하긴 했지만, 사실 기분이 아주 좋기도 했거든요. 당신이 편지를 써서 보내는 게 낫겠어요. 나 혼자 바질을 보러 가기 싫어요. 짜증 나는 말을 하거든요. 나한테 좋은 충고도 해주지만."

헨리 경이 미소 지었다. "사람들은 자기 자신에게 가장 필요한 걸 기꺼이 포기하지. 바로 그게 내가 관용의 깊이라고 부르는 거야."

"오, 바질은 최고로 좋은 사람이에요. 아주 조금은 속물처럼 보이지만 말이에요. 해리, 당신을 알고부터, 그런 점을 알아보게 되었죠."

"얘야, 바질은 자기 내면의 모든 매력을 그의 작품에 쏟아붓는 사람이야. 그 결과 그 자신의 삶에 남은 건 편견과 원리원칙과 상식 외에 아무것도 없지, 지금까지 내가 아는 예술가 중에 성격이 쾌활한 예술가들은 모두 별 볼 일 없는 자들이었지. 훌륭한 예술가는 오직 그가 창작한 작품 속에만 존재하기 때문에, 결국 그 사람 자체는 완전히 재미없어질 수밖에 없지. 위대한 시인, 진정으로 위대한 시인은 모든 생명체 중에 가장 시(詩)답지 않은 사람이야. 하지만 열등한 시인들은 완전히 매력적이지. 자기 시의 운율이 거지 같을수록 그 시인의 모습은 그림처럼 더 멋있거든. 이류급 소네트 시집을 출판했다는 사실만으로도 그 사람은 거부할 수 없는 매력적인 존재가 되지. 그런 사람은 자신이 쓸 수 없던 시를 인생으로 사는 거고. 다른 사람은 감히 삶 속에서 실현할 수 없는 시를 쓰는 거지."

"정말 그런 걸까요, 해리?" 도리언 그레이는 말하고 나서, 탁자에 있던 금색 뚜껑으로 닫힌 큰 병을 열어 자기 손수건에 향수를 톡톡 묻혔다. "당신이 그렇게 말하면, 그런 거겠죠. 이제 가볼게요. 이모젠이 날 기다려서요. 내일 잊지 마세요. 잘 있어요."

도리언 그레이가 방을 나서자, 헨리 경은 무거운 눈꺼풀을 내리깔고, 생각하기 시작했다. 분명 도리언 그레이처럼 그의 관심을 끈 사람은 얼마 없었다. 하지만 그 애가 다른 누군가를 그렇게 미친 듯이 흠모하는데도 일말의 괴로움이나 질투로 전혀 고통을 느끼지 않았다. 오히려 그것 때문에 기분이 좋아졌다. 그렇게 느끼는 그 자신이 흥미로운 연구 대상이었다. 그는 자연과학의 방법에 항상 매료되었지만, 그에게 과학의 평범한 주제는 시시하고 의미 없어 보였다. 그래서 자기 자신을 해부하기 시작했고, 끝내는 다른 사람들을 해부하게 된 거였다. 인간의 삶 — 바로 이것이 그에게는 연구할 가치가 있어 보였다. 삶과 비교하면 다른 어떤 것도 가치가 전혀 없었다. 삶을 고통과 쾌락이 뒤섞인 진기한 도가니처럼 바라볼 때, 누구도 자기 얼굴에 유리 가면을 쓸 수 없고, 지옥의 유황 연기가 뇌를 자극해 상상력을 괴상한 환상과 흉측한 꿈으로 혼탁하게 만드는 걸 막을 수 없다는 것은 사실이다. 미묘하게 작용하는 독들이 있어 그 성질을 알려면 토악질 날 정도로 중독돼야 한다. 어떤 병은 너무 이상해서 그 본질을 이해하려면 직접 앓아야 한다. 하지만 그렇게 직접 겪고 난 뒤 받게 되는 보상이란 얼마나 엄청난가! 그러면 그에게 온 세상이 얼마나 경이롭게 되는지! 열정이 지닌 기이하고 어려운 논리와 감성으로 색칠된 지성의 삶을 주시하는 것—그들이 어디서 만나고 어디서 떨어지고, 어느 지점에서 하나가 되었다가 어느 지점에서 상충하는지를 관찰하는 것―에 얼마나 큰 기쁨이 들어있는지! 그 대가가 무엇이든 무슨 상관인가? 값비싼 대가를 치르지 않고는 어떤 감각도 절대 느낄 수 없다.

도리언 그레이의 영혼이 이 하얀 소녀를 향했고, 그녀 앞에 숭배하며 머리를 숙인 일이 바로 자기 자신의 어떤 말들, 노래하듯 말해진 음악적인 말들 때문에 벌어진 일이라는 걸 헨리 경은 알고 있었다. 그리고 그 생각을 하니 헨리 경의 갈색 눈이 기쁨의 광채로 빛났다. 대체로 그 애는 그의 창조물이었다. 그가 그를 너무 조숙하게 만든 거였다. 그 점이 중요한 거였다. 보통 사람들은 인생이 그 비밀을 드러낼 때까지 기다리지만, 소수에게, 즉 선택된 소수에게 장막이 걷히기도 전에 인생의 신비가 드러나지. 가끔은 이런 일은 열정과 지성을 직접 다루는 예술, 특히 문학예술의 효과 때문이다. 하지만 가끔은 복잡미묘한 개성이 예술을 대체하고 예술의 임무를 떠맡거나, 그 자체로 진정한 예술 작품이 되며, 시나 조각 혹은 그림에도 공들여 만든 걸작이 있듯이 인생에도 그런 걸작이 있기 때문이다.

맞아, 그 애는 너무 빨리 성숙했어. 아직도 봄인데 수확을 하려는 셈이지. 그 안에 여전히 젊음의 열정과 맥박이 남아 있는데, 자기 자신을 의식하기 시작했어. 그를 지켜보는 게 즐거웠다. 아름다운 얼굴과 아름다운 영혼을 지닌 그는 경탄할 수밖에 없는 존재가 되었다. 그 모든 일이 어떻게 끝나든, 어떻게 끝날 운명이든 전혀 상관없었다. 화려한 행렬이나 연극 속의 우아한 인물과 같은 존재로, 그가 느끼는 즐거움은 바라보는 이와는 멀리 떨어져 있는 듯하지만, 그가 겪는 슬픔은 보는 이에게 아름다움에 대한 감각을 깨우고, 그의 상처는 붉은 장미처럼 느껴졌다.

영혼과 육체, 육체와 영혼 — 얼마나 신비로운가! 영혼 속에는 동물적 본능이 있고, 육체 안에는 영성의 순간들이 존재한다. 감각은 순화될 수 있고, 지성은 퇴화할 수 있다. 육체의 충동이 어디서 끝나는지, 아니면 영혼의 충동이 어디서 시작하는지 누가 말할 수 있단 말인가? 평범한 심리학자가 맘대로 내린 해석은 그 얼마나 얄팍한가! 다양한 학파들의 주장들 사이에 끼어 결단을 내리기란 얼마나 힘든가! 영혼이란 죄의 집에 자리 잡고 앉은 그림자인가? 아니면 조르다노 부르노가 생각하듯 육체가 진짜 영혼 속에 있는 건가? 물질에서 영혼을 분리하는 게 불가사의한 일이듯, 물질과 영혼의 합일 또한 불가사의한 일이지.

헨리 경은 우리가 심리학을 완전무결한 과학으로 만들어, 생명의 작은 근원을 하나하나 다 밝힐 수 있을까 궁금해졌다. 늘 그렇듯이, 우리는 항상 우리 자신을 잘못 이해하고, 다른 사람들도 거의 이해하지 못하지 않는가. 경험은 어떤 윤리적 가치도 없고. 그냥 사람들이 자신의 실수에 붙인 이름에 불과하다. 대체로 도덕주의자는 경험을 경고의 한 형태로 여겨 왔고, 인격 형성에 일종의 윤리적인 효과가 있다고 주장했고, 우리가 무엇을 따르고 무엇을 피해야 하는지 가르쳐주는 중요한 것으로 칭송해 왔다. 그러나 양심 자체와 마찬가지로 경험은 어떤 능동적인 원인이 거의 아니다. 경험이 실제로 증명해 보인 것은 단지 우리 미래가 우리 과거와 똑같으리라는 것, 그리고 한때 우리가 혐오스럽게 저지른 죄를, 여러 번 기꺼이 저지를 것이라는 사실뿐이다.

그에게 분명한 것은 열정을 과학적으로 분석해낼 수 있는 유일한 방법이란 실험을 통한 방법뿐이었다, 그리고 확실히 도리언 그레이는 자신의 손에서 만들어진 연구 대상이고, 풍부하고 유익한 결과들을 약속해주는 듯했다. 시빌 베인에 대한 그의 갑작스럽고 광기어린 사랑은 적잖이 흥미로운 심리학적 현상이다. 호기심이 깊은 관계가 있다는 건 의심의 여지가 없다. 새로운 경험에 대한 호기심과 욕망이 있었지만, 그 열정은 단순한 게 아니라 아주 복잡한 감정이다. 그 안에 존재하는 소년기의 순수한 감각적 본능이 상상력의 작용으로 변형되어 그 소년 자신에게는 감각에서 동떨어진 무언가로 바뀌었고, 그 때문에 훨씬 더 위험한 상태가 되었다. 우리 스스로가 그 근원에 대해 속이고 있는 욕정이 바로 우리 자신을 가장 강하게 억입하는 감정이다. 우리의 가장 약한 동기는 우리가 이미 그 본질을 아는 동기이다. 우리는 타인에 대한 실험을 진행한다고 생각할 때, 사실 우리 자신에 대해 실험하는 경우가 종종 생긴다.

헨리 경이 이런 꿈 같은 일들을 생각하며 앉아 있을 때, 시종이 문을 노크하고 들어와, 저녁 식사하러 갈 시간이 다 되었으니 옷을 갈아입어야 한다고 말해주었다. 자리에서 일어나 길 바깥을 살펴보았다. 석양은 반대편에 늘어선 집들의 꼭대기 층 유리창들을 불그레한 황금색으로 물들였다. 창유리는 마치 달 궈진 금속판처럼 이글거렸다. 집들 너머로 하늘은 시든 장밋빛으로 변했다. 그는 친구 도리언의 젊고 불길처럼 다채로운 삶을 생각하며 그 모든 일이 어떻게 끝날지 궁금했다.

열두 시 반쯤 헨리 경이 다시 집에 돌아왔을 때, 그는 전보 하나가 현관 테이블에 놓여 있는 걸 보았다. 전보를 펼쳐보니, 도리언 그레이한테 온 전보였다. 시빌 베인과 결혼하기로 약조했다는 내용이었다.

5장

"엄마, 엄마, 나는 너무 행복해요." 그 소녀는 쇠약하고 피곤해 보이는 여자의 무릎에 얼굴을 파묻으며 속삭였다. 그 여자는 아직도 날카롭게 파고들어 오는 빛을 피해 등을 돌린 채 누추한 거실에 놓여 있는 안락의자에 앉아 있었다. "정말 행복해!" 그녀가 되뇌었다. "엄마도 분명 행복할 거예요!"

베인 부인은 인상을 쓰며, 비스무트 화장독으로 하얗게 마른 손을 딸의 머리 위에 올렸다. "행복하고말고!" 그녀가 되뇌었다. "나는 네가 연기하는 걸 볼 때만 기쁘단다, 시빌. 연기 말고 다른 건 생각도 마라. 이삭스 씨는 우리에게 아주 잘해주고, 돈도 꿔주었잖니."

그 소녀는 뾰로통하며 올려보았다. "돈이요, 엄마?" 그 애가 소리쳤다. "돈이 뭐가 중요한데요? 돈보다는 사랑이 중요하죠."

"이삭스 씨가 우리 빚도 갚아 주고 제임스에게 제대로 된 옷이라도 한 벌 사라고 오십 파운드나 미리 땅겨 주었잖아. 그걸 잊어선 안 된다, 시빌. 오십 파운드는 엄청난 돈이란다. 이삭스 씨처럼 인정 많은 사람이 어디 있니."

"엄마, 그 사람은 신사도 아니고 나한테 말하는 투도 싫어요," 그 애는 일어나 창가로 다가가며 말했다.

"그분이 없었으면 어떻게 연명했을지 모르겠구나," 나이 든 여자가 투덜거리며 말했다.

시빌 베인은 고개를 뒤로 젖히며 웃었다. "더는 그 사람이 필요 없어요, 엄마. 이제 백마 탄 왕자가 우리 삶을 이끌어 줄 거예요." 그리고 그녀는 잠시 말을 멈췄다. 그녀의 핏속에서 장미꽃 한 송이가 흔들거리더니 양 볼을 붉은 기운으로 덮었다. 가쁜 숨을 쉬며 꽃잎 같은 그녀의 입술이 살짝 벌어졌다. 입술은 떨렸다. 열정을 품은 남쪽 바람이 그녀를 휘감고 가며, 우아하게 접힌 드레스를 살포시 흔들었다. "전 그이를 사랑해요," 그녀가 솔직히 말했다.

"어리석은 애야! 어리석은 애야!" 앵무새 같은 말을 답으로 퍼부었다. 가짜 보석 반지를 낀 굽은 손가락을 흔들며 말해서 그녀의 대답은 기괴하게 들렸다.

그 소녀는 다시 웃음을 터뜨렸다. 그 애의 목소리에는 새장에 갇힌 새의 기쁨이 들어있었다. 그녀의 눈이 웃음소리의 가락을 이어받아 찬란한 빛으로 되울리며 반짝거렸다. 그리고는 잠시 그들만의 비밀을 숨기려는 듯 눈을 감았다. 다시 눈을 떴을 때 두 눈 사이로 꿈같은 뿌연 눈물이 스쳐 지나갔다.

낡은 의자에서 얇은 입술의 지혜가 그녀에게 말을 걸었고, 상식의 이름을 흉내 내는 작가가 쓴 겁쟁이에 관한 책을 인용하며, 조심하라고 암시를 보냈다. 소녀는 듣지 않았다. 그녀는 자신만의 열정의 감옥에서 이미 자유로운 상태였다. 그녀의 왕자, 백마 탄 왕자가 그녀와 함께하고 있었다. 그녀는 왕자를 다시 불러내려 기억의 세계로 돌아갔다. 왕자님을 찾아내려고 자신의 영혼을 보냈고, 다시 왕자님을 찾아왔다. 그녀의 입술에서 왕자님의 키스가 다시 불타올랐다. 그의 숨결로 눈꺼풀도 따스해졌다.

그러자 지혜가 방법을 바꿔 관찰과 발견에 대해 말하기 시작했다. 이 젊은이는 부자일 수도 있지. 그러면 결혼을 고려해야겠지. 그녀의 귓가에 교활한 속세의 파도가 밀려와 부딪혔다. 지혜가 쏜 간사한 화살들이 꽂혔고. 그 애의 얇은 입술이 떨리는 걸 보며 웃었다.

갑자기 그녀는 말할 필요를 느꼈다. 소리 없는 말만 가득한 침묵이 그녀를 괴롭혔다. "엄마, 엄마," 그녀가 소리쳤다. "왜 그 사람은 나를 이토록 지극히 사랑하는 거죠? 내가 그분을 사랑하는 이유를 나는 알아요. 그분은 사랑 그 자체가 지녀야 할 모습과 같아서 내가 그분을 사랑하는 거죠. 하지만 그분은 나한테서 뭘 본 걸까요? 나는 그분에게 어울리시 않는 사람인데. 근데 하지만 — 아, 말 못 하겠는데 — 나는 그 사람보다 신분도 아주 낮지만 초라하다고 느끼진 않아요. 오히려 당당하게, 아주 당당하게 느껴요. 엄마, 내가 백마 탄 왕자를 사랑하듯 엄마도 아빠를 사랑했어요?"

양 볼에 덕지덕지 바른 거친 싸구려 분가루 밑에서 나이 든 여자의 얼굴이 창백해졌고, 그녀의 마른 입술은 통증이 이는 듯 경련으로 씰룩거렸다. 시빌은 엄마에게 얼른 달려가 두 팔로 목을 껴안으며 키스했다. "용서해줘요, 엄마. 아버지 얘길 하는 걸 힘들어하시는데. 하지만 아빠를 아주 많이 사랑했기 때문에 고통스러운 거죠. 그렇게 슬픈 표정 짓지 말고요. 이십 년 전 엄마가 그랬듯이 나는 오늘 아주 행복해요. 아! 영원히 행복할 수 있게 해주세요!"

"내 새끼, 사랑에 빠지고 뭐고 생각하기에 넌 아직 너무 어려. 게다가, 이 젊은이에 대해 아는 게 뭐니? 이름조차 모르잖아. 형편도 다 너무 안 좋고, 정말로 제임스가 오스트레일리아로 가고 나면, 이 어미는 생각할 게 너무 많은데, 그래도 어 말은 해야겠다. 좀 더 신중하게 행동했어야지. 하지만 내가 아까도 말했듯이, 그 사람이 부자라면……."

"아! 엄마, 엄마, 나 그냥 행복하게 놔두면 안 돼!"

베인 부인이 딸을 흘깃 보며, 종종 배우에게 또 하나의 천성이 된 극적인 거짓 몸짓으로 딸을 품에 안았다. 그 순간 문이 열렸고, 부스스한 갈색 머리의 소년이 방으로 들어왔다. 그 애는 다부진 몸에, 손과 발이 큼직하니 동작은 다소 정신 사나워 보였다. 그의 누이처럼 세련된 모습으로 자란 건 아니었다. 누구도 그들이 아주 가까운 친족 사이라고 짐작조차 못 했을 거다. 베인 부인은 그 아이를 뚫어져라 쳐다보며 더 환하게 큰 미소를 지었다. 그녀는 마음속에서 자기 아들을 관객의 자리까지 올려주었다. 그녀는 그 그림이 흥미로운 장면이라고 확실히 느끼는 게 분명했다.

"나에게도 키스를 좀 남겨줄 거지, 시빌, 그렇지," 그 소년은 기분 좋게 투덜대며 말했다.

"아! 넌 키스 받는 거 싫어하잖아, 짐," 그녀가 큰 소리로 말했다. "넌 음흉하게 늙은 곰이잖아." 그리고 그녀는 방을 가로질러 가서 동생을 끌어안았다.

제임스 베인은 온화한 눈길로 누이의 얼굴을 보았다. "나랑 산책하러 나갈래, 시빌. 이 끔찍한 런던을 다시는 못 볼 것 같은 생각이 들거든. 분명 다시 보고 싶지도 않고."

"아들아, 그런 섬뜩한 얘기는 하지도 마라," 베인 부인이 한숨 쉬며 낮게 말한 뒤, 겉만 번지르르한 연극 의상인 드레스를 들어 천 조각으로 깁기 시작했다. 그녀는 아들이 극단에 같이 들어가지 않아 조금은 실망스러웠다. 함께 연극을 하면 형편이 좀 더 극적으로 아름다운 장면이 되었을 텐데.

"왜 안 돼요, 엄마! 전 진심인데."

"너 때문에 속상해, 아들아. 오스트레일리아에서 돈을 많이 벌면 돌아올 거라 믿는다. 그런 식민지 나라에 소위 우리가 사교계라 말할 만한 그 어떤 사교계도 없을 거고. 돈을 많이 벌면, 반드시 런던에 돌아와서 네 자리를 잡아야지."

"사교계요!" 그 아이가 중얼거렸다. "그런 건 전혀 알고 싶지 않아요. 나는 돈을 벌어서 엄마와 시빌을 무대에서 내려오게 할 거예요. 나는 그 극장이 싫어요."

"오, 짐!" 시빌이 웃으며 말했다. "넌 정말 못됐어! 그런데 나랑 정말 산책하러 갈 거니? 그럼 좋겠다! 네 친구한테 작별 인사하러 나갈 거라 걱정했는데 ― 네게 그 흉물스러운 파이프를 준 톰 하디나 파이프를 핀다고 놀려 대던 네드 랭튼에게 말이야. 마지막 날 오후를 나랑 같이 시간을 보내주다니 너무 기특하구나. 어디로 갈까? 하이드 파크에 가자."

"내 차림이 너무 초라한데," 그가 상을 찡그리며 대답했다. "한껏 멋을 낸 사람들만 그 공원에 가잖아."

"말도 안 돼, 짐," 그녀가 동생의 코트 소매를 톡톡 털며 말했다.

그는 잠시 머뭇거렸다. "그래 좋아," 그가 마침내 말했다. "하지만 옷 갈아입는 데 너무 오래 걸리면 안 돼." 그녀가 춤추듯 방문 밖으로 나갔다. 위층으로 뛰어 올라가며 노래를 부르는 소리가 들렸다. 위층에서 그녀의 작은 발이 콩콩거리며 걷는 소리가 들렸다.

그는 방을 두세 차례 서성거렸다. 그러고 나서 안락의자에 꼼짝하지 않고 앉아 있는 엄마를 향해 돌아섰다. "엄마, 내 물건들은 준비되었죠?" 그가 물었다.

"다 됐지, 제임스," 하던 일에서 눈을 떼지 않고 그녀가 대답했다. 지난 몇 달 동안 그녀는 거칠고 고집 센 아들과 단둘이 있을 때면 마음이 불편했다. 아들과 눈이 마주치면 얄팍하고 비밀스러운 성격 때문에 마음이 편치 않았다. 혹시 아들이 뭔가 의심하고 있는 게 아닌지 의구심이 생기곤 했다. 아들이 달리 다른 말을 하지 않아 침묵이 흐르면 그녀는 견딜 수 없었다. 그녀가 불만을 터뜨리기 시작했다. 여자들은 갑자기 이상하게 복종하면서 상대를 공격하듯이 공격을 통해 자신을 방어하곤 한다. "이 어미는 네가 바다 선원 생활에 만족하길 바란다, 제임스," 그녀가 말했다. "네가 스스로 선택한 일인 걸 잊지 마라. 변호사 사무실에 들어갈 수도 있었는데. 변호사란 사람들은 아주 명망 높은 계급이고, 시골에선 종종 잘나가는 명문가 사람들과 자주 식사도 하는데."

"전 사무실도 싫고 사무원도 싫어요," 그가 답했다. "하지만 엄마 말이 맞아요. 내 인생이니까 내 뜻대로 선택한 거죠. 내가 하고 싶은 말은 오직 시빌을 잘 살펴달라는 것뿐이에요. 어떤 해도 입지 않게 잘해주세요. 엄마, 누나를 잘 지켜주세요."

"제임스, 참으로 이상한 말을 하는구나. 당연히 누나는 내가 잘 살필 테니 걱정하지 마."

"어떤 신사가 매일 밤 극장에 찾아온다고 들었어요. 무대 뒤에 가서 누이와 얘기도 하고요. 사실이에요? 어떻게 된 건데요?"

"넌 잘 알지도 못하는 말을 하고 있구나, 제임스. 우리 일이란 원래 사람들이 기꺼이 보내는 관심을 수도 없이 받는 데 익숙한 직업이잖니. 나도 한 번에 꽃다발을 여러 개 받은 적이 있거든. 관객들이 우리 연기를 진정으로 이해할 때 그런 일이 있지. 시빌 얘기라면 시빌을 쫓아다니는 그 남자의 마음이 진지한 건지 아닌지 나도 지금으로서는 모르겠다. 하지만 문제의 그 젊은이가 제대로 된 신사라는 점은 의심의 여지가 없어. 항상 나에게도 아주 예의 바르거든. 게다가 겉모습도 부자인 것 같고, 보내주는 꽃도 아주 예쁘단다."

"하지만 이름도 모르잖아요," 그 애가 거칠게 말했다.

"그래 모른다," 그의 엄마가 차분한 표정을 지으며 대답했다. "아직 자기 진짜 이름은 알려주지 않았지. 내 생각에 그래서 더 로맨틱한데. 아마도 귀족 집안의 사람이겠지."

제임스 베인이 입술을 깨물었다. "시빌 누나를 잘 살펴 주세요, 엄마" 그가 소리쳤다. "잘 살펴보세요."

"아들아, 너 때문에 나는 너무 속상하다. 내가 항상 시빌을 특별히 돌보고 있잖아. 물론 그 젊은 신사가 부유하다면, 시빌이 그 남자와 결혼하지 못할 이유도 없지. 그 젊은이가 분명 귀족 집안사람이라고 나는 믿는다. 분명히 말하지만, 겉모습만 보면 영락없이 부자라니까. 시빌에게는 가장 화려한 결혼이 될 걸. 아주 매력적인 부부가 될 거야. 그는 정말 아주 눈에 띄는 멋진 외모를 가졌거든. 모두가 쳐다볼 정도란다."

그 소년은 혼자 뭐라고 중얼거리며 거친 손가락으로 창유리를 두드렸다. 뭔가 말하려고 돌아섰을 때 문이 열렸고, 시빌이 뛰어 들어왔다.

"둘 다 왜 이렇게 심각해!" 그녀가 소리쳤다. "무슨 문제라도 있어?"

"없어," 그가 대답했다. "가끔은 심각할 때도 있어야지. 나갔다 올게요, 엄마. 다섯 시에 저녁 먹으러 돌아올 거예요. 내 셔츠들만 빼고 짐은 다 쌌으니까 신경 안 써도 돼요."

"잘 다녀와, 아들," 그녀가 부자연스럽게 위엄있는 태도로 고개를 끄덕이며 대답했다.

아들이 그녀를 대하는 말투 때문에 극도로 짜증이 났다. 아들의 표정에 그녀를 겁나게 하는 뭔가 있었다.

"키스, 엄마," 소녀가 말했다. 딸아이의 꽃 같은 입술이 주름진 엄마의 뺨에 닿으면서, 서리 같은 뺨을 녹여주었다.

"내 아가, 내 아가!" 가상의 맨 위층 관람석을 찾듯이 천장을 올려다보며 베인 부인이 큰 소리로 말했다.

"가자, 시빌!" 참을성 없이 동생이 말했다. 그는 엄마의 가장된 모습이 싫었다.

그들은 바람이 휘날리듯 어른거리는 햇살 속으로 나왔고, 황량한 유스턴 가를 천천히 걸어갔다. 지나가는 사람들이 헐렁하고 누추한 행색에 무뚝뚝하고 건장한 젊은이가 그렇게 우아하고 세련된 젊은 여자와 함께 걷고 있는 모습에 놀라 흘끗흘끗 쳐다보았다. 장미를 들고 걸어가는 비천한 정원사 같은 모습이었다.

짐은 가끔 캐묻는 듯한 눈길로 흘끗거리는 낯선 사람들과 시선이 마주칠 때면 인상을 썼다. 살면서 뒤늦게 천재성이 드러났는데 아직도 진부했던 행색을 벗어버리지 못한 사람들을 쳐다보는 듯한 시선이 정말 싫었다. 하지만 시빌은 자신이 만들어 내는 효과를 거의 의식하지 못했다. 그녀의 입술에 걸린 웃음 속에는 그녀의 사랑이 떨고 있었다. 백마 탄 왕자를 생각하며, 더욱더 그 사람 생각하게 될까 봐, 그 사람 얘기는 꺼내지도 않고, 짐이 타고 떠날 배와 틀림없이 그가 찾게 될 금, 그리고 붉은 셔츠를 걸친 흉악한 산적으로부터 그가 구해 줄 대단한 상속녀 얘기만 주절거렸다. 선원이나, 화물 감독자, 혹은 어떤 일을 선택하든 그는 그렇게 뱃사람으로 남을 애는 아니지. 오, 아냐! 뱃사람으로 사는 거는 끔찍하기 짝이 없어. 배를 집어삼킬 듯 성난 파도가 굽이치고, 시커먼 바람이 돛대를 쓰러뜨리며 돛을 갈기갈기 찢어 비명을 내지르는 천 조각이 휘날리는 가운데 진저리나는 배 안에 꼼짝없이 갇혀 있는 걸 상상해봐. 멜버른에 도착해 배에서 내리면, 선장에게 정중하게 작별 인사를 고하고, 즉시 금광으로 떠나야 해. 일주일이 채 지나기도 전에, 커다란 순금 덩어리, 지금까지 발견한 적 없는 가장 큰 금덩어리를 발견하여, 기마경찰 여섯 명이 호위하는 마차에 실어 해안으로 가져오겠지. 산적이 세 차례나 공격해도 완전히 괴멸시켜 버리겠지. 아니, 아냐. 짐은 금광으로 가면 절대 안 돼. 거기도 끔찍한 곳이라 사내들이 술에 취해 술집에서 서로 총질하고, 몹쓸 욕설이 난무하는 곳이야. 그는 양치는 착한 농부가 되어, 어느 날 저녁 말을 타고 집에 돌아오는 길에, 검은 말을 탄 강도들이 아름다운 상속녀를 끌고 가는 걸 목격하고 그들을 쫓아가서 그녀를 구출해내겠지. 당연히 그 여자는 짐과 사랑에 빠지고 짐도 그녀를 사랑하게 되어 결혼한 뒤 고향으로 돌아와 런던의 아주 큰 저택에서 살게 되겠지. 그래, 짐에게는 좋은 일만 가득할 거야. 하지만 그러려면 아주 착하게 살아야 해, 성질도 부리지 않고, 바보같이 돈을 낭비해서도 안 돼. 그녀는 동생보다 딱 한 살 더 먹었지만, 인생에 대해 훨씬 더 많은 걸 알고 있으니까. 또한 매번 그녀에게 꼭 편지를 보내고, 잠자리에 들기 전에 매일 밤 기도하는 것도 잊지 말아야 해. 하느님은 선한 분이니 동생을 보살펴 주겠지. 그녀도 동생을 위해 기도할 거고 몇 년이 흐른 뒤 동생은 부자가 되어 행복한 모습으로 돌아올 거야.

소년은 뚱하게 누나의 말을 듣기만 하고 아무 대답도 하지 않았다. 그는 집을 떠나는 게 마음에 걸렸다.

하지만 단지 그것 때문에 우울하고 시무룩한 건 아니었다. 비록 그는 경험은 많지 않지만 시빌이 처할 위험에 대한 강한 직감이 있었다. 누나와 사랑을 나누는 이 젊은 멋쟁이가 그녀에게 좋은 의도를 가진 게 아닐 수 있다. 그가 신사라지만, 짐은 그 점 때문에 그가 싫었다. 뭐라 설명할 수 없지만, 그런 이유로 그의 마음속에 점점 커지는 묘한 계급 본능 때문에 그가 싫었다. 얄팍하고 허영심 가득한 엄마의 성격도 알고, 바로 엄마의 성격 때문에 시빌 자신에게, 그리고 그녀의 행복에 한없는 위험이 다가올 게 보였다. 아이들은 처음에는 부모님을 사랑하지만, 점점 자라나면서 부모를 판단하고 또 가끔은 부모를 용서하기도 한다.

엄마! 엄마에게 묻고 싶은 질문, 마음속으로 지난 몇 개월 동안 말도 못 하고 곰곰이 생각해온 질문이 있었다. 극장에 갔다가 우연히 들었던 그 말이, 무대 옆문에서 기다리던 어느 날 밤 그의 귀에 들려온 비웃으며 소곤거리던 말들이 줄줄이 이어지는 끔찍한 생각의 끈을 풀어놓았다. 사냥용 채찍으로 얼굴을 후려 맞은 것처럼 그 말이 생생하게 기억났다. 그는 눈썹을 찌푸리며 미간에 쐐기 같은 골을 만들며 고통으로 실룩거리는 아랫입술을 깨물었다.

"짐, 내가 하는 말을 하나도 안 듣고 있지," 시빌이 소리쳤다. "네 미래를 위해 아주 멋진 계획을 세우고 있는데. 뭐라고 말 좀 해봐."

"내가 무슨 말을 하길 바라는데?"

"오! 네가 착한 사람이 될 것을, 우리를 잊지 않을 것을," 그에게 미소를 지으며 그녀가 말했다.

그는 어깨를 으쓱했다. "내가 누나를 잊는 것보다 누나가 날 잊을 것 같은데, 시빌."

그녀는 얼굴이 빨개졌다. "무슨 소리야, 짐?" 그녀가 물었다.

"새 친구가 생겼다고 들었는데. 누구야? 나한테 왜 얘기 안 해줬어? 네게 전혀 좋을 게 없는 사람이지."

"그만해, 짐!" 그녀가 외쳤다. "그분에 대해 어떤 나쁜 말도 하지 마. 나는 그분을 사랑해."

"아니, 누나는 그 사람 이름도 모르잖아." 소년이 대답했다. "그 사람이 누군데? 나도 알 권리가 있어."

"그분은 백마 탄 왕자님으로 불려. 넌 이 이름이 맘에 안 드는 모양이네. 오! 이 멍청아! 절대 잊지 못할 이름이잖아. 너도 그분을 보면 이 세상에서 가장 멋진 사람이라 생각할걸. 언젠가 보게 될 거야. 네가 오스트레일리아에서 돌아오면 말이야. 너도 그분을 아주 많이 좋아할 거야. 다들 그를 좋아하거든. 그리고 나는 …… 그분을 사랑해. 오늘 밤 너도 극장에 올 수 있으면 좋겠다. 그분도 올 건데, 나는 줄리엣을 연기하거든. 오! 어떻게 연기하지! 짐, 사랑에 빠져있으면서 줄리엣을 연기한다고 상상해봐! 더구나 그분이 앞에 앉아 있는 상태에서, 그 사람을 기쁘게 하려고 연기하는 걸 말이야! 극단 사람들을 놀라게 하지나 않을까 걱정돼, 놀라게 하든 시로잡든 걱정이야. 누굴 사랑하는 것은 자신을 초월해야 하는 거야. 불쌍하고 형편없는 이작스 씨가 술집에서 빈둥거리는 부랑자들에게 '천재야'라고 소리치겠지. 나를 교리의 화신이라고 전도한 적도 있거든. 오늘 밤에는 계시라고 분명히 천명할 거야. 그런 느낌이 들어. 이게 모두 오로지 백마 탄 왕자님, 나의 멋진 연인, 나의 은총의

신, 바로 그분 때문이야. 하지만 그 사람에 비하면 나는 초라해. 초라하다고? 그게 무슨 대수야? 가난이 문틈으로 기어들어 온다면, 사랑은 창문으로 날아 들어오거든. 속담을 다시 써야 해. 그 속담들은 겨울에 만들어진 건데, 지금은 여름이잖아. 내게는 봄날, 파란 하늘에 꽃들이 춤추는 봄날 같아."

"그 사람은 신사잖아," 소년이 시무룩하게 말했다.

"왕자님이라니까!" 그녀가 노래하듯 소리쳤다. "더 하고 싶은 말이 뭐야?"

"누나를 노예로 삼으려는 거겠지."

"자유로워질 생각에 몸서리쳐져."

"그 사람을 조심하길 바라."

"그분을 보면 그분을 숭배하게 되고, 그분을 알수록 믿을 수밖에 없어."

"시빌, 누나 그 사람한테 미쳤구나."

그녀는 웃으며 그의 팔을 잡았다. "내 착한 동생 짐, 한 백살은 나이 든 사람처럼 말하는구나. 언젠가 너도 사랑에 빠지겠지. 그러면 그때 사랑이 뭔지 알게 될 거야. 그렇게 삐진 표정 짓지 말고. 멀리 떠나지만, 이전 어느 때보다 내가 행복한 상태에서 떠난다고 생각하면 분명 너도 기분 좋잖아. 우리 둘 다 사는 게 힘들었지, 너무 힘들고 괴로웠지. 이제 달라질 거야. 넌 새로운 세상을 찾아 나아가고 나도 새 세상을 찾았으니. 여기 의자가 두 개 있네. 앉아서 멋진 사람들이 지나가는 거나 구경

하자."

그들은 구경꾼들 무리에 자리를 잡고 앉았다. 길 건너 튤립 꽃밭이 요동치는 둥근 불꽃처럼 타오르고 있었다. 하얗게 흩날리는 붓꽃 가루가 구름이 되어 헐떡이는 공기 중에 떠다니는 듯했다. 밝은색의 파라솔들이 괴상한 나비처럼 춤을 추며 펄럭거렸다.

그녀는 동생에게 본인 얘기, 자기 희망이나 계획에 대해 말해 보라고 했다. 그는 천천히 힘들여 말했다. 시합에서 선수들이 서로 치고받듯이, 그들은 서로 말을 주고받았다. 시빌은 무겁게 억눌린 느낌이었다. 그녀가 느끼는 기쁨을 말로 전달할 수 없었다. 그녀가 얻어낼 수 있던 반응은 뚱했던 입꼬리를 올리며 엷게 짓는 미소뿐이었다. 얼마 지나지 않아 그녀는 조용해졌다. 순간 금발 머리와 환하게 웃는 입술이 스치듯 그녀의 눈에 띄었는데, 바로 도리언 그레이가 두 숙녀와 함께 무개 마차를 타고 지나가는 모습이었다.

그녀는 벌떡 일어섰다. "저 사람이야!" 그녀가 소리쳤다.

"누구?" 짐 베인이 물었다.

"백마 탄 왕자님," 그녀는 사륜마차를 계속 쳐다보며 말했다.

그가 벌떡 일어서 그녀의 팔을 거칠게 잡았다. "가리켜 봐. 어느 쪽이야? 가리켜 봐. 그를 꼭 봐야겠어." 그가 외쳤다. 그 순간 버윅 공작의 사두마차가 그 사이로 지나갔고, 그 마차가

지나가 길이 비었을 때, 도리언의 마차는 이미 공원 밖으로 쏜살같이 빠져나간 뒤였다.

"가버렸어," 시빌이 서글픈 목소리로 중얼거렸다. "네가 그분을 봤으면 좋았을 텐데."

"그러게 말이야. 그가 네게 조금이라도 나쁜 짓을 하면, 하늘에 하느님이 계시듯 내가 반드시 그자를 죽여버릴 거야."

그녀는 공포에 질려서 짐을 바라보았다. 그는 같은 말을 되뇌었다. 마치 단검처럼 그 말은 공기를 갈랐다. 주변에 있던 사람들은 놀라 입을 딱 벌렸다. 시빌 가까이에 서 있던 한 여자가 키득거렸다.

"가자, 짐. 가자," 그녀가 속삭였다. 그녀가 사람들을 뚫고 지나가는 동안 짐은 말없이 바싹 그녀를 따라갔다. 자기가 한 말에 그는 기분이 좋아졌다.

아킬레우스 상에 도착했을 때 그녀는 돌아섰다. 그녀의 눈에 연민의 빛이 서리더니 곧 입술에 웃음이 번지기 시작했다. 그녀는 동생에게 고개를 절레절레 저었다. "넌 바보야, 짐, 정말 바보야. 아무리 봐도 정말 심술궂은 애야. 어떻게 그렇게 끔찍한 말을 할 수 있어? 자기가 무슨 말을 하는지도 모르고. 그냥 샘이나 내고 성질만 못돼서. 아! 너도 사랑에 빠졌으면 좋겠어. 사랑은 사람을 선하게 만들거든. 네가 한 말은 사악하기 그지없어."

"나는 열여섯이야," 그가 대답했다. "내가 뭔 얘길 하는지

나도 알아. 엄마는 너한테 도움이 안 돼. 널 어떻게 돌볼지도 몰라. 지금은 오스트레일리아에 가고 싶지도 않아. 모든 걸 다 내팽개칠 생각도 많아. 계약에 사인만 안 했어도 그럴 텐데."

"오, 그렇게 심각하게 생각하지 마, 짐. 널 보면 엄마가 예전에 연기하기 좋아했던 유치한 멜로드라마의 주인공 같아. 너랑 말싸움하지 않을래. 나는 그분을 만나고 있는데, 오! 그분을 보는 게 완전 행복해. 말씨름하지 말자. 내가 사랑하는 사람을 동생인 네가 절대 해치지 않을 걸 알아, 그렇지?"

"네가 사랑하는 한, 그렇지," 뚱하게 대답했다.

"나는 영원히 그를 사랑할 거야!" 그녀가 큰 소리로 말했다.

"그러면 그 사람은?"

"그 사람도 영원히 날 사랑하겠지!"

"그래야 하는 게 좋을걸."

그녀는 짐에게서 뒷걸음쳤다. 그러고 나서 웃으며 그의 팔에 손을 얹었다. 동생은 그저 어린아이에 불과하다.

마블아치에서 그들은 합승 마차를 잡아탔고, 그 마차는 유스턴 가의 누추한 그들의 집 근처에서 그들을 내려주었다. 다섯 시가 넘었고, 시빌은 연기하기 전에 두 시간 정도 누워 쉬어야 했다. 그래야 한다고 짐이 우겼다. 그는 엄마가 안 계실 때누이와 작별하고 싶다고 말했다. 엄마는 분명 야단법석을 떨거고, 그는 난리 치는 모습은 어쨌든 다 싫었다.

시빌의 방에서 그 둘은 작별 인사를 나눴다. 소년의 마음에는 질투심이 가득했고, 그 둘 사이에 끼어든, 그에게는 낯선 그 사람을 죽이고 싶을 정도의 격렬한 증오심이 끓어올랐다. 하지만 시빌이 두 팔로 그의 목을 감싸 안으며, 손가락으로 머리카락을 이리저리 쓰다듬자, 짐의 마음이 누그러졌고, 진정 애정을 담아 누나에게 키스했다. 아래층으로 내려갈 때 그의 눈에는 눈물이 글썽거렸다.

아래층에서 엄마가 그를 기다리고 있었다. 아들이 들어오자 시간을 제대로 지키지 못했다고 투덜거렸다. 그는 아무 대꾸도 하지 않고 변변찮은 식사를 하려고 앉았다. 식탁 주위에 파리들이 윙윙 날아다니다, 얼룩진 식탁보 위를 기어 다녔다. 꽈르릉거리며 지나가는 합승 마차와 덜컹거리며 달리는 소형 마차소리 사이로 윙윙거리는 파리가 자신에게 남겨진 일 분 일 분을 잡아먹는 게 들렸다.

얼마 후, 접시를 밀쳐내고 두 손으로 머리를 감쌌다. 그도알 권리가 있다고 느꼈다. 그가 생각하는 대로 누나가 사랑하는 사람이 있다면 전에 이미 말해줘야 했는데. 두려움에 짓눌려, 엄마는 아들을 쳐다보았다. 기계적으로 그녀의 입술에서 말이 뚝뚝 떨어져나왔다. 다 헤진 레이스 손수건을 손가락으로 비비 꼬았다. 시계가 여섯 시를 울리자 짐은 일어나 문으로 향했다. 그리고 돌아서서 엄마를 바라보았다. 서로 눈이 마주쳤다. 자비를 바라는 강한 호소의 눈길을 엄마에게서 보았다. 그래서 그는 더 화가 치밀었다.

"엄마, 물어볼 게 있어요," 그가 말했다. 엄마는 초점 없이 방황하는 눈길로 방을 둘러보았다. 아무 대답도 하지 않았다. "진실을 말해줘요. 나도 알 권리가 있어요. 아버지와 결혼은 한 건가요?"

엄마는 깊은 한숨을 쉬었다. 안도의 한숨이었다. 밤이나 낮이나, 여러 주 여러 달 동안 시도 때도 없이 그녀가 두려워했던 순간, 그 끔찍한 순간이 마침내 찾아왔는데, 이제 아무런 두려움도 느끼지 못했다. 사실 어떤 면에서 약간 실망스러웠다. 노골적으로 대놓고 하는 질문에는 있는 그대로 대답하는 게 중요하다. 조금씩 천천히 쌓여 이런 상황에 이른 게 아니었다. 정말 버릇없는 질문이었다. 엉망으로 한 리허설이 생각나는 상황이었다.

"아니, 안 했다," 그녀가 삶의 가혹한 단순함에 감탄하며 대답했다.

"그럼 우리 아버지는 건달이었군요!" 주먹을 움켜쥐며 짐이 말했다.

엄마는 고개를 가로저었다. "자유로운 몸이 아닌 건 일았난다. 우린 서로 너무 사랑했어. 네 아버지가 살아있었다면 우리가 살 방편을 마련해 주었을 거야. 아들아, 아버지를 나쁘게 말하지 말아다오. 네 아버지이고, 신사였단다. 높은 가문과 연고도 아주 많은 사람이었단다."

그의 입에서 욕설이 터져 나왔다. "나 자신은 상관없어요,"

그가 외쳤다. "하지만 시빌은 안 돼요 …… 시빌을 사랑한다는 남자, 신사라면서요? 게다가 대단한 혈통이라지요, 아마도."

한순간 끔찍한 굴욕감이 그녀를 덮쳤다. 그녀는 고개를 떨구었다. 떨리는 손으로 눈물을 훔쳤다. "시빌은 엄마가 있잖아," 그녀가 나지막이 말했다. "나는 아무도 없었단다."

짐은 가슴이 먹먹했다. 엄마에게 다가가 몸을 숙여 키스했다. "아버지 얘기를 물어 엄마 마음을 아프게 해서 죄송해요," 그가 말했다. "하지만 어쩔 수 없었어요. 이제 떠나야 해요. 잘 계세요. 이제 돌봐야 할 자식이 한 명뿐이라는 걸 잊지 마세요. 날 믿어도 돼요. 그자가 누이에게 나쁜 짓을 하면, 누군지 알아내 끝까지 쫓아가 개처럼 죽여버릴 거예요. 맹세해요."

지나치게 떠벌리는 어리석은 위협, 동시에 격렬하게 휘젓는 몸짓, 그리고 미친 듯이 내뱉은 멜로드라마조의 말들로 인해 그녀는 인생이 더 생생하게 느껴졌다. 그녀는 이런 분위기에 익숙했다. 그녀는 좀 편하게 숨을 쉬며, 여러 달만에 처음으로 아들이 정말 자랑스러웠다. 그녀는 감정의 고조를 지키며 이 장면을 계속 이어 나가고 싶었지만, 아들이 그녀의 말을 잘라버렸다. 큰 여행 가방도 나르고 머플러도 찾아야 했다. 여인숙 일꾼이 설치며 들락거렸다. 마부와 흥정하는 소리도 났다. 그 순간은 자질구레한 세상사에 묻혀버렸다. 아들이 마차를 타고 떠날 때, 창가에서 다 헤진 레이스 손수건을 흔드는 순간 다시 그녀에게 실망의 감정이 불쑥 솟아났다. 중요한 기회가 날

아가 버린 걸 깨달았다. 이제 보살필 자식이 하나밖에 남지 않아 자신의 인생이 얼마나 쓸쓸하게 느껴지는지 시빌에게 얘기하며 스스로 마음을 달랬다. 다시 아들의 말이 떠올랐다. 그 말을 들었을 때는 기분이 좋았었는데. 그녀는 짐이 말한 위협에 대해서는 한마디 말도 꺼내지 않았다. 너무 생생하고 극적으로 표현한 말이었다. 언젠가 함께 그 얘기를 하며 웃게 될 거라고 느꼈다.

6장

"바질, 너도 소식 들었겠지?" 그날 밤에 헨리 경이 물었다. 홀워드가 세 명의 식사가 차려진 브리스톨 호텔의 작은 사실로 안내되어 들어올 때였다.

"아니, 헨리," 화가가 고개 숙인 웨이터에게 모자와 코트를 건네주며 말했다. "무슨 소식? 정치 얘기는 아니겠지? 나는 정치에는 관심이 없어서. 초상화를 그릴 만한 사람이 하원에는 거의 하나도 없거든. 뭐 약간 회반죽으로 하얗게 칠하면 좀 나아질 사람도 많이 있지만 말이야."

"도리언 그레이가 결혼하기로 약조했데," 헨리 경이 화가를 살펴보면서 말했다.

홀워드는 깜짝 놀랐다, 그런 뒤 얼굴을 찌푸렸다. "도리언이 결혼하기로 했다고!" 그가 소리쳤다. "말도 안 돼!"

"완벽한 사실이야."

"누구랑?"

"어떤 하찮은 여배우라나 뭐라나."

"믿을 수 없어. 도리언은 너무 이성적인데."

"바질, 도리언은 아주 지혜로워서 가끔 어리석은 짓을 할 줄 아는 거야, 이 친구야."

"결혼이란 게 어쩌다 하고 말고 하는 일이 아니잖아, 해리."

"미국에서만 빼고 그렇지," 헨리 경이 맥없이 대답했다. "결혼했다고 말한 건 아니잖아. 결혼하기로 약조했다고 말했어. 엄청난 차이가 있지. 나는 결혼한 기억은 생생하지만, 약혼한 기억은 하나도 없는데. 내가 한 번도 약혼한 적이 없다고 생각하는 게 맘 편한가 봐."

"하지만 도리언의 출생과 지위와 부를 생각해 봐. 그보다 훨씬 신분이 낮은 사람과 결혼하는 건 말도 안 돼."

"도리언이 그 여자애와 결혼하게 할 작정이면, 그에게 그렇게 말해, 바질. 분명 도리언은 그렇게 하고도 남을걸. 사람이 완전히 바보 같은 짓을 할 때는 항상 지극히 고귀한 동기 때문이거든."

"착한 애였으면 좋겠어, 해리. 도리언이 자신의 성정을 타락시키고 지성을 망가뜨릴 수 있는 그런 사악한 여자에게 묶여 사는 걸 보고 싶지 않아."

"오, 그 애는 착한 것 이상이지 — 그 애는 아름답기도 하거든." 헨리 경이 오렌지 비터가 든 베르무트를 홀짝이며 낮게 말했다. "도리언이 아름답다고 하던데. 도리언이 그런 일에 거의 틀리지 않잖아. 네가 그린 초상화 덕분에 도리언은 다른 사람의 외모에 더 민감해졌거든. 그 초상화는 다른 효과도 있지만 그런 면에서 뛰어난 효과를 지니고 있어. 도리언이 약속을 잊지 않았다면 오늘 밤 우리는 그녀를 보겠지."

"진심으로 하는 말이야?"

"당연히 진심이지, 바질. 내가 이 순간보다 더 진지한 순간이 있을 거로 생각하면 나는 너무 비참할 거야."

"그럼 결혼하는 걸 인정하는 거야, 해리?" 화가가 입술을 깨물고 방을 왔다 갔다 하며 물었다. "아마, 너는 인정할 수 없을걸. 이건 멍청하게 홀딱 빠진 거잖아."

"지금 나는 어떤 것도 인정도 부정도 안 해. 인생을 대할 때 그런 태도는 도리가 아니야. 우리는 자신의 도덕적 편견을 나불대라고 이 세상에 태어난 게 아니야. 나는 보통 사람이 무슨 말을 하든 결코 신경 안 써, 그리고 매력적인 사람이 무슨 일을 하든 절대 간섭 안 해. 어떤 사람이 나를 매료시키면, 그 사람이 고른 어떤 표현 양식이든 나에게는 온전한 기쁨으로 다가오지. 도리언 그레이가 줄리엣을 연기하는 아름다운 소녀와 사랑에 빠져 청혼한 거야. 왜 안 되겠어? 만약 그가 메살리나[20]와 결혼한다 해도, 그의 매력이 조금도 줄어들지 않을 거야. 내가 결혼을 옹호하는 투사가 아니라는 것을 너도 알지. 결혼의 진짜 단점은 사람을 비이기적으로 만든다는 점이야. 비이기적인 사람은 색깔이 없어. 개성이 부족해. 물론 결혼해서 더 복잡한 존재가 되는 그런 기질을 지닌 사람들도 있지. 그 사람들은 자신의

---

20 로마 황제 클라우디우스의 세 번째 왕비로 간통으로 웃음거리가 되었음.

이기심을 유지해. 그리고 다른 많은 자아를 덧붙이지. 어쩔 수 없이 그들은 다양한 인생을 살 수밖에 없어. 그래서 내 생각에 그 사람들은 더욱 고도로 조직화되고, 결국에는 고도로 조직화되는 것이 인간 존재의 목적이 되고 말지. 게다가 경험은 다 가치가 있어. 어떤 이가 결혼에 대해 뭐라고 말해도, 그것은 분명 하나의 경험이거든. 내가 바라는 바는 도리언 그레이가 그 여자를 아내로 삼은 후, 육 개월 동안 열렬히 사랑하다가 갑자기 다른 누군가에게 푹 빠지는 거지. 그럼 그 애는 멋진 연구 대상이 될 텐데."

"네가 한 말 중에 한마디도 진심은 아니지, 해리. 진심이 아닌 거는 너도 알지. 만약 도리언 그레이의 인생이 망가지면, 너는 누구보다 더 안타까워할 거야. 네가 그런 척하는 것보다 너는 훨씬 괜찮은 사람이야."

헨리 경이 웃었다. "우리 모두 다른 사람들을 그렇게 좋게 생각하고 싶은 이유는 우리 모두 자신을 두려워하기 때문이지. 낙관주의의 토대는 순전히 공포 때문이야. 우리에게 이익이 될 것 같은 미덕을 이웃이 갖고 있다고 믿기 때문에, 우리는 자신이 너그러운 사람이라고 착각하지. 우리는 통장 잔액을 초과해 인출하기 위해 은행가를 칭찬하고, 강도가 우리 주머니를 털지 않기를 바라며 그에게서 좋은 면을 찾아내지. 내가 한 말은 다 진심이야. 나는 낙관주의를 가장 경멸해. 망가진 삶에 대해 말하자면, 성장을 멈춘 삶이 아니라면 어떤 삶도 망가진 것이 아니야. 자연을 훼손하고 싶다면, 그냥 자연을 개혁하면 돼. 결혼이란 말이야, 물론 멍청한 일이겠지, 하지만 남녀 사이에는 결혼 말고 더 흥미진진한 다른 결합들도 많거든. 분명 나는 그런 결합들을 권장하지. 그런 결합들에는 사교계의 인기를 끌 만한 매력이 있어. 이제 도리언이 오네. 그 애가 나보다 더 많은 얘기를 네게 해줄 거야."

"내 친구 해리, 내 친구 바질, 두 분 다 나를 축하해야 해요!" 소년이 말한 뒤, 공단으로 안감을 댄 이브닝 망토를 휙 내던지며 차례로 친구들의 손을 잡았다. "이렇게 행복했던 적이 없었어요. 물론 갑작스럽죠. 기쁜 일은 다 그렇잖아요. 하지만 내가 평생 찾던 것이 바로 이것 같아요." 그의 얼굴은 흥분과 기쁨으로 홍조를 띠었고, 놀랍도록 더 잘 생겨 보였다.

"늘 행복하길 바라네, 도리언," 홀워드가 말했다. "그러나 나한테 자네의 약혼을 말하지 않은 건 정말 용서할 수 없어. 해리에게는 알려주고."

"그리고 나는 자네가 저녁 식사에 늦은 걸 용서할 수 없네," 헨리 경이 그 애의 어깨에 손을 얹고 끼어들며 웃었다. "자, 다들 앉아서 여기 새 주방장 솜씨가 어떤지 보자고. 그리고 너는 그 모든 일이 어떻게 일어났는지 얘기해줘."

"얘기할 건 별로 없어요," 모두가 작은 원탁에 자리 잡고 앉자, 도리언이 큰 소리로 말했다. "그저 일이 이렇게 된 거예요. 해리, 어제저녁 당신과 헤어지고 나서, 옷을 갈아입고, 당신이 소개해 준 루퍼트 가의 작은 이탈리아 식당에서 저녁을 먹고 여덟 시에 극장으로 갔죠. 시빌은 로잘린드를 연기했죠. 물론 무대 배경은 끔찍했고, 올란도도 터무니없었죠. 하지만 시빌은! 당신들도 그녀를 봤어야 했는데. 시빌이 시동 의상을 입고 나왔을 때는 정말 대단했어요. 적갈색 소매가 달린 연녹색 벨벳 상의와 갈색 대님이 대각선으로 교차하는 가늘고 긴 양말, 그리고 보석으로 고정한 매 깃털이 달린 예쁘장한 녹색 모자와 연한 붉은색 줄 장식이 있는 후드가 달린 망토를 입고 나왔죠. 그렇게 절묘하게 아름다웠던 적이 없었어요. 바질, 그녀에게는 당신 화실에 있는 타나그라 인형[21]의 섬세한 우아함이 있었죠. 그녀의 머리카락은 마치 어두운 잎들이 연한 장미꽃을 감싸듯이 얼굴을 둘러싸고 있었죠. 그녀의 연기요 — 음, 오늘 밤 보게 될 거예요. 그녀는 천상 예술가예요. 저는 완전히 넋을 잃고 어둑한 박스석에 앉아 있었죠. 내가 지금 19세기 런던에 있다는 걸 까맣게 잊고요. 나는 연인과 함께 아무도 본 적 없는 숲속으로 떠나는 기분이었죠. 공연이 끝나고, 나는 무대 뒤로 가서 그녀에게 말했죠. 함께 앉아 있는데, 갑자기 그녀의 눈에 내가 한번도 보지 못한 표정이 나타났죠. 내 입술이 그녀에게 다가갔죠. 우리는 서로 키스했죠. 그 순간 내가 느낀 걸 말로 표현할

---

21 고대 그리스 보이오티아에 있던 도시로 기원전 3~4세기경 아름다운
   젊은 여성의 점토 인형으로 유명함.

수가 없어요. 내 인생 전체가 장밋빛 기쁨의 완전무결한 점으로 모이는 것 같았어요. 그녀는 온몸을 떨었고, 순백의 수선화처럼 흔들렸죠. 그러고 나서 몸을 던져 무릎을 꿇고 내 손에 키스했죠. 이런 것까지 모두 말해서는 안 된다는 느낌이지만 어쩔 수가 없네요. 물론 우리가 약혼한 건 완전 비밀이죠. 시빌은 자기 엄마에게조차 말을 안 했대요. 내 후견인이 뭐라 할지 나도 모르겠어요. 래들리 경은 분명 노발대발하겠죠. 상관없어요. 채 일 년도 지나지 않아 전 성년이 될 거고, 그럼 내 맘대로 할 수 있어요. 바질, 내가 잘한 거죠, 그렇죠? 시에서 제 사랑을 구하고, 셰익스피어 연극에서 내 아내를 찾은 게 말이에요? 셰익스피어의 언어로 말을 배운 그 입술이 내 귀에 비밀을 속삭여 주었죠. 로잘린드의 팔이 내 몸을 감쌌고, 줄리엣이 내 입술에 키스한 거죠."

"그래, 도리언, 잘했다고 생각해," 홀워드가 천천히 말했다.

"오늘 그 애를 본 적 있니?" 헨리 경이 물었다.

도리언 그레이가 고개를 저었다. "나는 그녀를 아든 숲에 남겨두고 왔는데, 베로나의 과수원에서 보게 될 거예요."[22]

헨리 경은 깊은 명상에 빠진 모습으로 샴페인을 홀짝였다.

---

22 지난밤 시빌이 로잘린드 역을 한 작품은 『뜻대로 하세요』이며, 로잘린드는 폭군 삼촌을 피해 남장을 하고 아든 숲으로 들어간다. 오늘 밤 시빌은 『로미오와 줄리엣』의 줄리엣이 되어 베로나의 정원에서 로미오를 만남.

"정확히 어느 순간에 결혼이란 말을 언급했는데, 도리언? 그리고 그 애는 뭐라고 대답했니? 너는 그것을 다 잊은 건 아니겠지."

"해리, 내가 결혼을 거래하듯이 처리한 게 아니잖아요. 게다가 공식적으로 청혼한 것도 아니에요. 그냥 그녀에게 사랑한다고 말했고, 그것에 대해 그녀는 제 아내가 될 자격이 없다고 말했죠. 자격이 없다니! 아니, 그녀와 비교하면 온 세상은 내게 아무것도 아니에요."

"여자들은 놀랄 정도로 현실적이야," 헨리 경이 중얼거렸다. "우리 남자들보다 훨씬 더 현실적이지. 그런 상황에서 남자는 결혼 얘기는 까맣게 잊고 아무 말도 못 하는데. 항상 여자들이 나서서 상기시켜 주거든."

홀워드가 해리의 팔에 손을 얹었다. "그만 해, 해리. 네가 도리언의 기분을 상하게 하잖아. 얘는 다른 사람들과 달라. 누구도 비참하게 만들 애가 아니잖아. 그러기엔 천성이 너무 고와."

헨리 경은 식탁 반대편을 건너보았다. "도리언은 나 때문에 절대 기분 니빠하지 않아," 그가 대답했다. "나는 그 질문을 가능한 가장 좋은 이유, 사실 어떤 질문도 정당화할 수 있는 유일한 이유, 즉 단순한 호기심 때문에 한 거야. 내게 이론이 하나 있는데, 청혼은 항상 여자가 우리에게 하지, 우리가 여성에게 하는 게 아니란 거지. 물론 중산층의 경우에는 예외야. 하지만 중산층은 현대적이지 않잖아."

도리언 그레이가 웃으며 고개를 젖혔다. "당신은 정말 구제 불능이에요, 해리. 그래도 나는 신경 안 써요. 당신에게 화내는 건 불가능해요. 당신이 시빌 베인을 보면 그녀에게 나쁜 짓을 할 사람은 짐승, 인정머리 없는 짐승일 뿐이라는 걸 느낄 거예요. 누가 자기가 사랑하는 걸 망신 주고 싶어 한다는 게 난 정말 이해가 안 돼요. 저는 시빌 베인을 사랑해요. 황금으로 만든 단 위에 올려놓아 온 세상이 내 여자인 그녀를 숭배하는 걸 보고 싶어요. 결혼이 뭐죠? 돌이킬 수 없는 서약이죠. 그런 이유로 당신은 결혼을 조롱하죠. 아! 비웃지 말아요. 돌이킬 수 없는 서약이 바로 내가 하고 싶은 거예요. 그녀의 신뢰가 나를 더욱 충실한 사람으로 만들고, 그녀의 믿음이 나를 더 나은 사람으로 만들죠. 내가 그녀와 함께 있으면 당신이 내게 가르쳐준 모든 게 후회스러워요. 나는 당신이 알고 있던 나와는 다른 사람이 돼요. 저는 변했어요, 그리고 시빌 베인의 손길이 닿기만 해도 당신을 그리고 당신의 유혹적이지만 그릇된, 달콤하지만 위험한 이론들을 다 잊게 되죠."

"근데 그 이론이란 게 ……?" 헨리 경이 샐러드를 먹으며 물었다.

"오, 인생에 관한 당신의 이론들, 사랑에 관한 당신의 이론들, 쾌락에 관한 당신의 이론들. 사실상 당신의 이론들 전부 다요, 해리."

"유일하게 이론이라고 세울만한 건 쾌락뿐인데," 그가 느리게 노래하는 듯한 목소리로 대답했다. "하지만 유감스럽게도 내 이론도 온전히 내 거라고 주장할 수 없지. 내 것이 아니라 자연에 속한 이론이지. 쾌락은 자연의 시험을 거치고, 자연의 승인을 받았다는 표시지. 우리는 행복할 때는 늘 선할 수 있지만, 선하다고 해서 항상 행복한 건 아니지."

"아! 도대체 선하다는 게 무슨 뜻이야?" 바질 홀워드가 소리쳤다.

"그래요." 도리언이 의자 등받이에 몸을 기댄 채 식탁 가운데 놓인 빽빽한 보라색 붓꽃 송이 너머로 헨리 경을 바라보며 맞장구쳤다. "선하다는 게 무슨 의미죠, 해리?"

"선하다는 것은 자기 자신과 조화를 이루는 것이지," 그가 여리고 끝이 뾰족한 손가락으로 가는 포도주잔 굽을 만지며 대답했다. "부조화는 다른 사람과 조화를 이루도록 강요되는 거야. 자신만의 삶 ― 그게 중요한 거지. 이웃들의 삶에 관해서라면, 누군가 도덕군자나 청교도처럼 굴고 싶다면, 그들의 삶에 대해 자신의 도덕적 견해를 떠벌릴 수도 있어, 그렇지만 그들의 삶이 누가 상관할 일은 아니거든. 게다가, 개인주의는 실제보다 더 고귀한 목표를 지녔거든. 현대의 도덕은 자기 시대의 기준을 받아들이는 데 있어. 나는 교양있는 사람이 자기 시대의 기준을 수용하는 건 가장 저급한 부도덕의 한 형태라고 생각해."

"하지만 해리, 분명 사람이 자기 자신만을 위해 산다면, 그로 인해 엄청난 대가를 치르지 않을까?" 화가가 넌지시 말했다.

"맞아, 요즘 우리는 모든 것에 너무 비싼 대가를 치르고 있어. 가난한 자들의 진정한 비극은 자기를 부정하는 것 말고 어떤 것도 감당할 수 없다는 점이야. 아름다운 죄악은, 아름다운 것들처럼, 부자들만의 특권이지."

"돈이 아닌 다른 방법으로 대가를 치러야만 해."

"어떤 방법으로 말이야, 바질?"

"오! 양심의 가책을 느끼거나 고통을 받거나, …… 음, 타락을 자각하는 형태로 대가를 치르겠지."

헨리 경이 어깨를 으쓱했다. "이 친구야, 중세 예술은 매력적이지만, 중세 감정은 케케묵었어. 물론 그런 감정을 소설에서 써먹을 수 있어. 하지만 소설에서 써먹을 수 있는 것들은 사실 사람들이 더는 사용하지 않는 것들뿐이지. 내 말을 믿어, 문명인은 누구도 쾌락을 절대 후회하진 않아. 비문명인은 쾌락이 뭔지도 전혀 모르고."

"쾌락이 뭔지 나는 알아요," 도리언 그레이가 소리쳤다. "누군가를 흠모하는 거죠."

"물론 그것이 흠모받는 것보다 낫지," 그가 과일을 만지작거리며 대답했다. "흠모받는 건 귀찮은 일이야. 여자들은 인류가 신을 대하듯이 우리를 대하지. 우리를 숭배하지, 그리고 자신들을 위해 뭔가를 해달라고 항상 우리를 귀찮게 굴거든."

"나라면 여자들이 요구하는 게 어떤 것이든 여자들이 먼저 우리 남자에게 줬기 때문이라고 말하고 싶은데요," 소년이 심각한 목소리로 나지막이 말했다. "여자들은 우리 본성에 사랑을 만들어주죠. 그러니 그걸 다시 요구할 권리가 있는 거죠."

"정말 맞는 말이야, 도리언," 홀워드가 외쳤다.

"어떤 것도 전혀 사실이 아니야," 헨리 경이 말했다.

"이것은 사실이죠," 도리언이 끼어들었다. "해리, 여자들은 자기 인생에서 가장 소중한 황금 같은 것을 남자에게 준다는 걸 당신도 인정하죠."

"그럴 수 있지," 그가 한숨 쉬었다. "하지만 아주 작은 변화만 생겨도 되돌려받고 싶어 해. 그게 문제야. 어느 재치 있는 프랑스 사람이 말한 것처럼 여자들은 걸작을 만들고 싶은 욕망을 불어넣으면서 항상 우리가 걸작을 이뤄내려고 하면 방해하지."

"해리, 당신은 정말 끔찍해요! 내가 왜 그렇게 당신을 좋아하는지 모르겠어요."

"도리언, 너는 항상 나를 좋아할 걸," 그가 대답했다. "애들아, 커피 마실래? — 웨이터, 커피 좀 가져와, 그리고 핀느 샹파뉴[23]와 담배도. 아니, 담배는 됐고. 몇 개비 남아 있네. 바질, 넌 시가를 피우면 안 돼. 담배는 꼭 갖고 있어야 해. 담배야말로 완벽한 쾌락의 완벽한 형태지. 담배는 절묘해서 사람을 만족하지

<hr>

23　프랑스 그랑 샹파뉴와 쁘띠 샹파뉴 두 지방에서 나는 고급 브랜디.

못한 상태로 남겨두거든. 그 이상 더 뭘 원해? 그래, 도리언, 너는 나를 항상 좋아하게 될 거야. 네가 용기가 없어 저지르지 못한 모든 죄악을 내가 대신 보여주니까."

"무슨 얼토당토않은 말이에요, 해리!" 도리언은 웨이터가 식탁 위에 올려놓은 은장식 용이 내뿜는 불로 담뱃불을 붙이며 말했다. "이제 극장으로 가볼까요. 시빌이 무대에 올라오는 걸 보면, 당신도 삶의 새로운 이상을 갖게 될 거예요. 시빌은 지금까지 당신들이 모르던 중요한 뭔가를 보여줄 거예요."

"나는 모르는 거 없이 다 아는데," 헨리 경이 눈가에 피곤한 기색을 보이며 말했다. "하지만 새로운 감정을 느낄 준비는 늘 되어있어. 그런데 어쨌든 나한테 그런 일이 없어서 아쉽지. 네가 말한 그 멋진 아가씨가 나를 설레게 할지도 모르지. 나는 연기를 좋아하거든. 연기가 실재 삶보다 훨씬 더 진짜 같으니까. 가자. 도리언, 너는 나랑 가고. 바질, 정말 미안하지만 내 브루엄 마차에 자리가 둘뿐이라 다른 마차로 따라와야겠다."

그들은 자리에서 일어나 외투를 입었고, 선 채로 커피를 홀짝였다. 화가는 골똘히 생각하며 아무 말도 없었다. 그의 얼굴엔 우울한 기색이 있었다. 그는 이 결혼을 견딜 수 없었지만, 일어날 수도 있었던 다른 일들보다는 그나마 이게 나아 보였다. 잠시 후, 그들은 모두 아래층으로 내려갔다. 약속한 대로, 화가는 혼자 마차를 타고 갔고, 그의 앞에 있는 작은 브루엄 마차의 불빛을 바라보았다. 이상한 상실감이 그를 덮쳤다. 그는 도리언 그레이가 다시는 예전 모습으로 돌아가지 못하리라는 것을 느꼈다. 인생이 그들 사이에 끼어든 거다 ……. 그의 눈은 어두워졌다, 북적이고 현란한 거리가 그의 눈에 흐릿하게 다가왔다. 마차가 극장 앞에 멈췄을 때, 그는 몇 년을 더 늙은 것 같았다.

7장

　무슨 이유에서인지, 그날 극장은 가득 찼다. 문 앞에서 그들을 맞이하는 뚱뚱한 유대인 극장주는 양쪽 귀까지 걸리는 능글맞은 미소로 화색이 빛났다. 그는 보석을 휘감은 뚱뚱한 손을 흔들며 아주 큰 목소리로 말하는가 하면, 과할 정도로 굽실거리며 그들을 박스석으로 안내했다. 그 어느 때보다 도리언 그레이는 그자가 역겨웠다. 마치 미란다를 찾으러 왔다가 칼리반[24]을 마주친 느낌이었다. 한편 헨리 경은 그자를 맘에 들어했고, 적어도 그가 맘에 든다고 밝히며 악수하자고 우겼다. 진정한 천재를 찾아냈고 시인 때문에 파산한 사람을 만나서 자랑스럽다고 장담하였다. 홀워드는 아래층 좌석에 앉아 있는 얼굴들을 바라보며 흐뭇해했다. 극장 안은 열기로 찌는 듯이 답답했고, 거대한 태양 빛은 노란 불꽃 잎새가 달린 기괴한 다알리아처럼 이글거렸다. 맨 위층에 앉은 젊은이들은 외투와 조끼를 벗어 옆에 걸쳐 놓았다. 서로 극장 반대편에 앉은 이들과 말

24　셰익스피어의 작품 『템페스트』의 인물들. 미란다는 프로스페로의 어여쁜 딸이고 칼리반은 추하고 더러운 괴물 같은 인물.

을 주고받으며 옆에 앉은 야하게 생긴 여자애들과 오렌지도 나눠 먹었다. 몇몇 여자들이 일층 좌석에서 깔깔거렸다. 목소리는 소름이 돋을 정도로 날카롭고 귀에 거슬렸다. 펑 하고 술 마개를 따는 소리가 바에서 들려왔다.

"인간의 신성함을 찾을 수 있는 엄청난 곳이네!" 헨리 경이 말했다.

"그렇죠!" 도리언 그레이가 대답했다. "바로 여기서 그녀를 발견했어요, 그리고 그녀야말로 살아있는 그 어느 존재보다 더 신성하죠. 그녀가 연기하는 걸 보면, 당신은 다른 모든 걸 잊어버릴 거예요. 이렇게 천하고 거친 사람들이, 그들의 험악한 얼굴과 짐승 같은 행동이 그녀가 무대에 오르는 순간 완전히 바뀌죠. 말없이 앉아서 그녀만 쳐다보죠. 그들은 그녀 연기가 뜻하는 대로 울고 웃죠. 그녀의 연기에 마치 바이올린처럼 바로바로 반응하죠. 그녀는 그 사람들을 영적으로 고양시켜요, 모두가 마치 자기 자신과 똑같은 살과 피로 만들어진 사람이라고 느끼죠."

"자기 자신과 똑같은 살과 피라고! 오, 안 그랬으면 좋겠는데!" 헨리 경이 소리치며, 오페라 안경으로 꼭대기 층을 차지한 사람들을 훑어보았다.

"도리언, 쟤한테 신경 쓰지 마." 화가가 말했다. "나는 네 말이 무슨 뜻인지 알아, 그리고 이 아가씨도 믿어. 네가 사랑하는 사람이면 분명 놀라운 사람일 거야, 그리고 네 말대로 그런 영향력을 지닌 여자라면 훌륭하고 고귀한 사람이 틀림없겠지. 자기 시대를 영적으로 만드는 것—그것은 해볼 가치가 있는 일이지. 만약에 이 소녀가 영혼 없이 살아온 자들에게 영혼을 불어넣어 줄 수 있다면, 만약에 그녀가 칙칙하고 추했던 그들의 삶에 아름다움의 감각을 만들어 줄 수 있다면, 만약에 그녀가 이기심을 벗어던지고 자신이 아닌 다른 사람의 슬픔에 눈물 흘리게 할 수 있다면, 그녀는 너의 모든 숭배, 온 세상의 숭배를 받을 자격이 있지. 이 결혼은 정말 옳은 일이야. 처음엔 그렇게 생각하지 않았지만 이제 인정해. 신들이 널 위해 시빌 베인을 만들어 준 거야. 그녀가 없었다면 넌 불완전했을 거야."

"고마워요, 바질," 그의 손을 꼭 쥐며 도리언 그레이가 대답했다. "날 이해해 줄 걸 알았죠. 해리는 너무 냉소적이라 나는 무서워요. 이제 오케스트라가 나오네요. 아주 형편없어요, 하지만 겨우 오 분 정도만 연주해요. 그다음에 커튼이 올라가면, 내 인생 전부를 바칠 소녀, 내 안에 있는 좋은 것을 다 준 그 여자애를 보게 될 거예요."

십오 분 정도 지나, 우레와 같은 박수갈채 사이로 시빌 베인이 무대에 올랐다. 그랬다. 그녀는 분명 보기에 사랑스러웠다—헨리 경도 그동안 자신이 본 사람 중에 가장 사랑스러운 존재라고 생각했다. 그녀의 수줍은 단아함과 흠칫 놀란 눈길에는 새끼사슴 같은 모습이 있었다. 열광하는 관객들로 꽉 들어찬 극장을 둘러보며, 은빛 거울에 비친 장미 그림자처럼 옅은 홍조가 그녀의 뺨에 피어올랐다. 그녀는 몇 발 뒤로 물러섰고, 그녀 입술은 파르르 떨리는 듯했다. 바질 홀워드가 자리에서 벌떡 일어나 박수를 치기 시작했다. 도리언 그레이는 미동도 없이 꿈속에 빠진 사람처럼 물끄러미 그녀를 바라보며 앉아 있었다. 헨리 경이 안경을 통해 그녀를 찬찬히 살펴보며 중얼거렸다. "매력적이야! 매력적이야!"

장면은 캐퓰릿 가의 연회장이었다. 순례자 복장을 한 로미오가 머큐시오와 다른 친구들과 함께 들어왔다. 예전처럼 악단이 음악 몇 소절을 연주했고, 춤이 시작되었다. 꼴사납고 초라한 복장의 배우들 가운데 시빌 베인은 더 세련된 세상에서 온 생명체처럼 움직였다. 춤추는 동안 물속에서 풀이 움직이듯 그녀의 몸이 너울너울 움직였다. 그녀의 목선은 하얀 백합꽃처럼 우아했다. 그녀의 손은 시원한 상아로 만들어진 듯했다.

하지만 그녀는 묘하게 활력이 없었고, 로미오에게 눈길을 줄 때도 기쁨의 표정은 하나도 보이지 않았다. 그녀가 대사 몇 소절을 했다,

착한 순례사여, 그대는 그대 손에 너무 잘못을 저지르는군요,
이렇게 공손하게 헌신하는 손인데;
성인들의 손은 순례자의 손길이 닿는 손이어서,
손과 손이 만나는 건 신성한 순례자의 키스이니까요.

이어지는 짧은 대화도 완전히 억지로 꾸민 어투였다. 목소리는 절묘했지만, 음정의 관점에서 보면 완전히 거짓으로 꾸며낸 목소리였다. 음색도 맞지 않았다. 운문이 지닌 생동감도 다 빼앗긴 목소리였다. 열정을 표현할 때도 진실성이 전혀 없었다.

그녀의 연기를 보자 도리언 그레이의 얼굴은 창백해졌다. 그는 곤혹스러워하며 불안해했다. 그의 친구 누구도 그에게 아무 말도 하지 못했다. 그들이 보기에 그녀의 연기는 완전히 서투르기 그지없었다. 그들은 너무나 실망스러웠다.

그래도 그들은 줄리엣 역의 진정한 시험대는 2막의 발코니 장면이라 느꼈다. 그 장면을 기다렸다. 만약 그 장면에서도 실패하면, 더는 그녀에게 볼 게 없다.

달빛 아래 등장할 때 그녀는 매혹적이었다. 그건 부정할 수 없는 사실이었다. 그러나 그녀의 과한 연극 조의 연기는 견딜 수가 없었고, 시간이 갈수록 더 심해졌다. 그녀의 몸짓도 어이없을 정도로 인위적이었다. 하는 대사마다 다 너무 힘을 주어 말했다.

밤의 가면이 제 얼굴을 가리고 있는 것을 당신은 알죠,
그렇지 않았다면 처녀의 수줍음으로 제 뺨은 붉게 물들었겠죠,
제가 오늘 밤 한 말을 당신이 들었으니까요.

이 아름다운 대사도 이류급 화술 교수에게 낭독을 배운 여학생처럼 고통스러울 정도로 정확하게 열변을 토하며 말했다. 그녀가 발코니에 기대어 다음 멋진 대사를 말할 때도 마찬가지였다.

그대에게 기쁨을 느끼지만

오늘 밤 이런 식의 약속은 기뻐할 수 없군요.

너무 성급하고, 너무 경솔하고, 너무 갑작스러워,

"번개 친다"라고 말이 떨어지기도 전에 사라져버리는

번개랑 너무나 닮았죠. 사랑하는 이여, 잘 가요!

익어가는 여름 미풍에 피어나는 이 사랑의 꽃봉오리가

우리 다시 만날 때 아름다운 꽃으로 피어날 수도 있겠죠.

그녀는 마음에서 아무런 의미도 못 느끼는 사람처럼 이 대사를 말했다. 긴장해서 그런 건 아니었다. 사실 긴장한 거와는 거리가 멀었고, 그냥 자신을 억누르고 있었다. 단순히 서투른 연기였다. 그녀는 완전한 실패였다.

심지어 꼭대기 층과 일층 객석의 가난하고 못 배운 관객도 연극에 흥미를 잃었다. 그들은 가만히 있지 않고, 크게 소리치며 휘파람을 불기 시작했다. 유대인 극장주는 위층 드레스석 뒤에 서서 발을 구르며 노발대발 욕설을 퍼부었다. 동요하지 않고 가만히 있는 사람은 그 여자애뿐이었다.

이 막이 끝났을 때, 폭풍 같은 야유가 일었고, 헨리 경은 자리에서 일어나 외투를 입었다. "도리언, 정말 예쁜 아가씨네," 그가 말했다. "하지만 연기는 아니야. 가자."

"나는 연극을 끝까지 볼 거예요," 소년이 모질고 비통한 목소리로 대답했다. "하룻저녁을 쓸데없이 허비하게 해서 정말 미안해요, 해리. 두 분께 사과드려요."

"얘야, 도리언, 베인 양이 몸이 안 좋은가 봐," 홀워드가 말을 끊었다. "다른 날 다시 오자고."

"차라리 몸이 안 좋은 거면 좋겠네요," 그가 대답했다. "하지만 제가 보기에는 그냥 싸늘하게 몸이 굳어 버린 것 같아요. 완전히 다른 모습이에요. 어젯밤에는 아주 뛰어난 예술가였는데. 오늘 밤은 그냥 뻔하고, 별 볼 일 없는 배우에 지나지 않네요."

"사랑하는 사람에 대해 그렇게 말하지 마, 도리언. 사랑은 예술보다 더 대단한 거야."

"둘 다 형식상 모방에 불과하지," 헨리 경이 꼭 집어 말했다. "그러지 말고 모두 가자고. 도리언, 너도 더는 여기 남아 있지 말고. 형편없는 연기를 보는 건 우리의 품성에 좋지 않아. 게다가 자네는 아내가 연기하길 바라는 건 아니잖아. 그러니까 그녀가 목각 인형처럼 줄리엣을 연기한들 무슨 상관이야? 그녀는 아주 사랑스러운 여자야, 만약에 그녀가 연기를 잘 모르듯이 인생에 대해서도 아는 게 별로 없다면, 그 애는 자네에게 유쾌한 경험이 될 거야. 진짜로 매혹적인 사람은 완벽히 모든 것을 아는 사람과 완벽하게 아무것도 모르는 사람, 딱 두 부류뿐이지. 맙소사, 애야, 그렇게 비극적인 표정 짓지 말고! 젊음을 유지하는 비결은 어울리지 않는 감정을 절대 갖지 않는 거야. 바질과 나랑 클럽이나 가자. 담배나 피우면서 시빌 베인의 아름다움을 위해 건배하자고. 그녀는 아름답잖아. 뭘 더 바라는데?"

"가버려요, 해리," 소년이 외쳤다. "혼자 있고 싶어요. 바질, 당신도 가세요. 아! 내 심장이 무너지는 게 안 보여요?" 그의 눈에 뜨거운 눈물이 차올랐다. 입술은 떨렸고, 박스석 뒤로 달려가 양손으로 얼굴을 가리고 벽에 기댔다.

"가자, 바질," 헨리 경이 묘하게 부드러운 목소리로 말했다. 두 젊은이는 함께 객석을 빠져나갔다.

얼마 후, 무대 앞 바닥 조명이 켜지고 3막을 알리는 커튼이 올라갔다. 도리언 그레이는 다시 자리로 돌아갔다. 얼굴은 창백한데, 거만하고 냉담한 표정이었다. 연극은 질질 늘어졌고, 도무지 끝나지 않을 것 같았다. 묵직한 장화 발로 쿵쿵 소리를 내며 관객들도 반 이상 비웃으며 나가버렸다. 모든 게 엉망진창이었다. 마지막 막은 거의 객석이 텅 빈 상태에서 공연되었다. 커튼이 내려갈 때 사람들은 키득거렸고, 어떤 사람들은 신음 소리를 냈다.

연극이 끝나자마자 도리언 그레이는 무대 뒤 배우 휴게실로 갔다. 그곳에 그 여자애는 승리에 찬 표정으로 혼자 서 있었다.

그녀의 눈은 미려한 불길로 타오르고 있었다. 그녀의 몸은 광채로 빛났다. 살짝 벌어진 입술은 자신만의 비밀로 미소 짓고 있었다.

그가 들어서자 그녀는 그를 보았고, 무한한 기쁨의 표정을 지었다. "오늘 밤 정말 연기를 못했죠, 도리언!" 그녀가 큰 소리로 말했다.

"끔찍했어!" 그는 어이없이 멍하니 그녀를 바라보며 대답했다. "끔찍했다고! 완전 형편없었지. 어디 아파? 넌 무슨 상황인지 도대체 생각이 없구나. 내가 무슨 수모를 겪었는지 전혀 모르는구나."

소녀는 미소 지었다. "도리언," 그녀가 대답했는데, 마치 그의 이름이 그녀의 붉디붉은 꽃 같은 입술에는 꿀보다 더 달콤한 것인 양, 길게 이어지는 음악처럼 그녀 목소리에서 떠나지 않았다. "도리언, 당신은 이해하실 줄 알았어요. 이제 이해하시죠, 그렇죠?"

"뭘 이해해?" 그는 화나서 말했다.

"오늘 밤 제가 왜 그렇게 형편없었는지. 왜 제가 항상 형편없을 수밖에 없는지. 왜 제가 다시는 연기를 잘할 수 없는지."

그는 어깨를 으쓱했다. "몸이 아픈 듯한데. 몸이 아플 땐 연기하지 말아야지. 스스로 놀림거리가 되고. 친구들이 지루해했어, 나도 지루했고."

그녀는 그의 말을 듣지 않는 듯했다. 기쁨에 겨워 딴사람으로 변해 버렸다. 황홀한 행복이 그녀를 지배하고 있었다.

"도리언, 도리언," 그녀가 외쳤다. "당신을 알기 전에 연기가 제 인생의 유일한 현실이었죠. 제가 살았던 곳은 오직 극장이었어요. 그게 전부 진짜라고 생각했죠. 어느 날은 로잘린드이고 다른 날은 포시아이고. 베아트리스의 기쁨이 저의 기쁨이고 코딜리어의 슬픔이 제 슬픔이었죠. 전 그 모든 걸 믿었어요. 저와 함께 연기하는 보통 사람들도 제게는 신과 같았죠. 물감으로 그린 배경들이 제가 아는 세상이었죠. 허상 말고는 아무것도 몰랐고 그 모든 걸 진짜라고 여겼죠. 그런데 당신이 나타났지요 — 오 아름다운 나의 사랑 — 그리고 감옥에서 제 영혼을 풀어줬죠. 당신은 실제 현실이 무엇인지 제게 알려줬죠. 오늘 밤 전 난생처음으로 제가 늘 연기했던 의미 없는 화려한 광경들이 공허하고, 가짜고, 우매하기 짝이 없는 거라는 걸 알았죠. 오늘 밤 처음으로 그 로미오가 가증스러운 늙은이로 덕지덕지 분칠한 사람이란 걸 깨달았고, 처음으로 과수원의 달빛도 가짜고, 배경도 싸구려고, 제가 해야 하는 대사들도 진짜가아니고, 저 자신의 말도 아니고 제가 하고 싶은 말도 아니란 걸 깨달았죠. 당신은 더 고상한 무언가를, 예술을 단지 그걸 비추는 그림자로 만드는 고귀한 무언가를 제게 가져와 주었죠, 진정으로 사랑이 뭔지 이해할 수 있게 해주었죠. 내 사랑! 내 사랑! 백마 탄 왕자님! 생명의 왕자님! 전 그림자가 지겨워졌어요. 당신은 그 어떤 예술보다 제게 더 소중해요. 연극 속의 꼭두각시들과 제가 무슨 상관이 있어요? 오늘 밤, 무대에 올랐을 때만 해도, 제게서 모든 게 사라진다는 게 어떤 건지 이해하지 못했어요. 전 훌륭하게 연기할 거로 생각했는데. 아무것도 할 수 없다는 걸 깨달았죠. 갑자기 제 영혼은 그 모든 게 무슨 의미인지 깨닫기 시작했죠. 내게 너무 엄청난 깨달음이었죠. 관객들이 야유하는 소리를 들었고, 전 미소 지었죠. 그들이 어찌 우리 사랑 같은 그런 사랑을 알겠어요? 도리언 절 데려가 줘요 — 우리 둘만이 있을 수 있는 곳으로 저를 데려가 줘요. 전 무대가 싫어요. 제가 느끼지 못하는 열정을 흉내 낼 수 있지만, 불길처럼 저를 태우는 감정은 흉내 낼 수가 없어요. 오, 도리언, 도리언, 제 말이 무슨 뜻인지 이제 당신도 이해하죠? 제가 흉내 낼 수는 있겠지만, 사랑에 빠진 걸 연기한다는 건 제게 신성 모독이나 다름없어요. 당신으로 인해 제가 이 모든 걸 알게 된 거죠."

그는 소파에 털썩 주저앉으며 고개를 돌렸다. "당신이 내 사랑을 죽여버렸어," 그가 중얼거렸다.

그녀는 놀라 그를 바라보다가 웃음을 터뜨렸다. 그는 아무 대답도 하지 않았다. 그녀가 다가가 가녀린 손가락으로 그의 머리를 쓰다듬었다. 그녀는 무릎을 꿇고 그의 손을 자기 입술에 맞췄다. 그는 진저리치며 손을 뺐다.

그러고 나서 그는 벌떡 일어나 문으로 향했다. "맞아," 그가 소리쳤다. "당신이 내 사랑을 죽인 거야. 전에는 당신이 내 상상력을 자극했는데. 이제 호기심조차 일으키지 못해. 아무런 감흥도 일으키지 않아. 나는 당신이 경이로워서, 당신이 천재성과 지성을 갖췄기에, 그리고 위대한 시인들의 꿈을 실현하고, 예술이란 그림자에 형태와 실체를 주었기 때문에, 당신을 사랑했는데. 당신이 그 모든 것을 버렸어. 당신은 이제 천박하고 멍청할 뿐이야. 오 신이여! 당신을 사랑했다니 내가 얼마나 정신이 나갔던 건가! 내가 얼마나 바보였던가! 이제 당신은 내게 아무것도 아냐. 다시는 당신을 보지 않을 거야. 당신 생각조차 안 할 거야. 그 이름조차 입에 올리지 않을 거야. 당신이 한때 나에게 무슨 의미였는지 모르지. 그래, 한때 …… 오, 생각조차 하기 싫어. 당신에게 눈길조차 주지 않았다면 좋았을걸. 내 인생의 로맨스를 당신이 망쳤어. 사랑이 당신의 예술을 해친다고 말한다면 당신은 사랑에 대해 하나도 모르는 거야! 당신의 예술이 없으면 당신은 아무것도 아냐. 당신을 유명하고 멋지고 위대하게 만들어 줄 수 있었는데. 세상이 당신을 숭배하고, 당신 이름이 내 성을 지닐 수도 있었는데. 이제 당신은 뭐야? 얼굴만 예쁘장한 삼류 배우지."

그 여자애는 얼굴이 창백해지며 몸을 떨었다. 주먹을 꽉 쥐었지만 목소리는 목에 걸린 듯 잠겼다. "진심이 아니죠, 도리언?" 그녀가 나지막이 말했다. "연기하고 있는 거죠."

"연기라고! 연기는 당신에게 맡길게. 당신이나 잘하라고," 그가 비통하게 대답했다.

그녀는 꿇었던 무릎을 일으키며 고통에 찬 가련한 표정으로 대기실을 가로질러 그에게 다가왔다. 그녀는 그의 팔을 잡으며 그의 눈을 들여다보았다. 그는 그녀를 밀쳤다. "날 만지지 마!" 그가 소리쳤다.

나지막한 신음이 그녀의 입에서 터져 나왔다, 그리고 그의 발아래 몸을 던져 짓밟힌 꽃처럼 엎드렸다. "도리언, 도리언, 날 떠나지 마세요!" 그녀가 속삭였다. "연기를 못해서 너무 미안해요. 줄곧 당신 생각뿐이었어요. 하지만 다시 잘할게요 — 정말로, 다시 노력할게요. 당신을 향한 사랑이 제겐 너무 갑작스러웠어요. 당신이 제게 입 맞추지 않았다면, 우리가 서로 입 맞추지 않았다면 저는 그 사랑을 몰랐을 거예요. 다시 키스해 줘요, 내 사랑. 날 떠나지 말아요. 전 견딜 수 없을 거예요. 오! 날 버리고 가지 마세요. 내 동생이 …… 아니, 신경 쓰지 말아요. 진심이 아니었으니. 그냥 농담이었죠…… 하지만 당신, 오! 오늘 밤의 저를 용서할 수 없나요? 정말 열심히 해서 더 잘할게요. 세상 그 무엇보다 당신을 더 사랑하니까 제게 모질게 굴지 말아요. 어쨌든 당신을 기쁘게 해드리지 못한 게 딱 한 번뿐이잖아요. 그래요. 당신 말이 맞아요, 도리언. 예술가적인 제 모습을 더 많이 보여줘야 했는데. 제가 바보였어요. 하지만 어쩔 수 없었어요. 오, 절 떠나지 말아요, 제발 떠나지 말아요." 그녀는 격한 흐느낌으로 목이 멨다. 상처받은 동물처럼 그녀는 마룻바닥에 웅크리고 있었다, 그리고 도리언 그레이는 아름다운 눈으로 그녀를 내려다보며 심한 경멸감으로 깎은 듯한 그의 입술을 비틀었다. 더는 사랑하지 않는 사람에 대한 감정에는 항상 조롱 같은 것이 섞여 있기 마련이다. 그에게 시빌 베인은 지나치게 신파조로 보였다. 그녀의 눈물과 흐느낌은 오히려 그를 짜증 나게 했다.

"갈래," 그가 마침내 차분하고 분명한 목소리로 말했다. "못되게 굴고 싶지 않아, 그러나 다시는 당신을 못 보겠어. 당신은 날 실망시켰어."

그녀는 조용히 울며 아무 대답도 하지 못한 채 그에게 가까이 기어갔다. 그녀는 작은 손을 뻗어 더듬거렸는데 마치 그를 찾고 있는 듯했다. 그는 휙 돌아 방에서 나갔다. 잠시 후 그는 극장 밖에 있었다.

그는 어디로 가고 있는지 거의 알지 못했다. 불빛 희미한 거리를 정처 없이 걸으며 검은 그림자가 드리운 으스스한 아치형 통로와 불길해 보이는 집들을 지났던 기억이 났다. 쉰 목소리에 찢어지게 웃는 여인들이 뒤에서 그를 불러 댔다. 술주정뱅이들이 욕하며 휘청거렸고, 흉물스러운 원숭이처럼 떠들어 댔다. 문가에 웅크리고 있는 기이한 애들도 보았고 음침한 뜰 안에서 들려오는 비명과 욕지거리도 들었다.

동이 틀 무렵, 그는 자신이 코벤트 가든[25] 근처에 있다는 것

---

25   원래 웨스트민스터 성당의 성 베드로 수도회에 속한 정원이었는데

을 알았다. 어둠이 걷혔다. 희미한 불길로 불그레하게 물든 하늘은 자신을 비워 완벽한 진주가 되었다. 끄덕거리는 백합을 가득 실은 커다란 마차가 반지르르한 텅 빈 길을 덜컹거리며 천천히 지나갔다. 공기는 꽃향기로 가득했고 그 아름다움은 도리언의 고통을 덜어주는 진통제 같았다. 그는 시장 안으로 따라 들어가 사내들이 마차에서 짐을 내리는 광경을 지켜보았다. 흰 작업복을 입은 마차꾼이 그에게 체리를 건네주었다. 그에게 고맙다고 말한 뒤, 왜 체리값을 받으려 하지 않는지 궁금해하며 아무 생각 없이 체리를 먹기 시작했다. 한밤중에 따서 그런지 달의 서늘함이 아직도 그 안에 들어있었다. 줄무늬 튤립과 노랗고 빨간 장미가 담긴 나무 상자를 나르는 소년들의 길고 가는 줄이 그 앞으로 행렬을 이루며 커다란 연녹색 채소 더미들 사이를 뚫고 나아갔다. 햇빛에 바랜 회색 기둥의 큰 덮개 문 아래, 모자도 안 쓴 지저분한 소녀들 한 떼가 어슬렁거리며 경매가 끝나길 기다리고 있었다. 다른 무리는 아케이드 안에 커피 가게의 여닫이문 주위에 떼를 지어 있었다. 육중한 수레를 끄는 말들은 말 방울과 장식을 흔들며 거친 돌을 짓밟기도 하고 미끄러지기도 했다. 마차꾼 몇몇은 자루 더미 위에서 누워 잠들어 있었다. 무지개색 목과 붉은 다리의 비둘기들이 모이를 쪼며 이리저리 달음질치고 있었다.

17세기 중반 시장이 되어 번성하였음.

얼마쯤 지난 후 도리언은 마차를 불러 타고 집으로 갔다. 잠시 현관 층계에 머뭇거리며 서서, 셔터로 닫힌 무표정한 창문과 빤히 쳐다보는 듯한 블라인드가 늘어선 조용한 동네를 둘러보았다. 이제 하늘은 순수한 오팔빛이었고, 집들의 지붕은 그 하늘을 배경으로 은처럼 반짝이고 있었다. 맞은편의 어느 굴뚝에서는 옅은 연기가 소용돌이치듯 피어올랐다. 연기는 보라색 리본처럼 진줏빛 공기 속을 휘감아 올라갔다.

참나무 패널을 댄 커다란 현관 입구의 홀 천장에 걸려있는, 거대한 금도금 등불—베네치아 총독 화물선의 전리품—에서, 불빛들이 세 개의 구멍을 통해 깜빡거리며 아직도 타고 있었는데, 흰 불길 테두리를 지닌 그 불꽃들은 파랗고 여린 꽃잎들처럼 보였다. 그는 등불을 끄고 모자와 망토를 탁자에 툭 던져두고는, 서재를 지나 자신의 침실로 향했다. 그 방은 일층에 있는 넓은 팔각형 공간으로, 최근 그가 눈뜨기 시작한 사치에 대한 취향을 담아 새로 꾸며놓은 곳이었다. 그리고 셸비 로얄[26]의 쓰이지 않던 다락에서 발견된 진기한 르네상스 시대의 태피스트리를 벽에 걸었다. 그가 침실 문 손잡이를 돌려 문을 열자, 바질 홀워드가 그려준 초상화에 눈길이 갔다. 그는 놀란 듯 흠칫 물러섰다. 그리고 나서 다소 당혹스러운 표정으로 방 안으로 들

---

26   셸비 로얄은 도리언이 성대한 연회를 여는 노팅엄셔에 있는 허구의 시
      골 저택.

어갔다. 그는 코트의 단추를 풀고 난 뒤, 잠시 머뭇거리는 듯했다. 마침내 그는 다시 돌아 초상화 앞으로 다가가 자세히 그림을 살펴보았다. 크림색 비단 블라인드를 겨우 뚫고 들어와 방안에 갇힌 희미한 빛 속에서 그 초상화의 얼굴이 그가 보기에 약간 변한 듯했다. 그 표정이 달라 보였다. 누군가 봤다면 입가에 은근히 잔인한 기미가 보인다고 말했을지도 모른다. 분명히 이상해 보였다.

그는 다시 몸을 돌려 창가로 다가가 블라인드를 걷어 올렸다. 환한 새벽빛이 방 안으로 쏟아져 들어오자 환영 같은 그림자는 어슴푸레한 구석으로 쫓겨나 몸서리치며 엎어졌다. 하지만 초상화의 얼굴에서 그가 보았던 묘한 표정은 그대로 거기 머물러 있었고 오히려 더 심해진 것 같았다. 강렬하게 떨리는 햇살은 입가에 나타나는 잔인한 선들을 뚜렷하게 보여주었다. 마치 그 자신이 뭔가 끔찍한 일을 저지른 후 거울 속의 자기를 바라보는 것 같았다.

그는 얼굴을 찌푸리며, 헨리 경이 준 많은 선물 가운데 하나인, 상아로 된 큐피드 장식의 타원형 거울을 탁자에서 집어 들고는, 그 반들반들한 거울 속을 급히 들여다보았다. 그의 붉은 입술을 일그러뜨리는 그런 주름은 하나도 없었다. 이게 도대체 무슨 뜻이지?

그는 눈을 비비고 초상화에 가까이 가서 다시 자세히 살펴보았다. 실제 그림을 들여다보면, 어떤 변화의 기미도 전혀 보이지 않았지만, 그런데도 전제 표정은 의심의 여지 없이 바뀌어 있었다. 그 자신만의 단순한 망상이 아니었다. 섬뜩할 정도로 표정은 분명히 변했다.

그는 의자에 털썩 주저앉아 생각하기 시작했다. 갑자기 초상화가 완성된 날 바질 홀워드의 화실에서 자신이 했던 말이 그의 마음속에 번뜩 스치고 지나갔다. 그래, 완벽히 기억났다. 자신은 계속 젊음을 유지하고 초상화가 늙어 갔으면 좋겠다는 터무니없는 소원을 빌었지. 자신의 아름다움은 전혀 녹슬지 않고 캔버스 위의 얼굴이 그 대신 열정과 죄악의 짐을 짊어지길 빌었지. 그림 속에 그려진 얼굴이 고통과 근심의 주름살로 시들고, 자신은 막 자각하기 시작한 소년 시절의 섬세한 생기와 사랑스러움을 간직하길 바랐지. 분명 그의 소원이 이루어진 것은 아닐 거야? 그런 일은 불가능해. 그런 생각조차 기괴하기 짝이 없어. 그런데, 하지만 그의 앞에 초상화가 있고, 입가에는 잔인한 기미가 감도는데.

잔인해! 내가 잔인했나? 그것은 시빌 잘못이지 내 잘못이 아니야. 그는 그녀를 위대한 예술가로 상상했고, 그녀가 위대하다고 여겼기에 그녀에게 그의 사랑을 준 거야. 그런데 그녀가 나를 실망시킨 거야. 그녀는 천박하고 아무 쓸모가 없어졌어. 그래도 그의 발아래 엎드려 어린아이처럼 흐느끼던 그녀를 생각하니 한없는 후회의 감정이 밀려왔다. 얼마나 냉담하게 그녀를 바라보았는지 기억이 났다. 왜 그는 그렇게 된 걸까? 왜 그에게 그런 영혼이 주어진 걸까? 하지만 그도 고통스럽기는 마찬가지였다. 연극이 공연되던 끔찍한 세 시간 동안 그는 수 세기의 고통을, 억겁의 고문을 겪었다. 그의 인생이 그녀의 인생보다 훨씬 소중했다. 그가 그녀에게 한평생의 상처를 주었다면 그녀는 한순간에 그를 망가뜨렸다. 게다가, 여자들은 남자들보다 슬픔을 잘 견딜 수 있잖아. 그녀들은 감정을 먹고 살잖아. 오직 자신의 감정만 생각하지. 그녀들은 연인을 사귈 때, 같이 있으면 싸울 상대를 선택하지. 헨리 경이 그에게 그렇게 말했잖아. 헨리 경은 여자들이 어떤지 잘 알아. 왜 그가 시빌 베인 때문에 괴로워해야 해? 이제 그에게 그녀는 아무것도 아닌 존재인데.

하지만 초상화는? 초상화에 대해 그가 뭐라고 말해야 하지? 그 그림은 자신의 인생의 비밀을 간직하고 자신의 이야기를 들려주잖아. 그림이 자신의 아름다움을 사랑하도록 가르쳐주었는데. 이제 자신의 영혼을 역겨워하게 가르치려는 걸까? 그런 초상화를 그가 다시 보고 싶을까?

아니야. 그건 괴로운 감각에서 생겨나는 환영에 불과해. 그가 겪은 그 끔찍한 밤이 그 뒤에 환영을 남긴 거야. 갑자기 사람을 미치게 만드는 아주 작은 주홍 반점이 그의 뇌에 생긴 거야. 그림은 변한 게 없어. 그렇게 생각하는 건 바보 같은 짓이야.

하지만 초상화에는 아름답지만 흉해진 얼굴이 잔인한 미소를 지으며 그를 바라보고 있었다. 이른 아침 햇살에 밝은 머릿결도 빛났다. 그 푸른 눈이 그의 눈과 마주쳤다. 자신에 대한 연민 아니라 그려진 자기 모습에 대한 연민의 감정이 한없이 밀려왔다. 초상화는 이미 변해 버렸다, 그리고 앞으로 더 변하겠지. 금발 머리칼이 시들어 흰머리가 되고, 붉고 하얀 장밋빛 얼굴도 사라지겠지. 그가 죄를 저지를 때마다 얼룩 반점이 생겨 그 아름다움을 망가뜨리겠지. 하지만 이제 그는 죄짓지 않을 거야. 변하든 안 변하든 그 초상화는 그에게 양심을 보여주는 표식이 되겠지. 이제 그는 유혹을 뿌리칠 거야. 더는 헨리 경도 만나지 않을 테야. 적어도 바질 홀워드의 정원에서 처음으로 그의 마음속에 불가능한 것에 대한 욕망을 불러일으킨 헨리의 교묘하고 해로운 이론에 귀 기울이지 않을 거야. 그는 시빌 베인에게 돌아가서 잘못을 바로잡고 그녀와 결혼해 다시 사랑하려고 애쓸 거야. 그래. 그렇게 하는 게 그의 의무지. 틀림없이 그녀가 그보다 더 많은 고통을 겪었으니까. 불쌍한 아이! 그는 이기적이었고 그녀에게 잔인하게 굴었다. 그를 사로잡았던 그녀의 매혹이 다시 돌아올 거야. 그들은 함께 행복할 거야. 그녀와 함께하는 그의 삶도 아름답고 순수할 거야.

그는 의자에서 일어나 초상화를 보며 몸서리친 뒤 초상화 앞에 커다란 장막을 쳤다. "정말 끔찍해!" 그는 나지막이 혼잣말하며 방을 가로질러 창가로 다가가 창문을 열었다. 잔디밭에 발을 디디며 그는 깊은숨을 들이마셨다. 신선한 아침 공기가 모든 우울한 감정을 몰아내는 듯했다. 그는 시빌만 생각했다. 사랑의 희미한 울림이 다시 그에게 돌아왔다. 그녀의 이름을 여러 번이고 되뇌었다. 이슬 젖은 정원에서 노래하는 새들도 꽃들에게 그녀 얘기를 하는 듯했다.

8장

그가 잠에서 깼을 땐, 정오가 한참 지난 뒤였다. 그의 시종은 그가 자리에서 일어났는지 살펴보려고 여러 번 발끝으로 살금살금 걸어 들어와 젊은 주인이 왜 이렇게 늦게까지 자고 있는지 궁금해했다. 마침내 종이 울렸고, 빅터는 오래된 작은 세브르 도자기 쟁반에 찻잔과 편지 여러 통을 올려서 살며시 방으로 들어와, 세 개의 높은 창 앞에 드리워진 은은하게 빛나는 파란 안감의 올리브색 공단 커튼을 걷었다.

"주인님 오늘 아침에 푹 주무셨군요," 그가 웃으며 말했다.

"몇 시지, 빅터?" 도리언 그레이가 잠에 취해 물었다.

"한 시 십오 분이에요, 주인님."

이렇게 늦게까지 자다니! 그는 일어나 앉아, 차를 홀짝이며 편지들을 뒤적거렸다. 하나는 헨리 경한테 온 편지로 아침에 인편으로 전해진 거였다. 그는 잠시 머뭇거린 뒤 그 편지를 한쪽에 놓았다. 무심하게 다른 편지들을 열었다. 사교 시즌이면 매일 아침 사교계 젊은 남자에게 쏟아지듯 밀려오는 그저 그런 카드들과 저녁 초대장, 전용 시사회 표나 자선 음악회 안내 등과 같은 거였다. 무늬를 새긴 루이 15세 풍(Louis-Quinze)의 세

안 세트에 대한 다소 묵직한 청구서가 있었는데, 그건 불필요
한 물건들이야말로 유일한 필수품인 시대에 우리가 살고 있다
는 사실을 이해하지 못하는 그의 고루한 후견인에게 보낼 용기
가 아직 나지 않아 보내지 못한 청구서였다. 언제든 말만 하면
아주 합당한 이자로 돈을 얼마든지 융통해주겠다는 저메인 가
의 대부업자들에게서 온 아주 정중한 표현들로 가득한 서신들
도 몇 통 있었다.

한 십 분 후 그는 일어나, 비단실로 수를 놓아 공들여 만든
캐시미어 울 드레싱 가운을 걸치고 오닉스돌을 깐 욕실로 들어
갔다. 차가운 물이 긴 수면 후의 그를 개운하게 해주었다. 간밤
에 겪었던 모든 일을 그는 잊은 듯했다. 잠시 이상한 비극에 얽
혔던 어렴풋한 느낌이 한두 차례 떠올랐지만 꿈과 같이 비현실
적인 느낌이었다.

옷을 갖춰 입은 뒤 바로 그는 서재로 가서, 열려있는 창문
가까이 놓인 조그마한 원탁에 앉아 그를 위해 차려놓은 가벼운
프랑스식 아침을 먹기 시작했다. 아주 멋진 날이었다. 따뜻한
공기는 가득 향기를 품은 듯했다. 벌 한 마리가 들어와 그 앞에
놓인 유황색 장미가 가득 꽂힌 파란 용 모양 수반 주위를 윙윙
거리며 날아다녔다. 그는 완전히 행복한 기분이었다.

갑자기 초상화 앞에 드리워진 장막에 눈이 갔고, 소스라치
게 놀랐다.

"주인님 너무 추우신가요?" 시종이 탁자에 오믈렛을 놓으며

물었다. "창을 닫을까요?"

도리언은 머리를 저었다. "안 추워," 그가 낮게 말했다.

그게 다 사실이었나? 초상화가 진짜 변한 건가? 기쁨의 표정이 있던 곳에서 사악한 표정을 보게 한 게 그저 자신의 상상이었나? 분명 그림을 그려 놓은 캔버스가 변할 리 없잖아? 말도 안 되는 일이야. 언젠가 바질에게 해줄 얘깃거리로는 쓸만하겠네. 이런 생각에 그는 미소를 지었다.

그런데, 그 모든 일이 그의 기억에 너무 생생하지 않은가! 처음엔 어둑한 어스름에 그리고 그다음엔 환한 새벽에 치켜 올라간 입술 주위로 잔인한 기운을 보았어. 시종이 방을 나가는 게 두려울 정도였다. 혼자 있으면 초상화를 다시 살펴봐야 한다는 걸 알고 있기 때문이었다. 확실해지는 게 두려웠다. 시종이 커피와 담배를 가져온 뒤 방을 나가려고 돌아서자 그대로 방에 있으라고 말하고 싶은 욕망이 미칠 듯이 솟구쳤다. 방문이 닫힐 때, 그는 시종을 다시 불러들였다. 시종은 그의 지시를 기다리며 서 있었다. 잠깐 도리언은 그를 보았다. "누구든지 물으면 집에 없다고 해, 빅터," 그가 한숨을 내쉬며 말했다. 시종은 머리를 숙여 인사하고 물러났다.

그러고 나서 그는 탁자에서 일어나 담뱃불을 붙이고, 장막 맞은 편에 놓인 호사스러운 쿠션을 댄 소파에 몸을 던졌다. 그 장막은 스페인산 어린 암퇘지 가죽으로 루이 14세 풍(Louis-Quinze)의 꽃무늬 문양을 찍어서 장식한 오래된 장막이었다. 신기하다는 듯이 그는 장막을 쭉 훑어보며, 이전에도 그 장막이 어떤 다른 인간의 비밀을 가려준 적이 있는지 궁금했다.

결국은 장막을 치워야 하나? 그냥 두면 안 될 게 뭐 있어? 안다고 무슨 소용이 있어? 그게 사실이면 끔찍한 일이고. 사실이 아니면, 신경 쓸 필요가 없겠지? 하지만 어떤 운명 혹은 치명적인 우연으로 인해 다른 사람이 몰래 장막 뒤를 들여다보다가 끔찍한 변화를 보면 어떡하지? 바질 홀워드가 와서 자기 그림을 보자고 하면 뭐라고 하지? 분명 보려 할 텐데. 아니 그 물건을 자세히 봐야겠어, 지금 당장. 무엇이든 이렇게 끔찍하게 의심하는 것보단 낫겠지.

그는 일어나 양쪽 문을 다 잠갔다. 그 자신의 수치를 드러내는 가면을 볼 때 적어도 그는 혼자 있고 싶었다. 그러고 나서 그는 장막을 옆으로 걷고, 자신을 정면으로 바라보았다. 완벽히 사실이었다. 초상화는 변해 있었다.

그가 나중에 자주 그리고 항상 적잖이 놀라며 기억하듯이, 처음에는 자신이 거의 과학적인 호기심에 가까운 감정으로 초상화를 응시하고 있다는 걸 깨달았다. 그런 변화가 일어났다는 것이 그에겐 믿을 수 없는 일이었다. 하지만 사실이었다. 캔버스에 형태와 색채로 나타나는 그 화학 원소들과 그 내면에 존재하는 영혼 사이에 어떤 묘한 유사성이 있는 걸까? 영혼이 생각하는 걸 그 원소들이 실현하는 게 ─ 영혼이 꿈꾼 걸 그 원소들이 현실로 만드는 일이 있을 수 있을까? 아니면 뭔가 다른 더 끔찍한 이유라도 있는 걸까? 그는 몸서리쳤고 두려워졌다. 소파로 돌아가 누웠고, 진저리 나는 공포 속에 초상화를 응시했다.

하지만 한 가지 분명하게 느낀 것은 초상화가 자신에게 도움이 되었다는 점이다. 그가 시빌 베인에게 얼마나 부당하고 얼마나 잔인했는지 깨닫게 해주었다. 그 일을 보상하는 것은 아직 늦진 않았다. 아직도 그녀는 그의 아내가 될 수 있다. 비현실적이고 이기적인 그의 사랑이 뭔가 더 고귀한 영향력에 굴복하여 고귀한 열정으로 변할 수도 있고, 바질 홀워드가 그려준 그 초상화가 평생 그의 안내자가 될 수도 있고, 누군가에겐 성스러운 존재, 혹은 다른 누군가에겐 양심, 그리고 우리 모두에겐 하나님에 대한 두려움처럼 그에겐 초상화가 그런 존재가 될 수도 있다. 회한을 달래줄 아편도 있고 도덕적 양심을 달래며 잠들게 하는 약들도 있다. 하지만 여기에 죄지어 타락한 모습을 가시적으로 보여주는 상징이 있잖아. 인간이 자기 영혼에 가한 파멸을 보여주는 영원한 표식이 있잖아.

시계가 세 시를, 그리고 네 시를 알렸다, 그리고 또다시 삼십 분을 알리는 2박자 음악이 울렸지만, 도리언 그레이는 꿈쩍도 하지 않았다. 그는 인생의 진홍색 실을 모아 무늬를 짜려고 애썼다, 방황했던 격정의 핏빛 미로에서 길을 찾으려 애썼다. 그는 무엇을 해야 할지, 어떤 생각을 해야 할지 몰랐다. 마침내 탁자로 가서 그가 사랑했던 그 소녀에게 용서를 애원하며 제

정신이 아니었던 자신을 꾸짖는 열정적인 편지를 썼다. 주체할 수 없는 슬픔의 단어와 점점 더 격해지는 분노의 표현으로 한 장 한 장 편지를 채워 나갔다. 자신을 책망할 때도 나름 호사스러움이 있었다. 우리는 우리 자신을 비난할 때조차 다른 누구도 우리를 비난할 권리가 없다고 느낀다. 우리의 죄를 사해주는 건 사제가 아니라 고해이다. 편지를 다 썼을 때, 도리언은 이미 용서받은 느낌이었다.

갑자기 노크 소리가 났고, 문밖에서 헨리 경의 목소리가 들렸다. "이 친구야, 나는 너를 봐야겠어. 즉시 들여보내 줘. 네가 이렇게 처박혀 있는 걸 나는 견딜 수 없어."

그는 대답도 하지 않고 그대로 가만히 있었다. 문을 두드리는 소리가 이어지며 점점 더 커졌다. 그래 헨리 경을 들어오라고 해서 그가 앞으로 살아갈 새로운 삶을 설명하고, 다툴 필요가 있다면 다투고, 헤어져야 한다면 헤어지는 게 더 낫겠다. 벌떡 일어나 초상화를 장막으로 급하게 가리고 문을 열었다.

"그 일 다 너무 유감이야, 도리언," 헨리 경이 들어서며 말했다. "그 일을 너무 깊이 생각하지 마."

"시빌 베인 말인가요?" 소년이 물었다.

"당연하지," 헨리 경이 의자에 털썩 앉아 노란 장갑을 천천히 벗으며 대답했다. "어떤 면에서 보면 너무 끔찍한 일이었지만, 네 잘못은 아니야. 연극이 끝나고 무대 뒤로 가서 그녀를 만났는지 말해줄래?"

"네."

"분명 그랬으리라 짐작했지. 그녀와 한바탕했어?"

"잔인하게 굴었죠, 해리 — 완전히 모질게 굴었죠. 하지만 이제 괜찮아요. 이미 일어난 일에 대해 미안해하진 않아요. 오히려 그 일로 나 자신을 더 잘 알게 되었으니까요."

"아, 도리언, 그런 식으로 받아들이니 아주 기뻐! 회한에 깊이 빠져, 네 멋진 고수머리를 쥐어뜯고 있는 모습을 볼까 봐 걱정했는데."

"그 모든 걸 이겨내고 털어버렸죠," 도리언은 웃는 얼굴로 고개를 내저으며 말했다. "지금은 완전히 행복해요. 가장 먼저 저는 양심이 뭔지 알게 되었죠. 양심은 당신이 나한테 말했던 거와는 다르던데요. 양심은 우리 안에 있는 가장 신성한 것이죠. 더는 절 비웃지 마세요, 해리 — 적어도 내 앞에서는 말이에요. 전 착해지고 싶어요. 내 영혼이 추악해진다는 생각을 견딜 수가 없어요."

"윤리에 대한 아주 근사한 예술적 근거네, 도리언! 그런 생각을 하다니 축하한다. 하지만 어떻게 시작할 건데?"

"시빌 베인이랑 결혼해야죠."

"시빌 베인이랑 결혼한다고!" 헨리 경이 벌떡 일어나 소리 지르며, 놀라고 당황하여 그를 쳐다보았다. "하지만 내 친구 도리언—"

"네, 해리, 무슨 말을 할지 알아요. 결혼에 대한 끔찍한 말을 하겠죠. 말하지 마세요. 내게 다시는 그런 식으로 말하지 마세요. 전 이틀 전에 시빌에게 결혼하자고 청했죠. 내 약속을 어기지 않을 거예요. 그녀는 제 아내가 될 거예요."

"아내라고! 도리언! …… 내 편지 못 받았어? 오늘 아침에 써서 직접 우리 하인을 시켜 네게 보내줬는데."

"당신 편지요? 오, 예, 기억나요. 아직 안 읽었는데요, 해리. 혹시 내가 싫어할 만한 내용이 들어있을까 겁났거든요. 당신은 경구로 인생을 난도질하잖아요."

"그럼 아무것도 모르는 거야?"

"무슨 말이에요?"

헨리 경이 방을 가로질러 도리언 그레이 옆에 앉으며 그의 두 손을 꼭 쥐었다. "도리언," 그가 말했다, "내 편지는 — 놀라지 말고 — 시빌 베인이 죽었다는 소식을 전하는 편지였어."

도리언의 입에서 고통스러운 비명이 터져 나왔다, 그리고 헨리 경이 쥔 그의 손을 빼내며 벌떡 일어섰다. "죽었다고! 시빌이 죽어! 사실이 아니죠! 새빨간 거짓말이죠. 어떻게 그런 말을!"

"정말 사실이야, 도리언," 헨리 경이 심각하게 말했다. "조간신문에 다 실렸는데. 내가 올 때까지 아무도 만나지 말라고 편지를 쓴 거야. 물론 사건 조사가 있을 건데, 그 사건에 네가 얽히면 안 되거든. 파리에서 그런 일이 생기면 그 사람은 사교계의 유명 인사가 되는데. 하지만 런던 사람들은 너무 편견이 심해. 여기서는 그런 스캔들로 세상에 데뷔하면 안 돼. 그런 일은 나이 들어 흥밋거리로 쓰게 따로 남겨 둬야지. 극장 사람들은 네 이름을 모르는 것 같은데. 모르면 좋은 거지. 네가 그녀의 분장실로 가는 걸 본 사람이 있어? 그게 중요한 사안이야."

도리언은 잠시 대답하지 않았다. 그는 공포로 아찔해졌다. 마침내 그가 목멘 소리로 더듬더듬 말했다. "해리, 조사라고 말했어요? 그게 무슨 뜻이죠? 시빌이——? 오, 해리, 못 참겠어요! 어서요. 어서 다 얘기해줘요."

"도리언, 그것이 사고가 아니라는 데 의심의 여지가 없어, 대중들에겐 사고라고 전해졌지만 말이야. 밤 열두 시 반쯤 그녀는 자기 어머니와 함께 극장을 나서다가, 위층에 두고 온 게 있다고 말했데. 사람들이 한동안 그녀를 기다렸는데, 그녀가 내려오지 않았데. 사람들이 끝내 분장실 바닥에 그녀가 쓰러져 죽어 있는 걸 발견했지. 실수로 뭔가를 삼켰는데, 극장에서 쓰는 아주 위험한 거 말이야. 그게 뭔지 나는 모르지만, 청산가리나 백납이 들어있는 거였데. 곧바로 죽은 걸 보면 청산가리인 것 같아."

"해리, 해리, 너무 끔찍해요!" 소년이 울부짖었다.

"맞아, 정말로 너무 비극적이야. 하지만 그 일에 얽혀서는 절대 안 돼. 스텐다드 신문에서 봤는데 그 애는 열일곱 살이래. 그보다는 좀 더 어리다고 생각했는데. 아주 어린애처럼 보였고, 연기는 잘 모르는 것 같았는데. 도리언, 이 일로 괜히 신경을 곤두세워서는 안 돼. 나랑 밥 먹고 나서 오페라나 보러 가자.

오늘 밤 패티[27]가 나오는 날이라 모두 다 거기 올 거야. 우리 누나가 예약한 칸막이 귀빈석에 가면 돼. 누나가 멋진 여자들이랑 같이 온대."

"그럼 내가 시빌 베인을 죽인 거네요," 도리언 그레이가 혼잣말 하듯 말했다. "칼로 그녀의 가녀린 목을 벤 거나 다름없어요. 그런데도 장미는 여전히 아름답군요. 새들은 여전히 행복하게 지저귀고요. 그리고 오늘 밤 나는 당신과 식사하고 오페라 극장에 가고 그다음엔 또 다른 곳에서 밥을 먹겠죠. 인생이란 얼마나 놀라울 정도로 극적인가! 이 모든 게 책에서 읽은 거라면, 해리, 나는 눈물을 흘리며 애통해했겠죠. 근데, 실제로 일어나니까, 너무 놀라워 나는 눈물조차 나지 않네요. 제가 생전 처음 쓴 열정적인 사랑 편지가 여기 있는데. 참 이상하죠, 내 첫 열정의 연서가 죽은 소녀에게 보내려는 거였다니. 궁금해서 그러는데 그들, 우리가 죽은 자라고 부르는 그 창백하고 말 없는 사람들은 느낌이 있을까요? 시빌! 그녀가 듣고, 느끼고, 알 수 있을까요? 오, 해리, 한때 제가 얼마나 사랑했는데! 이제 그 일은 내게 오래전 일인 것 같아요. 그녀는 나에게 전부였는데. 그런데 그 무시무시한 밤이 찾아왔네요 — 그게 정말 어젯밤인가요? — 정말 연기를 너무 못해, 제 가슴이 거의 찢어진 밤이. 그녀가 그 이유를 모두 말해줬는데. 엄청 가슴 아픈 사연이었는

---

27   아델리나 패티(1843~1919), 유명한 오페라 가수.

데. 하지만 전 아무런 느낌도 없었죠. 그녀를 천박하다고만 생각했죠. 갑자기 어떤 일이 일어나서 나는 무서워졌죠. 그게 뭔지 당신께 말할 수 없지만, 너무 끔찍한 일이었죠. 그녀에게 다시 돌아가려고 했죠. 제가 잘못했다고 느꼈거든요. 근데 이제 그녀는 죽었고. 오 하느님! 오 하느님! 해리, 제가 어찌해야 할까요? 제가 어떤 위험에 처해 있는지 당신은 모르죠. 날 바로 잡아줄 수 있는 게 하나도 없어요. 그녀라면 날 지켜줬을 텐데. 그녀는 자살할 권리가 없어요. 그녀는 너무 이기적이에요."

"애 도리언," 담뱃갑에서 담배 한 개비를 빼 들고 주머니에서 금박 성냥갑을 꺼내며 헨리 경이 대답했다. "여자가 남자를 바꿀 수 있는 유일한 방법은 그 남자를 전적으로 따분하게 만들어 인생에 대한 모든 관심을 잃게 하는 것뿐이야. 만약 이 아가씨와 결혼했다면, 넌 비참해졌을 거야. 물론 너라면 그녀에게 다정하게 해주었겠지. 누구나 전혀 신경 쓰지 않는 사람에게 항상 친절하니까. 하지만 곧 그녀는 네가 관심이 하나도 없다는 걸 알게 되겠지. 그리고 여자가 자기 남편이 그런다는 걸 알면, 끔찍하게 헤퍼지거나 다른 여자의 남편이 사순 아주 멋진 보닛 모자를 쓰고 다니지. 내가 사회적인 오해에 관해 얘기하는 게 전혀 아니야, 그건 야비한 짓일 테고 물론 나는 허용할 수 없는 일일 테니까. 어쨌든 나는 너에게 장담하건대, 그 모든 건 분명히 완전한 실패로 끝났을 거야."

"저도 그랬을 거로 생각해요," 도리언이 섬뜩할 정도로 창백해져서 방을 왔다 갔다 하며 낮게 말했다. "하지만 저는 결혼이 제 의무라 생각했죠. 이 끔찍한 비극 때문에 제가 옳은 일을 못 한 건 제 잘못이 아니죠. 전에 당신이 한 말이 기억이 나네요, 훌륭한 결심에는 치명적인 약점 — 즉, 항상 너무 늦게 그런 결심을 한다는 거죠. 분명 내 결심도 그렇고요."

"좋은 결심이란 과학 법칙을 간섭하려는 무익한 시도야. 그 시작은 순전히 허영심에서 비롯된 거고. 그 결과는 완전히 무(無)에 불과해. 가끔 그런 결심이 우리에게 사치스럽고 메마른 감정을 주는데, 그런 감정은 약자들한테는 다소 매력이 있지. 좋은 결심에 대해 할 말은 이게 전부야. 그건 그저 계좌도 없는 은행에서 발행한 수표에 불과해."

"해리," 도리언 그레이가 다가와 헨리 경 옆에 앉으며 소리쳤다. "왜 이 비극에 대해 내가 원하는 만큼 그렇게 슬픔을 느낄 수 없는 거죠? 제 생각에 제가 무정한 것도 아닌데. 제가 무정한 건가요?"

"너는 지난 보름 동안 너무 어리석은 짓을 많이 해서 무정하다고 불릴 자격이 없어, 도리언," 헨리 경이 부드럽고 애잔한 미소를 띠며 대답했다.

소년은 눈살을 찌푸렸다. "저는 그런 설명이 싫어요, 해리," 그가 대답했다. "하지만 제가 무정하다고 생각하지 않다니 기쁘네요. 나는 절대 그런 사람은 아니죠. 내가 그런 사람이 아니란 건 알아요. 하지만 이번 일이 내게 당연히 끼쳐야 할 영향을 제가 못 느끼는 건 인정해요. 그건 그냥 대단한 연극의 멋진 결말처럼 느껴져요. 거기에는 그리스 비극의 가차 없는 아름다움이 모두 들어있어, 제가 아주 중요한 역할을 맡았지만, 아무런 상처도 안 받는 거죠."

"흥미로운 문제야," 헨리 경이 말하며, 소년의 무의식적인 자기애를 자극하는 데서 묘한 즐거움을 느꼈다. "아주 흥미로운 문제야. 제대로 설명하면 이런 게 아닐까 생각해. 인생의 진짜 비극은 너무나 비예술적인 방식으로 일어나기 때문에 그 조야한 폭력성과 절대적인 비일관성, 그리고 터무니없는 의미의 결여와 품격의 완벽한 결핍으로 인해 우리가 큰 상처를 입는 일이 생기지. 저속함이 우리에게 악영향을 미치듯 그런 비극들도 우리에게 영향을 줘. 그것들은 우리에게 전적으로 잔인한 폭력이란 인상을 주지, 그러면 우리가 그것에 반발하는 거야. 하지만 때때로 아름다움의 예술적 요소들을 지닌 비극이 우리 인생을 거쳐 가지. 이런 미적 요소들이 실재한다면, 모든 것은 우리의 극적 효과에 대한 감각에 호소할 뿐이지. 갑자기 우리는 더는 배우가 아니라 연극의 관객이란 걸 깨닫지. 아니면 오히려 우린 둘 다가 되는 거지. 우리 자신을 지켜보며 단순히 경이로운 장면에 빠져들지. 이번 일의 경우에 실제로 일어난 일이 뭘까? 너를 사랑하여 누군가가 스스로 목숨을 끊었지. 나도 그런 경험이 있었으면 좋겠다. 그러면 나도 남은 생애 동안 사랑에 푹 빠져 살 텐데. 나를 흠모했던 사람들은 — 아주 많지 않지만 좀 있는데 — 항상 고집스럽게 오래 살지, 내가 그들에게 관심 두지 않거나 그들이 나에게 관심 두지 않게 된 후에도 말이야. 그 사람들은 뚱뚱하고 지루해져서, 만나면 곧바로 옛일을 회상하는 데 빠져들지. 여자들의 무시무시한 기억력이란! 얼마나 무서운지! 그건 전적으로 지적인 침체 상태만 드러낼 뿐이야! 인간이 삶의 색채를 흡수하는 게 마땅하지만, 세세한 것까지 기억해선 안 돼. 세세한 건 항상 천박하거든."

"정원에 양귀비나 심어야겠군요," 도리언이 한숨을 내쉬었다.

"그럴 필요 없어," 동료가 대답했다. "인생은 항상 자기 손에 양귀비꽃을 들고 있어. 물론, 이따금 오래 머무르는 것들이 있지. 나도 한때 한 계절 내내 제비꽃만을 단 적이 있었어, 죽지 않는 사랑에 대한 예술적인 애도의 한 형태로서 그랬지. 하지만 결국 그 낭만적인 사랑은 죽어 없어졌지. 뭐 때문에 죽었는지 기억도 안 나. 내 생각에는 그녀가 날 위해 세상 전부를 바치겠다고 해서 그런 것 같아. 그런 순간은 언제나 섬뜩하지. 사람을 영원에 대한 공포심으로 가득 채우지. 그런데 — 너도 믿기지 않겠지만 — 일 주 전에 햄프셔 부인댁에서 저녁을 먹는데 어쩌다 문제의 여성 옆에 앉게 됐어, 근데 그 여자는 끈질기게 옛일을 다 되새기며, 과거사를 파헤치고, 미래를 샅샅이 뒤져보겠다는 거야. 나는 내 낭만적 사랑을 아스포델[28] 꽃밭에 이

---

28   양귀비꽃과 마찬가지로 아스포델은 백합과의 꽃으로 그리스 신화에서

미 묻어 버렸는데. 그녀는 그걸 다시 끄집어내, 내가 그녀 인생을 망쳤다고 뻔뻔하게 말했지. 근데 꼭 말해야겠는데, 그녀가 엄청나게 저녁을 많이 먹어서 전혀 염려할 필요를 못 느꼈거든. 그 여자는 안목이라곤 전혀 없어! 과거가 지닌 매력 하나는 그게 과거라는 사실이지. 그런데 여자들은 언제 커튼이 내려갔는지 전혀 몰라. 그녀들은 항상 여섯 번째 막을 원하고, 극의 재미가 다 끝났는데도 바로 계속 연극을 해 달라고 요청하지. 연극을 여자들 마음대로 하라고 하면 모든 희극은 비극적 결말로 끝나고, 모든 비극은 익살극으로 절정을 맞이할 거야. 그것들은 놀랄 정도로 인위적이지만, 예술적인 느낌은 하나도 없지. 넌 나보다 더 운이 좋아. 분명 말하는데, 도리언, 내가 알던 여자들 가운데 누구도 날 위해 시빌 베인이 널 위해 한 것처럼 하지 않았을걸. 보통 여자들은 늘 알아서 자기 자신을 잘 위로하지. 어떤 여자들은 감상적인 겉치레에 빠져 자신을 위로하지. 나이가 얼마든 연자주색 옷을 입는 여자나, 서른다섯이 넘어서 핑크 리본을 좋아하는 여자는 절대 믿지 마. 그건 항상 사연이 있는 여자란 뜻이지. 다른 여자들은 갑자기 남편들의 장점을 발견해서 큰 위안을 받지. 그런 여자들은 얼굴에 부부간의 행복이 가장 황홀한 죄라도 되는 양 뽐내고 다니지. 종교에서 위안을 찾는 여자도 있어. 종교의 신비함에는 바람피우는 것과

죽음과 저세상을 나타냄.

같은 매력이 있다고 어떤 여자가 말해줬는데, 나는 전적으로 이해가 돼. 게다가, 죄인이라는 말을 듣는 것만큼 허영심을 채워주는 건 없거든. 양심은 우리 모두를 이기주의자로 만들지. 그래, 현대의 삶에서 여자들이 찾는 위안에는 정말 끝이 없어. 사실 나는 가장 중요한 건 말도 안 했어."

"그게 뭐죠, 해리?" 소년이 맥없이 말했다.

"오, 그 뻔한 위안이지. 자기의 숭배자를 잃었을 때 다른 사람의 숭배자를 빼앗는 거지. 좋은 사교계에서는 그게 늘 여자들의 추한 면을 감춰주거든. 하지만 정말로, 도리언, 시빌 베인은 우리가 봐 온 여자들하고 얼마나 다른 여자이냐! 내가 보기에 그녀의 죽음에는 아주 아름다운 면이 있어. 내가 그런 경이로운 일들이 일어나는 시대에 살고 있다니 너무 기뻐. 그런 일들은 우리가 가지고 노는 로맨스나, 열정, 사랑과 같은 것들이 현실이라고 믿게 해주니까."

"나는 그녀에게 너무 잔인했어요. 그걸 잊은 거예요."

"미안하지만 여자들은 잔인함, 노골적인 잔인함을 다른 어떤 것보다 더 높이 평가하지. 여자들은 놀랄 정도로 원시적인 본능이 있어. 우리가 여자들을 해방했지만, 그래도 여전히 주인님을 찾으며 노예로 남아 있거든. 지배당하는 걸 너무 좋아해. 내가 확신하는데 넌 너무 멋진 친구야. 네가 정말로 완전히 화난 적을 본 적이 없지만, 네가 얼마나 유쾌한지는 그림이 그려지거든. 그리고 어쨌든 네가 나에게 그저께 말한 게 있었는데, 그때는 그게 나한테 완전히 망상처럼 들렸어, 그런데 지금 보니 완전히 사실이라는 것을 알아. 그 말이 모든 것의 열쇠를 쥐고 있지."

"제가 무슨 말을 했는데요, 해리?"

"네가 나에게 말했지, 시빌 베인은 너에게 모든 로맨스의 여주인공을 대표하는 여자라고. 어느 날은 데스데모나고, 다른 날은 오필리아고. 만약에 그녀가 줄리엣으로 죽더라도, 이모젠으로 다시 살아난다고."

"이제 그녀는 다시는 살아 돌아오지 못하겠죠," 소년이 두 손에 얼굴을 파묻으며 나지막이 말했다.

"그렇지, 절대 살아날 수 없지. 그녀가 맡은 마지막 역을 했으니까. 하지만 닌 싸구려 분장실에서 그 외로운 죽음을 자코비안 시대 비극에 나오는 이상하고 무시무시한 장면 아니면 웹스터나 포드 혹은 시릴 터너[29] 작품의 멋진 장면이라고 생각해야 해. 그 여자애는 진정한 삶을 산 적도 없고, 진짜로 죽은 적도 없어. 너에게 적어도 그녀는 항상 한 편의 꿈이었고, 셰익스피어 극 속을 훨훨 날다가 극 속의 존재들을 위해 그 극들을 더 사랑스럽게 만들고 떠나는 환영, 셰익스피어의 음악을 더 풍

---

29 존 웹스터(1578?~1632?), 존 포드(1586?~1639), 그리고 시릴 터너 (1575?~1626)은 제임스 1세 통치 기간인 자코비안 시대에 유행했던 비극 작가들. 폭력과 정교한 수단의 복수로 가득 찬 극을 썼음.

성하고 환희로 가득 차게 들리도록 만드는 갈대 피리에 지나지 않아. 그녀가 현실의 삶에 손을 댄 순간 그녀는 삶을 망치고, 삶도 그녀를 망쳤지, 그래서 그녀가 죽은 거야. 네가 좋다면 오필리아를 애도하라고. 코딜리아가 목 졸려 죽었으니 네 머리에 재를 뿌리고. 브라반쇼의 딸이 죽었으니까 하늘에 대고 소리쳐 울던지. 하지만 시빌 베인 때문에 네 눈물을 허비하지 마. 그녀는 그들보다 더 비현실적이었어."

침묵이 흘렀다. 저녁 어스름으로 방은 어둑해졌다. 소리 없이 은색 발길로 그림자들이 정원에서 방으로 기어들어 왔다. 피곤한 듯 사물들도 색이 흐려졌다.

얼마 후 도리언 그레이는 고개를 들었다. "당신은 나를 나 자신에게 설명했네요, 해리," 그가 안도의 한숨을 내쉬며 중얼거렸다. "나도 당신이 한 말을 다 느꼈어요, 그런데 왠지 두려웠어요. 그리고 나 자신에게조차 그것을 표현할 수 없었죠. 당신이 이렇게 나를 잘 알고 있다니! 하지만 다시는 지난 일은 말하지 말아요. 그것은 경이로운 경험이었어요. 그게 다예요. 인생이 내게 또 그런 경이로움을 다시 안겨줄지 궁금해요."

"인생은 널 위해 모든 걸 마련해놨어, 도리언. 너처럼 출중한 외모로 못할 건 하나도 없어."

"하지만 생각해봐요, 해리, 내가 늙고 말라빠져 쭈글쭈글해지면요? 그때는 어떡하죠?"

"아, 그땐," 헨리 경이 자리를 뜨려고 일어서며 말했다. "그

땐, 내 친구 도리언, 너는 승리를 얻기 위해 싸워야 할 거야. 지금은 그냥 있어도 승리가 알아서 네게 오지. 아니야, 넌 출중한 미모를 지켜야 해. 우리는 책을 너무 읽어서 어리석은 시대에, 생각을 너무 많이 해서 아름답지 못한 시대에 살고 있어. 우리는 네가 꼭 필요해. 그러니 이제 옷 갈아입고 클럽에나 가는 게 좋겠다. 지금도 꽤 늦었거든."

"오페라 극장에서 만났으면 해요, 해리. 너무 피곤해 아무것도 못 먹겠어요. 당신 누이의 박스석 번호가 몇 번이죠?"

"이십칠 번인가. 정면 그랜드 층이야. 입구에 이름이 있을 거야. 함께 식사하지 못해서 유감이다."

"나는 그럴 기분이 아니에요," 도리언이 힘없이 말했다. "당신이 내게 해준 모든 말에 더할 나위 없어 고마워요. 분명 당신은 가장 좋은 친구예요. 이제껏 당신만큼 나를 이해해준 사람이 아무도 없어요."

"우리 우정은 이제 겨우 시작이야, 도리언," 헨리 경이 그와 악수하며 대답했다. "잘 있어. 아홉 시 삼십 분 전에 보길 바라네. 기억해, 패티가 노래하는 거."

헨리 경이 문을 닫고 나가자, 도리언 그레이는 종을 울렸다, 그리고 몇 분 후 빅터가 등을 들고 들어와 블라인드를 내렸다. 도리언은 하인이 나가길 조바심을 내며 기다렸다. 하인은 매사에 끝없이 시간을 들이는 것 같았다.

하인이 떠나자, 그는 서둘러 장막으로 다가갔다, 그리고 장막을 거뒀다. 없었다. 초상화에 더 이상의 변화는 없었다. 그가 시빌 베인의 소식을 알기도 전에 초상화는 그 소식을 접했던 거였다. 초상화는 사건들이 발생하면 안다는 거였다. 그 여자애가 독약을, 그게 뭐든, 마시는 바로 그 순간에, 틀림없이 섬세한 입술의 선을 해친 사악한 잔인함이 나타난 거네. 아니면 결과와는 아무 상관이 없는 걸까? 영혼 속에 일어나는 걸 그저 감지하는 걸까? 그는 궁금했다, 그리고 생각만으로도 소름 끼치지만 언젠가 바로 눈앞에서 그 변화가 일어나는 걸 자기 눈으로 보길 바랐다.

불쌍한 시빌! 그 모든 게 얼마나 대단한 낭만적 사랑인가! 종종 그녀는 무대 위에서 죽음을 흉내 냈었지. 그런데 죽음이 직접 그녀에게 다가와 함께 데리고 갔네. 그렇게 무시무시한 마지막 장면을 그녀는 어떻게 연기했을까? 죽으면서 그를 저주했을까? 아니지, 그녀는 그에 대한 사랑 때문에 죽은 거고, 이제 사랑은 항상 그에게 성스러운 의식이 되겠지. 그녀는 자기 생명을 바치는 희생을 통해 모든 걸 속죄한 거야. 끔찍했던 그 밤에 극장에서 그녀로 인해 그가 겪은 일을 더는 생각하고 싶지 않았다. 이제 그는 그녀를 생각하면 지고한 사랑의 실재를 보여주기 위해 세상이란 무대에 보내진 경이로운 비극적 인물이라고 생각하겠지. 경이로운 비극적 인물? 그녀의 어린애 같은 표정과 명랑하고 별난 행동과 수줍고 떨리는 우아함을 떠올리자 그의 눈에 눈물이 차올랐다. 그는 급히 눈물을 훔치고, 다시 초상화를 보았다.

　그는 정말로 선택해야 할 시간이 왔다고 느꼈다. 아니면 이미 선택이 이루어진 건가? 그래, 인생이 그를 위해 결정해버린 거야 — 인생이, 그리고 인생에 대한 자신의 무한한 호기심이. 영원한 젊음, 무한한 열정, 묘하고 비밀스러운 쾌락, 격렬한 기쁨과 더 격렬한 죄 — 그는 이 모든 것들을 취하기로 했다. 초상화가 그가 겪을 수치라는 짐을 다 짊어지겠지. 그뿐인 거야.

　캔버스 위의 아름다운 얼굴에 가해질 모독을 생각하자 고통의 느낌이 스멀스멀 기어올랐다. 한때 나르시스를 아이처럼 조롱하듯, 그는 이제 그를 보며 잔인하게 미소 짓는 그림 속의 입술에 키스하거나, 키스하는 척했다. 매일 아침 초상화 앞에 앉아 그 아름다움에 신기해하며 때때로 그랬듯이 초상화에 거의 푹 빠져있었다. 초상화는 이제 그가 빠져드는 기분에 따라 변하는 걸까? 그것은 흉물스럽고 역겨운 존재가 되어, 자물쇠를 채운 방 안에 갇혀서, 그 물결치는 경이로운 머리칼을 그토록 자주 더 밝은 황금빛으로 물들이던 햇빛마저 차단해야 하는 걸까? 안타까운 일이야! 너무 안타까워!

　잠시 도리언은 자신과 초상화 사이에 존재하는 무시무시한 연결이 끊어지도록 기도하고 싶었다. 기도에 대한 응답으로 그림이 변하길 바랐다. 아마 기도에 대한 답으로 그림이 더는 변하지 않고 남아 있지 않을까. 그리고 인생에 대해 뭐라도 아는 사람이라면, 누가 영원히 젊을 수 있는 그 기회를 포기할 수 있을까? 그 기회가 아무리 기상천외하고 그로 인해 어떤 치명적인 결과가 따르더라도 말이다. 게다가 그 기회를 정말로 자신이 통제할 수 있는데? 그렇게 뒤바뀐 상황을 만든 게 정말 기도였을까? 그 모든 것에 신기한 과학적 이유가 없는 거라면? 생각이 살아있는 유기체에 영향을 행사할 수 있다면 생각이 죽은 것이나 무기물에도 영향력을 행사할 수 있지 않을까? 아니지, 생각이나 의식적인 욕망이 없더라도, 우리 외부의 사물들이 우리 기분이나 열정과 합일을 이뤄 진동하고, 원자가 은밀한 사랑과 묘한 친화력으로 다른 원자를 부르는 건 아닐까? 하지만 이유는 중요하지 않아. 그는 다시는 기도를 해서 어떤 끔찍한 힘을 절대 유혹하지 않을 거야. 초상화가 바뀔 운명이라면, 바뀌어야겠지. 그뿐이야. 왜 그걸 그렇게 깊이 캐물어야 하지?

왜냐하면 초상화를 지켜보는 데서 진짜 즐거움을 느낄 수 있을 테니까. 그는 자신의 마음의 비밀스러운 곳까지 따라가 볼 수 있겠지. 이 초상화는 그에게 가장 마법 같은 거울이 될 거야. 초상화는 그에게 자기 몸을 보여주었듯이, 자기 자신의 영혼도 보여줄 텐데. 그리고 초상화에 겨울이 와도, 그는 여름의 가장자리, 즉 봄이 떠는 그곳에 여전히 남아 있겠지. 초상화의 얼굴에서 혈색이 슬금슬금 빠져나가, 납같이 무거운 눈에 분필처럼 흐릿한 막만 남아도, 그는 소년 시절의 활기를 지키겠지. 그의 사랑스러운 꽃송이 어느 하나도 시들지 않을 거고, 생명의 맥박 하나도 약해지지 않을 거야. 그리스의 신들처럼,

그는 강하고 재빠르고 기쁨이 가득하겠지. 캔버스에 그려진 형상에 무슨 일이 생기든 그게 무슨 상관이야? 그는 안전할 거야. 그뿐이지.

그는 장막을 초상화 앞 원래 위치로 다시 치면서, 미소를 지었다, 그리고 이미 시종이 기다리고 있는 침실로 들어갔다. 한 시간 후 그는 오페라 극장에 있었고, 헨리 경도 의자에 기대앉아 있었다.

9장

다음 날 아침 도리언이 식사하고 있을 때, 바질 홀워드가 방으로 들어왔다.

"나는 너를 보게 되어 너무 기쁘다, 도리언," 그가 진지하게 말했다. "지난밤에 들렀는데, 오페라 극장에 갔다고 하더라. 물론 그럴 수가 없다는 것을 난 알았지. 진짜로 어디 갔는지 언질을 주워줬으면 좋았을 텐데. 나는 비극적인 일이 또 이어질까 걱정하며 끔찍한 밤을 보냈거든. 내가 그 소식을 처음 들었을 때, 네가 나에게 바로 전보를 칠 거로 생각했어. 내가 클럽에서 『더 글로브』 최신판을 집어 들었다가 우연히 그 기사를 읽었지. 나는 곧바로 여기로 달려왔어, 그리고 너를 보지 못해 너무 괴로웠어. 그 일로 내가 얼마나 상심했는지 말을 못 하겠어. 나는 네가 얼마나 고통스러워하는지 알아. 근데 어디 있었어? 그 소녀의 엄마를 보러 간 거니? 한순간 너를 따라서 가볼까 생각했지. 신문에 주소가 나왔거든. 유스턴 가 어디였는데, 그렇지? 내가 달래줄 수 없는 슬픔에 주제넘게 나서는 게 아닌가 염려되어 그만뒀지. 불쌍한 여자! 심정이 오죽하겠니! 더구나 하나밖에 없는 자식인데! 그 애 엄마는 이 모든 것에 대해 뭐라고 말했어?"

"친애하는 바질, 내가 어떻게 알겠어요?" 도리언 그레이가 중얼거렸다, 그리고 섬세한 황금 방울 무늬가 있는 베네치아산 유리잔에서 연노랑빛 와인을 홀짝이며 대단히 지겨운 표정을 지었다. "오페라 극장에 있었어요. 거기에 당신도 왔으면 좋았을 텐데. 해리의 누이인 그웬돌린 양을 처음 만났지요. 우리는 그녀가 예약한 박스석에 있었죠. 그녀는 아주 매력적인 분이더군요. 패티는 성스럽게 노래했죠. 끔찍한 주제는 말하지 마세요. 어떤 일은 애기하지 않으면, 일어나지 않은 일이 되잖아요. 해리가 말하듯, 표현하는 순간 그 일에 현실감이 생기죠. 근데 그 애가 외동딸이 아닌 건 말해줄게요. 아들, 아주 멋진 아들이 있는 거로 일아요. 하지만 아들은 무대엔 서지 않았죠. 뱃사람이라나 뭐라나. 그럼 이제 당신 애기나 해줘요. 요즘 뭘 그리고 있어요?"

"오페라 극장에 갔다고?" 홀워드가 고통으로 목이 메는 목소리로 아주 천천히 말을 이어갔다. "시빌 베인이 어느 누추한 방구석에서 죽어 누워있는 동안 너는 오페라 극장에 갔다고? 네가 사랑했던 여자가 고요한 무덤에 들어가 잠들기도 전에, 다른 여자가 매력적이고 패티가 성스럽게 노래했다고 말하는 거니? 아니, 세상에, 그녀의 가녀리고 창백한 작은 시신이 겪을 공포가 기다리고 있는데!"

"그만, 바질! 그런 말 듣고 싶지 않아요!" 도리언이 벌떡 일어나며 외쳤다. "나한테 그 일은 말하지 마세요. 끝난 일은 끝난 거죠. 지나간 일은 지난 일이죠."

"어제를 과거라고 말할 수 있는 거니?"

"지나간 실제 시간이 무슨 상관이 있나요? 어떤 감정을 지우는 데 많은 시간이 필요한 사람은 천박한 사람들뿐이죠. 자기 자신이 주인인 사람은 쾌락을 쉽게 만들 수 있듯이 슬픔도 쉽게 끝낼 수 있어요. 나는 내 감정에 휘둘리고 싶지 않아요. 나는 감정을 이용하고 즐기고 지배하고 싶어요."

"도리언, 정말 소름 끼쳐! 뭔가가 너를 완전히 바꿔 놓았구나. 너는 매일 초상화 때문에 내 화실에 와 앉아 있던 소년과 똑같은 아이처럼 보이는데. 그때 너는 단순하고, 자연스럽고, 사랑스러웠지. 이 세상 통틀어 누구보다 가장 때 묻지 않은 생명체였는데. 지금은 네게 무슨 일이 생겼는지 나는 모르겠어. 심장도 없고, 동정심조차 없는 아이처럼 말하는구나. 이게 모두 해리의 영향이야. 나는 그걸 알아."

소년은 얼굴을 붉혔다, 그리고 창가로 가서 햇살이 쏟아지는 파랗게 나부끼는 정원을 한동안 바라보았다. "해리에게 너무 많이 빚졌지요, 바질." 마침내 그가 말했다. "당신에게 빚진 것보다 더 많이요. 당신은 그저 내게 허황한 것만 가르쳐주었죠."

"음, 그 때문에 내가 벌을 받는 거군. 도리언 — 아니면 언젠가 벌 받겠지."

"무슨 말을 하는지 모르겠어요, 바질," 그가 돌아서며 소리쳤다. "당신이 뭘 원하는지 모르겠어요. 당신이 원하는 게 뭔데요?"

"내가 초상화를 그려줬던 그 도리언 그레이를 원하지," 화가가 슬프게 말했다.

"바질," 소년은 홀워드에게 다가가 그의 어깨에 손을 얹으며 말했다. "당신이 너무 늦게 왔어요. 어제 시빌 베인이 자살했다는 소식을 들었을 때 —— "

"자살이라고! 맙소사! 의심의 여지가 없는 거니?" 홀워드가 공포에 질린 표정으로 그를 올려보며 말했다.

"바질, 당신은 그게 그냥 흔한 사고라고 생각하는 건 분명이니죠? 물론 자살한 거죠."

홀워드는 얼굴을 두 손에 파묻었다. "너무 무서워," 그가 온몸을 떨며 중얼거렸다.

"아니죠," 도리언 그레이가 말했다. "그것과 관련하여 두려울 게 하나도 없어요. 이 시대의 위대한 낭만적 비극 가운데 하나일 뿐이죠. 대체로 보면 연기하는 사람들은 가장 진부한 삶을 사는 사람들이죠. 그들은 좋은 남편이거나 지조를 지키는 아내나 뭐 그런 부류의 따분한 사람들이죠. 당신은 내 말이 무슨 뜻인지 알죠 — 중산층의 미덕, 그리고 이런 종류의 모든 것들. 시빌은 얼마나 달랐나요! 그녀는 가장 멋진 비극을 산 거죠. 그녀는 항상 여주인공이었죠. 그녀가 연기했던 마지막 밤

—당신이 그녀를 본 바로 그 밤—에 그녀는 사랑의 실체를 알
게 되어 연기를 엉망으로 한 거죠. 마치 줄리엣이 그랬듯이 그
녀는 사랑의 비현실성을 알았을 때 죽은 거죠. 다시 예술의 영
역 안으로 들어간 거죠. 그녀에게는 순교자다운 면이 있죠. 그
녀의 죽음에는 순교의 비통한 무익함, 그냥 헛되이 버려진 아
름다움이 들어있죠. 하지만 내가 이렇게 말한다고 괴로워하지
않았다고는 생각하지 마세요. 어제 바로 그 순간 — 아마 다섯
시 반쯤 아니면 여섯 시 십오 분 전에 당신이 찾아왔다면, 눈물
속에 빠져있던 나를 보았겠죠. 심지어 사실 내게 소식을 전하
러 여기 찾아온 해리조차 내가 어떤 고통을 겪었는지 전혀 몰
랐어요. 엄청 괴로웠어요. 그런데 그 고통은 지나가 버렸죠. 나
는 똑같은 감정을 되풀이할 수 없어요. 감상적인 사람이 아니
라면 그 누구도 같은 감정을 되풀이할 수는 없죠. 당신은 너무
부당해요, 바질. 날 위로하러 여기 오신 거죠. 그걸 보면 당신은
좋은 사람이죠. 그런데 내가 이미 위로받은 걸 알고 당신은 화
가 난 거죠. 얼마나 동정심이 많은 분인가요! 당신을 보면 박애
주의자에 대해 헨리가 해준 이야기가 생각나요. 그게 뭔지 기
억은 나지 않지만 자기 인생의 이십 년을 불만을 해소하거나
불공평한 법을 고치려고 애쓰며 산 사람이 생각나요. 마침내
뜻을 이루었는데, 그 실망감이 그 어느 때보다 더 컸죠. 할 일이
하나도 없어 지루해 죽을 지경이 되었고, 완벽히 확고한 인간
혐오자가 되었죠. 그리고 더구나, 내 오랜 친구 바질, 진정 나를

위로하고 싶으면, 차라리 지난 일을 잊을 방법을, 아니면 순전히 예술적인 관점에서 그 일을 볼 수 있게 가르쳐줘요. 예술의 위안에 관해 썼던 사람이 고띠에[30]가 아닌가요? 예전에 당신 화실에서 작은 양가죽 표지의 책을 집어 들었다가 그 유쾌한 구절을 우연히 읽은 기억이 나요. 음, 우리가 함께 말로에 내려갔을 때 당신이 말해준 그 젊은 친구와는 달라요. 노란 공단천이 인생의 모든 불행을 위로해준다고 말하던 그 젊은 친구 말이에요. 나도 사람이 손으로 만지고 다룰 수 있는 아름다운 것들을 사랑해요. 오래된 비단, 녹청 동상, 칠기 작품, 상아 조각, 빼어난 절경, 사치품과 화려한 장식품, 이런 것들에서 얻어낼 수 있는 게 많잖아요. 하지만 그런 것들이 창조해내는, 아니 어쨌든 그린 것들이 드러내는 예술적 기질이 내겐 훨씬 더 의미가 있죠. 헨리가 말한 대로 자기 자신의 삶을 지켜보는 관객이 되는 게 인생의 고통에서 벗어나는 방법이거든요. 내가 이렇게 말해서 당신은 놀라셨죠. 내가 얼마나 발전했는지 모를 거예요. 당신이 날 알았을 땐 나는 어린 학생에 불과했죠. 이제는 다 큰 남자죠. 나에게는 새로운 열정, 새로운 생각, 새로운 견해가 있어요. 내가 달라져도 나를 덜 좋아하면 안 돼요. 내가 변해도 당신은 여전히 내 친구여야 해요. 물론 나는 헤리를 무척 좋

---

30 테오필 고띠에(1811~72)는 시인이자 소설가로 『모팽양』의 서문에서 '예술을 위한 예술'을 설파함.

아해요. 하지만 당신이 그분보다 더 좋은 사람인 것을 알아요. 당신이 해리보다 더 강하지는 않아요 — 삶을 너무 두려워해요 — 당신은 더 좋은 사람이죠. 우리가 함께했던 시절은 얼마나 행복했던가! 날 떠나지 마요, 바질, 그리고 나와 다투지 말고요. 나는 그냥 나예요. 그 이상 더 할 말이 없어요."

화가는 묘하게 마음이 움직였다. 그 애가 한없이 소중하고, 그 애의 개성이 그의 예술에 있어 위대한 변곡점이었다. 그를 더 꾸짖어야 한다는 생각조차 그는 견딜 수 없었다. 결국 그가 보인 냉담함도 그저 사라질 기분에 불과했다. 그 애 내면에는 좋은 점도 많고 고귀한 점도 많으니까.

"음, 도리언," 그가 마침내 쓸쓸한 미소를 지으며 말했다. "오늘 이후 너에게 이 끔찍한 일에 대해 다시는 말하지 않을게, 이번 일과 연관되어 네 이름이 거론되지 않을 거라 믿어. 조사가 오늘 오후에 진행될 거래. 그들이 너를 소환했니?"

도리언은 고개를 저었고, '조사'라는 말에 짜증스러운 표정이 잠시 그의 얼굴을 스치고 지나갔다. 그런 종류의 모든 말에는 너무 무식하고 천박한 면이 있다. "그들은 내 이름을 몰라요." 그가 대답했다.

"하지만 분명 그 여자는 알았겠지?"

"세례명만이요, 그녀는 분명 누구에게도 말하진 않았을 거예요. 사람들이 내가 누군지 몹시 궁금해했는데 변함없이 백마 탄 왕자라고만 했다고 말했어요. 참 맘이 예쁘죠. 나한테 시빌의 초상화를 그려주세요, 바질. 입맞춤 몇 번이나 애처로운 말 몇 마디에 대한 기억보다 그녀에 대한 무언가를 더 간직하고 싶어요."

"네 기분이 좋아질 수 있다면, 뭐든 노력해볼게, 도리언. 하지만 네가 다시 나한테 와서 앉아 있어야 해. 네가 없으면 할 수 없어."

"다시는 당신 앞에 앉을 수 없어요, 바질. 그건 불가능해요!" 놀라 뒷걸음치며 그가 외쳤다.

화가가 그를 물끄러미 보았다. "이 친구야, 말도 안 돼!" 그가 소리쳤다. "내가 그려 준 네 그림이 맘에 안 든다는 뜻이야? 그 그림 어디 있어? 왜 앞에 장막을 쳐 놓은 거야? 좀 보자. 내가 그린 최고의 작품인데. 막을 거둬 봐, 도리언. 네 하인한테 저렇게 내 작품을 가려놓으라고 하다니 징말 수치스러워. 방에 들어올 때 뭔가 달라 보인다고 느꼈는데."

"내 하인은 그거랑 전혀 상관없어요, 바질. 내 방을 정리하는 걸 내가 하인한테 시킨다고 생각하는 건 아니죠. 그가 가끔 꽃을 갖다 놓기는 해요 — 그게 다예요. 그래요, 내가 그렇게 한 거예요. 초상화에 햇빛이 너무 강해서 그랬죠."

"너무 강하다고! 당연히 아니지, 이 친구야? 그걸 놓기에 여기가 끝내주는 자리인데. 내가 한번 보자." 그리고 홀워드가 방 한쪽 모퉁이로 걸어갔다.

도리언 그레이의 입에서 공포의 외마디 비명이 터져 나왔고, 그는 다급하게 화가와 초상화 사이로 뛰어갔다. "바질," 아주 창백해져서 그가 말했다, "보면 안 돼요. 제발 보지 마세요."

"내 작품을 보지 말라고! 진심이 아니지. 왜 내가 보면 안 돼?" 홀워드가 웃으며 외쳤다.

"만약 그림을 보려고 하면, 바질, 내 명예를 걸고 하는 말인데 내가 살아있는 한 다시는 당신과 절대 말하지 않을 거예요. 진심이에요. 어떤 설명도 안 할 거고, 해달라고도 하지 마세요. 하지만 기억해둬요, 이 장막에 손을 대면 우리 사이는 완전히 끝이에요."

홀워드는 아연실색했다. 완전히 어리둥절하여 도리언 그레이를 보았다. 전에는 이런 모습을 본 적이 없었다. 도리언은 격분하여 실제로 핏기 하나 없었다. 두 주먹을 움켜쥐고, 눈동자는 파란 불덩어리처럼 이글거렸다. 온몸을 부들부들 떨고 있었다.

"도리언!"

"말하지 마요!"

"하지만 무슨 일이야! 물론 네가 원치 않으면 안 볼게," 그는 냉담하게 말한 뒤 발길을 돌려 창가로 다가갔다. "하지만, 정말, 내 작품을 내가 못 보는 건 조금 터무니없어, 특히 가을에 파리에서 전시하기로 했는데. 그 전에 유약을 한 번 더 발라줘야 해서, 조만간 그림을 봐야 하는데, 오늘 보면 왜 안 되는 거야?"

"전시한다고요! 당신은 전시하고 싶어요?" 도리언 그레이가 소리쳤고, 묘한 공포감이 스멀스멀 기어오르는 것을 느꼈다. 세상에 그의 비밀을 드러낸다고? 사람들이 그의 인생의 불가사의를 보면 입이 쩍 벌어질 텐데? 그런 일은 있을 수 없어. 뭐든 — 뭔지 모르겠지만 — 조처를 즉시 취해야 해.

"그래, 네가 반대하지 않을 거로 생각해. 조르주 쁘띠가 파리의 세즈 가에서 시월 첫 주에 개막하는 특별 전시회를 하려고 내 최고 작품들을 수집할 거야. 네 초상화도 한 달은 나가 있을 거고. 네가 그 정도 기간은 쉽게 내줄 거로 생각해. 사실 너도 분명 그때쯤 도시를 떠나있을 테니. 그리고 그림을 계속 장막으로 가리고 있는 걸 보면, 너도 별로 신경 쓰지 않는 거잖아."

도리언 그레이는 이마에 손을 갖다 댔다. 땀방울이 맺혀 있었다. 무시무시하게 위험한 벼랑 끝에 서 있는 느낌이었다. "한 달 전에는 이 초상화를 절대 전시하지 않을 거라고 했잖아요," 그가 외쳤다. "왜 맘이 바뀐 거죠? 일관적인 태도를 좋아하는 당신 같은 사람도 다른 사람들처럼 기분이 자주 바뀌네요. 딱하나 다른 점은 당신 기분이 별 의미가 없다는 사실이죠. 세상에 무슨 일이 있어도 이 초상화를 전시회에 보내지 않을 거라고 내게 진지하게 다짐했던 것을 잊지는 않았겠죠. 해리에게도 똑같이 말했잖아요." 그는 갑자기 말을 멈췄고, 그의 눈은 한 줄기 빛으로 빛났다. 일전에 헨리 경이 농담 반 진담 반으로 그에게 한 말이 기억났다. "한 십오 분 정도 묘한 시간을 보내고

싶으면, 바질에게 네 초상화를 전시하지 않으려는 이유를 말해
달라고 해. 나한테 왜 전시 안 하려는지 말했는데 정말 뜻밖에
사실을 알게 되었거든." 그래 어쩌면 바질도 그만의 비밀이 있
는 거야. 도리언은 그 비밀이 뭔지 물어보자고 작정했다.

"바질," 그는 홀워드에게 아주 가까이 다가가 얼굴을 똑바
로 보며 말했다. "우리는 각자만의 비밀이 있는 거죠. 당신 비
밀을 알려주면, 내 비밀도 말해줄게요. 내 초상화를 전시하길
거부했던 이유가 뭐죠?"

화가는 자기도 모르게 몸을 부들부들 떨었다. "도리언, 그
이유를 말해주면 너는 지금처럼 나를 좋아하지 못할 거야, 그
리고 분명 나를 비웃을 거야. 당신이 나를 싫어하든 비웃든 그
어떤 것도 나는 견딜 수 없어. 내가 다시는 네 초상화를 안 보
길 바라면, 나는 좋아. 항상 나는 널 볼 수 있으니까. 내가 그린
최고의 작품을 세상으로부터 감춰두고 싶다고 해도 나는 괜찮
아. 너의 우정이 어떤 명성이나 평판보다 더 소중하니까."

"아니, 바질, 나한테 말해주셔야죠," 도리언 그레이가 우겼
다. "나도 알 권리가 있다고 생각해요." 두려운 느낌은 사라지
고 이제 호기심이 그 자리에 들어섰다. 그는 바질 홀워드의 비
밀을 알아내기로 작정했다.

"앉자, 도리언," 화가가 고통스러운 표정으로 말했다. "우리
앉자. 그리고 질문 하나만 대답해줘. 초상화에서 뭔가 이상한
거 눈치 못 챘니? — 아마 처음에는 눈에 띄진 않았지만, 불현

듯 네 눈에 확 들어오는 거 없었어?"

"바질!" 떨리는 손으로 의자 팔걸이를 움켜쥐며 도리언은 소리를 지른 뒤 사납고 놀란 눈길로 그를 빤히 쳐다봤다.

"너 눈치챘구나. 말하지 마. 내 말을 다 들을 때까지 기다려. 도리언, 내가 널 만나는 순간부터, 너란 인물 자체는 나에게 지극히 비범한 영향을 미쳤지. 나는 압도되었지, 너로 인해 영혼과 머리와 힘까지 모두. 넌 아주 기이한 꿈처럼 우리 예술가들의 기억 속에 끊임없이 나타나는 한 번도 본 적 없는 이상적인 존재가 가시적으로 현현한 화신이었지. 나는 널 숭배했고. 네가 말을 나누는 모든 사람을 질투하게 됐지. 너를 독차지하고 싶었어. 나는 너와 함께 있어야만 행복했어. 네가 떨어져 있어도 너는 늘 내 예술 속에 존재했지…… 물론 나는 절대 이런 사실을 네게 말하고 싶지 않았지. 말을 하는 거 자체도 불가능했을 거야. 너도 이해 못 했을 거고. 나조차도 거의 이해가 안 됐거든. 내가 유일하게 아는 거라곤 내가 완벽함을 마주하고 있고, 내 눈에 세상이 경이로워졌다는 사실뿐이었지. 그렇게 맹목적인 숭배에는 위험이 도사리고 있으니까, 숭배의 대상을 지키기 위한 위험만큼 그걸 상실할 위험도 존재하니까 아마 과할 정도로 경이로웠을 거야……. 한 주 두 주 여러 주가 지나면서 나는 점점 더 네게 빠졌지. 그때 새로운 진전이 찾아왔어. 나는 너를 멋진 갑옷을 입은 파리스로, 사냥꾼의 외투와 빛나는 멧돼지 사냥용 창을 든 아도니스로 그린 적이 있었지. 묵직한 연꽃 송이 화관을 쓰고 넌 로마의 아드리안 황제의 뱃머리에 앉아 초록빛으로 탁해진 나일강 너머를 응시했지. 그리스의 숲속 고요한 연못가에 몸을 기울이며 잔잔한 은빛 수면에 비친 경이로운 자기 얼굴을 바라보았지. 그리고 그 모든 게 마땅히 예술이 이뤄야 할 것, 즉 무의식적이고 이상적이며 머나먼 것을 그리는 예술이었지. 지금도 가끔 내가 운명의 날이라고 생각하는 그 어느 날, 있는 그대로의 너의 모습을 멋진 초상화로 그리기로 결심했지. 죽은 시대의 복장이 아니라 자기 옷을 입고 있는 네가 사는 바로 그 시대의 모습으로 말이야. 그 이유가 기법상 사실주의여서인지, 아니면 안개나 베일로 가려지지 않고 직접 나에게 보이는 너만의 개성 그 자체의 경이로움 때문인지 나는 알 수 없어. 하지만 네 초상화를 그리면서 점과 면을 이루는 색 하나하나가 내 비밀을 드러내는 느낌이었어. 다른 사람들이 나의 우상 숭배를 알아볼까 두려워졌어. 도리언, 내가 너무 많은 말을 한 것 같기도 하고, 그림 속에 나 자신을 너무 많이 넣은 것 같은 느낌이었어. 바로 그런 이유로 나는 그 초상화를 절대 전시하지 않기로 했지. 넌 약간 기분이 상했지만, 그때 네 초상화가 내게 무슨 의미인지 네가 다 실감하지 못해서야. 내가 그 이유를 해리에게 말해주었는데 해리도 날 비웃었지. 하지만 나는 신경 쓰지 않았어. 초상화가 완성되고 나 혼자 그림과 앉아 있는데 나는 내가 옳았다는 걸 느꼈지…… 음, 그림이 내 화실을 떠난 며칠 후, 그리고 초상화의 존재의 참을 수 없는 매력을 없애자마자, 내가 그림 속에서 뭔가를, 너의 매우 출중한 미모 이상이나 내 능력으로 그릴 수 있는 것 이상을 보았다고 상상한 게 참으로 멍청하다는 생각이 들었지. 심지어 지금도 우리가 창조 행위에서 느끼는 열정이 창조된 작품 속에 고스란히 드러난다고 생각하는 것은 실수라는 느낌을 지울 수 없어. 예술은 항상 우리가 상상하는 것보다 추상적이거든. 형식과 색은 우리에게 형식과 색을 말할 뿐이야, 그게 다야. 종종 예술은 화가를 드러내기보다 훨씬 더 완벽하게 화가를 숨기는 것 같았지. 그래서 파리에서 이 제안을 받았을 때, 네 초상화를 전시회에서 주요 작품으로 내세울 작정이었어. 네가 거절하리라곤 생각하지 못했어. 네가 옳았다는 걸 이제 알겠어. 그림을 전시하면 안 돼. 도리언, 내가 한 말 때문에 나한테 화내지 마라. 일전에 내가 해리에게 말했듯이, 너는 숭배받도록 만들어진 존재야."

도리언 그레이는 숨을 길게 들이쉬었다. 그의 얼굴에 다시 화색이 돌았다, 그리고 입가에 미소가 떠올랐다. 이제 위험은 끝났다. 한동안 그는 안전하다. 하지만 자기에게 이런 이상한 고백을 한 화가에게 무한한 안쓰러움을 느낄 수밖에 없었다, 그리고 자기 자신도 친구의 인간적인 매력에 지배될 수 있을지 궁금했다. 헨리 경은 아주 위험한 매력이 있어. 그러나 그뿐이지. 그는 너무 영리하고 냉소적이라 정말로 좋아하기 어려워. 기이한 숭배심으로 그를 채워줄 누군가가 과연 존재할까? 그것도 삶이 준비해놓은 일 중 하나였을까?

"도리언, 내 보기에," 홀워드가 말했다, "너도 초상화에서 그걸 봤다니 정말 뜻밖이야. 진짜로 본 거야?"

"나도 뭔가 보았어요," 그가 대답했다. "너무 기이해 보였죠."

"음, 지금 내가 그걸 봐도 괜찮을까?"

도리언이 고개를 저었다. "그건 부탁하지 마세요, 바질. 저 초상화 앞에 당신이 서 있게 할 수 없어요."

"분명 언젠가는 보여줄 거지?"

"절대 안 돼요."

"음, 아마 네 말이 맞을 거야. 그럼 잘 있어, 도리언. 내 인생에서 너는 진정으로 내 예술에 영향을 준 유일한 사람이야. 내가 좋은 일을 하면 그게 뭐든 다 네 덕이야. 아! 네게 한 말을 다 말하기 위해 내가 어떤 대가를 치렀는지 넌 모를 거야."

"내 친구 바질," 도리언이 말했다, "나한테 무엇을 말했는데요? 그저 당신이 나를 너무 많이 찬탄했다는 말뿐이었어요. 그것은 칭찬도 아녜요."

"칭찬하려는 의도는 아니었어. 그냥 고백이었어. 이제 고백하고 나니 나에게서 뭔가 빠져나간 느낌이야. 아마도 사람은 자기가 숭배하는 것을 말로 표현해서는 안 되나 봐."

"너무 실망스러운 고백이었어요."

"어, 뭘 기대했는데, 도리언? 너 초상화에서 다른 건 아무것도 못 본 거지, 그렇지? 다른 거 본 거 없지?"

"없어요, 다른 거 본 거 없어요. 왜 묻는 거죠? 하지만 숭배 애기는 그만 해요. 어리석은 애기일 뿐이에요. 바질, 당신과 나는 친구예요, 그리고 영원히 친구로 남아야 해요."

"넌 해리가 있잖아," 화가가 씁쓸하게 말했다.

"오, 해리!" 한바탕 웃으며 소년이 소리쳤다. "해리는 낮에는 믿을 수 없는 말만 하고, 밤에는 일어날 성싶지 않은 일만 하면서 보내잖아요. 나도 그런 인생을 살고 싶지만. 그래도 나한테 문제가 생기면 해리를 찾아가진 않을 것 같아요. 오히려 당신한테 가겠죠, 바질."

"다시 내 앞에 앉을 거지?"

"그건 안 돼요!"

"네가 거절하면 예술가로서 내 인생을 망치는 거야, 도리언. 누구도 두 번이나 이상적인 존재를 만나진 못해. 한 번 만나는 사람도 드물어."

"바질, 내가 그 이유를 설명할 수는 없지만, 다시는 당신 앞에 앉을 수 없어요. 초상화에는 운명적인 뭔가가 있어요. 그 자체의 생명력을 지니고 있죠. 당신을 찾아가 함께 차를 마실 순 있어요. 그건 예전처럼 즐거울 거예요."

"너한테 더 즐거울 테지," 홀워드는 애석하게 중얼거렸다. "이제 가야겠어. 그림을 다시 보여주지 않아서 아쉬워. 하지만 어쩔 수 없지. 네가 어떤 느낌인지 충분히 이해해."

그가 방을 나설 때, 도리언 그레이는 혼자 미소를 지었다. 불쌍한 바질! 진짜 이유는 거의 모르고! 자기 비밀을 밝히도록 강요받는 대신에, 그저 우연히 친구한테 비밀을 캐는 데 성공하다니 정말 이상해! 그 이상한 고백이 얼마나 많은 걸 얘기해 주었던지! 화가의 말도 안 되는 질투심의 폭발과 도가 지나친 헌신, 그리고 허황한 찬사와 호기심을 일으키는 침묵 — 그 모든 게 이제 이해가 됐다. 낭만적인 사랑으로 물든 우정에는 뭔가 비극적인 면이 있는 듯했다.

　그는 한숨을 쉬며, 종을 울렸다. 무슨 일이 있어도 초상화는 숨겨야 해. 그는 다시는 발각될 위험을 감수할 수 없었다. 초상화를 친구들 누구라도 들어올 수 있는 방에 한 시간이라도 놔뒀다니, 정말 정말 미쳤던 거야.

10장

하인이 들어왔을 때, 도리언은 그를 빤히 보면서 혹시 하인이 장막 뒤를 훔쳐볼 생각을 한 적 있는지 궁금했다. 하인은 아무 표정도 없이 그의 명을 기다리고 있었다. 도리언은 담뱃불을 붙인 뒤 거울로 다가가 흘낏 거울 안을 들여다보았다. 거울에 비친 하인 빅터의 얼굴을 완전히 볼 수 있었다. 복종이 보여주는 평온한 가면 같았다. 달리 걱정할 게 전혀 없는 얼굴이었다. 그래도 그는 조심하는 것이 최선이라 생각했다.

느릿느릿한 목소리로 그는 빅터에게 가정부를 보자고 한다고 하고 나서 액자 제작자에게 가서 즉시 두 명의 일꾼을 보내달라고 하인에게 명했다. 하인은 방을 나서며 장막 쪽으로 정처 없이 눈길을 보내는 느낌이 들었다. 아니 그냥 자기 혼자 그런 생각이 든 건가?

잠시 후, 검은 비단 드레스를 입고 주름진 손에 낡은 털장갑을 낀 리프 부인이 서둘러 서재로 들어왔다. 그는 그녀에게 공부방 열쇠를 달라고 했다.

"옛 공부방이요, 도리언 씨?" 그녀가 놀라며 물었다. "어, 거긴 먼지투성이인데요. 주인님이 들어가시기 전에 제가 치우고 정리할게요. 엉망이라 주인님이 보시기 좀 그래요. 정말 정신없어요."

"정돈하라는 게 아니에요, 리프 부인. 그냥 열쇠나 주세요."

"음, 주인님, 그 안에 들어가시면 거미줄을 뒤집어쓸 거예요. 어, 거의 오 년이나 문을 연 적도 없어요, 주인 어르신이 돌아가신 이후로 한 번도 연 적이 없어요."

도리언은 그녀가 할아버지를 언급하자 인상을 썼다. 할아버지에 대한 몹시 싫은 기억이 있기 때문이다. "그건 상관없어요," 그가 대답했다. "그저 방만 보려는 거니까요. 그뿐이죠. 열쇠나 줘요."

"열쇠 여기 있어요, 주인님," 망설이며 떨리는 손으로 열쇠 꾸러미를 뒤적이며 나이 든 부인이 말했다. "열쇠 여기 있어요. 바로 뭉치에서 빼 드릴게요. 거기서 지내실 생각은 아니죠? 여기가 편하시지 않나요?"

"아니, 아니," 그가 짜증 내며 외쳤다. "리프 부인 고마워요. 이제 됐어요."

그녀는 잠시 머뭇거리며 자질구레한 집안일에 대해 장황하게 얘기를 늘어놓았다. 도리언은 한숨을 내쉬며 그녀가 최선이라고 여기는 대로 일을 처리하라고 말했다. 그녀는 만면에 미소를 지으며 서재를 나갔다.

문이 닫히자 도리언은 주머니에 열쇠를 넣고 방 안을 둘러보았다. 금실로 두껍게 수를 놓은 커다란 자주색 공단 덮개에 눈이 갔다. 그의 할아버지가 볼로냐 근처 수녀원에서 구해 온 17세기 후반의 근사한 베네치아산 작품이었다. 그래, 저거 면 그 끔찍한 그림을 싸는데 제격이겠네. 아마 망자의 관을 덮 는 보로 쓰인 적도 있을 거야. 이제 이 덮개는 죽음의 부패보다 더 고약한 그 자체가 부패하는 물건, 공포심을 낳지만 절대 죽 지 않을 물건을 가리게 되었군. 벌레가 시체를 썩게 한다면 그 의 죄가 캔버스 위에 그려진 그 형상을 갉아먹겠지. 자신의 죄 가 초상화의 아름다움을 훼손하고 우아함도 갉아먹겠지. 자신 의 죄가 그림을 흉하고 수치스럽게 만들겠지. 그래도 그 초상 화는 여전히 살아남겠지. 영원히 살아남겠지.

그는 몸서리쳤고 순간 초상화를 감춰두고 싶은 진짜 이유를 바질에게 말하지 않은 게 후회됐다. 바질이라면 헨리 경의 영 향과 자신의 기질에서 비롯한 훨씬 더 유독한 영향을 뿌리치도 록 도와줄 수 있었을 텐데. 바질이 그에게 품고 있는 사랑은 — 그거야말로 진정한 사랑이니까 — 고귀하지 않고 지적이지 않 은 게 하나도 없어. 그의 사랑은 감각에서 태어나서 감각이 지 루해지면 죽어버리는 아름다움에 대한 뻔한 육체적 찬미는 아 니야. 미켈란젤로, 몽테뉴, 윈켈만[31], 그리고 셰익스피어 자신도 알았던 그런 사랑이야. 그래, 바질이라면 그를 구해줄 수 있었

---

31 미셸 드 몽테뉴(1533~92)는 프랑스 수필가임. 요한 윈켈만(1717~68) 은 괴테와 쉴러의 고전주의에 영향을 미친 예술사가.

을 텐데. 하지만 이제 너무 늦었어. 과거는 언제든지 완전히 지워질 수 있어. 후회, 부정, 혹은 망각이 그렇게 해줄 수 있지. 하지만 미래는 피할 수 없어. 그의 내면에는 끔찍한 배출구를 찾으려는 열정이 있고, 그 열정의 사악한 실재를 그림자처럼 가리고 싶은 꿈이 있다.

그는 소파를 덮고 있던 커다란 자주색과 금색이 어우러진 덮개를 들어 두 손으로 꼭 쥐고서 장막 뒤로 향했다. 캔버스의 얼굴이 전보다 더 추악해졌을까? 그가 보기에 변한 게 없었다. 하지만 그림에 대해 혐오감은 더 심해졌다. 금발 머리, 파란 눈, 장밋빛 입술 — 그 모든 건 그대로였다. 변한 거라곤 그저 표정뿐이었다. 너무 잔인해서 무시무시했다. 그가 그 그림에서 본 비난이나 질책에 비하면 시빌 베인에 대한 바질의 비난은 얼마나 피상적이었던가! — 얼마나 얄팍하고 얼마나 하잘것없었던가! 자신의 영혼이 캔버스에서 그를 바라보며 판단을 내리라고 재촉했다. 그는 고통스러운 표정을 지으며 육중한 덮개를 그림 위로 던졌다. 바로 그 순간 문을 두드리는 소리가 났다. 하인이 들어올 때 그는 그림 뒤에서 겨우 빠져나왔다.

"사람들이 왔습니다, 주인님."

그는 당장 하인을 내보내야 한다고 느꼈다. 그림이 어디로 옮겨지는지 하인이 알아서는 안 된다. 하인은 교활한 구석이 있고 생각이 가득하고 배신할 듯한 눈빛을 지녔다. 도리언은 편지 쓰는 책상에 앉아 헨리 경에게 짧은 편지를 휘갈겨 썼다,

그에게 읽을 만한 책 좀 보내주고 저녁 여덟 시 반에 만나기로 한 것을 잊지 말라고.

"기다렸다 답신 받아 와," 편지를 건네며 그가 말했다, "그리고 일꾼들을 여기로 들여보내."

이삼 분 후 또 문을 두드리는 소리가 났다, 그리고 사우스 오들리 가의 유명한 액자 제작사인 허버드 씨가 다소 인상이 거친 젊은 조수와 함께 방으로 직접 들어왔다. 허버드 씨는 불그레한 얼굴에 빨간 구레나룻을 기른 땅딸한 사람으로 거래하는 화가들 대부분이 고질적으로 겪는 궁핍의 정도에 따라 그의 예술에 대한 찬사가 상당히 바뀌는 사람이었다. 대체로 그는 자기 가게를 떠나지 않고 사람들이 가게로 찾아오길 기다리는 편이었다. 하지만 도리언 그레이에게만은 예외였다. 도리언에 겐 모든 사람을 매료시키는 뭔가가 있었다. 심지어 그를 보는 것조차 즐거운 일이었다.

"뭘 도와드릴까요, 그레이 씨?" 그가 뚱뚱한 반점투성이 손을 비비며 말했다. "몸소 찾아뵙는 것만으로도 제게 영광이라 생각합니다. 나으리, 최근에 아주 아름다운 액자를 구했는데요. 할인해서 입수했죠. 옛 피렌체 산이죠. 폰트힐 수도원[32]에서 나온 듯합니다. 종교적인 주제에 안성맞춤이죠, 그레이 씨."

---

32   윌리엄 벡포드가 1796년 고딕풍에 대한 야심을 갖고 건축한 수도원 건물.

"직접 여기까지 찾아오는 수고를 끼쳐 죄송합니다. 허버드 씨. 언제 꼭 한 번 들러 액자를 볼게요. — 요즘 종교 예술에 그다지 관심이 없지만요. — 오늘은 집 꼭대기까지 그림 한 점을 옮겨주면 좋겠어요. 꽤 무거워서 당신한테 일꾼 두어 명을 빌려주십사 부탁하려고 했죠."

"전혀 문제없어요, 그레이 씨. 어떤 거든 당신한테 도움이 된다면 저야 기쁘죠. 어떤 예술 작품이죠, 나으리?"

"이거요," 도리언이 장막을 뒤로 물리며 대답했다. "그림을 가린 채로 그대로, 지금 이 상태로 옮겨줄 수 있나요? 위층으로 가면서 긁혀서는 안 되거든요."

"어려울 게 하나 없지요, 나으리," 친절한 액자 제작자가 말한 뒤 조수의 도움을 받아 초상화가 걸려있는 긴 황동 사슬에서 그림을 떼기 시작했다. "자 이제, 어디로 옮길까요, 그레이 씨?"

"저를 따라와 주시면 길을 안내해 드릴게요, 허버드 씨. 아니 앞서가는 게 낫겠네요. 미안하지만 집 맨 꼭대기 층이에요. 현관 계단이 넓으니 그리로 올라가죠."

그들이 올라가게 도리언은 문을 잡아주었다, 그리고 그들은 현관홀로 나가서 계단을 오르기 시작했다. 액자가 정교하게 만들어져서 초상화는 육중했다, 그리고 때때로 신사 양반이 도와주는 걸 싫어하는 진정한 장사치의 정신을 지닌 허버드 씨가 아부하듯이 안 그러셔도 된다고 말려도 도리언은 한몫 거들려고 나섰다.

"나르기에 상당한 무게네요, 나으리," 땅딸막한 허버드씨가 꼭대기 층계참에 다다랐을 때 숨을 헐떡이며 말했다. 그리고 그는 땀으로 반지르르한 이마를 훔쳤다.

"꽤 무거워요, 미안해요" 도리언이 중얼거리면서, 자기 삶의 기이한 비밀을 지켜주고 사람들의 눈을 피해 자기 영혼을 숨겨줄 방문 자물쇠를 풀었다.

그는 4년 넘게 그 방에 들어간 적이 없었다 — 그가 아주 어렸을 때 처음 놀이방으로 쓰고, 그다음 나이가 조금 들어 공부방으로 사용했던 방이었다. 그 방은 크고 비율이 괜찮았는데, 작고한 켈소 백작이 손자가 쓰도록 특별히 건축한 방이었다. 백작은 다른 이유도 있지만 어린 손자가 엄마를 이상하게 너무 닮았다는 이유로 늘 손자를 미워하며 거리를 두었다. 도리언이 보기엔 방은 변한 게 별로 없어 보였다. 어렸을 때 종종 들어가 숨었던 거대한 이탈리아산 함이 있었고, 함에는 환상적으로 그림이 그려진 패널들과 빛바랜 금박 몰딩이 있었다. 마호가니 나무 책장에는 귀퉁이가 접힌 교과서들이 꽉 차 있었다. 그 뒤 벽에는 헤진 플로렌스산 그림 양탄자가 걸려있었는데, 빛바랜 왕과 왕비가 정원에서 체스를 두고 있고, 근처에는 매사냥꾼 무리가 철 장갑을 낀 손목에 눈을 가린 매를 올려놓고 말을 타고 가는 그림이었다. 그 모든 게 너무나 생생하게 기억이 나네! 방을 둘러보자 외롭던 어린 시절의 순간순간이 새록새록 떠올랐다. 때 묻지 않은 어린 시절의 순수함을 회상하던 그에게 운명의 초상화를 숨겨둘 곳이 이 방이라는 게 끔찍해 보였다. 지난날 그 어린 시절에, 자신에게 닥칠 그 모든 일을 생각조차 못했다니!

하지만 집안의 엿보는 사람들의 눈을 피할 수 있는 안전한 곳은 이곳 말고는 없었다. 그가 열쇠를 갖고 있으니 다른 누구도 들어갈 수 없다. 자줏빛 덮개 아래, 캔버스에 그려진 얼굴은 부석부석하고 더러운 야수처럼 변하겠지. 뭐가 문제야? 아무도 그림을 못 보는데. 그 자신도 보지 않을 건데. 왜 그가 추하게 타락하는 자기 영혼을 굳이 볼 필요가 있을까? 그는 젊음을 유지하고 — 그거면 충분했다. 게다가 그의 본성도 결국엔 더 고결해지지 않을까? 미래가 수치스러운 일로 가득 찰 거란 근거도 없어. 그의 인생에 어떤 사랑이 다시 찾아 와 그를 정화할지도 몰라, 그리고 영혼과 육체에서 이미 꿈틀거리는 듯한 그 죄악들, 너무나 불가사의해서 치밀하고 매력적으로 보일 수 있는 생각조차 못 한 기이한 죄악들로부터 그를 막아줄지도 몰라. 어쩌면 언젠가 그 잔인한 표정이 섬세한 주홍빛 입가에서 사라질지도 모르고, 그럼 세상에 바질 홀워드의 걸작을 내보일 수도 있겠지.

아냐, 그건 불가능해. 한 시간 한 시간 한 주 한 주 캔버스 위의 그놈은 점점 나이가 들겠지. 그것은 죄의 추악함을 피할 수 있겠지만, 늙음의 추악함은 피할 수 없잖아. 양 볼은 푹 꺼지고 늘어지겠지. 흐릿해진 눈가에 누런 주름이 자글자글 패여서 꼴사나워지겠지. 머리도 윤기를 잃고 푸석해지고, 입은 늙은이들의 입이 그렇듯이 멍하니 헤벌어지거나 축 늘어져 바보 같고 추접스러워 보이겠지. 어린 시절에 그에게 그토록 엄했던 할아버지의 몸이 지금도 기억난다. 할아버지 몸처럼 목주름도 생기고, 손도 싸늘하고, 파란 핏줄도 튀어나오고, 몸도 구부정해지겠지. 초상화는 숨겨야 해. 어쩔 도리가 없어.

"그림을 가지고 들어와요, 허버드 씨," 그는 지친듯이 돌아서며 말했다. "오래 기다리게 해 죄송해요. 내가 잠시 딴생각했어요."

"저희도 그나마 쉬어 다행이죠, 그레이 씨," 액자 제작자가 아직도 숨을 헐떡이며 대답했다. "어디에 놓을까요?"

"오, 아무 데나요. 여기요. 여기가 좋겠네요. 걸어둘 마음이 없으니. 그냥 벽에 기대 놓으세요. 고마워요."

"그림 좀 봐도 될까요?"

도리언은 움찔했다. "별로 볼 게 없어요, 허버드 씨," 그는 액자 제작자에게서 눈을 떼지 않으면서 말했다. 도리언은 그가 자기 인생의 비밀을 감추고 있는 화려한 덮개를 감히 들추려 하면 당장이라도 달려들어 바닥에 내동댕이칠 자세였다. "당신에게 더는 폐를 끼치고 싶지 않습니다. 여기까지 와주셔서 정말 감사드립니다."

"아닙니다, 무슨 말씀을, 그레이 씨. 일이 있으면 뭐든지 불러주십시오." 허버드 씨는 쿵쿵 계단을 내려갔고, 그 뒤를 따라 조수가 내려가면서 도리언을 흘낏 뒤돌아봤는데, 그의 거칠고 못생긴 얼굴에는 부끄럽고 신기한 표정이 서려 있었다. 그는 그렇게 놀랄 정도로 잘생긴 사람을 본 적이 없었다.

그들의 발소리가 멀어지자 도리언은 문을 잠그고 주머니에 열쇠를 넣었다. 이제 안심이 되었다. 그 무시무시한 것을 아무도 못 보겠지. 자신을 제외하곤 누구의 눈도 그의 수치를 못 보겠지.

서재에 돌아왔을 때 이미 다섯 시가 지났고 다과가 준비된 걸 보았다. 걸핏하면 환자인 척하며 지난겨울을 카이로에서 보낸 그의 후견인의 아내 레들리 부인이 선물로 보내준 두툼한 자개 장식으로 세공한 진한 향나무 작은 탁자 위에 헨리 경에게 온 쪽지가 놓여 있었다, 그리고 그 옆에 표지는 조금 찢어지고 가장자리에는 손때가 묻은 누런 종이로 제본한 책이 놓여 있었다. 그리고 차 쟁반에는 『세인트 제임스 관보』 3판 한 부가 놓여 있었다. 빅터가 돌아온 게 분명했다. 도리언은 일꾼들이 집을 나설 때 빅터가 홀에서 그들과 마주쳐 무슨 일을 했는지 교묘하게 캐물은 건 아닌지 궁금했다. 그도 분명히 초상화가 없어진 것을 알아채겠지 — 다과를 갖다 놓는 동안 틀림없이 알아챘을 것이다. 장막을 다시 제자리에 갖다 두지 않았으니 벽에 빈 곳이 눈에 띄었겠지. 아마 밤에 그자가 위층에 몰래 올라가 강제로 방문을 여는 것을 그가 볼지도 몰라. 집 안에 스파이를 두는 건 끔찍한 일이다. 하인한테 평생 공갈 협박을 받은 부자들 얘기를 들은 적이 있었다. 편지를 읽거나 대화를 엿듣거나, 아니면 주소가 적힌 카드를 줍거나 베게 밑에서 시든 꽃이나 구겨진 레이스 조각을 발견한 하인들이 공갈친 얘기를. 도리언은 한숨 쉬고, 직접 차를 따르며 헨리 경의 쪽지를 열었다. 석간신문과 흥미가 있을 만한 책을 보낸다는 내용과 여덟 시 십오 분에 사교 클럽에 있을 거란 내용이었다. 그는 맥없이 세인트 제임스 신문을 펴서 훑어보았다. 5면에 빨간 색연필 표시가 눈에 들어왔다. 다음 내용을 주목해 보라는 표시였다.

여배우 사건 심리 — 홀번가 왕립 극장에서 최근에 공연한 젊은 여배우 시빌 베인의 시신에 대한 사건 심리가 지방 검시관 댄비 씨에 의해 혹스톤 로드 벨 테번에서 오늘 아침 진행되었다. 과실에 의한 사망이란 판정이 내려졌다. 사망한 여배우의 어머니에게 상당한 동정심이 베풀어졌는데, 자신의 증거 사실을 증언하는 내내, 그리고 사후 검시를 진행한 버렐 박사의 진술에 몹시 충격을 받은 모습이었다.

그는 얼굴을 찌푸렸다, 그리고 신문을 두 쪽으로 찢으며 방을 가로질러 간 뒤 신문 조각을 던져버렸다. 모든 게 얼마나 추악한 일인가! 참으로 추악함은 모든 일을 얼마나 끔찍하게 만드는가! 이 기사를 보낸 헨리 경에 약간 짜증이 났다. 빨간 펜으로 표시까지 하고 멍청하기 짝이 없다. 빅터가 읽을 수도 있었다. 그 사람은 그 정도 영어는 알고 있었다.

어쩌면 빅터가 읽고, 뭔가 의심하기 시작했을 수 있어. 근데, 그게 무슨 상관이야? 시빌 베인의 죽음과 도리언 그레이가 무슨 연관이 있어? 두려워할 거 하나도 없어. 도리언 그레이가 그녀를 죽인 게 아니잖아.

그는 헨리 경이 보낸 노란 책에 눈길이 갔다. 무슨 책인지 그는 궁금했다. 그는 진줏빛 팔각 스탠드로 다가갔는데, 그에게 그것은 은으로 만든 이상한 이집트 벌들의 작품처럼 보였다. 그는 그 책을 집어 들고 안락의자에 털썩 주저앉아 책장을 넘기기 시작했다. 몇 분 후 그는 책에 완전히 빠져들었다. 지금까지 그가 읽은 책들 가운데 가장 묘한 책이었다. 독특한 의상을 입고 섬세한 플루트 소리에 맞춰 세상의 죄악들이 그 눈앞에 무언극처럼 펼쳐지는 느낌이었다. 어슴푸레 꿈꿔왔던 것들이 갑자기 실제처럼 보이기 시작했다. 한 번도 꿈꿔 보지 못했던 것들도 서서히 드러났다.

그 책은 플롯도 없는 소설이었고, 등장인물도 딱 한 명 나오고, 파리의 어느 젊은이에 관한 심리학적 연구에 불과했다. 그 젊은이는 19세기에 자신의 시대를 제외한 다른 모든 시대에 속하는 열정과 사고방식을 모두 다 실현하려고 평생을 바쳤다, 그리고 현자들이 여전히 죄라고 부르는 자연적인 반항만큼이나, 사람들이 어리석게도 미덕이라고 부르는 많은 체념을 단순히 작위적이란 이유만으로 사랑하고, 세계정신이 통과해온 다양한 분위기를 자기 속에 요약 정리하려고 애쓰는 인물이었다. 이 글에 쓰인 문체는 생생하고 모호하고 동시에 묘한 장식적인 문체였는데, 은어와 고어가 가득했으며, 프랑스 최고의 상징주의자 학파[33] 작가들의 작품에서 볼 수 있는 기술적 표현과 정교한 말 바꿈이 넘쳐나는 특징이 있었다. 난초처럼 기괴하고 섬세한 분위기의 은유도 들어있었다. 감각의 삶은 신비주의 철학의 용어로 묘사되어 있었다. 어느 중세 성인의 영적 황홀경을 읽는 건지 현대 죄인의 병적 고백을 읽는 건지 가끔 분간되지 않았다. 독성이 강한 책이었다. 책장마다 진한 향냄새가 베어 골머리가 쑤시게 하는 듯했다. 문장들의 단순한 운율과 그 문장들의 음악의 미묘한 난조로움이, 그 음악에는 복잡한 후렴과 정교하게 반복되는 움직임이 가득했음에도, 빈번해서 한 장 한 장 책을 읽어나갈수록 도리언의 마음속에 일종의 몽상과 병적인 꿈을 끌어내어, 해가 지고 어둠이 깃드는 것조차 그는 깨닫지 못했다.

구름 한 점 없는, 외로운 별 하나가 가르는 푸른-구릿빛 하늘이 유리창에 비쳤다. 그는 기울어가는 빛에 의존해서 더는

---

33 시에서 상징주의는 학파를 이루지는 않았지만, 형식과 언어의 실험, 신비주의와 자연 현상과 대상에 집중하여 감정을 불러내는 특징을 지닌 19세기 프랑스 시인들. 폴 발렌느나 스테판 말라르메 등이 대표 시인임.

책을 읽을 수 없을 때까지 계속 읽었다. 시종이 들어와 시간이 늦었다고 여러 차례 일러 준 뒤에야, 그는 자리에서 일어나, 옆방으로 가서 침대 옆에 언제나 놓여 있는 작은 플로렌스 탁자에 책을 놓고 저녁 식사를 하기 위해 옷을 갈아입기 시작했다.

그가 클럽에 당도했을 때는 거의 아홉 시였고, 거실에 아주 피곤한 표정으로 헨리 경이 혼자 앉아 있는 것을 보았다.

"너무 미안해요, 해리," 그가 외쳤다. "하지만 정말 전적으로 당신 잘못이에요. 당신이 보내준 책에 너무 정신이 팔려서 시간이 가는 줄 몰랐어요."

"그래, 좋아할 줄 알았어," 초대한 주인이 의자에서 일어서며 대꾸했다.

"좋아한다고 말하지는 않았어요, 해리. 정신이 팔렸다고 했죠. 둘 사이에는 큰 차이가 있죠."

"아, 그것을 알아낸 거야?" 헨리 경이 나지막이 말했다. 그리고 그들은 식당으로 들어갔다.

11장

　여러 해 동안 도리언 그레이는 그 책의 영향에서 벗어날 수 없었다. 아니, 더 정확히 말하면 그 책에서 굳이 벗어나려고 하지 않았다. 그는 파리에서 그 초판본의 대형 판본을 아홉 권이나 구해서, 서로 다른 색으로 제본하였다, 그래서 그때그때 기분을 따라서 그리고 때때로 자신이 거의 통제하지 못하는 본성의 변화무쌍한 환상에 따라서 책의 색을 골랐다. 파리의 멋진 젊은이인 주인공은 낭만적이고 과학적인 기질이 서로 묘하게 섞인 인물로 도리언이 보기에 자기 자신을 미리 형상화한 모습처럼 느껴졌다. 실제로 그 이야기 전체가 자기 인생의 이야기를 그가 살아보기도 전에 미리 담아낸 것처럼 보였다.

　어떤 점에서 그는 소설 속 환상적인 주인공보다 운이 좋은 편이었다. 거울들에서, 반질반질한 금속 표면들에서, 잔잔한 수면에서 일어나는 다소 기괴한 공포를 도리언은 전혀 알지 못했고, 실제로 굳이 알 필요도 없었다. 그 공포는 파리의 젊은이에게 일찌감치 인생 초기에 찾아왔고, 한때 그토록 주목을 받았던 아름다움이 갑자기 퇴색하면서 발생했다는 것은 명백하다. 그는 거의 잔인할 정도의 쾌감으로 ― 그리고 아마 거의 모

든 기쁨 속에는, 분명히 모든 쾌락 속에는 잔인함이 있듯이 ─
책 후반부를 읽곤 했고, 그리고 또 다른 사람들 속에서 그리고
세상 속에서 사람이 가장 소중하게 여기고 높이 평가했던 것을
상실한 사람의 비탄과 절망 때문에, 다소 과장해서 말하자면,
정말 비극적으로 책 후반부를 읽곤 했다.

왜냐하면 바질 홀워드와 그 밖의 많은 사람을 매료시킨 놀
랄만한 아름다움이 절대 도리언을 떠나지 않을 것 같았기 때
문이다. 그에 대한 아주 사악한 험담을 듣거나 때때로 그의 생
활 방식에 대한 이상한 소문이 런던에서 은밀하게 퍼져나가 클
럽의 수다거리가 돼도 사람들은 그를 보면 어떤 명예롭지 못한
짓을 저질렀을 거라 믿을 수 없었다. 그는 늘 세상의 어떤 오점
도 묻지 않은 사람의 모습을 갖고 있었다. 상스러운 말을 하던
사람들도 도리언 그레이가 들어서는 순간 조용해졌다. 그의 순
수한 얼굴은 그들을 꾸짖는 듯한 면이 있었다. 그의 존재만으
로 사람들은 자신들이 더럽힌 순진무구함을 회상하는 듯했다.
도리언처럼 매혹적이고 우아했던 사람이 동시에 비천하고 관
능적인 시대의 오명에서 어떻게 벗어날 수 있었는지 사람들은
의아해했다.

그의 친구나 친구라고 자처하는 사람들 사이에 이상한 억
측을 불러일으킬 정도로 행적이 묘연한 채 그가 오랫동안 집을
비웠다가 돌아오면, 그는 잠긴 방으로 몰래 올라가 늘 몸에 지
니고 다니는 열쇠로 문을 열고 들어가 바질 홀워드가 그려준

그의 초상화 앞에 거울을 들고서, 한 번은 캔버스 위에서 사악하게 늙어 가는 얼굴을 보고, 한 번은 반짝이는 거울에 비친 웃고 있는 아름답고 젊은 자기 얼굴을 보곤 했다. 아주 예리한 대조가 그에게 쾌감을 고조시키곤 했다. 자신의 아름다움에 더욱 빠져들었고 자기 영혼의 타락에 점점 더 흥미를 느꼈다. 세밀한 관심을 기울이며, 때로 괴이하고 끔찍한 쾌락을 느끼며, 주름진 이마에 새겨지거나 육감적인 두툼한 입가에 기어가는 끔찍한 선들을 살펴보며 죄의 표식과 늙음의 표식 가운데 어떤 게 더 흉측한지 궁금해하기도 했다. 자신의 하얀 손을 초상화의 거칠고 퉁퉁 부은 손 옆에 대보면서 미소를 짓곤 했다. 흉하게 일그러진 몸뚱이와 쇠약해진 사지를 보며 비웃곤 했다.

실세로 가끔 밤에 은은한 향이 나는 자기 방에서 잠 못 이루고 누워있을 때나, 가명으로 변장하고 습관적으로 찾아가는 부둣가의 평판이 나쁜 작은 선술집의 음침한 방에 누워있을 때, 순전히 이기적인 자신 때문에 망가져 가는 그의 영혼을 생각하면 그는 더욱더 가슴이 에이는 연민을 느끼곤 했다. 하지만 그런 순간들은 드물었다. 바질의 집 정원에서 헨리 경과 함께 앉아 있던 날 헨리 경이 처음으로 그에게 일깨워준 삶에 대한 호기심은 충족되면 될수록 더 커져만 갔다. 그는 알면 알수록 더 많이 알고 싶어졌다. 미친 굶주림은 채우면 채울수록 더 탐욕스럽게 커져갔다.

하지만 그는 아주 무분별한 사람은 아니었고, 어쨌든 사교계와의 관계에서는 사리 분별을 지켰다. 겨울이 되면 매달 한두 번 그리고 사교 시즌이 한창일 때는 매주 수요일 저녁마다 세상을 향해 아름다운 자기 집을 활짝 열고 그 시절 가장 유명한 음악가들을 불러 경이로운 예술 공연으로 손님들의 마음을 사로잡았다. 항상 헨리 경이 준비하는 걸 도와주었지만 그가 차리는 간단한 저녁 식사는 이국적인 꽃들과 자수를 놓은 식탁보 그리고 오래된 금은 접시들을 교향악처럼 섬세하게 배치하여 테이블 장식에서도 절묘한 안목을 보여줄 뿐만 아니라 초대받는 사람들도 신중하게 선별하고 자리 배치도 꼼꼼하게 하는 거로 유명했다. 정말로 도리언 그레이를 보면서 자기네들이 이튼이나 옥스퍼드에 다닐 때 종종 꿈꿨던 모습, 즉 학생이 지녀야 할 진정한 교양과 세계시민이라면 지녀야 할 우아함과 비범함 그리고 완벽한 태도를 겸비한 모습이 그에게 실제로 구현된 것을 보았다고, 아니면 보았다고 생각하는 사람들이 특히 젊은 사람들 가운데 많았다. 그들에게 도리언 그레이는 단테가 "아름다움의 숭배로 스스로 완벽해지기"를 추구한다고 묘사한 바로 그런 부류의 사람들에 속하는 것 같았다. 고띠에의 말처럼 바로 그를 위해 "눈에 보이는 세계가 존재하는" 이유였다.

그리고 분명 그에게는 삶 자체가 최초의 예술이고 최고의 예술이며, 다른 모든 예술은 삶이란 예술을 위한 예비단계에 불과했다. 환상적인 것을 한순간에 보편적인 것으로 만드는 패션이나 나름의 방식으로 아름다움의 절대적인 현대성을 내세우려는 시도인 댄디즘[34]은 그 자체로 그의 마음을 사로잡는 힘이 있었다. 그가 옷 입는 방식과 가끔 그가 꾸미는 독특한 차림이 메이페어 무도회에서나 폴몰 클럽 창가에 앉아 있는 젊은 멋쟁이들에게 눈에 띄는 영향력을 발휘하여, 그들은 도리언이 하는 모든 것을 따라 했으며, 도리언은 대충 차려입은 건데도 그의 우아한 맵시 때문에 어쩌다 묻어나는 매력조차도 그대로 따라 하려고 애썼다.

물론 도리언은 성년이 되자마자 바로 그에게 주어질 작위를 기꺼이 받을 준비가 되어있었고, 옛날 네로 황제가 통치하던 로마 제국에 『사티리콘』의 작가[35]가 있었듯이, 그도 당대 런던에서 정말로 그런 사람이 될 수 있다는 생각에 묘한 기쁨을 느낀 것도 사실이었지만, 마음속 아주 깊은 곳에서는 단순한 심미안의 판관, 그저 어떤 보석을 차고 넥타이는 어떻게 매고 지팡이는 어떻게 들어야 하는 등 그런 거나 조언하는 판관 그 이상의 사람이 되길 바랐다. 이치에 맞는 철학과 정연한 원칙을 지닌 새로운 삶의 체계를 정교하게 만들고 감각에 정신적 의미를 부여함으로써 삶의 체계를 최상으로 실현하고자 했다.

---

34 세련된 복장과 몸가짐으로 일반 사람들에 정신적 우월을 과시하는 경향. 섭정시대에 시작하였고 파리의 보헤미안 무리 사이에 살아남았고, 샤를르 보들레르가 대표적인 인물.

35 페트로니우스 아르비테는 희화적이고 풍자적인 미학을 지닌 로마의 작가로 네로 시대 '심미안의 판관' 역할을 함.

감각을 숭배하는 것은 종종 합당하게 심한 비난을 받아서, 인간은 자신보다 더 강해 보이고, 고도의 조직을 이루지 못한 생명체와 공유하고 있는 열정이나 감각에 대해 자연스럽게 본능적으로 공포를 느꼈다. 하지만 도리언 그레이가 보기에 감각의 진정한 본질은 제대로 이해된 적이 한 번도 없고, 세상은 감각을 새로운 영성의 요소로 만들려는 대신에 감각을 굶겨서 순종하게 하거나 고통으로 죽이려고 했기 때문에, 아름다움에 대한 섬세한 본능이 감각의 지배적인 특징이 되어야 하는데도 아직도 야만적이고 동물적인 상태로 남아 있는 것 같았다. 역사속 인간을 되돌아볼 때, 그는 상실감에 시달렸다. 그렇게 많은 것을 포기했다니! 그것도 이렇다 할 목적도 없이! 맹목적이고 의도적인 거부 행위와 흉악한 자기 학대와 자기 부정이 존재했는데, 그 근원은 공포이고 그 결과는 사람들이 무지의 상태에서 벗어나려고 했던 그 타락, 상상했던 것보다 더 끔찍한 타락을 낳았고, 그로 인해 자연은 그 놀라운 아이러니 속에서 수도자에게 사막의 야생 동물과 같이 먹게 하고 은둔자들에게 들판의 야수들을 동반자 삼도록 했다.

　그래, 헨리 경이 예언한 대로, 삶을 재창조하고 우리 시대에 기이하게 부활하고 있는 어울리지도 않는 혹독한 청교도주의에서 우리 인생을 구해 줄 새로운 쾌락주의가 있어야 했다. 물론 쾌락주의는 지성의 도움이 필요하겠지. 하지만 어떤 형태로든 열정적인 경험의 희생을 요구하는 이론이나 제도는 절대 받아들여선 안 된다. 정말로 쾌락주의의 목적은 경험 그 자체이지, 쓰든 달든 경험의 결실이어서는 안 된다. 쾌락주의는 감각을 둔하게 만드는 천박한 방탕함이나 감각을 죽이는 금욕주의를 조금이라도 알면 안 된다. 쾌락주의는 사람에게 그 자체가 한순간에 불과한 인생의 순간순간에 집중하도록 가르쳐야 한다.

우리가 죽음에 사로잡혀 불면의 밤을 보내거나 공포와 비뚤어진 쾌락의 밤을 보낸 뒤에, 우리 중에 동이 트기 전에 깨어나지 않은 사람이 드물다. 그 밤에는 현실 그 자체보다 훨씬 무시무시한 환영이, 그리고 기괴한 모든 것에 숨어서 고딕 예술에 끈질긴 생명력을 부여하는 생생한 생명력으로 가득한 본능이 우리 뇌 속의 방들을 휘젓고 나녀서, 특히 고딕 예술을 몽상에 사로잡혀 괴로워하는 사람들의 예술이라고 생각할 정도이다. 서서히 하얀 손가락들이 커튼을 뚫고 기어들어 와 파르르 떠는 것 같다. 환상처럼 시커먼 모습으로 흐릿한 그림자들이 방 구석구석에 기어들어 가 웅크리고 있다. 밖에는 나뭇잎 사이에서 깨어나는 새들의 소리, 일터로 나가는 사람들의 소리, 또는 잠든 사람들을 깨우지 않을까 걱정하면서도 자줏빛 동굴에서 잠을 깨어야 한다는 듯, 언덕에서 내려와 고요한 집 주위를 배회하며 한숨 쉬며 흐느끼는 바람 소리가 들려온다. 어스름한 얇은 망사 베일들이 하나둘씩 걷히면서 서서히 사물의 형태와 색이 되살아나면 우리는 세상을 예전 모양으로 되돌리는 새벽을 바라본다. 흐릿한 거울은 모방의 삶을 되찾는다. 불 꺼진 양초는 우리가 두었던 곳에 그대로 서 있고, 그 옆엔 우리가 읽다가 펼쳐 놓은 책이 그대로 있고, 아니면 무도회 때 꽂았던 철사로 묶은 꽃 혹은 뜯어 보기 두려운 편지나 너무 자주 읽은 편지가 놓여 있다. 바뀐 건 하나도 없어 보인다. 한밤의 거짓 그림자에서 벗어나 우리가 알던 현실의 삶이 되돌아온다. 우리는 우리가 버리고 떠난 지점에서 다시 삶을 이어가야만 하는데, 그 순간 조용히 우리를 엄습하는 것은 지루하고 틀에 박힌 습관들이 똑같이 돌아가는 일상에서 지속적인 힘을 유지해야 한다는 섬뜩한 느낌이거나, 아니면 어느 날 아침 눈을 떴을 때 어둠 속에서 우리를 위해 새롭게 만들어진 세상이 펼쳐지기를 바라는 거칠고도 절박한 갈망일 것이다. 모든 것이 새로운 형태와 색을 띠고 변화했거나, 전혀 다른 비밀을 품고 있으며, 어디에도 과거는 거의 남아 있지 않고, 설령 과거가 살아있더라도 의무감이나 회한의 자각 없는 형태로만 남아 있는, 심지어 쓰라림을 동반한 기쁨에 대한 기억도 없고, 고통을 수반하는 쾌락에 대한 기억도 없는 그런 세상에 대한 갈망일 것이다.

도리언 그레이에게 인생의 진정한 목적, 참으로 진정한 목적 가운데 하나는 바로 그런 세상을 창조하는 거였다. 새로우면서도 동시에 즐겁고, 낭만적인 사랑에 꼭 필요한 낯섦이란 요소를 지닌 감흥을 찾는 과정에서 그는 자기 본성에 진정 이질적인 것으로 알려진 특정 사고방식을 채택하여 그 생각의 미묘한 영향들에 자신을 완전히 내맡기곤 했다. 그러고 나서 도리언은 그 생각들이 지닌 나름의 색을 포착하여 자신의 지적 호기심을 채운 뒤, 기질의 진정한 열정에 어긋나지도 않고 참으로 몇몇 현대 심리학자들에 따르면 자주 그런 기질의 조건이 되는 그런 유별나게 냉담한 태도로 그 생각을 저버리곤 했다.

한번은 그가 로마 가톨릭에 들어가려 한다는 소문이 돌았다. 그에게 분명 로마 가톨릭 의례는 엄청난 매력을 지니고 있었다. 고대 세계의 제물을 바치던 어떤 의식보다 진정으로 더 장엄한 일상의 성찬식은 그것이 지닌 원시적인 단순성과 성찬이 상징하고자 하는 인간 비극의 영원한 비통함 못지않게 감각의 증거를 철저히 배제하려는 태도가 그의 호기심을 자극했다. 차가운 대리석 바닥에 무릎을 꿇고 빳빳한 꽃무늬 사제복을 입고 천천히 하얀 손으로 성궤의 베일을 거두는 사제를 보고 싶었다. 또는 보석이 박힌 등잔 모양 성체 현시대를 가끔 사람들이 진짜 '천국의 빵' 즉 천사의 빵이라고 믿고 싶은 하얀 성수 병과 함께 하늘 높이 들어 올리거나 그리스도 수난 성복을 입고 성체를 부러뜨려 성찬용 잔에 넣고는 자신의 죄를 탓하며 가슴을 내려치는 걸 보고 싶었다. 레이스가 달린 주홍색 제복을 입은 진지한 소년들이 마치 금박으로 만든 거대한 꽃을 던지듯 향이 피어오르는 향로를 공중으로 흔드는 것도 아주 묘한 매력을 지녔다. 성당을 나서며 검은 고해실을 경이롭게 바라보고, 고해실의 어스름한 어둠 속에 앉아 케케묵은 격자 사이로 남자나 여자가 속삭이는 인생의 진짜 이야기를 듣고 싶기도 했다.

그렇다고 그는 어떤 교리나 제도를 공식적으로 받아들여 자신의 지적 성장을 멈추는 실수에 빠지지도 않았고, 그저 하룻밤 아니면 별들도 없이 달만 힘겹게 애쓰는 밤에 몇 시간 정도 묵을 만한 여인숙을 그가 평생 살 집으로 잘못 판단하는 일도 없었다. 한동안 우리에게 익숙한 것들을 낯설게 만드는 놀라운 힘과 언제나 그와 수반하는 미묘한 반율법주의를 지닌 신비주의가 그를 사로잡았다. 그리고 또 한동안 그는 독일의 다윈주의 운동이 지닌 유물론적 교리들에 끌려 인간의 생각과 감정을 뇌 속의 어떤 진주 같은 세포나 몸속의 흰 신경까지 거슬러 올라가며 추적하는 데서 기이한 쾌감을 느끼기도 했다. 인간의 정신이 병적이든 건강하든, 아니면 정상적이든 병이 들었든 육체적 조건들에 전적으로 의존한다는 개념 자체에 큰 즐거움을 느끼기도 했다. 하지만 이전에 도리언에 대해 말했듯이, 삶 자체와 비교하면 어떤 삶의 이론도 그에게는 하나도 중요해 보이지 않았다. 그는 그 어떤 지적 견해도 행동이나 실험과 동떨어진 거라면 얼마나 쓸모없는 것인지 정확하게 인지하고 있었다. 영혼 못지않게 감각도 나름의 영적인 신비를 보여줄 수 있다는 걸 그는 알고 있었다.

그래서 그는 이제 진한 향의 오일을 증류하고 동양에서 온 향기 나는 수지를 태워 향수 제조의 비밀을 연구하곤 했다. 그는 정신적인 기분은 항상 감각적인 삶에 대응물이 있다고 여겼다, 그리고 스스로 그것들의 진정한 관계를 찾을 작정으로, 사람을 신비롭게 만드는 유향에는 뭐가 들어 있고, 욕정을 자극하는 용연향에는 뭐가 있고, 죽은 로맨스의 기억을 깨우는 제비꽃 향에 뭐가 있고, 두뇌를 괴롭히는 사향에는 뭐가 들어있고, 상상력을 훼손하는 캄파카[36]에는 무엇이 들어있는지 궁금해했다. 더불어 향수의 진정한 심리학을 정교하게 다듬고자 했고, 달콤한 향이 나는 나무뿌리나 향기 나는 꽃가루 가득한 꽃들, 그리고 방향성 유향 식물이나 향이 감도는 짙은 나무들, 구역질 나게 하는 감송, 사람을 미치게 하는 헛개나무, 그리고 영혼에서 우울함을 몰아낼 수 있다고 여겨지는 알로에 등 식물이 지닌 효력을 평가하고자 했다.

또 다른 때에 그는 완전히 음악에 몰두하였다, 그리고 천장은 주홍과 금색으로 칠하고 벽은 올리브색으로 옻칠을 한 긴 격자 창문이 있는 방에서 별난 연주회를 열곤 하였다. 그 연주회에서는 미칠 듯이 흥분한 집시들이 작은 치터들을 치며 광란의 음악을 선보이거나, 또는 칙칙한 노란 숄을 걸친 튀니지인이 생김새가 기이한 류트의 팽팽한 줄을 튕기는 동안 흑인들은 히죽거리며 구릿빛 북으로 단조로운 가락을 울리기도 했고, 그리고 날씬한 터번을 쓴 인도 사람들은 주홍색 돗자리에 웅크리

---

36   목련과의 큰 상록수로 향기로운 꽃과 목공에 사용되는 나무로 유명함.

고 앉아 긴 갈대 피리나 청동 파이프를 불어 커다란 후드를 지닌 뱀들과 무서운 뿔이 달린 독사들을 홀리거나 홀린 듯이 춤추게 했다. 슈베르트의 우아함과 쇼팽의 아름다운 비애 그리고 베토벤 자신의 힘찬 하모니가 귀에 들어오지 않을 때면, 야만적인 음악의 거친 음정과 새된 소리의 불협화음이 때때로 그의 마음을 흔들어 주었다. 그는 세상 구석구석을, 서구 문명과 접촉한 후에 멸망해 없어진 나라의 무덤이나 살아남은 몇 안 되는 미개한 부족을 다 뒤져서 찾아낸 가장 기이한 악기들을 수집하고 만져보고 연주하는 걸 좋아했다. 여자들은 절대 봐서는 안 되고 소년들조차 금식하며 채찍질을 당하기 전까지는 볼 수 없었던 리오 네그로 인디안이 쓰던 신비한 악기 주루파리스와 날카로운 새 울음소리를 내는 페루의 옹기 항아리, 알퐁소 드 오발이 칠레에서 들은 적 있다는 인간의 뼈로 만든 플루트, 잉카의 쿠스코 근처에서 발견된 악기로 유례없을 정도로 감미로운 음을 내며 낭랑하게 울리는 초록빛 벽옥도 그는 갖고 있었다. 조약돌을 가득 넣고 흔들면 달그락 소리를 내는 채색된 둥근 박, 연주자가 날숨이 아니라 들숨으로 부는 멕시코인들의 긴 클라린, 온종일 높은 나무 위에 앉아 있는 파수꾼들이 불면 그 소리가 십 마일 밖에서도 들렸다고 전해지는 아마존 부족의 거친 투르, 식물의 우윳빛 수액에서 채취한 부드러운 수지를 바른 막대기로 두드려 소리를 내는 두 개의 혀 모양 진동판이 달린 테포나츨리, 포도송이의 포도알처럼 종이 달린 아즈텍의

요틀 종, 베르날 디아즈가 코르테즈와 함께 멕시코 사원에 들어가다 보고는 그 소리를 우리에게 실감 나게 묘사해 준 서글픈 소리를 내는 악기와 비슷한 거대한 뱀 가죽으로 씌워 만든 거대한 원통 북도 갖고 있었다. 이런 악기들이 지닌 환상적인 특징에 그는 매료되었고, 그래서 그는 자연과 마찬가지로 예술도 짐승 같은 모양에 흉측한 소리를 내는 나름의 괴물을 갖고 있다는 생각에 호기심 가득한 희열을 느꼈다. 하지만 어느 정도 시간이 흘러 악기들에 관한 관심이 시들해지면 그는 혼자이든 헨리 경과 함께이든 오페라 극장 박스석에 앉아 황홀한 쾌락에 넋이 나가 '탄호이저'를 들으며, 그 위대한 예술 작품의 서곡에서 자기 영혼의 비극이 투영되는 걸 지켜보곤 했다.

한 번은 보석을 연구하기 시작했고 오백육십 개의 진주로 덮인 드레스를 입은 프랑스의 제독 안느 드 즈와이즈롤로 분장하고 가장무도회에 나타나기도 했다. 여러 해 동안 이 취미에 마음을 뺏겨 실제로 보석에 관한 관심이 그를 떠난 적이 없다고 말할 정도였다. 자주 수집한 여러 가지 보석들을 보석함에 정리하고 또다시 정리하며 온종일 보낸 적도 있었는데 그 보석 가운데는 등잔불을 비추면 붉게 변하는 올리브색 금록옥, 철사 같은 가는 은빛 줄이 나 있는 시모페인석, 피스타치오색의 감람석, 분홍 장미와 노란 와인색 토파즈, 떨리듯 네 줄기 빛을 발하는 별무늬를 지닌 불꽃 같은 주홍색 석류석, 붉은 불길 모양을 지닌 계피석, 주황색과 보라색이 어우러진 첨정석, 루비와 사파이어가 교대로 층을 이룬 자수정이 들어있었다. 그는 일장석의 붉은 황금빛과 월장석의 진주 같은 하얀빛, 우윳빛 오팔의 깨진 무지개 색깔도 사랑했다. 암스테르담에서 엄청난 크기에 색이 풍부한 에메랄드를 세 개나 사들였고, 모든 감정사의 부러움의 대상인 들라 비에이유 로슈 터키석도 갖고 있었다.

그는 보석에 관한 놀라운 이야기들을 우연히 읽었다. 알폰소의 『수도자의 규율』에 보면 진짜 황옥의 눈이 달린 뱀 이야기도 나오고, 알렉산더의 로맨스 역사에서는 에마티아의 정복자가 요르단의 계곡에서 '진짜 에메랄드 돌기가 등에서 자라나는' 뱀을 발견했다고 전해졌다. 필로스트라투스가 우리에게 말하기를, 용의 뇌에 보석이 들어있는데, '황금 글자와 긴 주홍 예복을 펼쳐 보이면' 그 용이 마법에 걸려 잠들고, 그러면 그 용을 죽일 수 있다고 했다. 위대한 연금술사 피에르 보니파세에 따르면 다이아몬드는 사람을 안 보이게 만들고, 인도의 마노석은 유창하게 말할 수 있게 해준다. 홍옥수석은 분노를 삭이고, 히아신스석은 잠을 유발하고, 자수정은 와인의 몽롱함을 없애준다. 석류석은 악귀를 물리치고, 히드로피커스는 달에서 빛을 없애준다. 셀레나이트는 달이 차고 기우는 데 따라 커지고 작아지며, 도둑을 찾아준다는 멜로세우스는 오직 어린아이의 피가 닿아야만 효력이 있다. 레오나르두스 카밀루스는 독을 풀어주는 확실한 해독제로 쓰이는 흰 돌을 갓 잡은 두꺼비의 뇌에서 꺼내는 걸 본 적 있고, 아라비아산 사슴의 심장에서 발견된

베조아석은 역병을 치료할 수 있는 부적이다. 아라비아 지방 새들의 둥지에는 아스필라테스가 있는데 데모크리투스에 따르면 그걸 지니고 있으면 불로 인한 어떤 위험도 겪지 않는다고 했다.

세일란의 왕은 대관식 행사 때 커다란 루비를 손에 들고서 도시를 행진했다. 사제 요한의 공관으로 들어가는 문은 '뿔이 난 뱀을 뿔 모양으로 상감한 홍옥수석으로 만들어져서 누구도 그 안으로 독을 가지고 들어올' 수 없었다. 문의 박공벽 위에는 석류석이 하나씩 들어있는 두 개의 황금 사과가 있어 낮에는 황금 사과가 빛을 발하고 밤에는 석류석이 빛났다. 로지의 기이한 사랑이야기 '아메리카의 마르가리트'에는 여왕의 방 안에는 '은으로 부조를 뜬 세상의 모든 순결한 여인들이 감람석, 석류석, 사파이어, 그리고 녹색 에메랄드로 만든 아름다운 거울을 들여다보는' 장식을 볼 수 있다고 전해졌다. 마르코 폴로는 일본 사람들이 죽은 자의 입에 장밋빛 진주를 넣는 걸 본 적이 있다. 바다 괴물이 몹시 아까던 장밋빛 진주를 잠수부가 페로즈 왕에게 갖다 바치자, 그 괴물은 도둑인 잠수부를 죽이고, 자기가 아끼던 진주를 잃은 것을 달이 일곱 번 바뀌도록 애통해했다고 한다. 훈족이 패로즈 왕을 꾀어내어 거대한 웅덩이에 빠뜨리자 왕은 진주를 던져 버렸고, 아나스타시우스 황제가 그 진주를 찾으면 오백 돈의 황금을 주겠다는 약조에도 결코 찾을 수 없었다는 프로코피우스의 이야기가 전해졌다. 말라바르의 왕은 어느 베네치안 사람에게 304개의 진주로 된 묵주를 보여주었다고 하는데 그 진주알 하나하나가 왕이 섬기는 신을 나타낸다고 했다.

브랑톰에 따르면 알렉산더 6세의 아들인 발렌티노스 공작이 프랑스의 루이 12세를 방문했을 때 그의 말에 황금 나뭇잎을 가득 실었고, 모자에는 거대한 빛을 발하는 루비 두 줄이 띠처럼 둘려 있었다. 영국의 찰스 왕도 다이아몬드 421개가 달린 등자가 맨 말을 탔다고 한다. 리차드 2세는 삼만 마르크나 값나가는 밸러스 루비로 덮인 외투가 있었다. 헨리 8세는 대관식 전에 런던탑으로 가는 길에 '돋을새김한 황금 재킷과 다이아몬드와 다른 보석으로 수놓은 흉판과 커다란 밸러스 루비로 만든 커다란 목 장식띠'를 했다고 역사가 홀은 묘사했다. 제임스 1세가 아끼던 총신들은 가느다란 금실로 짠 문양 안에 에메랄드를 넣은 귀걸이를 찼다. 에드워드 2세는 피어스 개버스턴에게 히아신스석이 빼곡히 박힌 로즈 골드 갑옷과 터기석이 박힌 순금 장미 모양 목걸이, 그리고 진주를 뿌려놓듯 박은 투구를 하사했다. 헨리 2세는 팔꿈치까지 올라오는 보석이 박힌 장갑을 꼈고 열두 개의 루비와 쉰두 개의 커다란 동양 진주로 수놓은 매사냥용 장갑도 있었다. 그리고 부르고뉴 공국의 마지막 공작인 무모한 샤를르 공작은 사파이어가 촘촘히 박히고 배 모양 진주가 달린 공작 모자를 썼다.

옛사람의 삶은 얼마나 멋진가! 인생을 얼마나 화려하게 꾸미고 장식했던가! 망자들의 호사스러운 삶에 관해 읽는 것조차 경이로울 뿐이었다.

그런 다음 그는 자수 장식품과 북유럽 국가들의 추운 방을 장식하던 프레스코 벽화와 같은 역할을 한 태피스트리에 관심을 돌렸다. 자수와 태피스트리를 연구하면서 — 도리언은 어떤 연구를 선택하던 그 순간만큼은 완벽히 몰두하는 비범한 능력을 지녔다 — 세월이 아름답고 경이로운 물건들에 가져온 파멸을 심사숙고함으로써 거의 슬픔에 젖곤 했다. 어쨌든 그는 그런 파멸은 피하지 않았는가. 여름이 지나 또 여름이 되고, 노랑 수선화는 여러 차례 피었다 지고 공포로 가득 찬 밤은 그 치욕의 이야기를 되풀이했어도 그는 변하지 않았다. 어느 겨울도 그의 얼굴을 상하게 하거나 꽃같이 활짝 핀 모습을 더럽히지 못했다. 물질적인 것들과 비교하면 그의 얼굴은 얼마나 다른가! 대체 그 물건들은 어디로 가버린 걸까? 아테네 여신을 기쁘게 해주려고 다 큰 소녀들이 공들여 만들어 바친, 신들이 거인과 맞서 싸울 때 입었던 위대한 오렌지빛 황금 예복은 어디 있나? 네로가 로마 콜로세움 위에 펼쳤던 거대한 차양, 은하수를 표현했던 타이탄의 자줏빛 돛과 금박 고삐를 채운 흰 말들이 끌던 아폴론의 마차는 어디 있나? 태양의 사제 아폴론이 연회를 베풀 때 온갖 진수성찬을 올려놓으라고 만든 진기한 테이블 냅킨을 그는 너무나 보고 싶었다. 황금 벌 삼백 마리를 수놓은 칠페릭 왕의 수의, 폰터스 주교의 분노를 초래한 '사자, 팬 더, 곰, 개, 숲, 바위, 사냥꾼 등 화가가 실제로 자연에서 모사할 수 있는 모든 것'이 그려진 그 멋진 예복, 옷소매에 '부인, 전 정말 기뻐요'로 시작하는 노래 가사와 가사마다 금실로 수놓은 반주 음악과 당시의 사각형 음표를 네 개의 진주로 꾸며놓은 코트도 정말 보고 싶었다. 부르고뉴의 조안 왕비를 위해 랭스의 궁전에 마련한 방에 '왕의 문장을 자수로 뜬 1,321마리 앵무새와 전체를 황금으로 만든 날개에 왕의 문장과 비슷한 문양을 넣은 561마리 나비'를 장식했다는 이야기도 읽은 적이 있다. 카트린 드메디시스는 상중에 애도를 표현하려고 초승달들과 태양들을 뿌려 가득 수 놓은 검은 벨벳으로 만든 침대를 만들게 했다. 침대 커튼들은 다마스크 천으로 만들었는데, 커튼에는 금은색 바탕에 나뭇잎이 가득한 화관들과 화환들을 그리고 가장자리는 진주 자수 장식으로 술을 두른 뒤, 얇은 은색 천에 잘라 붙인 검은 벨벳에 왕비의 의장(意匠)이 줄지어 걸린 방 안에 놓여 있었다. 루이 14세의 호사스러운 방에는 금으로 수 놓아 꾸민 15피트 크기의 여인상 기둥이 있었다. 폴란드의 소비에스키 왕의 공식 침대는 코란의 시구를 터키석으로 수놓은 스미르나산 금색 브로케이드 비단으로 만들어졌다. 침대 기둥은 은도금하고 아름다운 돋을무늬와 보석이 달린 에나멜 공법의 큰 메달을 풍부하게 박았다. 그 침대는 비엔나로 진군하기 전에 터키군 진영에서 가져왔는데 침대 덮개 지붕의 흔들거리는 금박 아래 모하메드의 군기가 서 있었다.

그래서 일 년 내내 그는 직물과 자수 작품 중에서 구할 수 있는 가장 미려한 표본들을 모으려고 노력했다. 금실 야자문양으로 세밀하게 수놓고 그 위에 딱정벌레의 무지개빛 날개를 수놓은 우아한 델리 모슬린, 투명해서 동양에서는 '직조한 공기'나 '흐르는 물' 그리고 '저녁 이슬'이라 알려진 방글라데시 다카산 얇은 사, 자바에서 구한 이상한 모양의 천, 정교한 노란색 중국산 가렴, 황갈색 공단이나 선명한 파란 비단으로 제본하여 백합 문양과 새 등 여러 형상으로 공들여 장식한 책, 뜨개질한 헝가리 레이스로 만든 미로 모양의 면사포, 시칠리아의 양단, 뻣뻣한 스페인산 벨벳, 금 동전이 달린 그루지야 공화국의 작품, 초록빛이 감도는 금과 불가사의한 깃털을 지닌 새 장식이 있는 일본산 후코우사를 수집했다.

그는 또한 교회의 예배와 관련된 모든 것에 관심이 생겨 성직자의 예복에도 특별한 열정을 쏟았다. 그의 집 서쪽 회랑에 길게 늘어선 긴 삼나무 궤 안에 '그리스도 신부'의 진정한 의복 중에서 희귀하고 아름다운 표본들 여러 개를 보관했다. 그 신부는 분명 스스로 찾아 나선 고난으로 야위고 스스로 자기 몸에 가한 고통으로 상처 나고 창백하고 수척해진 몸을 가리려고 자주색과 보석과 고급 린넨을 입어야만 했다. 심홍색 명주실과 금실 다마스크로 만든 멋진 대형 외투도 있었다. 그 외투에는 만개하고 균형 잡힌 꽃잎 여섯 장 안에 황금 석류가 들어있는 패턴이 반복되고 그 바깥쪽 양면에는 작은 진주알로 장식한 파인애플 문양이 새겨져 있었다. 장식띠들은 성모 마리아의 생애 장면들을 그린 패널들로 나누어져 있었고, 두건에는 성모 마리아의 대관식 장면이 형형색색 비단실로 수놓아져 있었다. 이것은 15세기 이탈리아의 작품이었다. 녹색 벨벳으로 만든 외투가 있었는데, 거기에는 하트 모양의 아칸서스 잎 장식들이 수놓아졌고, 그 하트에서 긴 줄기를 따라 흰 꽃들이 뻗어 나갔다. 꽃들의 세세한 모양까지 은실과 다채로운 크리스털로 돋보이도록 장식했다. 그 외투의 단추는 금실을 수를 놓아 도드라지게 짠 치품천사의 머리 모양이었다. 장식 띠는 붉은색과 금색 명주실로 마름모꼴 무늬를 짜 넣었고, 성 세바스티아누스를 포함해 많은 순교자와 성인들의 모습을 담은 메달이 별처럼 줄줄이 달려있었다. 그는 호박색 비단과 파란 명주실과 황금 양단, 그리고 노란 비단 다마스크와 황금천으로 만든 미사 예복도 있었는데, 거기에는 그리스도의 수난과 죽음의 장면이 들어있었고, 사자들과 공작새들 및 그 밖의 상징들이 수놓아져 있었다. 튤립들과 돌고래들과 백합들의 문장으로 장식한 흰 공단과 분홍 비단 다마스크로 만든 대관식복들. 심홍색 벨벳과 파란 리넨으로 된 제단 정면 휘장. 그리고 성체포, 성배포, 성 베로니카 수건도 여러 개 있었다. 이런 물건들을 사용하는 신비스러운 의식에는 그의 상상력을 촉발하는 뭔가가 들어있었다.

왜냐하면 이런 보물들은 그리고 아름다운 그의 집에 수집해 놓은 그 모든 것은 어느 한 시절 그에게는 망각의 수단이었으며, 간혹 견디기 힘들 정도로 거대한 두려움을 회피할 방법이었기 때문이다. 그가 어린 시절 그렇게 많은 시간을 보냈던 잠긴 외딴방의 벽에 자기 손으로 그 끔찍한 초상화—점점 변해가는 그 모습은 자기 삶의 타락을 실제로 보여준다—를 걸어두었고, 그 앞에 자주색과 황금색 덮개를 커튼처럼 씌워 놓았다. 몇 주 동안 그는 그 방에 가고 싶은 맘도 없었고, 흉측하게 그려진 그 초상화를 잊고 지냈다. 그는 다시 마음이 가벼워지고 놀랄 정도로 기분이 좋아져서 단순히 살아있음에 열정적으로 몰두할 수 있었다. 그러다 어느 날 밤 불쑥 집에서 몰래 빠져나와 블루 게이트 필드[37]의 무시무시한 곳을 돌아다니다가 쫓겨날 때까지 날마다 머물곤 했다. 집에 돌아오면 그는 바로 초상화 앞에 앉아 때로는 그림과 자신을 혐오하기도 하고, 또 어떤 때는 죄악의 매력의 절반인 개인주의의 오만함으로 가득 차 있었고, 자신이 짊어져야 할 짐을 질 수밖에 없는 일그러진 망령을 바라보며 은밀한 쾌감에 미소를 짓곤 했다.

몇 년 뒤 그는 오랫동안 영국을 떠나있는 것이 힘들어져서, 여러 번 헨리 경과 함께 겨울을 보낸 알제리의 작고 하얀 벽으로 둘러싸인 집뿐만 아니라 그와 공동으로 소유한 투르빌의 별장을 포기했다. 자기 삶의 한 부분이 된 초상화와 떨어져 있는 게 싫었고 그가 없는 동안 문에 정교한 빗장을 설치했음에도

---

37   화이트채플 남쪽, 섀드웰 근처의 장소로 범죄와 악행으로 유명한 곳.

불구하고 누군가 그 방에 들어갈까 두려웠다.

그는 이 모든 것이 아무런 설명도 되지 않으리라는 걸 잘 알고 있었다. 초상화의 얼굴이 아무리 추하고 역겨워도 그 자신과 놀랍도록 닮아있다는 것은 사실이지만, 사람들이 거기서 뭘 알 수 있을까? 누가 그를 비웃으려 들면 그는 웃어넘겨 버릴 거다. 그가 초상화를 그린 것이 아니다. 그게 아무리 추악하고 수치스럽게 보일지라도 그게 자신과 무슨 상관이란 말인가? 그가 진실을 털어놓는다 해도, 그들이 그 말을 믿기나 할까?

그래도 그는 두려웠다. 이따금 그는 노팅엄셔 저택으로 내려가서, 같은 상류층의 친한 친구들인 세련된 젊은이들과 즐겼고, 유난스러운 사치와 화려한 호사스러운 생활 방식으로 시골 사람들을 놀라게 하다가, 갑자기 그는 손님들을 남겨두고 도시로 돌아와 누가 문에 손을 댄 흔적은 없는지, 초상화가 거기 그대로 있는지 살펴보곤 했다. 그것이 도난당하면 어떻게 하지? 그런 단순한 생각만으로 그는 두려움에 오한을 느꼈다. 그러면 분명 세상은 그의 비밀을 알게 될 것이다. 어쩌면 세상은 이미 의심하고 있을 수도 있어.

그가 많은 사람을 매료시켰지만, 그를 불신하는 사람들도 적지 않았기 때문이다. 그의 출생이나 사회적 위치로 보아 충분히 회원이 될 자격이 있음에도 그는 웨스트 엔드 어느 클럽에서 제명당할 뻔한 적도 있었다, 또 한번은 친구를 따라 처칠 호텔의 흡연실에 들어갔을 때 베릭 공작과 또 다른 신사가 눈에 띌 정도로 불쾌한 태도로 일어나 나갔다는 말도 돌았다. 스물다섯 살 생일을 지낸 뒤로는 그에 대한 이상한 이야기가 여기저기서 흔히 나돌 정도였다. 그가 화이트채플의 외진 곳에 있는 비천한 소굴에서 외국 선원들과 난동을 부리는 걸 봤다거나 도둑이나 위조범과 어울려서 그자들이 하는 거래의 비밀들도 안다는 소문이 돌았다. 그가 이상할 정도로 오래 보이지 않으면 악소문이 났고, 그러다가 다시 사교계에 나타나면 한쪽 구석에서 사람들은 서로 수군거리거나, 비웃으며 지나가거나 아니면 마치 그의 비밀을 밝혀내려고 작정한 듯이 차갑게 염탐하는 눈초리로 그를 바라보았다.

물론 그는 그런 무례한 행동이나 무시하는 태도에 신경을 하나두 쓰지 않았고, 대부분 사람의 의견에 따르면, 그의 솔직하고 서글서글한 태도와 소년 같은 매력적인 미소, 절대 그에게서 떠나지 않을 듯한 그 멋진 젊음의 한없는 우아함은, 이것들 자체로, 그를 둘러싼 소위 악담에 대한 충분한 답이 되었다. 하지만 그와 가장 친밀했던 사람들 가운데 몇몇은 어느 정도 시간이 지나면 그를 피하는 듯한 모습을 분명 보여준 것도 사실이었다. 그를 미칠 듯이 흠모하여 그를 위해서 사교계의 혹평에 용감히 맞서며 무시하기로 작정했던 여인들이 도리언 그레이가 방에 들어서면 수치심이나 두려움에 얼굴이 하얗게 질리는 걸 볼 수 있었다.

하지만 많은 사람의 눈에 이렇게 수군거리는 추문들은 그의 위험천만하고 기이한 매력만 더 돋보이게 할 뿐이었다. 그의 막대한 부가 일종의 안전판이었다. 사회, 적어도 교양있는 사회는, 부유하고 매력적인 사람을 해치는 그 어떤 것도 쉽사리 믿으려 하지 않는다. 그런 사회는 본능적으로 도덕보다는 예의범절이 더 중요하다고 느꼈고, 고결한 인품보다 훌륭한 요리장을 두는 게 더 가치가 있다고 여겼다. 결국, 변변찮은 저녁이나 허접한 술을 제공한 사람이 사생활은 나무랄 데 없다는 말을 듣는 것은 그저 초라하기 짝이 없는 위안에 불과했다. 생선 요리와 고기 요리 사이에 나오는 요리가 식어 미지근하다면 아무리 주요 덕목이 대단해도 그걸 보상할 수 없다고 예전에 헨리 경이 그 주제를 논할 때 언급했듯이 말이다. 그의 생각에 동조하는 말이 아마 상당히 많다. 좋은 사회의 규범은 예술의 규범과 같거나 아니 같아야 하기 때문이다. 형식은 그것에 필수 불가결한 요소이다. 훌륭한 사회는 비현실성뿐만 아니라 의식의 위엄을 갖춰야 한다, 그리고 낭만극의 불성실한 성격과, 우리로 하여금 그러한 연극을 즐겁게 느끼게 하는 재치와 아름다움을 결합해야 한다. 불성실이 정말 그렇게 끔찍한 건가? 나는 그렇게 생각하지 않는다. 그것은 우리의 개성을 배가하기 위한 하나의 방법에 불과하다.

어쨌든 도리언 그레이의 견해는 그랬다. 그는 인간 내면의 에고를 단순하고 영원하고 믿을 만하고, 하나의 본질로 이루어진 것으로 보는 사람들의 편협한 심리에 놀라곤 했다. 그에게 인간은 무수한 삶과 무수한 감흥을 지닌 존재, 그 내면 자체에 생각과 열정의 여러 진기한 유산을 지니고 있으며, 그 육체 자체도 죽은 자들이 지녔던 기괴한 질병들로 얼룩진 여러 모양의 복잡다단한 생명체이다. 그는 시골 저택에 있는 서늘하고 으스스한 화랑을 한가로이 거닐며 자기 혈관 속에 흐르는 피를 물려준 조상들의 다양한 초상화를 즐겨 보았다. 프란시스 오스본이 쓴 『엘리자베스 여왕과 제임스 왕의 시대에 대한 회고록』에서 "잘생긴 얼굴 때문에 궁정에서 사랑받았지만, 그로 인해 오래 함께할 수 없었던" 인물이라고 묘사한 필립 허버트도 있었다. 때때로 도리언이 누리는 삶이 바로 그 젊은 허버트가 살았던 삶이 아니었을까? 이상한 독성을 지닌 세균이 이 몸 저 몸 기어 다니다 그의 몸에 다다른 건가? 그렇게 갑자기 아무 이유도 없이 바질 홀워드의 화실에서 전적으로 그의 인생을 바꿔놓은 무모한 기도를 내뱉은 것은 바로 그렇게 파멸해버린 우아함에 대한 막연한 느낌 때문이었을까? 금실로 수놓은 붉은 더블릿에 보석이 박힌 겉옷을 입고 금으로 끝부분을 장식한 주름 옷깃과 소맷부리로 멋을 낸 앤토니 쉐라드 경이 발치에 놓인 은색과 검은색이 어우러진 갑옷 더미 옆에 서 있다. 이 사람이 물려준 유산은 무엇일까? 나폴리 왕국 지오바나 여왕의 연인이었던 그는 그에게 죄악과 치욕을 물려준 걸까? 자기 행동은 죽은 그 사람이 감히 실현할 수 없었던 꿈에 불과한가? 여기 빛바랜 캔버스에서 얇은 망사 후드에 진주 가슴 장식과 길게 트인 분홍 옷소매의 엘리자베스 데버루 부인이 미소 짓고 있다. 오른손에는 꽃 한 송이를 들고 왼손은 에나멜을 칠해 빛나는 흰 장미와 담홍색 장미 무늬의 옷깃을 부여잡고 있다. 그녀 옆의 탁자 위에는 만돌린과 사과가 놓여 있다. 그녀의 작고 뾰족한 구두에는 커다란 녹색 장미 매듭이 있다. 그는 그녀의 삶과 그녀의 연인들에 관해 전해 내려오는 진기한 이야기들을 알고 있다. 그 안에 그녀의 기질과 비슷한 구석이 있는 건가? 무거운 눈꺼풀에 달걀 모양의 그녀 눈이 그를 이상하다는 듯이 바라보는 것 같았다. 분칠한 가발을 쓰고 묘한 반점들을 붙인 조지 윌러비는 어떤가? 정말 사악한 표정이야! 얼굴은 거무스름하고 음침하고, 육감적인 입술은 거만하게 뒤틀린 듯했다. 섬세한 레이스 주름 장식들이 손가락마다 무거울 정도로 반지를 낀 가냘픈 노란 손을 덮고 있었다. 그는 대륙의 유행을 좇던 18세기의 멋쟁이였으며 젊은 시절에 페라라 대공의 친구였다. 섭정궁 조지 황태자가 한창 방탕하던 시절에 섭정궁의 단짝이었고 피츠허버트 부인과의 비밀 결혼했을 때 증인이기도 했던 베켄햄 공작 2세는 또 어떤가? 다갈색 곱슬머리에 거만한 자세였던 그는 정말 당당하고 멋졌는데! 어떤 열정을 물려준 걸까? 세상 사람들은 그를 파렴치한으로 여겼는데. 웨스트민스터의 칼튼 하우스에서 광란의 파티를 열었었지. 가터 훈장 별이 가슴에서 번쩍였고. 그 옆에는 그의 아내인 검은 옷을 입은 창백하고 입술이 얇은 여인의 초상화가 걸려있었다. 그녀의 피 역시 자신의 내면에 흐르고 있지. 얼마나 진기한 일인가! 해밀튼 부인을 닮은 얼굴에 포도주에 적신 듯 촉촉한 입술을 지닌 도리언의 어머니 — 그는 엄마에게 뭘 물려받았는지 잘 알고 있었다. 바로 자신의 아름다움과 다른 사람의 아름다움에 대한 열망을 엄마에게서 물려받았다. 헐렁한 주신의 여사제 옷을 입은 엄마가 그를 보며 웃고 있었다. 엄마 머리에는 포도 넝쿨 잎이 있었다. 그녀가 든 잔에서는 자줏빛 술이 넘쳐흘렀다. 그림 속의 카네이션은 시들었지만, 여전히 두 눈은 그윽하고 영롱해서 그저 놀라울 따름이었다. 그가 어디로 가든지 늘 따라올 듯한 눈길이었다.

하지만 우리는 혈통에 따른 조상뿐만 아니라 문학 속의 조상도 있는데, 그들 중 많은 사람이 어쩌면 기질과 유형 면에서 우리 자신과 더 가깝고, 확실히 우리는 그들의 영향력을 더욱 뼈저리게 느낀다. 도리언 그레이에게 역사 전체가 그저 자기 삶에 대한 기록처럼 보일 때가 있었는데, 실제로 그 상황에서 직접 행동하며 산 게 아니라 그의 상상력이 그를 위해 창조한 삶, 그의 머릿속과 그의 감정 안에서만 존재했던 그런 삶의 자취가 바로 역사인 듯했다. 그는 끔찍한 인물들 모두를 이미 알고 있는 느낌이 들었다. 그 인물들은 세상이란 무대를 지나쳐 가며, 죄를 그렇게 경탄하게 만들고, 악에 교묘함이 가득 차게 만들었다. 알 수 없는 기이하고 신비한 방법으로 그들의 삶이 그 자신의 삶이 된 것 같았다.

그의 인생에 상당한 영향을 미쳤던 그 대단한 소설의 주인
공도 이 기이한 상상을 알고 있었다. 7장에서, 벼락이 자기에게
내려치지 않도록 월계수 관을 쓰고, 어떻게 카프리섬의 정원에
서 자신이 티베리우스가 되어[38] 그리스 시인 엘레판티스가[39] 쓴
낯 뜨거운 책들을 앉아 읽고 있는 동안, 난쟁이와 공작들이 주
위를 뽐내며 돌아다니고 플루트 연주자가 향로를 흔드는 사람
을 비웃었는지를 그가 말한다. 또 어떻게 칼리굴라가[40] 되어 녹
색 셔츠를 입은 기수들과 마구간에서 흥청망청 뒹굴며 놀았고
이마에 보석을 장식한 말과 함께 상아 여물통에서 밥을 먹었는
지를 말한다. 또 어떻게 도미티아누스가[41] 되어 대리석 거울이
줄지어 늘어서 있는 복도를 방황하며 돌아다니고 초췌한 눈으
로 그의 삶을 끝장낼 단검의 반사광을 찾아 헤매고 다녔고, 인
생에서 아무것도 거부하지 않는 사람들에게 찾아오는 울적함,
끔찍한 삶의 권태로 지겨워했는지를 말한다. 네로가 되어 투명

---

38 로마의 2대 황제 티베리우스 줄리어스 시저 아우구스투스. 장인이며
    계부인 아우구스투수 황제의 대를 이은 그는 끔찍한 폭군으로 통치
    내내 반역에 대한 심판과 처형을 무수히 행함.

39 그리스의 여류 시인으로 고대 세계에서 유명한 섹스 지침서를 쓴 작가
    로 잘 알려짐.

40 로마의 3대 황제. 독재자로 원로원에 대립하여 자신을 신격화하며 낭
    비를 일삼고 잔인한 폭정을 휘둘러 살해됨.

41 전제적이고 원로원을 무시하고 비판자를 탄압하며 방탕한 생활을 즐
    긴 로마 황제.

한 에메랄드를 통해 원형 경기장의 시뻘건 아수라장을 들여다 보았고, 은 편자가 박힌 노새가 끄는 진주와 보라색으로 이루어진 가마에 실려 석류나무 거리를 지나 황금의 집으로 나아갈 때 사람들이 네로 카이사르에게 비난하는 소리를 들었는지를 말한다. 엘라가발루스가 되어 얼굴에 색칠하고 여자들 사이에서 물레를 돌리며 어떻게 카르타고에서 달의 여신을 데려와 태양신과 신령 결혼을 하도록 했는지를 말한다.

도리언은 이 환상적인 내용이 담긴 7장과 바로 뒤에 이어지는 누 장을 읽고 또 읽었다. 그 두 장에는 마치 진기한 태피스트리나 교묘하게 장식한 법랑처럼 악덕과 피와 권태로 괴물처럼 변하거나 광기를 부렸던 사람들의 끔찍하고도 아름다운 모습들이 그려져 있었다. 자기 아내를 살해한 뒤 아내의 정부가 시신을 애무하다 죽게 하려고 아내 입술에 심홍색 독을 발랐던 밀라노의 공작, 필리포. 허영심에 포르모스 교황의 직위를 뺏으려고 끔찍한 죄를 저지른 끝에 이십만 플로린의 가치가 있는 왕관을 차지한 폴 2세라고 알려진 베네치아인 피에트로 바르비. 살아있는 인간을 쫓으려고 사냥개를 풀었고, 그를 사랑했던 매춘부를 시켜 살해한 그의 시체를 장미로 덮었다는 장 마리아 비스콘티. 백마를 타고 간 세자르 보르지아, 그 옆에 형제 살해자가 타고 있었는데, 그의 망토는 페로토의 피로 얼룩져 있었다. 식스투스 4세의 사생아이자 총아였던 인물로 무절제한 방탕만이 그의 아름다움과 견줄 수 있었고, 요정과 반인반

마로 가득 찬 흰색과 심홍색 실크로 장식한 천막에서 아라곤의 레오노라를 맞이하고, 연회에서 가니메데스나 힐라스처럼[42] 쓰려고 미소년을 금으로 칠했던 젊은 플로렌스의 추기경 대주교였던 피에트로 리아리오. 죽음의 멋진 장면을 봐야만 우울증을 치유할 수 있었던 에젤리노는 사람들이 적포도주를 열망하듯 붉은 피를 열렬히 추구해서 악마의 아들이라 알려졌으며, 자기 아버지와 영혼을 걸고 도박할 때 주사위로 아버지를 속였다고 한다. 교황 인노첸시오 8세인 지암바티스타 시보는 조롱 삼아 순수라는 이름을 취했고, 유대인 의사를 불러 어린 소년 3명의 피를 그의 쇠약한 핏줄에 주입했다고 한다. 이소타의 연인이며 로마에서 신과 인간의 적으로 인형이 화형당한 리미니의 군주였던 시지스모도 말라테스타는 냅킨으로 폴리세나를 목 졸라 죽였고, 에메랄드 컵에 든 독을 지네브라 데스테에게 주었고, 부끄러운 열정을 기리기 위해 예수님을 찬양하는 이교도 교회를 세웠다. 프랑스의 샤를르 6세는 동생의 아내를 지독하게 사랑한 나머지 어느 문둥이가 그에게 닥칠 광기를 예언할 정도였는데, 그러다 점점 뇌가 병들고 이상해져서 사랑과 죽음과 광기의 모습이 그려진 사라센 카드를 갖고 있어야 진정될 수 있었다. 가두리에 장식은 단 가죽조끼를 입고 아칸서스꽃처럼 뻗

---

42   가니메데스는 제우스의 잔을 들던 미소년이고 힐라스는 헤라클레스가
      사랑했던 미소년.

친 곱슬머리에 보석 달린 모자를 썼던 페데리코 발리오니는 그의 신부와 함께 아스토레를 살해하고, 시종과 같이 시모네토를 살해했는데, 그의 용모가 너무나 아름다워 그가 페루지아의 노란 광장에서 쓰러져 죽어갈 때 그를 증오했던 사람들조차 울지 않을 수 없었고 그를 저주했던 아틀란타도 축복의 기도를 했다고 한다.

이 모든 인물에게는 무시무시한 매력이 있었다. 그는 밤에 그들을 보았고 낮에는 그의 상상력이 그들 때문에 괴로웠다. 르네상스 시대 사람들은 기이한 방식의 중독증을 갖고 살았는데 — 투구와 불붙은 횃불에 중독되거나 수놓은 장갑과 보석이 박힌 부채로 혹은 도금한 향료 갑과 호박 사슬에 중독되기도 했다. 도리언 그레이는 책에 중독되었었다. 책에 빠져 악을 단순히 자신의 아름다움의 개념을 실현할 수 있는 양식으로 바라보는 순간들도 있었다.

12장

그날은 후에 그가 종종 기억하듯이, 서른여덟 살 생일 전날 밤인, 11월 9일이었다.

그는 헨리 경의 집에서 저녁 식사를 하고 11시경 춥고 안개 낀 밤이라 두꺼운 털코트로 몸을 감싸고 집으로 걸어가고 있었다. 그로스브너 광장과 사우스 오들리 가 모퉁이에서 한 남자가 긴 회색 얼스터 코트 깃을 올리고 안개 속에서 아주 빠르게 잰걸음으로 그 옆을 지나쳐 갔다. 그의 손에는 가방이 하나 들려 있었다. 도리언은 그를 알아보았다. 바질 홀워드였다. 뭐라 형용할 수 없는 묘한 공포감이 밀려왔다. 도리언은 전혀 아는 기색을 하지 않고 빠르게 자기 집 쪽으로 걸어갔다.

그러나 홀워드가 그를 알아보았다. 도리언이 먼저 걸음을 멈춰 섰고, 이내 서둘러 자신을 뒤따라오는 소리를 들었다. 잠시 후 홀워드의 손길이 그의 팔에 닿았다.

"도리언! 이거 완전히 뜻밖에 행운이네! 나는 9시부터 너의 집 서재에서 기다렸어. 결국 나는 피곤해 보이는 자네 하인이 안쓰러워 그에게 잠자리에 들라고 말하고 집을 나섰지. 자정에 기차 타고 파리로 떠나는데, 가기 전에 특별히 너를 보고 싶었어. 날 지나칠 때 너라고, 특히 네 모피 코트라고 생각했지. 긴 가민가했어. 너는 나를 못 알아본 거야?"

"이런 안개 속에서요, 바질? 어, 그로스브너 광장조차 못 알아봤어요. 우리 집이 여기쯤이라고 생각했는데, 그것도 확실하지 않았죠. 오랫동안 못 봤는데 당신이 떠난다니 유감이군요. 하지만 곧 돌아올 거죠."

"아니, 육 개월 정도 영국을 떠나 있을 예정이야. 파리에서 화실을 구해서 머릿속으로 구상하고 있는 대작을 끝낼 때까지 처박혀 있을 거야. 하지만 내가 말하고 싶은 건 내 얘기가 아니냐. 자네 집에 다 왔네. 잠시 들어가도 되지. 너한테 할 말이 있어."

"너무 좋죠. 근데 기차를 놓치지 않을까요?" 도리언이 계단을 올라가 대문 열쇠로 문을 열며 시큰둥하게 말했다.

가로등 불빛이 겨우 안개를 뚫고 희미하게 비쳤다, 그리고 홀워드는 시계를 보았다. "시간은 충분해," 그가 대답했다. "기차는 열두 시 십오 분까지 떠나지 않아, 지금 겨우 열한 시야. 사실 너를 찾아 클럽으로 가는 도중에 너를 만난 거야. 너도 알겠지만 무거운 짐들은 이미 보내서 화물 때문에 늦지는 않을 거야. 내가 가지고 갈 물건은 다 이 가방에 들어있어, 이십 분이면 쉽게 빅토리아역에 도착할 거야."

도리언은 그를 보며 미소 지었다. "유행에 빠른 화가가 여행하기에 정말 멋진 방법이군요! 글래드스턴 가방 하나에 긴 얼스터 코트라니! 들어와요, 안개가 집으로 들어오지 않게! 심각한 얘기는 안 했으면 좋겠어요. 요즘은 심각한 게 아무것도 없잖아요. 아무튼, 심각한 일이 있으면 안 되죠."

집 안으로 들어서며 홀워드는 고개를 내저으며 도리언을 따라 서재로 들어갔다. 큰 개방형 벽난로에는 환하게 장작불이 타오르고 있었다. 등불들도 켜져 있었다, 그리고 작은 상감 세공 탁자에는 네덜란드산 은제 양주 케이스가 열린 채 놓여 있었고, 옆에는 소다수 사이펀 병들과 큰 유리 텀블러들이 있었다.

"네 하인이 나를 아주 편하게 대해줬어, 도리언. 내가 원하는 건 다 갖다줬어, 심지어 금색 필터인 최고급 담배까지도 주었지. 사람을 극진하게 대접할 줄 아는 사람이야. 예전에 그 프랑스 하인보다 훨씬 더 맘에 들어. 말이 나왔으니 말인데, 그 프랑스인은 어떻게 됐어?"

도리언은 어깨를 으쓱했다. "애쉬턴 부인의 하녀와 결혼한 뒤 파리에서 영국식 의상 디자이너로 자리를 잡은 거로 알고 있어요. 요즘 거기서는 영국풍에 심취하는 게 유행이라고 들었어요. 프랑스인들이 바보 같죠, 그렇죠? 그런데, 알아요? — 그도 그렇게 나쁜 하인은 아니었어요. 나는 마음에 안 들었지만, 딱히 불만이 없었죠. 사람들은 종종 터무니없는 걸 상상하죠. 그는 정말 나에게 헌신적이었어요. 떠날 때도 꽤 섭섭해하는 것 같았어요. 브랜디 소다 한 잔 더 할래요? 아니면 셀처 탄산

수를 탄 백포도주 한잔할래요? 난 항상 탄산수를 탄 백포도주를 마시죠. 옆 방에 분명 좀 있을 거예요."

"나는 괜찮아, 더는 아무것도 안 마실래," 화가는 말하면서 모자와 코트를 벗어서, 구석에 놔두었던 가방 위로 던졌다. "이제, 이 친구야, 너와 진지하게 얘기하고 싶어. 그렇게 찌푸리지 마. 그럼 내가 말하기 더 어려워져."

"대체 무슨 얘긴데요?" 도리언이 소파에 몸을 던지며 퉁명하게 외쳤다. "내 얘기가 아니면 좋겠어요. 오늘 밤에는 나 자신에게 질렸어요. 다른 사람 얘기면 좋겠어요."

"네 얘기야," 홀워드가 깊고 진지한 목소리로 대답했다. "그리고 이 얘기는 너에게 꼭 해야 해. 삼십 분만 널 잡고 있을게."

도리언은 한숨을 쉬며 담뱃불을 붙였다. "삼십 분!" 그는 중얼거렸다.

"도리언, 너에게 대단한 걸 부탁하는 것이 아니야, 내가 하려는 얘기는 다 널 위해서야. 런던에서 너에 대한 아주 끔찍한 소문이 돈다는 걸 네가 당연히 알아야 한다고 생각해."

"나는 알고 싶지 않아요. 다른 사람들의 스캔들은 좋아하지만, 나 자신의 스캔들에는 관심 없어요. 그것들은 신선한 맛이 없어요."

"도리언, 너도 흥미로울 거야. 모든 신사는 자신의 명성에 관심이 있지. 너는 사람들이 너를 비열하고 저급한 인간이라고 말하는 걸 원하지 않잖아. 물론 너는 지위와 재산, 그리고 그 모든 것을 갖추고 있지. 하지만 부와 지위가 다는 아니야. 잘 들어, 난 그 소문들을 하나도 믿지 않아. 적어도 너를 보면 그런 말들을 믿을 수가 없어. 죄라는 것은 사람 얼굴에 스스로 드러나거든. 숨길 수 없지. 사람들은 가끔 비밀스러운 죄악을 말하지만, 그런 건 있을 수 없어. 비열한 인간이 사악한 마음을 품으면, 그것은 입 주변에 주름지거나 눈꺼풀이 처지거나 심지어 손 모양에서라도 다 드러나게 마련이야. 어떤 사람이 — 네가 아는 사람인데 이름은 말하지 않을래 — 나한테 초상화를 그려 달라고 왔지. 이전에 그를 한 번도 본 적 없고, 당시에는 그에 대해 아무런 얘기를 들어본 적 없었어. 그 후로 많은 얘기를 들었지만 말이야. 그가 엄청난 가격을 제시했지만, 난 거절했어. 그의 손가락 모양에 내가 아주 싫어하는 뭔가가 있었거든. 내가 그에 대해 짐작했던 게 맞았다는 걸 이제는 알아. 그의 인생은 소름 끼칠 정도야. 하지만 도리언, 너, 깨끗하고 순진무구하고 해맑은 얼굴과 신비할 정도로 때 묻지 않은 젊음을 지닌 너를 보면 너에 대한 어떤 험담도 나는 믿을 수 없어. 하기야 요즘에는 나는 너를 거의 만나지 못하고 너도 화실에 오질 않으니, 너와 떨어져 있을 때 사람들이 너에 대해 수군대는 끔찍한 얘기를 들으면 난 무슨 말을 해야 할지 모르겠어. 도리언, 왜 버윅 공작 같은 사람이 네가 클럽 룸에 들어오면 자리를 뜨는 거지? 왜 런던의 그 많은 신사가 네 집에 찾아오지도 않고, 자기 집으로 너를 초대하지 않는 거지? 너는 스태블리 공작의 친구였잖아. 지난주에 저녁 식사 자리에서 그를 만났어. 더들리 백작의 전시회에 네가 보낸 세밀화에 관해 얘기하다가 우연히 네이름이 나왔어. 스태블리 공작은 입꼬리를 올리며 네가 최고의 예술적 취향을 가졌을 수 있지만, 마음씨 깨끗한 아가씨가 너를 알게 해선 안 되고, 정숙한 부인들도 너와 같은 방에 앉아서는 안 된다고 말하던데. 내가 네 친구라고 일깨워준 뒤, 대체 무슨 뜻으로 한 말인지 물었지. 그가 내게 말해줬어. 사람들 모두 앞에서 말해줬지. 끔찍하기 짝이 없었어! 너와의 우정이 젊은 이들에게 왜 그토록 치명적인 거지? 근위대에 있던 그 비참한 소년도 자살하고. 너와 그 애는 아주 친했잖아. 헨리 애쉬턴 경도 오명을 뒤집어쓰고 영국을 떠나야 했고. 너와 그 친구는 떼려야 뗄 수 없는 사이였잖아. 에드리안 싱글턴과 그의 처참한 종말은 어떻고? 켄트 경의 외아들과 그의 경력은 또 어떻고? 어제 세인트 제임스 거리에서 그 친구 아버지를 마주쳤지. 치욕과 비탄에 빠져 완전히 망가져 보였어. 퍼스의 젊은 공작은 어떻고? 지금은 도대체 어떻게 사는 건지? 어떤 신사가 그 사람하고 어울리겠니?"

"그만 해요, 바질. 당신은 전혀 알지도 못하면서 말하는군요," 도리언 그레이가 입술을 깨물며, 한없이 경멸 어린 목소리로 말했다. "내가 방에 들어섰을 때 왜 버윅이 나갔는지 물었죠. 그거야 내가 그 사람의 생활에 대해 죄다 알고 있어서지, 그 사람이 나에 대해 뭘 알아서가 아니에요. 몸속에 그런 피가 흐르는데 어떻게 그 사람의 삶이 깨끗하다고 할 수 있죠? 헨리 애쉬턴과 퍼스의 젊은 공작에 관해 물었나요? 내가 헨리에게 나쁜 품행을 가르쳤고 퍼스 공작에게는 방탕함을 가르쳤다고요? 켄트의 어리석은 자식 놈이 거리의 여자를 아내로 삼은 거, 그게 나와 무슨 상관이죠? 애드리안 싱글턴이 계산서에 친구 이름을 썼다는데, 내가 뭐 그 애 보호자라도 되나요? 영국에서 사람들이 어떤 식으로 수다를 떠는지 알아요. 중산층 사람들은 맛대가리 없는 저녁상 자리에서 자신들의 도덕적 편견이나 늘어놓는데, 신분 높은 사람들의 방탕한 생활에 대해 수군대는 게 다 자기네들도 상류층에 속하고 싶고 자기들이 비방하는 사람들과 친한 사이가 되고 싶어서거나, 아니면 그런 척하고 싶어서죠. 이 나라에서는 어떤 사람이 명성이 있거나 똑똑하면 보통 사람들이 그 잘난 혀로 그 사람을 깎아내리길 일삼죠. 그런 사람들은 도대체 어떤 삶을 살고 있죠? 도덕적인 체하는 그 사람들이 어떻게 사냐고요? 내 친구 바질, 당신은 우리가 위선의 본거지에 산다는 걸 잊은 모양이네요"

"도리언," 홀워드가 소리쳤다, "문제는 그게 아니지. 영국이 몹시 나쁜 나라인 것을, 영국 사회는 완전히 잘못됐다는 것을 나는 알아. 그런 이유로 나는 네가 괜찮기를 바라는 거야. 너는 안 괜찮았어. 사람은 친구에게 어떤 영향을 미치는지에 따라 그 사람을 판단할 권리가 있지. 너의 친구들은 명예와 선함, 순수함의 감각을 잃은 것 같아. 너는 쾌락을 향한 광기로 그들을 꽉 채웠지. 그들은 완전히 깊은 나락에 빠졌어. 네가 그들을 나락으로 이끈 거야. 그래, 네가 끌고 간 거라고, 그런데도 너는 웃을 수 있지, 지금 웃고 있듯이. 그 이면에 끔찍한 게 있어. 너와 해리는 뗄 수 없다는 것을 나는 알아. 다른 이유는 차치하고라도 분명히 그 이유로 너는 해리 누이의 이름을 조롱거리로 만들지 말았어야지."

"말조심해요, 바질. 너무 심한 거 아니에요."

"내가 이 말은 꼭 해야겠으니 잘 들어. 똑바로 들어. 네가 그 웬돌린 부인을 만나기 전까지 그녀에게는 전혀 추문이 없었지. 요즘 런던에서 그 부인과 함께 마차를 타고 하이드파크에 가려는 정숙한 여인이 한 명이라도 있는 것 같아? 어, 부인의 아이들조차 함께 살 수 없게 됐어. 나른 얘기들도 있어. 네가 새벽녘에 형편없이 추잡한 집에서 기어 나오거나 신분을 숨기고 런던에서 가장 더러운 소굴로 몰래 드나드는 걸 봤다는 얘기가 있어. 그 얘기들이 진짜야? 그게 진짜일 수 있냐고? 그런 얘기를 처음 들었을 때 난 그냥 비웃었지. 이제 그런 얘기를 들으면 몸서리치게 돼. 시골 별장과 그곳에서의 삶은 어떻고? 도리언, 무슨 말이 오가는지 너는 모르지. 내가 너한테 설교할 생각 없다고는 하지 않을래. 해리가 예전에 잠시 아마추어 부목사 노릇을 한 사람은 다들 설교하지 않을 거라는 말로 시작하고는 결국 자기 말을 어긴다고 한 게 생각나네. 정말 나는 너한테 설교하고 싶어. 나는 네가 세상 사람들이 존경할 만한 삶을 살았으면 좋겠어. 훌륭한 애기를 들으며 깨끗한 이름을 지켰으면 해. 요즘에 네가 어울리는 끔찍한 사람들은 다 치워 버리고 말이야. 그렇게 어깨를 으쓱하지 마. 그렇게 냉소적이지 마. 너는 놀라운 영향력을 가지고 있어. 그 힘을 나쁜 일말고 좋은 일에 쓰라고. 사람들은 너랑 친하게 지내는 사람들을 네가 다 타락시킨다고 말해. 네가 어떤 집에 들어가기만 해도 어떤 형태로든 수치가 뒤따른다고 말하지. 정말 그런지 나는 모르겠어. 내가 어떻게 알겠어? 하지만 그런 말이 나돌고 있지. 정말로 의심할 수 없어 보이는 애기들도 들었어. 글로스터 경은 옥스퍼드 대학 시절 나와 가장 친했던 친구 중 한 사람이야. 그 친구는 아내가 망통에 있는 빌라에서 홀로 죽어가며 그에게 쓴 편지를 내게 보여줬지. 내가 읽은 고백의 글 가운데 가장 끔찍한 고백에 네 이름이 연루되어 있었지. 나는 말도 안 된다고 말했지 — 나는 너를 속속들이 알고 있고 결코 그런 일을 할 사람이 아니라고 말이야. 너를 안다고? 내가 정말 너를 아는지 궁금해. 그 대답을 할 수 있으려면 난 네 영혼을 봐야 할 것 같아."

"내 영혼을 보겠다고요!" 소파에서 벌떡 일어선 도리언 그레이는 공포로 하얗게 질려 중얼거렸다.

"그래," 홀워드가 슬픔이 깊게 묻어나는 심각하고 굵은 목소리로 대답했다. "네 영혼을 봐야겠어. 하느님만이 네 영혼을 볼 수 있겠지만 말이야."

쓰디쓴 비웃음이 도리언의 입술에서 터져 나왔다. "오늘 밤 직접 보게 되겠죠!" 그는 탁자 위의 등불을 잡으며 외쳤다. "가요. 당신 손으로 직접 만든 거니까. 못 볼 이유가 뭐 있어요? 나중에 원하시면 세상에 그것에 대해 다 얘기해도 돼요. 아무도 당신 말을 안 믿겠죠. 만약 당신 말을 믿으면 사람들이 그 때문에라도 날 더 좋아할걸요. 당신이 요즘 시대에 대해 지루하게 이렇다저렇다 주절대지만, 당신보다는 제가 이 시대를 더 잘 알고 있거든요. 가요. 타락에 관한 얘기는 충분히 했잖아요. 이제 두 눈으로 똑바로 잘 보세요."

그가 내뱉는 말 한마디 한마디에 광기 어린 자존심이 배어 있었다. 버릇없는 어린애처럼 발로 바닥을 쿵쿵 밟았다. 다른 누군가가 자신의 비밀을 공유할 수 있다는 생각에, 그리고 자신의 모든 치욕의 원전인 초상화를 그린 화가는 자기가 무슨 일을 저지른 것인가에 대해 가증스러운 기억을 짊어지고 남은 평생을 살 거라는 생각에 짜릿한 기쁨을 느꼈다.

"그래요," 도리언은 홀워드에게 다가가 그의 엄격한 두 눈을 빤히 쳐다보며 말을 이었다. "제 영혼을 보여드릴게요. 하느님만 볼 수 있다고 생각한 그것을 당신이 직접 보게 될 거예요."

홀워드는 놀라 뒤로 물러섰다. "이건 신성 모독이야, 도리언!" 그가 소리쳤다. "그런 말을 하면 안 돼. 그런 말은 끔찍해, 아무 뜻도 없는 말이잖아."

"그렇게 생각해요?" 그가 다시 웃음을 터뜨렸다.

"그렇지. 내가 오늘 밤 네게 한 말은 다 너를 위한 거야. 나는 항상 너의 든든한 친구라는 걸 알잖아."

화가의 얼굴에 고통으로 일그러진 표정이 번개처럼 스치고 지나갔다. 그는 잠시 쉬었다, 그리고 그에게 걷잡을 수 없는 연민의 느낌이 덮쳐왔다. 도대체 무슨 권리로 도리언 그레이의 삶을 캐물을 수 있을까? 그에 대해 떠도는 소문 열 개 중 하나라도 진짜 그가 저지른 게 있다면 그 자신은 얼마나 고통스러웠을까! 그러고 나서 그는 몸을 똑바로 펴고 벽난로 쪽으로 다가가 그 자리에 서서 난로 속에서 서리 같은 재를 남기며 이글거리는 불꽃을 물끄러미 바라보았다.

"기다리고 있잖아요, 바질," 단호하고 분명한 목소리로 젊은 이가 말했다.

홀워드는 돌아섰다. "내가 하고 싶은 말은 이거야," 그가 큰 소리로 말했다. "너를 비방하는 그 끔찍한 비난에 대해 너는 나한테 대답해줘야 하는 거 아냐. 그것들이 처음부터 끝까지 모두 사실이 아니라고 말해도 나는 너를 믿을 거야. 아니라고 말해줘, 도리언, 다 부인하라니까! 내가 어떤 심정인지 너는 모르겠어? 제발! 네가 사악하고 타락하고 치욕스러운 인간이라고 말하지 마!"

도리언 그레이는 미소를 지었다. 경멸로 그의 입꼬리가 올라갔다. "위층으로 가요, 바질," 그가 조용히 말했다. "저는 매일매일 내 삶을 기록한 일기를 써요, 그리고 일기는 그게 쓰인 방에서 한 번도 나간 적이 없죠. 나와 같이 가시면 보여줄게요."

"네가 원하면 같이 올라가지, 도리언. 이미 기차도 놓친 것 같으니. 그게 중요한 건 아냐. 내일 가도 돼. 하지만 오늘 밤 나보고 뭘 읽으라고는 하지 마. 내가 바라는 건 오직 질문에 대한 분명한 대답뿐이야."

"위층에서 그 대답을 해드릴게요. 여기서는 대답해 줄 수 없어요. 읽는 데 오래 안 걸려요."

13장

　도리언은 방을 나서 계단을 오르기 시작했고 바질 홀워드가
그 뒤를 바싹 뒤따랐다. 사람들이 밤에는 본능적으로 사뿐사뿐
걷 듯이 그들은 소리죽여 올라갔다. 등불이 벽과 층계에 환상
적인 그림자를 드리웠다. 한바탕 바람이 일면서 창문이 덜컹덜
컹 흔들렸다.

　맨 위층 층계참에 도착했을 때, 도리언은 등불을 바닥에 내
려놓고 열쇠를 꺼내 자물쇠를 열었다. "꼭 알아야겠다고 했죠,
바질?" 그가 낮은 목소리로 물었다.

　"응."

　"저도 기뻐요," 그가 미소 지으며 대답했다. 그러고 나서 다
소 싸늘하게 말을 덧붙였다. "이 세상에서 나에 대해 모든 걸
알 자격이 있는 사람은 당신뿐이죠. 당신은 생각하는 것보다
내 인생에 더 많이 연관되어 있어요." 그리고 등불을 들고 나서
문을 열고 안으로 들어갔다. 서늘한 공기가 그들을 스쳐 지나
갔고, 순간 등불이 흐릿한 오렌지색 불길로 확 솟구쳤다. 그는
몸서리를 쳤다. "문을 닫아줘요," 그가 등불을 탁자에 놓으며
속삭이듯 말했다.

홀워드는 곤혹스러운 표정으로 주위를 훑어보았다. 방은 여러 해 동안 아무도 살지 않은 듯했다. 빛바랜 플랑드르산 장식 양탄자, 장막을 친 초상화 한 점, 오래된 이탈리아산 서랍장, 거의 텅 빈 책장 — 의자와 탁자를 빼고 — 그게 방에 있는 전부 같았다. 도리언 그레이가 벽난로 위에 놓인 반쯤 타다 남은 초에 불을 붙이자, 방 전체가 먼지로 뒤덮이고 카펫도 구멍이 숭숭 난 게 보였다. 쥐 한 마리가 웨인스코팅 벽 뒤로 허둥지둥 달아났다. 눅눅한 곰팡내도 났다.

"그러니까 영혼을 볼 수 있는 건 하느님뿐이라고 생각하는 거죠, 바질? 저기 있는 장막을 걷으면 제 영혼을 보게 될 거예요."

아주 차갑고 매정하기 짝이 없는 목소리였다. "너 미쳤구나, 도리언, 아니면 연기하는 거지," 홀워드가 인상을 찡그리며 나지막이 말했다.

"안 할 건가요? 그럼 제가 직접 해야겠군요," 도리언이 말했다. 그리고 긴 봉에서 장막을 잡아채 바닥에 내동댕이쳤다.

흐린 불빛 속에서 캔버스 위의 징그러운 얼굴이 자기를 보고 씩 웃는 걸 보자 화가의 입에선 경악의 외침이 터져 나왔다. 초상화의 표정에는 역겨움과 혐오로 그를 구역질 나게 하는 뭔가가 있었다. 세상에나! 그가 바라보고 있는 건 바로 도리언 그레이의 얼굴이었다. 공포인지 아니면 그게 무엇이든 간에 아직 그 놀라운 아름다움을 완전히 망가뜨리지는 못했다. 점점 빠지는 머리숱에는 아직 금빛이 감돌았고 육감적인 입에는 붉은 기가 남아 있었다. 흐릿해진 눈에는 푸른빛의 사랑스러움이 남아 있고, 깎아 다듬은 듯한 코와 부드럽게 빚은 목에는 아직도 우아한 곡선미가 완전히 사라지지는 않았다. 그래, 정말 도리언이었다. 하지만 누가 그런 짓을 한 걸까? 그는 자신의 붓놀림을 알아보는 듯했다. 액자 틀도 그가 도안한 거였다. 이런 느낌이 든다는 게 괴상망측했는데도, 여전히 그는 겁이 났다. 그는 촛불을 들어 초상화에 가까이 갖다 댔다. 왼쪽 모서리에 밝은 주홍색 글자로 길게 써넣은 자기 이름이 있었다.

그것은 상스럽고 서투른 흉내이고 파렴치하고 비열한 풍자였다. 그는 결코 그렇게 그린 적이 없었다. 그래도 그건 분명 자기가 그린 초상화였다. 모를 리가 없었기에 끓어오르던 자신의 피가 순간적으로 느린 얼음으로 변하는 느낌이었다. 그가 그린 초상화라니! 그래서 그게 무슨 뜻이란 말인가? 왜 그림이 변한 걸까? 그는 돌아서서 병자처럼 퀭한 눈으로 도리언 그레이를 바라보았다. 그의 입이 움찔거렸지만 바싹 마른 혀는 딱히 어떤 말도 제대로 할 수 없을 것 같았다. 그는 손으로 이마를 훔쳤다. 이마는 끈적한 땀으로 축축했다.

도리언은 벽난로에 기대어 자신이 연기하는 연극에 푹 빠진 위대한 배우의 얼굴에서 볼 수 있는 묘한 표정을 지으며 홀워드를 바라보았다. 그 표정에는 진정한 슬픔도 진정한 기쁨도 없었다. 눈에는 승리로 깜빡거리는 관객의 열정만 있을 뿐이었다. 그는 자기 외투에 꽂았던 꽃을 빼서 냄새를 맡았다. 아니 냄새를 맡는 척했다.

"대체 이게 어떻게 된 거야?" 마침내 홀워드가 소리쳤다. 그의 목소리가 그의 귀에 쇳소리처럼 이상하게 들렸다.

"오래전 내가 소년이었을 때," 손에 든 꽃을 짓이기며 도리언 그레이가 말했다. "당신이 나를 처음 만나서 나를 치켜세우며 내 멋진 외모를 뽐내라고 가르쳐주었죠. 그러던 어느 날 당신은 나를 당신 친구에게 소개했는데 그 친구는 나에게 젊음의 경이로움에 관해 설명했고, 당신은 나의 초상화를 완성하여 내게 아름다움의 경이를 보여주었죠. 그 순간 난 미쳐서, 지금 이 순간도 후회해야 할지 말지 모르지만, 그 순간 난 소원을 빌었죠, 당신은 어쩌면 기도라고 부를 소원을 빌었죠……."

"기억나! 오, 아주 똑똑히 기억나! 아냐! 그런 일은 불가능해. 방이 눅눅하네. 화폭에 곰팡이가 낀 거야. 내가 사용한 물감에 하찮은 정도지만 광물성 독이 들어있던 거야. 분명히 말하지만, 그런 일은 불가능해."

"아, 뭐가 불가능한데요?" 도리언은 중얼거리며 창가로 다가가 김이 서린 차디찬 유리에 이마를 갖다 대었다.

"넌 그림을 부숴버렸다고 말했잖아."

"틀렸어요. 그림이 나를 부숴버렸어요."

"내가 그린 그림이라고 난 믿을 수 없어."

"그림 속에 당신의 이상이 안 보이나요?" 도리언이 비통한 목소리로 말했다.

"내 이상이라고, 네가 말하는 ······"

"당신이 예전에 그렇게 말했잖아요."

"내 그림 속에는 사악한 것도 수치스러운 것도 전혀 없었어. 너는 내가 다시는 볼 수 없는 그런 이상적인 존재였지. 이것은 사티로스의 얼굴이야."

"이것이 내 영혼의 얼굴이에요."

"오 주여! 내가 도대체 뭘 숭배해온 거지! 이것은 악마의 눈을 가졌어."

"우리는 다 자기 내면에 천국과 지옥을 갖고 있어요, 바질," 도리언이 격렬한 절망의 몸짓을 하며 외쳤다.

홀워드는 다시 돌아서서 초상화를 물끄러미 바라보았다. "세상에! 이게 사실이라면," 그가 소리쳤다. "그리고 이것이 네가 너의 인생에 저지른 짓이라면, 어, 널 욕하는 사람들이 상상하는 그 이상으로 넌 추악한 인간인 게 분명해!" 그는 다시 등불을 화폭 가까이 들어 올려 그림을 찬찬히 살펴보았다. 표면은 전혀 훼손되지 않았다, 그리고 그의 손을 떠날 때와 다를 바가 없어 보였다. 그렇다면 추악함과 소름 끼치는 공포는 분명 내부에서 솟아난 거였다. 내면의 생명체가 기괴하게 살아나서 나병에 걸린 죄악이 서서히 그걸 갉아먹는 거였다. 물이 고인 무덤에서 시체가 썩어가는 것도 이렇게 무섭지는 않았다.

그의 손이 떨렸다, 그리고 양초가 촛대에서 바닥으로 떨어지더니 바지직 소리를 냈다. 그는 촛불을 발로 밟아 껐다. 그러고 나서 탁자 옆에 놓여 있던 삐걱거리는 의자에 털썩 주저앉았다, 그리고 얼굴을 두 손에 파묻었다.

"세상에, 도리언, 이건 대단한 교훈이야! 정말 무서운 교훈이야!" 아무런 대답도 없이 창가에서 도리언이 흐느끼는 소리만 들렸다. "기도해, 도리언, 기도하라고," 그가 나지막이 말했다. "어렸을 때 배웠던 그 기도가 뭐였지? '우리를 시험에 들지 말게 하옵시며. 우리의 죄를 사하여 주시옵고. 우리의 죄를 씻어주소서.' 우리 함께 기도하자. 교만에 가득 찬 너의 기도가 응답받았듯이, 네 참회의 기도도 응답받을 거야. 내가 너무 지나치게 너를 숭배했어. 그 때문에 내가 벌 받은 거야. 너도 너 자신을 너무 숭배했던 거고. 그래서 우리 둘 다 벌 받은 거야."

도리언 그레이는 천천히 돌아서며 눈물로 흐려진 눈으로 그를 바라보았다. "너무 늦었어요, 바질," 그가 더듬거렸다.

"절대 안 늦었어, 도리언. 우리 같이 무릎 꿇고 기도문이 생각나는지 한 번 기도해보자. 이런 구절이 있지 않았니? '너희 죄가 진홍색 같을지라도 눈과 같이 하얘질 것이오.'"

"이제 그런 말들은 나한테 아무 의미가 없어요."

"쉿! 그런 말 하지 마. 너는 살면서 충분히 많은 죄를 지었어. 오 주여! 저 저주받은 것이 우리를 비웃고 있는 게 보이니?"

도리언 그레이가 초상화를 흘긋 보았다, 그리고 갑자기 바질 홀워드를 향한 억누를 수 없는 증오심이 치밀어올랐다, 마치 화폭의 얼굴이 그 빈정거리는 입술로 그의 귀에 증오심을 속삭이며 부추기기라도 하듯이. 그의 몸속에서 포획된 짐승의 격렬한 분노가 꿈틀거렸다, 그리고 그가 여태 살아오면서 혐오했던 그 어떤 것보다 탁자에 앉아 있는 홀워드에게 더 심한 혐오감을 느꼈다. 그는 미친 듯이 사방을 둘러보았다. 그의 맞은편에 색을 칠한 함 위에 뭔가가 어렴풋이 반짝이는 게 있었다. 그 물건에 그의 눈길이 갔다. 그는 그게 뭔지 알고 있었다. 동아줄을 끊으려고 며칠 전에 갖고 올라왔다가 치우는 걸 깜빡 잊고 놔둔 칼이었다. 그는 천천히 그쪽으로 움직이며 홀워드 곁을 지나쳤다. 홀워드의 뒤로 가자마자 그는 칼을 집어 들고 몸을 돌렸다. 홀워드는 마치 일어서려는 듯 의자에서 몸을 뒤척였다. 순식간에 그는 홀워드에게 덤벼들어 귀 뒤의 대정맥에 칼을 쑤셔 박았고, 이내 머리를 탁자에 처박으며 찌르고 또 찔렀다.

숨 막힌 신음과 피가 넘쳐서 목이 멘 사람이 내는 듯한 끔찍한 소리가 났다. 쭉 뻗은 팔이 세 번이나 발작적으로 튀어 오르며 뻣뻣하게 굳은 손가락을 허공에서 기괴하게 휘저었다. 그는 두 번 더 찔렀는데 홀워드는 꼼짝하지 않았다. 무엇인가 바닥으로 뚝뚝 떨어지기 시작했다. 여전히 그는 머리를 짓누르며 잠시 기다렸다. 그러고 나서 탁자 위에 칼을 던져 놓고 귀를 기울였다.

그에게는 아무 소리도 들리지 않았다, 해질 대로 해진 양탄자 위로 똑똑 떨어지는 소리말고는. 그는 문을 열고 층계참으로 나갔다. 집은 쥐 죽은 듯 고요했다. 주위에 아무도 없었다. 몇 초 동안 그는 난간 너머로 몸을 숙이고서 시커멓게 끓어오르는 암흑의 심연을 뚫어져라 내려다보았다. 그러고 나서 그는 열쇠를 꺼낸 뒤 방으로 다시 들어가 예전처럼 안에서 문을 잠갔다.

그것은 아직도 의자에 앉은 채 머리를 떨구고 등은 구부정하게 구부린 채 팔을 기이하게 길게 늘어뜨리고 탁자 위에 엎어져 있었다. 그것의 목에 들쭉날쭉 벌겋게 찢어진 자국과 탁자 위에서 천천히 퍼져나가는 꾸덕꾸덕한 검붉은 웅덩이가 없었다면, 사람들은 그냥 잠든 사람이라고 말했을지 모른다.

이렇게 순식간에 이 모든 일이 일어나다니! 이상할 정도로 차분한 느낌이 들었다, 그리고 그는 창가로 걸어가서 창문을 열고 발코니로 나갔다. 바람이 불어 안개는 사라졌다, 그리고 하늘은 무수한 황금빛 눈이 총총히 빛나는 괴상한 공작새 꼬리 같았다. 도리언은 길 아래를 내려보았다, 그리고 경찰관이 그의 구역을 다니며 길게 뻗은 손전등의 불빛을 고요한 집들의 문에다 비추며 순찰하는 것을 보았다. 이리저리 오가는 이륜마차의 선홍빛 점이 모퉁이에서 희미하게 빛나더니 이내 사라졌다. 펄럭이는 숄을 걸친 여인이 비틀거리며 난간을 잡고서 기다시피 천천히 지나가고 있었다. 가끔 그 여자는 걸음을 멈추고 뚫어져라 뒤돌아보았다. 그러다 쉰 목소리로 노래를 부르기 시작했다. 경찰관이 천천히 다가가 그녀에게 뭐라고 말을 했다. 그녀는 웃음을 터뜨리며 비틀비틀 멀어져 갔다. 모진 바람이 광장을 한바탕 휩쓸고 지나갔다. 가스등이 깜박거리다 파래졌고, 잎사귀 하나 없는 나무들이 검고 철사처럼 앙상한 가지를 이리저리 흔들었다. 그는 몸서리치며 다시 안으로 들어가 창문을 닫았다.

문으로 다가가 그는 열쇠를 돌려 문을 열었다. 그는 살해된 그 사람에게 시선조차 주지 않았다. 그는 이 모든 것의 비밀은 상황을 모른 척하는 데 있다고 느꼈다. 자신의 모든 불행을 초래한 이 운명의 초상화를 그려 준 친구는 이제 그의 인생에서 사라졌다. 그거면 충분했다.

그때 그는 등잔이 기억났다. 둔탁한 은으로 된 바탕에 빛나는 철사로 아라베스크 문양을 새겨 넣고 사이사이 거친 터키석을 박아 넣은 무어인의 솜씨가 돋보이는 진기한 등잔이었다. 행여 하인이 어디에 두었는지 못 찾으면 그에게 물어볼 것 같았다. 그는 잠시 머뭇거린 뒤 다시 들어와 탁자에서 등잔을 집어 들었다. 죽은 시신을 볼 수밖에 없었다. 미동조차 하지 않았다! 긴 손도 정말 끔찍할 정도로 하얬다! 무시무시한 밀랍 인형 같았다.

밖으로 나와 문을 잠그고 그는 살금살금 아래층으로 내려갔다. 나무 계단이 삐걱거리며 고통스럽게 비명을 지르는 듯했다. 여러 차례 걸음을 멈추고 동정을 살폈다. 아니, 고요한 정적 뿐이었다. 자신의 발소리뿐이었다.

그가 서재에 들어섰을 때 한쪽 구석에 놓인 가방과 외투가 눈에 띄었다. 그것들을 어딘가에 감춰야 했다. 웨인스코팅 벽 뒤에 있는 비밀 벽장, 그가 진기한 변장 용품을 보관하는 그 벽장을 열어 그 안에 가방과 외투를 넣었다. 나중에 쉽사리 태울 수 있을 거다. 그런 다음 그는 시계를 꺼냈다. 두 시 이십 분 전이었다.

그는 자리에 앉아 생각하기 시작했다. 매년 — 거의 매달 — 영국에서는 자기가 저지른 짓 때문에 사람들이 교수형을 당한다. 공기 중에 살인의 광기가 감돌았다. 어떤 붉은 별이 지구에 너무 가까이 다가와서……. 그런데 그에게 불리한 증거가 뭐가 있을까? 바질 홀워드는 열한 시에 집을 나갔고. 그가 다시 들어온 걸 본 사람은 하나도 없다. 하인들 대부분은 셀비 로얄에 있었다. 그의 시종도 잠자리에 들었고……. 파리! 그래. 바질은 파리로 가버린 거다, 그가 계획한 대로 자정 열차를 타고 말이다. 그는 평소 유난히 말이 없는 편이니 어떤 의심이 생기려면 적어도 몇 달은 걸릴 거다. 몇 달! 그보다 훨씬 전에 모든 걸 다 없앨 수 있을 거다.

문득 한가지 생각이 그에게 떠올랐다. 그는 털 외투와 모자를 쓰고 현관홀로 나갔다. 거기서 잠시 멈춰 길 밖에서 경찰관이 천천히 무거운 발걸음을 옮기는 소리를 들으며 창에 반사되는 손전등의 불빛을 보았다. 그는 숨을 죽이고 기다렸다.

잠시 후 빗장을 풀고 밖으로 빠져나간 뒤 조심스레 문을 닫았다. 그런 다음 그는 종을 울리기 시작했다. 한 오 분쯤 지나 시종이 대충 옷을 걸치고 졸린 표정으로 나타났다.

"어쩔 수 없이 깨워 미안하군, 프란시스," 그가 안으로 들어서며 말했다. "대문 열쇠를 어디에 뒀는지 잊었어. 지금 몇 시지?"

"두 시 십 분이요, 주인님," 시종이 시계를 쳐다보더니 눈을 껌벅이며 말했다.

"두 시 십 분이라고? 정말 너무 늦었군! 아침 아홉 시에 반드시 날 깨워줘. 할 일이 있어서."

"알겠습니다, 주인님."

"오늘 저녁 찾아온 사람 있어?"

"홀워드 씨요, 주인님. 열한 시까지 여기 계시다가, 기차를 타야 한다며 떠나셨어요."

"오! 못 봐서 아쉽군. 무슨 메시지 남긴 거 있어?"

"없습니다, 주인님, 클럽에 가서 주인님을 못 만나면 파리에 가서 편지를 쓰겠다고 하셨어요."

"그럼 됐어, 프란시스. 내일 9시에 깨우는 걸 잊지 말고."

"네, 주인님."

하인은 슬리퍼를 질질 끌며 통로를 따라 걸어갔다.

도리언 그레이는 모자와 외투를 탁자에 벗어던지고 서재로 들어갔다. 한 십오 분 정도 그는 입술을 깨물고 생각에 잠겨 방

안을 서성거렸다. 그런 다음 그는 책장 한 켠에서 사교계 인명
록을 꺼내 책장을 넘기기 시작했다. "알란 캠벨, 152 하트퍼드
가, 메이페어." 그래. 그가 원하는 바로 그 사람이었다.

14장

다음 날 아침 아홉 시에 그의 하인이 초콜릿 한 잔을 쟁반에 받쳐 들고 들어와 덧문들을 열었다. 도리언은 오른쪽으로 누워 뺨 아래 한 손을 받치고 아주 평온하게 잠들어 있었다. 그는 놀다가 아니면 공부하다 지쳐 잠이 든 소년처럼 보였다.

하인이 그의 어깨를 두 번 건들고 나서야 그는 잠에서 깨어났다. 마치 달콤한 꿈속에 빠져있는 듯 그가 눈을 떴을 때 희미한 미소가 그의 입가를 스치고 지나갔다. 하지만 그는 전혀 꿈을 꾸지 않았다. 어떤 즐거움이나 고통의 이미지도 그의 밤을 어지럽히지 않았다. 하지만 젊은이는 이유 없이 미소를 짓는다. 그게 바로 젊음의 으뜸가는 매력이다.

그는 돌아서서 팔꿈치에 기대 누운 채 초콜릿을 홀짝이기 시작했다. 부드러운 11월의 햇살이 방 안으로 흘러들어왔다. 하늘은 맑고 공기도 상쾌하고 따스했다. 마치 오월의 아침 같았다.

서서히 간밤의 사건이 피 묻은 발걸음을 조용히 내디디며 그의 머릿속으로 기어들어 와 끔찍할 정도로 또렷하게 재구성되었다. 그는 자신이 겪은 모든 일을 다시 상기하며 얼굴을 찡

그렸다, 그리고 그가 의자에 앉자, 바질 홀워드를 살해하게 한 이상한 혐오감을 똑같이 느꼈고, 감정이 격해지며 온몸이 싸늘해졌다. 죽은 자 또한 아직 거기서 햇빛을 받으며 앉아 있었다. 얼마나 섬뜩한 일인가! 그런 가증스러운 것들은 낮에 어울리지 않고 밤에 어울린다.

그는 자신이 겪은 일을 곰곰이 생각하면 할수록 속이 뒤틀리며 미쳐버릴 것 같은 느낌이 들었다. 실제 행할 때보다 다시 회상할 때 더 매력적으로 다가오는 죄들이 있다, 열정보다 자존심을 채워주는 야릇한 승리감이 있다, 그런 기분은 감각이 아니라 지성에 오히려 더 생생한 희열을 가져다준다. 하지만 지금 기분은 그런 것이 아니다. 그것은 머릿속에서 몰아내야 할 것, 아편으로 몽롱하게 만들어야 할 것, 아니면 우리를 질식시키기 전에 먼저 목 졸라 죽여야 할 것이었다.

아홉 시 삼십 분을 알리는 종이 울리자 그는 손으로 이마를 쓱 훔친 뒤, 급하게 일어나 넥타이와 스카프 핀을 엄청 신경을 써서 고르고, 반지를 여러 번 갈아끼며 평소보다 훨씬 더 신경 써서 옷을 차려입었다. 그는 아침 식사하면서 한참을 보냈다. 그는 여러 음식을 일일이 맛보았고, 셀비 하우스의 하인들에게 입히려고 마련한 새 제복에 대해 하인과 이런저런 얘기를 나눴고, 편지도 꼼꼼히 읽었다. 어떤 편지에 그는 미소를 지었다. 편지 세 통은 따분했다. 한 편지는 여러 번 읽다가 얼굴에 살짝 짜증이 난 표정을 지으며 찢어버렸다. 헨리 경이 전에 말했듯이, "여자들의 기억이란 끔찍하기 짝이 없어!"

블랙커피 한 잔을 마시고 나서 그는 냅킨으로 천천히 입을 닦고 하인에게 기다리라고 손짓을 한 뒤 탁자로 가서 편지 두 장을 썼다. 하나는 자기 주머니에 넣고 다른 하나는 시종에게 건네주었다.

"프란시스, 이걸 하트퍼드 가 152번지에 가져다주고 만약 캠벨 씨가 출타 중이면, 그가 어디 있는지 주소를 알아 와."

혼자 남게 되자마자 그는 담뱃불을 붙이고 종이에 스케치하기 시작했는데, 처음에는 꽃을 그리고 건축물을 조금 그리다가 이내 사람 얼굴을 그렸다. 문득 그가 그리는 얼굴들이 모두다 바질 홀워드와 아주 많이 닮았다는 걸 알아차렸다. 그는 얼굴을 찌푸리며 자리에서 일어나 책장으로 다가가 대충 아무 책이나 한 권 끄집어 들었다. 그는 꼭 그렇게 해야만 하는 상황이 되기 전까지는 무슨 일이 있었는지 생각하지 않기로 마음먹었다.

그는 소파에서 몸을 한껏 펴고 누워 책 표지를 보았다. 그건 자끄마르 에칭 도안이 그려진 일본 화지로 만든 샤르팡티에 판본인 고띠에의 시집 『에나멜과 카메오』였다. 탱자빛 녹색 가죽으로 제본되었다, 가죽에는 금색의 마름모 격자무늬와 점묘화로 그린 석류 무늬가 새겨져 있었다. 안드리안 싱글턴이 그에게 준 책이었다. 책장을 넘기다 프랑소아 라세네르의 손에 관한 시, 붉은 솜털이 나 있고 "목신의 손가락"을 지닌 "아직 고뇌의 흔적이 씻겨지지 않은" 싸늘한 노란 손에 대한 시에 그의 눈길이 멈췄다. 저도 모르게 몸서리치며 자신의 가늘고 긴 흰 손가락을 흘끗 쳐다본 뒤, 계속 책장을 넘겨 베네치아에 관한 사랑스러운 시에 이르렀다.

진주로 가슴을 가린
　　　그녀의 유연한 몸을 보려고
반음계의 파도 소리를 타고
　　　비너스가 아드리아해에서 솟아오르네

물 위를 떠나지 않는 둥근 지붕은
　　　맑게 이어지는 음조의 가락을 좇아
탄식하는 사랑의 가슴처럼
　　　부풀어 오르네.

내 사슬을 던져 기둥에 묶고,
　　　대리석 계단 위,
아름답고 연한 장밋빛 건물 앞에
　　　멈추고 나는 내리네.

이 얼마나 절묘한 구절들인가! 이 시를 읽고 있으면 은색 뱃머리와 드리워진 커튼이 달린 검은 곤돌라에 앉아서 분홍빛과 진줏빛 도시의 푸른 수로를 따라 떠내려가는 느낌이 든다. 단순한 선들이 그에게는 리도섬으로 배를 몰고 나갈 때 그 뒤를 따르는 청록색의 직선처럼 보였다. 갑작스러운 색채의 섬광은 그에게 오팔색과 무지갯빛 목을 가진 새들의 은은한 광채를 생각나게 했다. 벌집 모양의 높은 종탑 주위를 퍼덕이며 날아다니거나, 먼지가 자욱하여 흐릿한 회랑을 우아하고 당당하게 걸어가는 그 새들 말이다. 반쯤 눈을 감고 소파에 기댄 채 그는 시의 마지막 두 행을 거듭 되뇌었다.

     대리석 계단 위,
          아름답고 연한 장밋빛 건물 앞에

베네치아의 모든 것이 이 두 행에 들어있었다. 그는 그곳에서 지냈던 그 가을날과 미친 듯이 들뜨고 신이나 어리석은 짓을 저지르게 했던 그 놀라운 사랑을 기억했다. 낭만적 사랑은 어디를 가도 있기 마련이다. 하지만 베네치아는 옥스퍼드처럼 낭만적 사랑을 위한 배경을 간직한 도시였다, 그리고 진정한 낭만주의자에게는 배경이 전부였거나, 혹은 거의 전부였다. 바질도 한동안 그와 함께 지냈는데, 틴토레토에게 완전히 푹 빠져있었지. 불쌍한 바질! 사람이 죽어도 그렇게 끔찍하게 죽다니!

그는 한숨 쉬며 다시 책을 집어 들고 잊으려고 노력했다. 그는 스미리나의 작은 카페를 드나들며 날아다니는 제비에 관한 이야기를 읽고 있었는데, 카페에서는 순례를 마친 이슬람교도가 호박 염주를 세며 앉아 있고 터번을 쓴 상인들이 길게 술이 달린 파이프를 피며 서로 진지하게 얘기를 나누고 있었다. 그는 콩고드 광장의 오벨리스크에 관해서 읽었는데, 오벨리스크는 태양이 없는 외로운 유배지에서 화강암 눈물을 흘렸고, 스핑크스와 장밋빛 붉은 따오기가 있는 곳, 금빛 발톱을 지닌 흰머리 독수리가 있는 곳, 뜨거운 김이 나는 녹색 진흙 위를 기어다니는 작은 담녹색 눈을 지닌 악어가 있는 곳, 연꽃이 가득한 뜨거운 나일 강가로 되돌아가길 열망했다. 그는 입맞춤의 자국이 잔뜩 묻어있는 대리석에서 음악적 영감을 끌어낸, 루브르 박물관의 반암석실에 웅크리고 누워있는 "매력적인 괴물", 고티에가 콘트랄토 목소리에 비유한 진기한 조각상에 대한 시 구절을 곰곰이 생각하기 시작했다. 그러나 잠시 후 그의 손에서 책이 떨어졌다. 그는 점점 초조해졌고 끔찍한 공포가 발작처럼 그를 엄습했다. 앨런 캠벨이 영국에 없으면 어떡하지? 그가 돌아오려면 여러 날이 걸릴 텐데. 어쩌면 돌아오지 않겠다고 할 수도 있고. 그럼 할 수 있는 게 뭐가 있지? 순간순간이 중요하기 그지없는데.

한때, 오 년 전에 그들은 아주 친한 친구로 거의 떼려야 뗄 수 없는 사이였다. 그런데 어느 순간 갑자기 사이가 틀어져 끝났다. 이제 사교계에서 만나도 도리언만 미소 지을 뿐 앨런 캠벨은 전혀 웃는 일이 없다.

그는 아주 영리한 젊은이지만 시각 예술에 대해 안목이 전혀 없고, 시의 아름다움에 대해 그가 조금이라도 감각이 있다면 그건 전적으로 도리언에게 배운 거였다. 그의 주된 지적 열정은 과학에 대한 열정이다. 케임브리지 대학 때도 그는 실험실에서 엄청난 시간을 연구하며 보냈고, 같은 해 자연과학 학위 시험에서 우등을 차지했다. 그는 실제로 계속 화학 공부에 매진하고 자기 실험실을 만들어 온종일 그 안에 처박혀 있곤 했다. 자기 아들이 의회에 서길 간절히 바랐고, 화학자란 처방전을 만드는 사람이라고 막연히 생각하던 그의 어머니에게 그는 심히 곤혹스러운 존재였다. 그런데 그는 음악에 뛰어난 재주가 있어 엔간한 아마추어보다 바이올린과 피아노를 더 잘 연주했다. 사실 그와 도리언 그레이를 처음 맺어 준 것은 바로 음악 — 음악과 뭐라고 말하기 힘든 매력이었다. 도리언 그레이는 그 매력을 맘만 먹으면 언제든지 쓸 수 있는 듯했고, 때때로 의식하지 못하는 사이에 발휘하였다. 그들은 루빈스타인이 연주하던 날 밤, 버그셔 부인 댁에서 처음 만났는데, 그 후로 오페라 극장과 좋은 음악이 있는 곳이면 어디든지 항상 함께 모습을 드러내곤 했다. 그들의 친밀감은 18개월 동안 계속되었다. 캠벨은 항상 셀비 로열 아니면 그로스브너 광장에 있었다. 많은 다른 사람들에게 그랬듯이 캠벨에게 도리언 그레이는 인생의 경이롭고 매력적인 모든 것을 구현한 존재였다. 두 사람 사이에 다툼이 있었는지 없었는지는 아무도 알지 못했다. 하지만 그들이 서로 만나도 거의 말을 섞지 않고 어느 파티든 도리언 그레이가 참석하면 캠벨이 항상 먼저 자리를 뜬다는 걸 사람들이 갑자기 눈치챘다. 캠벨 자신도 변했는데, 때때로 이상하리만치 우울해져서 음악을 듣는 것조차 싫어하는 것 같았고, 연주해 달라는 요청을 받아도 과학에 몰두하느라 연습할 시간이 없다고 핑계를 대며 절대 연주하려 하지 않았다. 이것은 확실히 사실이었다. 매일 그는 생물학에 더욱더 심취한 듯이 보였고, 기이한 실험과 관련하여 몇몇 과학 학술지에 그의 이름이 한두 번 나오기도 했다.

바로 이 사람이 도리언 그레이가 기다리는 사람이었다. 수시로 그는 시계를 흘깃거렸다. 시간이 흐를수록 그는 심하게 안절부절못했다. 결국 그는 자리에서 일어나 방 안을 왔다 갔다 하기 시작했는데 마치 우리에 갇힌 아름다운 존재처럼 보였다. 조심스레 걸음을 크게 내디뎠다. 이상하게 손도 차가웠다.

긴장감을 견딜 수 없었다. 시간이 그에게 납덩이 같은 발을 질질 끌며 기어 오는 동안 그는 거대한 바람에 밀려 어떤 어두운 틈 혹은 들쭉날쭉한 벼랑의 끝으로 휩쓸려가고 있었다. 그곳에서 무엇이 그를 기다리는지 그는 알고 있었다. 실제로 그것이 무엇인지 보았고, 부들부들 떨면서 그는 뇌에서 시력을 빼앗고, 동공 속 깊이 눈동자를 밀어 넣으려는 듯 축축해진 손으로 화끈거리는 눈꺼풀을 꾹 눌렀다. 아무 소용이 없었다. 뇌는 탐욕스럽게 먹을 자신의 식량이 있었다. 공포로 기괴해진, 살아있는 생명체처럼 고통으로 이리저리 꼬이고 뒤틀린 상상력은, 무대 위에서 어떤 흉측한 꼭두각시처럼 춤을 추었고, 움직이는 가면 사이로 능글맞게 웃고 있었다. 그 순간에 갑자기 그에게 시간이 멈췄다. 그래, 눈도 멀어 느리게 숨을 몰아쉬던 시간이 더는 기어가지 않았다, 그리고 시간이 죽어버리자 무서운 생각들이 잽싸게 전면으로 튀어나왔고, 시간의 무덤에서 무시무시한 미래를 끌어와서 그에게 보여주었다. 그는 그 미래를 빤히 쳐다보았다. 너무나 무서운 미래를 보자 그는 돌처럼 굳어버렸다.

마침내 문이 열렸다, 그리고 하인이 들어왔다. 도리언은 고개를 돌려 이글거리는 눈으로 그를 바라보았다.

"캠벨 씨가 오셨습니다, 주인님." 하인이 말했다.

안도의 한숨이 바싹 마른 입에서 튀어나왔고 뺨은 다시 안색이 돌았다.

"바로 들어오시라고 해, 프란시스." 그는 다시 정신이 돌아온 느낌이었다. 겁나던 기분도 사라졌다.

하인은 인사하고 물러났다. 몇 분 후 앨런 캠벨이 창백한 얼굴에 아주 굳은 표정으로 들어왔고 숯처럼 검은 머리와 진한 눈썹 때문에 그의 얼굴은 더 창백해 보였다.

"앨런! 정말 고마워. 와줘서 고마워."

"나는 다시는 네 집에 들어올 생각이 없었어, 그레이. 하지만 죽고 사는 문제라고 말해서." 그의 목소리는 딱딱하고 냉랭했다. 그는 천천히 신중하게 말했다. 도리언을 뚫어지게 쳐다보는 그의 확고한 눈길에는 경멸의 표정이 서려 있었다. 그는 계속 아스트라한 모피 코트 주머니에 손을 집어넣고 있었고, 그를 맞이하는 도리언의 몸짓을 전혀 눈치채지 못한 듯했다.

"그래, 앨런, 이건 죽고 사는 문제야, 한 명 이상에게 말이야. 앉아."

캠벨은 탁자 옆의 의자에 앉았고 도리언은 그를 마주 보고 앉았다. 두 남자의 눈이 마주쳤다. 도리언의 눈에는 한없는 연민이 담겨 있었다. 그는 자신이 하려는 일이 무시무시한 일이라는 것을 알고 있었다.

긴장된 침묵의 순간이 흐른 뒤 도리언은 몸을 숙이고 아주 조용한 목소리로, 자기가 부른 친구의 얼굴에 자신이 하는 말 한마디 한마디가 어떤 영향을 미치는지 유심히 살펴보면서 말했다. "앨런, 이 집 꼭대기의 잠긴 방 안에, 나말고는 아무도 들어갈 수 없는 방인데, 죽은 사람 한 명이 탁자에 앉아 있어. 지금쯤 죽은 지 열 시간은 됐지. 놀라지 말고, 날 그렇게 보지도 말고. 그자가 누구인지, 왜 죽은 건지, 어찌 죽었는지는 네가 상관할 문제가 아니야. 네가 해야 할 일은 이거야——"

"그만, 그레이. 더는 아무것도 알고 싶지 않아. 네가 말한 게 사실이든 거짓이든 나랑은 상관없어. 네 인생에 연루되는 걸 정중히 거절하네. 그런 끔찍한 비밀들은 너 혼자 간직하라고.

나는 전혀 관심 없어."

"앨런, 그 일들은 분명 너한테 흥미 있을걸. 이건 분명 흥미 있을 거야. 정말 너한테 미안해, 앨런. 하지만 나도 어쩔 수 없어. 나를 구해줄 수 있는 사람은 너뿐이야. 그래서 어쩔 수 없이 너를 이 일에 끌어들인 거야. 선택의 여지가 없어. 앨런, 넌 과학자잖아. 화학이니 뭐 그런 걸 잘 알고. 실험도 해봤고. 네가 해야 할 일은 위층에 있는 그 물건을 없애는 거야. ― 그걸 파괴해서 흔적조차 남지 않게 하는 거야. 이 사람이 집에 들어오는 걸 아무도 못 봤어. 사실 지금쯤이면 파리에 있다고 여겨질걸. 몇 달 정도 아무도 그를 찾지 않을 거야. 찾을 때쯤엔 여기에 어떤 흔적도 남아 있으면 안 돼. 너, 앨런, 너는 그 시체를 변화시켜야만 해, 그에게 속한 모든 것을 내가 공기 중에 뿌려버릴 수 있게 한 줌의 재로 만들어줘."

"너 미쳤구나, 도리언."

"아! 네가 날 도리언이라 불러주길 기다렸어."

"다시 말하지만 너는 미쳤어 ― 너를 도와주려고 손가락 하나라도 까딱할 거로 생각한 것도 미쳤고. 이렇게 흉측한 고백을 한 것도 미쳤어. 난 이 문제, 그게 어떤 일이든 절대 관여하지 않을 거야. 내가 너 때문에 내 명성을 해칠 거로 생각해? 네가 무슨 악마 같은 짓을 하든 그게 나와 무슨 상관이야?"

"그건 자살이었어, 앨런."

"그나마 다행이군. 하지만 누가 자살로 몰고 갔을까? 당연히 너겠지."

"아직도 날 위해 이 일을 하는 걸 거절할 건가?"

"당연히 나는 거절이야. 나는 절대 그 일에 관여하지 않을 거야. 네가 어떤 망신을 당해도 나는 신경 안 써. 당해도 싸지. 망신거리가 되고, 공개적으로 망신거리가 되는 꼴을 봐도 나는 전혀 안타까워하지 않을 거야. 세상 모든 사람 가운데, 하필 나한테 이런 끔찍한 일에 끼어들라고 감히 부탁하다니? 나는 네가 사람의 됨됨이를 더 잘 알거라 생각했는데. 네 친구 헨리 워튼 경이 네게 다른 건 가르쳤어도 심리학은 제대로 가르쳐 주지 않았나 봐. 어떤 수를 써도 나는 너를 도우려고 한 발짝도 안 움직일 거야. 너는 사람을 잘못 찾아왔어. 다른 친구에게 가 봐. 나한테 오지 말아."

"앨런, 그건 살인이었어. 내가 그 사람을 죽였어. 그 사람이 나를 얼마나 힘들게 했는지 너는 모를 거야. 내 인생이 어떠하든 간에, 그는 불쌍한 해리보다 내 인생을 만들거나 망치는 데 더 크게 관여했어. 그가 그걸 의도하지 않았을 수도 있지만, 결과는 매한가지야."

"살인이라고! 젠장, 도리언, 결국 네가 그 지경까지 갔단 말이야? 너를 신고하지는 않을게. 내가 관여할 일이 아니니까. 게다가 내가 이 문제에 개입하지 않으면, 너는 분명히 체포될 거야. 죄를 지을 때는 누구나 바보짓을 하기 마련이야. 하지만 난 그 일에 관여하지 않겠어."

"네가 그 일에 관여해야 해. 기다려, 잠깐 기다려. 내 말 좀 들어봐. 그냥 듣기만 해, 앨런. 너한테 요구하는 것은 그냥 과학 실험 좀 해달라는 거야. 너는 병원이나 시체 안치소에 가서 아무리 끔찍한 일을 해도 꿈쩍도 안 하잖아. 만약에 섬뜩한 해부실이나 고약한 냄새가 나는 실험실에서 피가 흐르게 붉은 홈통을 판 납 테이블에 이 사람이 누워있는 걸 보면 너는 그를 그냥 놀랄만한 연구 대상으로 여기겠지. 너는 눈썹 하나 까닥하지 않겠지. 너는 나쁜 짓을 저지르고 있다는 생각도 하지 않겠지. 그와 반대로 네가 인류에 도움이 되거나, 세상의 지식에 보탬이 되거나, 아니면 지적 호기심을 충족시키거나 뭐 그런 거라고 여기겠지. 내가 너한테 원하는 일은 그냥 네가 전에 자주 했던 일에 불과해. 사실 육체를 파괴하는 건 네가 늘 하는 일보다 훨씬 덜 끔찍한 일이야. 그리고, 기억해, 이게 유일하게 나에게 불리한 증거야. 이 증거가 발견되면 난 끝장이야. 네가 도와주지 않으면 틀림없이 발견될 거야."

"나는 너를 도와주고 싶은 맘이 전혀 없어. 잊었나 보네. 난 이 모든 일에 관심 없어. 나와는 아무런 상관없는 일이야."

"앨런, 이렇게 간청할게. 내 처지도 생각해 줘. 네가 여기 오기 직전에 나는 무서워서 졸도할 뻔했어. 언젠가 너도 공포를 알게 될 날이 있을 거야. 아니! 그건 생각하지 마. 문제를 순전히 과학적인 관점에서 봐줘. 너는 네가 실험하는 시체들이 어디서 온 건지 묻지 않잖아. 지금도 묻지 마. 이미 너한테 너무 많은 걸 말했어. 제발 이번 일 좀 해줘. 한때 우리는 친구였잖아, 앨런."

"그 시절의 얘기는 하지도 마, 도리언. 그건 이미 지나간 일이야."

"죽은 자들이 가끔 떠나지 않아. 위층에 있는 그 사람도 절대 사라지지 않을 거야. 그자는 테이블에 머리를 처박고 팔은 축 늘어뜨린 채 앉아 있어. 앨런! 앨런! 네가 나를 도와주지 않으면 나는 끝장이야. 어, 나를 교수형에 처할 거야, 앨런! 이해가 안 돼? 내가 저지른 일 때문에 날 교수형에 처할 거라니까."

"이렇게 붙들고 늘어져도 소용없어. 나는 이 일과 관련해서 절대 어떤 일도 하지 않을 거야. 나한테 부탁하다니 너는 제정신이 아니야."

"거절한다고?"

"그래."

"정말 부탁이야, 앨런."

"소용없어."

똑같은 연민의 표정이 도리언 그레이의 눈에 비쳤다. 그러고 나서 그는 손을 뻗어 종이 한 장을 집어 들더니 뭔가를 쓰기 시작했다. 그는 글을 두 번 읽고는 조심스럽게 접어 탁자 건너편으로 쓱 밀었다. 그렇게 하고 나서, 그는 자리에서 일어나 창가로 갔다.

캠벨은 놀라 그를 보고는 종이를 집어 펼쳐보았다. 글을 읽어 내려가던 그의 얼굴은 송장처럼 하얗게 질리더니 이내 의자에 털썩 주저앉았다. 끔찍한 기분에 욕지기가 치밀어올랐다. 심장이 제 맘대로 마구 뛰다가 멈추더니 텅 빈 허공이 되어 버린 기분이었다.

무서운 침묵이 이삼 분 흐른 후 도리언이 돌아섰다, 그리고 다가가더니 그의 뒤에 서서 그의 어깨에 손을 얹었다.

"정말 미안해, 앨런," 그가 나지막이 말했다. "그런데 너는 나한테 다른 대안을 주질 않네. 이미 써놓은 편지가 한 통 더 있어. 여기 말이야. 주소가 보이지. 도와주지 않으면 이 편지를 부칠 수밖에 없어. 도와주지 않으면 부칠 거야. 그럼 결과가 어떨지는 너도 알지. 하지만 너는 나를 도와줄 거야. 이제 네가 거절하는 것은 불가능해. 너를 빼놓으려고 애썼어. 너도 그 점만큼은 공정하게 인정해 줘. 너는 매정하고 모진 데다 무례했어. 누구도, 살아있는 그 누구도 감히 나에게 그런 식으로 대하진 않았지. 나는 그 모든 걸 다 견뎠어. 이제 내가 조건을 정할 차례야."

캠벨은 두 손으로 얼굴을 감싸고 온몸을 떨며 몸서리쳤다.

"그래, 이제 조건을 정하는 건 나라고, 앨런. 그 조건이 뭔지 너도 알지. 일은 아주 간단해. 자, 그러니까 너무 열 내며 흥분하지 말고. 어차피 해야 할 일이잖아. 그냥 부딪혀 끝내라고."

캠벨의 입에서 외마디 신음이 터져 나왔다, 그리고 그는 온몸을 부르르 떨었다. 벽난로 선반에서 째깍거리는 시계 소리가 시간을 고뇌의 원자 알갱이로 잘라서, 그 하나하나가 견디기에 너무나 끔찍했다. 그는 쇠고리가 자기 이마를 서서히 옥죄오는 듯했고, 자기가 두려워하는 치욕이 이미 자신에게 닥친 듯했다. 그의 어깨에 놓인 손은 납덩어리처럼 무거웠다. 더는 견디기 힘들었다. 그 손이 그를 완전히 뭉개버릴 듯했다.

"자, 앨런, 너는 당장 결정을 내려야 해."

"나는 할 수 없어," 이 몇 마디 말이 상황을 바꿔놓을 것처럼 그는 기계적으로 말했다.

"해야 해. 너에게는 선택권이 없어. 지체하지 마."

그는 잠시 머뭇거렸다. "위층 방에 불은 있어?"

"그래, 석면 처리된 가스난로가 있어."

"나는 집에 가서 몇 가지 물건을 실험실에서 챙겨 와야 해."

"안 돼, 앨런, 너는 이 집을 나갈 수 없어. 네가 원하는 걸 종이에 써, 그럼 내 하인이 마차 타고 가서 그것들을 가져올 거야."

캠벨은 몇 줄 휘갈겨 쓰고 잉크를 빨아들인 뒤, 조수에게 보낼 봉투에 주소를 썼다. 도리언은 쪽지를 집어 들어 하나하나 꼼꼼하게 읽었다. 그런 뒤 그는 종을 울려 시종에게 쪽지를 전해주면서 가능한 한 빨리 물건들을 가지고 오라고 지시했다.

현관홀 문이 닫히자 캠벨은 불안하게 움찔거리며 의자에서 일어나 벽난로 쪽으로 갔다. 오한이 든 듯 몸을 바들바들 떨었다. 거의 이십 분 동안 두 사람은 아무 말이 없었다. 파리 한 마리가 방 안에서 시끄럽게 윙윙거렸고 째깍거리는 시계 소리는 망치가 두드리는 소리 같았다.

시계가 한 시를 울리자 캠벨은 돌아서서 도리언을 바라보았고 도리언의 눈이 눈물로 글썽이는 걸 보았다. 그 슬픈 얼굴이 지닌 순수함과 우아함에는 그의 분노를 자극하는 요인이 있었다. "너는 파렴치한 놈이야, 정말 파렴치하기 짝이 없어," 그가 투덜거리며 말했다.

"쉿, 앨런. 네가 내 목숨을 구한 거야," 도리언이 말했다.

"네 목숨? 세상에! 그게 무슨 대단한 목숨이라고! 너는 타락에서 타락으로 빠져들더니, 이제 결국 범죄에까지 손을 댄 거야. 내가 하려는 일, 정확히는 네가 억지로 하게 만든 이 일에서 내가 염두에 두는 건 네 생명이 아니야."

"아, 앨런," 도리언이 한숨 쉬며 낮게 말했다. "내가 너를 불쌍히 여기는 마음의 천분의 일이라도 네가 나에게 가졌으면 좋을 텐데." 이렇게 말하고 그는 돌아서서 정원을 내다보았다. 캠벨은 아무 대답도 하지 않았다.

약 십 분 후 노크 소리가 났다. 그리고 하인이 긴 강철 철사와 백금 철사 뭉치, 신기한 모양의 쇠집게 두 개와 화학 약품이 든 큼직한 마호가니 함을 들고 들어왔다.

"이 물건들을 여기에 둘까요, 선생님?" 그가 캠벨에게 물었다.

"그래," 도리언이 말했다. "그리고 프란시스, 미안하지만 심부름이 하나 더 있어. 리치먼드 거리에서 셀비 하우스에 난초를 납품하는 그 남자 이름이 뭐지?"

"하든입니다, 주인님."

"그래 — 하든. 당장 리치먼드로 가서 하든을 직접 만나 내가 주문한 것보다 난초를 두 배 더 보내라고 해, 가능하면 흰색은 빼고. 사실 나는 흰색이 하나도 없으면 좋겠어. 프란시스, 오늘은 날씨가 좋아, 리치몬드 거리는 아주 아름다운 곳이야. 그렇지 않았다면 이런 일로 널 귀찮게 하지 않았을걸."

"괜찮습니다. 주인님. 몇 시에 돌아올까요?"

도리언이 캠벨을 쳐다봤다. "실험이 얼마나 걸릴까, 앨런?" 그가 차분하고 담담한 목소리로 말했다. 방 안에 제삼자가 있다는 게 그에게 엄청난 용기를 주는 듯했다.

캠벨이 얼굴을 찌푸리며 입술을 깨물었다. "한 다섯 시간 걸릴 거야," 그가 대답했다.

"프란시스, 그럼 일곱 시 반에 돌아와도 충분하겠네. 아니 잠깐 기다려. 그냥 갈아입을 옷가지를 챙겨놓고. 오늘 저녁은 네 맘대로 써도 돼. 난 밖에서 저녁 먹을 거라, 넌 필요 없어."

"감사합니다. 주인님," 방을 나가며 하인이 말했다.

"자, 앨런, 한순간도 지체할 시간이 없어. 이 함은 정말 무겁네! 내가 들어 줄게. 너는 다른 물건들이나 챙겨." 그가 권위적인 태도로 빠르게 말했다. 캠벨은 도리언에게 압도당한 느낌이었다. 두 사람은 함께 방을 나섰다.

계단 꼭대기에 다다르자 도리언은 열쇠를 꺼내 자물쇠를 풀었다. 그리고 잠시 멈추더니 두 눈에 근심스러운 표정을 지었다. 그는 부르르 몸서리쳤다. "나는 들어가지 못할 것 같아, 앨런."

"나한테는 아무 일도 아냐. 너는 필요 없어," 캠벨이 차갑게 말했다.

도리언은 문을 반쯤 열었다. 그가 문을 열 때 햇빛에 비쳐 음흉하게 웃는 초상화의 얼굴을 보았다. 초상화 앞 바닥에는 찢어진 장막이 놓여 있었다. 그는 전날 밤에 난생처음 운명의 캔버스를 가리는 걸 깜박 잊은 게 기억났다, 그리고 그는 막 달려가려다 말고 순간 몸서리치며 뒤로 물러섰다.

마치 캔버스가 피를 흘린 것처럼 한 손에 축축하고 번들번들 빛나는 저 역겨운 붉은 이슬방울은 뭐란 말인가? 얼마나 무시무시하던지! — 그 순간만큼은, 탁자 위에 뻗어있는 말 없는 그것, 얼룩진 양탄자 위에 기괴하게 일그러진 그림자를 드리우며, 지난밤 그가 방을 나설 때처럼 흐트러지지 않고 꼼짝없이 그대로 있는 그것보다, 그에게는 초상화가 더 끔찍하게 느껴졌다.

그는 깊은숨을 내쉬고, 문을 좀 더 활짝 연 뒤, 죽은 자에게 눈길조차 주지 않을 결심으로 눈을 반쯤 감고 고개를 돌린 채 빠르게 방으로 들어갔다. 그러고 나서 몸을 숙여 황금실-자줏빛 덮개를 집어 들고 바로 그림 위로 휙 던졌다.

거기서 그는 돌아서기 무서워 잠시 멈췄다, 그리고 자기 앞에 펼쳐진 복잡한 장막 패턴에 시선을 고정했다. 그는 캠벨이 무거운 함과 쇠집게 그리고 그 끔찍한 일에 필요한 다른 물건들을 들고 들어오는 소리를 들었다. 캠벨이 바질 홀워드를 만난 적이 있는지, 그랬다면 서로에 대해 무슨 생각을 했을지 도리언은 궁금해졌다.

"이제 나가 줘," 그의 뒤에서 단호한 목소리가 말했다.

도리언은 돌아서서 성급히 방을 나서며, 죽은 자가 다시 의사에 빌쳐 넣어지는 소리와 캠벨이 그 번들거리는 누런 얼굴을 빤히 쳐다보는 것을 느꼈다. 아래층으로 내려가는 도중에 도리언은 문을 잠그려고 열쇠를 돌리는 소리를 들었다.

캠벨이 다시 서재로 내려왔을 때는 일곱 시가 한참 지난 뒤였다. 얼굴은 창백했지만 완전히 차분한 표정이었다. "네가 해 달라는 걸 다 했어," 그가 낮게 말했다. "이제 가볼게. 우리 다시는 보지 말자."

"너는 나를 파멸에서 구한 거야, 앨런. 절대 이 일을 잊지 않을게," 담담히 도리언이 말했다.

캠벨이 떠나자마자 그는 위층으로 올라갔다. 방에는 고약한 질산 냄새가 가득했다. 하지만 탁자에 앉아 있던 그것은 사라지고 없었다.

15장

그날 저녁 여덟 시 반 도리언은 단춧구멍에 파르마 제비꽃까지 꽂은 멋진 차림으로 머리 숙여 인사하는 하인들을 따라 나보로 부인의 응접실로 들어섰다. 그의 이마는 미친 듯이 날뛰는 신경으로 지끈거렸고 가슴도 심하게 흥분하여 두근거렸지만, 여주인의 손 위로 몸을 숙여 입 맞추는 도리언의 태도는 늘 그렇듯 편안하고 우아했다. 사람이 가장 편해 보일 때는, 어쩌면 연기하고 있을 때일지도 모른다. 그날 밤 도리언 그레이를 본 사람치고 그가 우리 시대의 가장 끔찍한 비극을 겪은 사람이라고 믿을 이는 하나도 없어 보였다. 그렇게 섬세하고 잘생긴 손가락으로 죄를 짓기 위해 칼을 잡았을 리 만무하고, 그 미소 짓는 입술로 하느님과 주님을 찾으며 울부짖었을 리 없었다. 그 자신도 어떻게 그토록 평온한 태도를 보일 수 있는지 의아해할 수밖에 없었고 잠시나마 이중생활을 하는 엄청난 쾌감에 짜릿함을 느꼈다.

그 모임은 나보로 부인이 급조해 마련한 자그마한 파티였다. 그녀는 굉장히 영리한 여인이지만, 헨리 경의 말에 따르면 정말 눈에 거슬리는 추했던 외모의 찌꺼기들을 지닌 여자였다.

그녀는 지루하기 짝이 없는 한 대사의 아내로 딱 제격인 여자였다, 그리고 남편을 자기가 직접 설계한 웅장한 대리석 무덤에 적절히 안치시킨 후, 딸들을 부유하지만 나이 많은 남자들에게 시집보낸 다음, 이제 프랑스 소설, 프랑스 요리, 그리고 구할 수만 있다면 프랑스식 재치를 뽐내는 데 몰두했다.

도리언은 그 부인이 특별히 아끼는 이였는데, 그녀는 젊었을 때 그를 만나지 않은 게 얼마나 다행인지 모른다고 항상 말했다. "난 알아요, 분명 당신한테 미친 듯 사랑에 빠졌을 거예요"라고 그 부인은 말하곤 했다. "당신을 위해서라면 물방앗간 너머로 모자고 뭐고 다 벗어 던졌을 거예요. 그 당시에 당신을 생각하지 않았던 게 너무 다행이죠. 사실 우리 모자들은 썩 어울리지 않았고, 방앗간들은 바람을 피우려는 사람들이 다 차지해서 나는 어느 누구와도 불장난을 치지 못했지요. 그것은 다 나보로 잘못이에요. 그이는 끔찍한 근시안인데, 아무것도 못 보는 남편을 맞는 것은 전혀 기쁜 일은 아니죠."

오늘 밤 그녀가 부른 손님들은 정말 따분한 사람들이었다. 나보로 부인은 초라하기 짝이 없는 부채로 입을 가리고 도리언에게 설명하길, 시집간 딸 애가 갑자기 올라와 같이 지내게 되어 파티를 연 건데, 설상가상으로 남편까지 끌고 왔다고 했다. "딸내미가 배려라고는 하나도 없어요." 부인이 속닥였다. "물론 여름마다 내가 홈부르크에 갔다 온 후에 딸애 집에 가서 며칠을 묵곤 했죠. 그야 저처럼 나이 든 여자는 가끔 신선한 공기를 마셔야 해요, 더불어 내가 쟤네 기분도 북돋워 주니까요. 그들이 그런 시골구석에서 어떻게 사는지 당신은 모르죠. 완전 날것 그대로의 시골 생활이죠. 할 일이 많다고 아침엔 일찍 일어나고, 뭐 생각할 게 없으니 저녁엔 일찍 잠자리에 들죠. 엘리자베스 여왕 시대 이래로 동네에는 뭐 추문도 없었고 그러니 모두 저녁을 먹고 나면 꾸벅꾸벅 졸기 바쁘죠. 쟤들 옆에 앉지 말고 내 옆에 앉아 날 좀 즐겁게 해주세요."

　도리언은 나지막이 예의상 입에 발린 말을 하며 방을 둘러보았다. 정말 재미없는 파티군. 손님들 가운데 두 명은 그가 전에 본 적이 없었고, 나머지는 어네스트 해로우든이 포함된 몇 명이었는데, 그는 런던 클럽에 뻔질나게 나오는 중년의 평범한 남자이며, 적은 없어도 친구들이 지독하게 싫어하는 타입이었다. 럭스톤 부인은 매부리코였고, 마흔일곱의 나이에 과하게 차려입은 여자였다. 그녀는 늘 위태로운 일에 휘말리려고 애썼지만, 너무 평범한 여자라서 정말 실망스럽게도 아무도 그녀에 대한 나쁜 소문을 믿으려 하지 않았다. 얼린 부인은 나서기 잘하는 보잘것없는 사람인데, 애교 섞인 혀짤배기소리를 하고, 붉은 주황색 머리를 지녔다. 그리고 나보로 부인의 딸인 앨리스 채프만 부인은 단정치 못한 아둔한 여자인데 한번 봐선 기억이 안 나는 전형적인 영국 여자의 얼굴이었다. 불그레한 얼굴에 흰 수염이 난 그녀 남편은 그 계층 사람들처럼 생각은 전혀 필요 없고 쾌활하면 다 된다고 생각하는 그런 사람이었다.

도리언이 파티에 괜히 왔다고 생각할 때쯤 나보로 부인이 옅은 자색 휘장이 덮인 벽난로 선반 위에 화려하게 곡선으로 얼기설기 퍼져나간 커다란 금박 시계를 보며 소리쳤다. "헨리 워튼이 이렇게 늦다니 정말 끔찍해! 혹시나 해서 오늘 아침 그에게 사람을 보냈는데, 나를 실망시키지 않겠다고 그가 굳게 약속했는데."

해리가 오기로 했다는 말이 다소 위안이 되었다. 문이 열리고, 해리의 마지못해서 하는 사과의 말에 매력을 주는 느리고 감미로운 목소리가 들리자, 도리언은 비로소 지루한 느낌이 없어졌다.

하지만 저녁 식사 때 도리언은 아무것도 먹을 수 없었다. 나오는 요리마다 맛도 안 본채 그냥 내보냈다. 나보로 부인은 계속 "특별히 당신을 위해 신경 써서 마련한 메뉴인데, 불쌍한 아돌프에 대한 모욕"이라고 하며 그에게 핀잔주었고, 가끔 헨리 경은 그를 건너보며 멍하니 말도 없는 그의 태도를 이상하게 여겼다. 때때로 집사가 그의 잔에 샴페인을 채워주었다. 열심히 잔을 들이켜도 갈증은 더 심해지는 듯했다.

"도리언," 마침내 헨리 경이 말했다, 식탁에서 젤리 소스를 바른 냉육인 쇼르푸아가 돌려지고 있었다. "오늘 무슨 일 있니? 아주 안색이 안 좋은데."

"사랑에 빠진 거겠죠," 나보로 부인이 소리쳤다. "내가 질투할까 봐 말하기 겁나는 거죠. 그래 잘했어요. 분명 질투했을걸요."

"나보로 부인," 도리언이 웃으며 낮게 말했다. "일주일 내내 사랑 같은 거 한 적이 없어요 — 사실 페롤 부인이 런던을 떠난 후로 해본 적이 없죠."

"너희 남자들은 어떻게 그런 여자와 사랑에 빠질 수 있죠!" 나이 든 부인이 외쳤다. "난 정말 이해가 안 돼."

"나보로 부인, 단순해요, 당신이 어린 소녀일 때를 그 부인이 기억하고 있기 때문이죠," 헨리 경이 말했다. "그분이 우리와 당신의 짧은 드레스 사이의 유일한 연결고리예요."

"그 여자는 나의 짧은 드레스는 전혀 기억 못 하죠, 헨리 경. 하지만 나는 삼십 년 전 빈에 있었을 때 그녀를 아주 잘 기억하고 있어요. 그때 데꼴레 옷으로 얼마나 어깨와 목을 드러냈던지"

"그 부인은 여전히 어깨가 드러나는 데꼴레를 입죠," 긴 손가락으로 올리브를 집으며 헨리가 말했다. "그리고 그 위에 아주 멋진 가운을 걸치면 싸구려 프랑스 소설의 호화 양장본 같죠. 사람을 놀라게 하는 재주를 지닌 정말 멋진 분이죠. 가족에 대한 사랑도 정말 유별나죠. 세 번째 남편이 죽었을 때 얼마나 슬퍼했던지 머리카락이 금발로 변했죠."

"어떻게 그런 말을 해, 해리!" 도리언이 소리쳤다.

"가장 낭만적인 설명인데요," 여주인이 말했다. "하지만 그녀의 세 번째 남편이라뇨, 헨리 경! 페롤이 네 번째란 뜻은 아니겠죠?"

"당연하죠, 나보로 부인."

"한마디도 믿을 수 없네요."

"음, 그레이 씨에게 물어봐요. 가장 친한 친구 중 하나니까
요."

"사실인가요, 그레이 씨?"

"사실 그렇다고 하셨죠, 나보로 부인," 도리언이 말했다.
"마르그리트 드 나바르[43]처럼 그 부인도 남편들의 심장을 방부
처리해 허리띠에 걸고 다니는지 물어봤죠. 심장이 있는 남자가
하나도 없어서 그렇게 못 했다고 말했어요."

"남편이 네 명이라고! 기가 막혀 완전히 열정 덩어리였나
보죠."

"저도 그녀에게 아주 대단하다고 말했죠," 도리언이 말했
다.

"오! 그녀는 무슨 짓이라도 할 만큼 뻔뻔해요. 페롤은 어떤
사람이지요? 나는 그 사람을 몰라서."

"아주 아름다운 여자들의 남편은 다 범죄 집단에 속하는 자
들이죠," 포도주를 홀짝이며 헨리 경이 말했다.

나바로 부인은 부채로 그를 쳤다. "헨리 경, 세상 사람들이
당신더러 극도로 악한 사람이라고 말해도 나는 눈 하나 깜짝

---

43   프랑스의 여류 작가로 프랑수아 1세의 누이이며 나바르의 여왕.

안 할 거예요."

"하지만 어떤 세상 사람들이 그런 말을 하는데요?" 눈썹을 추켜세우며 헨리 경이 물었다. "저세상이나 가능하겠죠. 이 세상과 저랑은 아주 사이가 좋으니까요."

"내가 아는 사람은 다 당신이 아주 악한 사람이라고 하던데요," 나이 든 나보로 부인이 고개를 저으며 큰 소리로 말했다.

헨리 경은 잠시 심각한 표정을 지었다. "정말 완전히 어처구니 없군요," 마침내 그가 말했다, "요즘 사람들 방식은 그냥 뻔한 사실을 등 뒤에서 비방하듯 말하고 다니는 거죠."

"정말 그는 구제 불능이 아닌가요?" 도리언이 의자에서 몸을 앞으로 기울이며 소리쳤다.

"그러면 좋죠," 여주인이 웃으며 말했다. "하지만 만약 당신들 모두 이렇게 말도 안 되게 페롤 부인을 떠받든다면, 나도 유행을 좇기 위해서라도 재혼해야겠어요."

"나보로 부인, 부인은 절대 재혼하지 못할 거예요," 헨리 경이 끼어들었다. "부인은 지나칠 정도로 행복해요. 여자가 재혼하는 건 첫 남편을 지독히 싫어했기 때문이죠. 반면 남자가 재혼하는 건 첫 아내를 너무 사랑했기 때문이죠. 여자는 자기 운을 시험하지만 남자는 자기 운을 거는 거죠."

"나보로가 완벽한 남편은 아니었죠," 나이 든 부인이 외쳤다.

"남편분이 완벽했다면 부인은 그분을 사랑하지 않았겠죠,

부인," 헨리 경이 대답했다. "여자는 우리 남자들이 결점이 있어서 사랑하는 거죠. 남자가 결점이 많으면 여자들은 무엇이든 다 용서하죠. 우리 머리가 나빠도 말이죠. 제가 이런 말을 하면, 안타깝게도, 나바로 부인은 절 다시는 저녁 식사에 초대하지 않겠죠. 하지만 제 말은 정말 사실이죠."

"물론 맞는 말이죠, 헨리 경. 만약 우리 여자들이 남자가 결함 있다고 사랑하지 않으면, 당신들 모두 어디에 있겠어요? 여러분 중 누구도 결혼 못 했겠죠. 모두 불쌍한 독신자 무리였겠죠. 하지만 그렇다고 남자들이 변한 것도 아니지만 말이에요. 요즘 유부남들은 모두 총각 행세하고 총각들은 다 유부남처럼 굴어요."

"세기말이야," 헨리 경이 나지막이 속삭였다.

"세상의 종말이죠," 여주인이 대답했다.

"저는 세상의 종말이면 좋겠어요," 도리언이 한숨 쉬며 말했다. "인생이 너무 실망스러워요."

"아, 이봐," 나바로 부인이 장갑을 끼며 큰 소리로 외쳤다. "인생을 다 소진했다고 말하지 마세요. 남자가 그런 말을 할 때는, 삶이 그를 지치게 했다는 것을 우리 모두 다 알죠. 헨리 경은 아주 고약해요, 가끔 나도 그랬으면 해요. 하지만 너는 원래 착하게 만들어졌고 — 너는 생긴 것도 아주 착해 보여. 내가 좋은 배필을 찾아줘야겠어. 헨리 경 그레이 씨가 결혼해야 한다고 생각하지 않나요?"

"저도 늘 그에게 그렇게 말하죠, 나보로 부인," 헨리 경이 고개를 숙이며 말했다.

"어, 그럼 우리가 어울리는 짝을 찾아줘야겠네요. 오늘 밤 더브레의 연감[44]을 찬찬히 살펴보면서 자격을 갖춘 젊은 아가씨들을 골라 명단을 만들어야겠어요."

"나이도 적으실 거죠, 나보로 부인?" 도리언이 물었다.

"물론이죠, 나이도 적어야죠, 조금 고쳐서 말이죠. 하지만 어떤 일도 서두르면 안 돼요. 난 〈모닝 포스트〉지에 잘 어울리는 결연이길 바라고 양쪽이 다 행복했으면 해요."

"행복한 결혼에 대해 사람들은 얼마나 터무니없는 말을 하는지!" 헨리 경이 소리쳤다. "남자는 여자를 사랑하지 않는 한 어느 여자하고도 행복할 수 있어요."

"아! 정말 대단한 냉소주의자군요!" 나보로 부인이 자기 의자를 뒤로 밀어내며 럭스턴 부인에게 고개를 끄덕이며 외쳤다. "조만간 다시 나랑 저녁 식사해요. 당신은 앤드류 선생이 처방해준 약보다 훨씬 더 기운을 잘 돋구는 강장제네요. 하지만 어떤 사람들을 만나고 싶은지 나한테 말해줘야 해요. 유쾌한 모임이 되길 바라니까요."

"전 미래가 있는 남자와 과거가 있는 여자가 좋아요," 그가 대답했다. "아니면 그냥 속치마 파티나 만들려고 생각하나요?"

---

44   영국과 아일랜드 귀족들의 계보를 다룬 책자.

"나도 그럴까 걱정이죠," 나보로 부인이 말했고, 웃으며 일어났다. "너무 죄송한데요, 럭스턴 부인," 그녀가 덧붙였다. "당신이 담배를 피우고 계신 줄 몰랐네요."

"괜찮아요, 나보로 부인. 내가 담배를 너무 자주 피워서. 미래를 위해 좀 줄일 생각이에요."

"제발 그러지 마세요, 럭스턴 부인," 헨리 경이 말했다. "적당함은 치명적인 거죠. 충분함은 한 끼 식사만큼 나쁘고요. 과한 것은 잔치만큼 좋은 거죠."

럭스턴 부인은 호기심에 그를 흘깃 보았다. "언제 오후에 우리 집에 한 번 들러서 설명 좀 해줘야겠어요, 헨리 경. 매력적인 이론처럼 들리네요," 그녀는 방을 휙 빠져나가며 낮게 말했다.

"자, 정치나 스캔들 얘기를 너무 오래 하면서 시간을 보내지 않았으면 해요," 문가에서 나보로 부인이 소리쳤다. "당신들이 그러면 분명히 우리는 위층에서 말다툼할 테니까요."

남자들이 웃음을 터뜨렸다, 그리고 채프만 씨는 식탁 끝자리에서 근엄하게 일어나 맨 위쪽 상석으로 왔다. 도리언 그레이는 자리를 바꿔 헨리 경 옆에 앉았다. 채프만 씨는 큰소리로 하원의 상황에 관해 이야기하기 시작했다. 그는 상대 적수들에게 너털웃음을 웃기도 했다. '교조주의자'라는 단어—영국인들 마음에 너무나 두려운 단어—가 때때로 폭발하는 그의 말속에 반복적으로 등장했다. 첫소리를 맞춘 접두사가 웅변의 장식 역할을 했다. 그는 생각의 절정에서 꼭 영국 국기를 높이 치켜들었다. 유산으로 물려받은 그 종족의 우둔함 — 그가 신이 나서 영국의 건전한 상식이라고 이름 붙인 우둔함이 영국 사회를 지키는 제대로 된 보루라는 게 드러났다.

미소가 헨리 경의 입술을 살짝 올렸다, 그리고 그는 몸을 돌려 도리언을 바라보았다.

"이제 좀 괜찮아, 이 친구야?" 그가 물었다. "저녁 먹을 때는 안색이 영 안 좋더니."

"나는 정말 괜찮아요, 해리. 그냥 좀 피곤해요. 그뿐이에요."

"어젯밤엔 너는 정말 멋있었어. 그 '작은 공작 부인'이 완전히 너한테 푹 빠졌지. 그녀가 셀비 하우스를 찾아갈 거라고 나한테 말하더군."

"20일에 오기로 약속했어요."

"몬머스도 거기 오는 거지?"

"아, 그래요, 해리."

"그 사람은 공작 부인을 지루하게 만드는 것만큼이나, 나를 정말 지루하게 해. 공작 부인은 아주 똑똑해, 여자치고는 정말 똑똑한 여자야. 뭐라 꼭 집어 말할 수 없는 연약한 매력은 부족하지만 말이야. 형상의 금을 값진 거로 만드는 건 바로 진흙 발[45]이지. 그녀의 발은 아주 예쁘긴 한데 진흙 발은 아니야. 굳

---

45 「다니엘서」의 "진흙 발"에서 유래한 표현. 겉은 금이지만 내면은 연약함(진흙)으로 되어있어 인간의 불완전함을 상징함.

이 말하자면 흰 백자 발이랄까. 그 발은 불 속을 지나왔고, 불은 파괴하지 못한 걸 아주 단단하게 만들지. 그녀는 경험이 많은 여자야."

"그녀는 결혼한 지 얼마나 된 거예요?" 도리언이 물었다.

"그 여자 말로는 영원이라고 해. 『귀족 연감』을 보면 한 십 년이야, 근데 몬머스와의 십 년은 시간을 다 던져 넣은 영겁 같을 거야. 또 누가 오는데?"

"오, 월러비 부부, 럭비 공작과 그의 아내, 오늘 파티 여주인, 제프리 클로스턴, 등 늘 오던 무리죠. 그로트리안 백작도 초대했어요."

"나는 그 사람 좋더라," 헨리 경이 말했다. "정말 많은 이들이 그를 싫어하지만, 나한텐 호감이 가는 사람이야. 그는 간혹 옷을 과하게 입지만 늘 지나치게 배우려는 자세가 그걸 벌충하지. 그는 몹시 현대적인 유형이지."

"그분이 올지 나는 몰라요, 해리. 자기 아버지와 몬테카를로에 갈 수도 있데요."

"아! 정말 사람들의 가족은 정말 귀찮은 존재야! 어떻게든 그 사람을 오게 해봐. 그건 그렇고 도리언, 너 어젯밤 아주 일찍 가버렸더라. 열한 시도 안 돼서 떠났던데. 그 후에 뭐 했어? 바로 집에 갔니?"

도리언은 황급하게 그를 홀깃 보더니 얼굴을 찌푸렸다. "아니, 해리," 그가 마침내 말했다. "거의 세 시까지 집에 안 갔어요."

"클럽에 갔니?"

"네," 그가 대답했다. 그러고 나서 입술을 깨물었다. "아니, 그게 아니라. 클럽에 간 건 아니고. 그냥 돌아다녔어요. 내가 뭘 했는지 잊었어요……. 너무 캐묻는 거 아니에요, 해리! 당신은 사람들이 뭐 하는지 항상 알려고 하죠. 나는 내가 한 일은 다 잊고 싶은데, 정확한 시간을 알고 싶다면 두 시 반에 집에 들어 갔어요. 내가 현관 열쇠를 두고 나와서 하인이 들여보내야만 했어요. 그 일을 확인할 증거를 원하면 하인에게 물어보세요."

헨리 경은 어깨를 으쓱했다. "이 친구야, 내가 신경 쓸 것 같아! 응접실로 올라가자. 세리주는 이제 됐어요, 고마워요, 채프만 씨. 도리언, 너한테 분명 뭔 일이 있었던 거지. 뭔 일인지 얘기해봐. 오늘 밤 너는 평소 너답지 않아."

"나에게 신경 쓰지 마세요, 해리. 좀 신경이 예민해서 짜증이 난 거뿐이에요. 내일이나 모레 당신을 찾아뵐게요. 나보로 부인에게 나 대신 잘 말씀해 주시고요. 저는 이 층에 안 갈래요. 집에 가봐야겠어요. 집에 가야 해요."

"알았어, 도리언. 내일 차 마실 시간에 보자고. 공작 부인도 온다니까."

"저도 가도록 노력할게요, 해리," 그가 방을 나서며 말했다. 마차를 타고 집에 돌아오는 길에 그가 억눌렀다고 생각했던 공포심이 다시 찾아오는 느낌이었다. 헨리 경이 무심코 한 질문에 한순간 겁을 먹은 터라 마음이 가라앉기를 바랐다. 위험한 것은 다 없어져야 해. 그는 움찔했다. 그것들을 만진다는 생각조차 끔찍했다.

그러나 그 일은 반드시 해야 했다. 그 점을 분명히 인식하고 있었고, 서재 문을 잠근 뒤, 그는 바질 홀워드의 외투와 가방을 쑤셔 넣었던 비밀 벽장을 열었다. 벽난로에는 커다란 불길이 이글거렸다. 장작 하나를 더 넣었다. 옷과 가죽이 타는 냄새가 끔찍했다. 다 태우는 데 45분 걸렸다. 끝내 그는 머리가 어지럽고 메스꺼워져서, 알제리산 향 알갱이를 구멍이 송송 난 구리 화로에 넣고 불을 피운 다음 시원한 사향 식초로 손과 이마를 적셨다.

순간 그는 흠칫했다. 그의 눈이 이상하게 점점 빛나더니, 초조하게 아랫입술을 깨물기 시작했다. 두 개의 창문 사이에 흑단 나무로 만든 뒤 상아와 청금석으로 상감 세공한 커다란 피렌체산 장식장이 놓여 있었다. 마치 그 장식장이 그의 마음을 사로잡거나 무섭게 만들 수 있는 물건처럼, 그는 갖고 싶으면서도 역겹기 그지없는 물건인 것처럼 장식장을 바라보았다. 숨이 가빠왔다. 미칠듯한 열망이 그를 휘감았다. 그는 담뱃불을 붙였다가 이내 던져버렸다. 그의 눈꺼풀이 점점 내려앉더니 긴 속눈썹이 거의 뺨에 닿았다. 그러나 그는 계속 장식장을 바라보았다. 끝내 그는 누워있던 소파에서 일어나 장식장으로 다가가 문을 열고 안에 숨은 태엽에 손을 댔다. 삼각형 서랍이 천천히 앞으로 나왔다. 그의 손가락이 본능적으로 서랍을 향하더니, 깊숙이 넣어 뭔가를 움켜쥐었다. 그것은 금가루와 검은색으로 정교하게 옻칠한 작은 중국 상자였다. 측면에는 물결 문양이 있었고, 명주 끈에 둥근 수정이 달려있었고, 끝에는 금속 실로 꼬아 만든 술이 달렸다. 그는 상자를 열었다. 안에는 광택이 나는 밀랍으로 만든 초록 반죽이 있었는데 그 향은 기이하게 묵직하고 가시질 않았다.

그는 얼굴에 묘하게 굳은 미소를 띤 채 잠시 머뭇거렸다. 방공기가 지독하게 후덥지근했지만, 그는 몸서리치더니 몸을 곧게 세운 뒤 시계를 힐끗 보았다. 열두 시 이십 분 전이었다. 그는 상자를 제자리에 넣고, 늘 그랬듯이 벽장 문을 닫은 뒤 침실로 향했다.

우울한 밤공기 너머로 청동 종이 밤 열두 시를 치자, 도리언 그레이는 평범한 옷에 목도리를 목에 두르고 슬그머니 집 밖으로 빠져나갔다. 본드 가에서 튼튼한 말을 맨 이륜마차를 발견했다. 그는 손을 흔들어 불러 세운 뒤 낮은 목소리로 마부에게 주소를 알려주었다.

마부는 고개를 저었다. "너무 멉니다," 그가 나지막이 말했다.

"금화 1파운드를 주겠네," 도리언이 말했다. "빨리 몰아가면 하나 더 주지."

"좋습니다. 선생님," 남자가 대답했다. "한 시간이면 도착할 겁니다," 마차 삯을 받아 넣고 마부는 말머리를 돌려 강을 향해 빠르게 몰았다.

16장

차가운 비가 내리기 시작했다, 그리고 흐릿한 가로등은 떨어지는 안개비 속에서 유령 같았다. 선술집은 막 문을 닫으려고 했고 어렴풋한 모습의 남녀들이 술집 문가에서 삼삼오오 무리 지어 있었다. 몇몇 술집에서는 끔찍하게 웃는 소리가 났다. 다른 술집에서는 주정꾼들이 떠들썩한 싸움판을 벌이는 비명이 났다.

이륜마차에 얼굴을 모자로 푹 덮어쓰고 기대어 누운 도리언 그레이는 노곤한 눈길로 그 위대한 도시의 누추하고 수치스러운 광경을 바라보며, 간혹 헨리 경이 그에게 처음 만난 날 해줬던 말들을 곱씹듯이 반복했다. "감각으로 영혼을 치유하고 영혼으로 감각을 치유해야지." 그래, 그게 비결이다. 전에도 여러 번 해봤으니 이제 다시 해볼 참이었다. 망각을 살 수 있는 아편 소굴, 오래된 죄의 기억을 새로운 죄의 광기로 없애버릴 수 있는 공포의 소굴이 있었다.

달이 누런 해골처럼 하늘에 낮게 드리워져 있었다. 때때로 흉물스러운 거대한 구름이 팔을 길게 뻗어 달을 가렸다. 가스등이 점점 드물게 보이고 거리는 점점 더 좁고 음침해졌다. 한

번은 마부가 길을 잘못 들어 반 마일을 되돌아가야 했다. 웅덩이에서 흙탕물을 튀기며 달리는 말에서 김이 피어올랐다. 이륜마차의 옆 창은 무명천 같은 회색 김이 서려 뿌옇게 됐다.

"감각으로 영혼을 치유하고 영혼으로 감각을 치유하라고!" 그 말이 귓가에서 얼마나 울리던지! 분명 그의 영혼은 죽을 정도로 병들었다. 진정 감각이 영혼을 치유할 수 있을까? 죄 없는 피가 흘렀다. 그것은 무엇으로 속죄할 수 있을까? 아! 속죄할 길이 전혀 없잖아. 하지만 용서는 불가능해도 여전히 망각은 가능하잖아. 그는 잊어버리기로, 자기 몸을 문 살모사를 밟아 뭉개 죽이듯이 밟아 뭉개고 으깨버리기로 작정했다. 바질은 무슨 권리로 그에게 그런 말을 한 거야? 누가 그를 다른 사람 위에 군림하는 재판관으로 만든 거야? 그는 너무나 무섭고 끔찍하고 도저히 참을 수 없는 말을 했잖아.

말이 터벅터벅 발을 내디딜 때마다 마차는 점점 느려지는 듯했다. 그는 가로막이 창을 밀어 올려 마부에게 더 빨리 달리라고 재촉했다. 아편을 향한 흉물스러운 굶주림이 그를 갉아먹기 시작했다. 목이 타오르고 섬세한 손도 초조한 듯 움찔거렸다. 그는 지팡이로 말을 미친 듯이 내리갈겼다. 마부가 웃음을 터뜨리며 채찍질했다. 그가 화답으로 웃자 마부는 웃음을 그치고 조용해졌다.

길은 끝없이 이어진 듯했고 거리는 이리저리 기어가는 거미가 만든 검은 거미줄 같았다. 그 단조로움은 견딜 수 없었다, 그리고 안개가 짙어지자 그는 두려워졌다.

그러고 나서 그들은 황량한 벽돌 공장 터를 지나갔다. 안개가 여기서는 좀 옅어졌다. 그는 이상하게 생긴 병 모양의 불가마에서 부채 모양의 오렌지색 불길이 널름거리는 것을 볼 수 있었다. 그들이 지나갈 때 개 짖는 소리가 들렸고, 저 멀리 어둠 속에서 떠도는 갈매기들의 울음소리가 들려왔다. 말이 바퀴 자국에서 비틀거리다가 이내 옆으로 방향을 틀었고, 전속력으로 달리기 시작했다.

얼마 지나지 않아 그들은 진흙 길을 벗어나 다시 거칠게 포장된 길을 덜컹거리며 달렸다. 창들은 대부분 불이 꺼졌고 간혹 등불을 밝힌 집의 블라인드 뒤에서 멋진 그림자들이 어른거렸다. 그는 호기심 어린 눈길로 그 그림자를 쳐다보았다. 그것들은 괴물 꼭두각시처럼 움직이더니 살아있는 존재인 양 몸짓을 하였다. 그는 그 그림자들을 혐오했다. 그의 가슴에 막연한 분노가 깃들었다. 모퉁이를 돌 때 한 여자가 문을 연 채 그들에게 뜻 모를 소리를 질렀고 두 남자가 한 백 야드쯤 마차를 뒤쫓아 달려왔다. 마부가 채찍으로 그들을 뿌리쳤다.

격정은 사람에게 생각을 도돌이표처럼 돌게 한다는 말이 있다. 분명 흉측하게 되풀이되는 생각에 도리언 그레이는 입술을 깨물며 영혼과 감각을 다루는 의미심장한 단어들을 곱씹고 또 곱씹었다. 끝내 그 단어들 속에서 있는 그대로의 자신의 기분이 온전히 표현된 것을 찾아냈고, 지적 승인 과정을 통해 정당성을 부여받은 격정들이 정당화 없이 여전히 자신의 성격을 지배했을 것이다. 그의 뇌세포 사이사이로 생각 하나가 기어 다녔다. 모든 인간의 욕구 중에 가장 끔찍한 것, 생을 향한 맹렬한 욕망이 떨리는 신경과 조직 하나하나를 다 살려내어 고동치게 했다. 한때 사물들을 생생하게 만들어주어 그에겐 너무 역겨웠던 추함이 이제는 똑같은 이유로 그에게 정말 소중해졌다. 추함은 하나의 현실이었다. 거친 말다툼, 역겨운 소굴, 무질서한 삶이 지닌 노골적인 폭력, 도둑과 부랑자들이 지닌 바로 그 야비함이 예술의 온갖 우아한 형태나 노래가 지닌 꿈결 같은 환영보다 강렬하고 현실적인 인상으로 더 생생하게 다가왔다. 바로 그런 것들이 망각을 위해 그에게 필요한 것들이었다. 3일만 지나면 그는 자유로워질 것이다.

갑자기 마부가 어두운 골목길 꼭대기에서 덜컹거리며 멈춰 섰다. 나지막한 지붕과 들쭉날쭉한 굴뚝 너머로 배들의 시커먼 돛대가 솟아있었다. 하얀 안개의 화관이 유령 돛들처럼 돛대들에 들러붙어 있었다.

"여기 어디쯤인 것 같은데, 아닌가요?" 마부가 쪽문을 통해 거친 목소리로 물었다.

도리언은 흠칫 놀라 주위를 둘러봤다. "여기면 되겠어," 그는 이렇게 대답하고는 서둘러 마차에서 내린 뒤 약속했던 추가 요금을 마부에게 건네주고, 부두 쪽으로 빠르게 걸어갔다. 여기저기 등불이 거대한 상선의 선미에서 희미하게 빛났다. 불빛이 흔들리며 물구덩이에서 조각조각 부서졌다. 석탄을 싣고 있는 출항 증기선에서 붉은빛이 번쩍이며 나왔다. 질척하니 미끄러운 도로는 젖은 방수 외투 같았다.

그는 이따금 뒤따라오는 이가 없나 뒤를 흘깃 돌아보며 왼쪽으로 서둘러 발길을 돌렸다. 한 칠팔 분 지나 그는 으스스한 공장 둘 사이에 끼어있는 작고 누추한 집에 도착했다. 꼭대기 창 하나에 등이 놓여 있었다. 그는 걸음을 멈추고 특이한 노크로 문을 두드렸다.

얼마 지나지 않아 그는 통로를 따라 걸어오는 발소리와 사슬을 푸는 소리를 들었다. 소리 없이 문이 열렸다, 그리고 그는 어둠 속에 몸을 웅크리고 납작 엎드린 흉하게 일그러진 인물에게 한마디 말도 없이 지나쳐서 안으로 들어갔다. 현관홀 끝에다 헤져 걸려있던 초록 커튼이 거리에서부터 그를 따라 들어온 바람에 흔들리며 펄럭였다. 커튼을 옆으로 젖히고 그는 한때 삼류 싸구려 무도장이었을 법한 길고 천장이 낮은 방으로 들어갔다. 무섭게 이글거리는 가스등들이, 맞은편의 파리로 얼룩진 거울에 흐릿하고 일그러져 보였고, 방 벽을 따라 빙 둘러있었다. 기름때 묻은 주름진 주석 반사경이 등불 뒤에 놓여, 흔들리는 빛의 원들을 만들었다. 바닥은 황토색 톱밥으로 덮였고, 여기저기 밟혀 진흙처럼 굳어졌고, 쏟아진 술의 얼룩이 검은 고리 모양으로 배어 있었다. 몇몇 말레이인들이 작은 석탄 난로 옆에 웅크리고 앉아, 뼈로 만든 도박 칩으로 노름하고 떠들면서 하얀 이를 드러냈다. 한쪽 구석에는 머리를 팔로 감싸 쥔 선원 한 명이 탁자에 널브러져 있었고, 한쪽 벽면을 온통 싸구려 칠로 칠한 바 옆에서 초췌한 여자 둘이 서서 역겨운 표정으로 외투 소매를 솔질하는 한 노인을 비웃었다. "자기 몸에 붉은 개미라도 붙었다고 생각하나 봐," 도리언이 지나갈 때 한 여자가 웃으며 말했다. 그 늙은이는 겁에 질려 그 여자를 보며 코를 훌쩍이기 시작했다.

방 한쪽 끝에는 다른 어두컴컴한 방으로 이어지는 작은 층계가 있었다. 도리언이 삐걱거리는 계단 세 칸을 서둘러 오르자 진한 아편 냄새가 그를 맞이했다. 그가 숨을 깊게 들이쉬자 콧구멍이 기쁨으로 벌름거렸다. 그가 들어서자, 윤기 있는 금발의 젊은이가 등불 위로 몸을 숙인 채 가늘고 긴 파이프에 불을 붙이다 말고 그를 바라보더니 주저하는 듯 고개를 끄덕였다.

"너 여기 있었어, 아드리안?" 도리언이 낮게 말했다.

"내가 여기 말고 어디 있겠어요?" 그가 맥없이 대답했다. "이제 나한테 말 거는 사람도 하나 없는데."

"나는 네가 영국을 떠난 줄 알았지."

"달링턴이 아무 짓도 하지 않을 거예요. 우리 형이 결국 돈을 줬거든요. 조지도 나한테 말을 안 해요……. 상관없어요." 그가 한숨 쉬며 말을 이었다. "이 물건만 있으면 친구는 필요 없죠. 친구가 너무 많았던 거죠."

도리언은 얼굴을 찌푸렸다, 그리고 너덜너덜한 매트리스에 그렇게 기이한 자세로 누워있는 흉물스러운 것들을 둘러보았다. 뒤틀린 팔다리, 헤벌쭉 벌어진 입, 멍하니 쳐다보는 눈이 그를 사로잡았다. 그들이 얼마나 낯선 천국에서 고통을 겪고 있는지, 얼마나 지루한 지옥이 그들에게 뭔가 새로운 기쁨의 비밀을 알려주고 있는지 그는 알고 있었다. 그래도 그들은 그보다 더 나은 편이었다. 그는 사고의 감옥에 갇혀 있었다. 끔찍한 병처럼 기억은 그의 영혼을 갉아먹었다. 때때로 자신을 바라보는 바질 홀워드의 눈을 보는 기분이었다. 하지만 그는 거기에 머물 수 없을 것 같았다. 아드리안 싱글턴의 존재가 그를 힘들게 했다. 그가 누군지 아무도 모르는 곳에 있고 싶었다. 자신에게서 벗어나고 싶었다.

"내가 다른 데로 갈게," 그가 잠시 후 말했다.

"선창 쪽으로요?"

"그래."

"그 미친 고양이가 분명 거기 있을 거예요. 여기서 더는 그 여자를 받아 주지 않거든요."

도리언이 어깨를 으쓱했다. "나는 누군가를 사랑하는 여자는 질색이야. 누군가를 증오하는 여자들에 훨씬 더 관심이 가지. 게다가 물건도 거기가 더 좋아."

"그게 그거죠."

"난 그쪽 게 더 좋아. 와서 술이나 한잔해. 나도 한잔해야겠어."

"마시고 싶지 않은데," 그 젊은이가 낮게 말했다.

"안 마셔도 돼."

아드리안 싱글턴이 마지못해 자리에서 일어나 도리언을 따라 술집 바로 갔다. 해진 터번에 남루한 얼스터 외투를 걸친 혼혈 인도인이 그들 앞으로 브랜디 한 병과 큰 잔 두 개를 건네주며 흉물스럽게 히죽이는 얼굴로 그들을 맞이했다. 여자들이 슬그머니 다가와 수다를 떨기 시작했다. 도리언은 여자들을 피해 등을 돌리고 나지막한 목소리로 아드리안 싱글턴에게 뭔가 말했다.

한 여자의 얼굴에 마치 말레이 크리스[46]처럼 뒤틀린 미소가 일그러지며 퍼져갔다. "오늘 밤 정말 영광이네요," 그녀가 비웃듯 말했다.

"빌어먹을, 나한테 말 걸지 마," 도리언이 바닥에 발을 구르며 말했다. "원하는 게 뭐야? 돈? 여깄어. 다신 나한테 말 걸지 마."

축축한 그녀의 두 눈에서 붉은 불꽃이 잠시 번쩍이더니 명멸하듯 사라지면서 다시 게슴츠레 흐릿해졌다. 그녀는 고개를 추켜 올리더니 탐욕스러운 손가락으로 카운터 위에 놓인 동전을 긁어갔다. 그녀의 동료가 부러운 듯 그녀를 쳐다봤다.

"소용없어요," 아드리안 싱글턴이 한숨 쉬었다. "나는 돌아갈 생각이 없어요. 그게 뭐가 중요하다고요? 여기서 나는 아주

---

46   날이 물결 모양으로 휘어진 말레이시아의 전통 단검.

행복한데."

"뭐든 필요한 게 있으면 나한테 연락할 거지, 그렇지?" 잠시
뜸을 들인 뒤 도리언이 말했다.

"어쩌면요."

"그럼 잘 있어."

"잘 가요." 그 젊은이는 이렇게 말하고 손수건으로 메마른
입을 닦으며 층계를 올라갔다.

도리언은 고통스러운 표정을 지으며 문으로 걸어갔다. 커튼
을 옆으로 젖힐 때, 그의 돈을 긁어간 여자의 루즈를 떡칠한 입
에서 가증스러운 웃음이 터져 나왔다. "악마와 거래한 자가 저
기 나갑니다." 그녀가 쉰 목소리로 소리치며 딸꾹질했다.

"염병할!" 그가 대답했다. "그딴 식으로 나를 부르지 말란
말이야."

그녀는 손가락을 뚝뚝 꺾었다. "백마 탄 왕자님이라고 불리
길 바라는 거죠, 안 그래요?" 그녀가 뒤에서 소리 질렀다. 그녀
가 소리치자 졸고 있던 선원이 벌떡 일어나 미친 듯이 주위를
둘러보았다. 현관홀의 문이 닫히는 소리가 그의 귓전을 때렸
다. 누구를 쫓듯이 그는 밖으로 뛰쳐나갔다.

도리언 그레이는 부슬부슬 내리는 비를 맞으며 선창을 따라
성급히 걸어갔다. 아드리안 싱글턴을 만난 게 묘하게 그의 마음
을 흔들었고, 바질 홀워드가 그렇게 모멸 차게 힐난했듯이 젊은
인생이 정말 그렇게 파멸한 것이 자기 탓은 아닌가 궁금했다. 그

는 입술을 깨물었고 아주 짧은 순간 그의 눈에 슬픔이 깃들었다. 하지만 대체 그 파멸이 그와 무슨 상관인가? 우리 인생은 너무나 짧아 다른 사람의 잘못까지 어깨에 짊어질 수 없다. 각자 자기 삶을 산 거고, 그렇게 산 인생에 대해 대가를 치르는 거다. 단 하나 안타까운 것은 딱 한 번의 잘못으로 너무나 자주 죗값을 치러야 한다는 점이지. 진정 죗값을 치르고 또 치러야 한다는 거지. 운명의 여신은 인간과 거래하면서 결코 계좌를 닫지 않지.

심리학자들이 말하듯, 죄 혹은 세상이 죄라 부르는 것에 대한 열망이 본성을 지배하여, 우리 몸의 모든 섬유조직이, 마치 뇌의 모든 세포인 양, 두려운 충동들로 가득 찬 것 같을 때가 있다. 그런 순간에는 여자든 남자든 자유 의지를 상실한다. 자동 인형이 움직이듯이 끔찍한 종말을 향해 나아갈 뿐이다. 그들은 선택권을 빼앗기고 양심도 죽어서, 행여 살아있다 해도 그 선택권의 유혹에 반항하거나 그 매력에 불복하며 사는 거다. 신학자들이 지칠 줄 모르고 우리에게 상기시키듯이 모든 죄란 불복종의 죄이다. 저 죄의 샛별, 기개 높은 사탄이 천상에서 추방될 때 바로 반역자라서 떨어진 거다.

악에 집중하여 냉담한 채, 때 묻은 마음과 반역에 굶주린 영혼을 지닌 도리언 그레이는 서둘러 걸음을 재촉하며 나아갔다. 그러나 그가 지금 가려는 그 악명 높은 장소로 바로 연결되는 지름길의 아치 밑으로 빠르게 돌아설 때, 누군가 뒤에서 자신을 붙잡는 걸 느꼈고 미처 방어할 겨를도 없이 짐승처럼 우악스러운 손이 그의 목을 누르며 담벼락으로 그를 밀쳤다.

그는 살려고 미친 듯이 발버둥 쳤고, 젖 먹던 힘까지 다해 겨우 죄어오는 손가락을 떼어냈다. 순식간에 그는 딸깍하는 권총 소리를 들었고, 그의 머리를 바로 겨누고 있는 반들반들한 총신의 번득임과 그를 마주한 작고 다부진 남자의 시커먼 형체를 보았다.

"바라는 게 뭔데?" 그가 헐떡였다.

"조용히 해," 그 남자가 말했다. "움직이면 쏜다."

"미쳤군, 대체 내가 너한테 무슨 짓을 했다고?"

"너는 시빌 베인의 인생을 망쳐 놓았어," 남자의 대답이었다. "그리고 시빌 베인이 내 누나야. 그녀는 자살했지. 나는 알아. 누나의 죽음은 네 놈 탓이지. 나는 복수로 너를 죽이기로 다짐했어. 몇 년 동안 나는 너를 찾아다녔어. 아무 단서도 없고 흔적도 없었지. 네 놈을 알 만한 두 사람도 이미 죽었고. 우리 누나가 네 놈을 부르던 애칭 말고는 아는 게 하나도 없었는데. 우연히 오늘 밤 그 애칭을 들은 거야. 하느님과 화해해라, 오늘 밤이 네 놈 제삿날이다."

도리언 그레이는 잔뜩 겁에 질렸다. "나는 그 여자를 몰라," 그는 더듬거렸다. "그 이름을 들어본 적도 없어. 당신 미쳤지."

"네 죄를 털어놓는 게 좋을 걸, 내가 제임스 베인인 이상 네 놈은 기필코 죽어 없어져야 해." 무시무시한 순간이었다. 도리언은 무슨 말을 해야 할지 어찌해야 할지 가늠이 안 됐다. "무를 꿇어!" 그 남자가 으르렁거렸다. "기도할 시간을 일 분 줄게.
— 그 이상은 안 돼. 오늘 밤 인도로 가는 배를 타야 하니까, 우
선 이 일을 끝내야지. 딱 1분. 그게 다야."

도리언의 두 팔이 옆으로 축 늘어졌다. 공포로 몸이 얼어붙
어 어찌할지 몰랐다. 갑자기 엉뚱한 희망이 머릿속을 번득 스
치고 갔다. "멈춰," 그가 외쳤다. "당신 누나가 죽은 지 얼마나
됐다고? 어서 말해!"

"십팔 년 됐다," 그가 말했다. "그건 왜 묻는데? 햇수가 무슨
상관이야?"

"십팔 년이라고," 도리언 그레이가 승리의 기운이 깃든 목
소리로 웃으며 말했다. "십팔 년! 가로등 불빛 아래 날 데려가
서 내 얼굴을 보라고!"

제임스 베인이 잠시 말귀를 못 알아듣고 머뭇거렸다. 그러
고 나서 도리언 그레이를 붙잡아 아치 밑 통로로 끌고 갔다.

바람이 불어 불빛은 흐리고 흔들렸지만, 그가 어떤 끔찍한
실수를 범했는지 똑똑히 보여주고도 남는 듯했다. 그가 죽이려
던 남자의 얼굴이 완전히 활짝 핀 소년의 얼굴로 때 묻지 않은
순수한 젊은이였기 때문이다. 그는 겨우 스무 살 남짓의, 그렇
게 오래전 둘이 헤어질 때 그의 누나보다 행여 나이가 더 들었
다 해도 전혀 나이가 들어 보이지 않는 얼굴이었다. 이 자가 누
이의 인생을 망가뜨린 그 남자가 아니라는 것은 분명했다.

그는 손을 풀고 휘청이며 뒤로 물러났다. "이럴 수가! 세상

에 이런!" 그는 외쳤다. "내가 당신을 죽일 뻔했군!"

도리언 그레이는 길게 숨을 내쉬었다. "엄청난 죄를 저지를 뻔했네, 이 사람아," 남자를 엄하게 바라보며 그가 말했다.

"자기 손으로 직접 복수하지 말라는 경고로 받아들이게."

"용서해주세요, 선생님," 제임스 베인이 기어드는 목소리로 말했다. "내가 잘못 보았군요. 그 빌어먹을 소굴에서 우연히 들은 말 때문에 잘못된 꼬임에 빠진 거죠."

"집에 가는 게 좋겠네, 그리고 총은 치우게, 아니면 잘못될 수도 있으니," 도리언은 이렇게 말하고 나서, 발길을 돌려 천천히 길을 내려갔다.

제임스 베인은 겁에 질려 길에 그대로 서 있었다. 머리부터 발끝까지 온몸이 후들거렸다. 잠시 후 물이 뚝뚝 떨어지는 벽을 따라 검은 그림자가 슬금슬금 불빛 속으로 기어 나와 살그머니 그에게 다가왔다. 그의 팔을 잡는 손길에 놀라 그가 뒤돌아봤다. 바에서 술 마시던 여인 가운데 하나였다.

"왜 그자를 죽이지 않았죠?" 말라빠진 얼굴을 가까이 들이밀며 그녀가 힐난하듯 말했다. "데일리 술집에서 성급히 달려 나갈 때 그자를 따라가는 걸 알았지. 이 바보야! 그자를 죽였어야지. 돈도 많지만, 돈 많은 만큼 나쁜 놈인데."

"내가 찾던 남자가 아니야," 그가 대답했다. "그리고 난 누구의 돈도 원치 않아. 난 한 남자의 목숨을 원한 거야. 내가 목숨을 원한 남자는 분명 지금은 사십쯤일 텐데. 그자는 애송이에 불과했어. 다행이야, 내 손에 그자의 피를 묻히지 않아."

그 여자는 쓰디쓴 웃음을 지었다. "애송이라고!" 그녀가 비아냥거렸다. "어, 이봐, '백마 탄 왕자님'이 날 이렇게 만든 게 십팔 년 전쯤이지."

"거짓말 마세요!" 제임스 베인이 소리쳤다.

그녀는 손을 하늘 높이 치켜들었다. "하느님께 맹세코 진실이야," 그녀가 소리쳤다.

"하느님께 맹세한다고요?"

"사실이 아니면 날 한마디 말도 못 하게 때려눕혀도 돼. 여기 온 놈들 중에 그 인간이 최고 악질이야. 곱상한 얼굴을 지키려고 악마에게 자신을 팔았다는 말이 있지. 내가 그자를 만난게 거의 십팔 년이 지났어. 그는 그 후로 거의 변한 게 없지. 난 풍파를 겪었지만 말이야," 역겨운 듯 흘겨보며 그녀가 덧붙여 말했다.

"맹세하는 거죠?"

"맹세하고 말고," 냉랭한 그녀의 입에서 목쉰 대답이 울려왔다. "그렇다고 날 그자에게 넘기면 안 돼," 그녀는 징징거렸다. "난 그자가 무서워. 하룻밤 어디서든 묵게 돈 좀 줘."

그는 욕을 하며 그녀에게서 벗어나 길모퉁이로 성급히 달려갔지만, 도리언 그레이는 이미 사라진 뒤였다. 뒤를 돌아보자 그 여자도 사라지고 없었다.

17장

일주일 뒤 도리언 그레이는 셀비 로얄의 온실에 앉아 손님 중의 하나인 아름다운 몬머스 공작 부인과 나이 예순에 힘이 다 빠져 보이는 그녀의 남편과 함께 담소를 나누고 있었다. 차 마실 시간이 되었다. 탁자 위에는 레이스로 덮인 거대한 등의 온화한 불빛이 공작 부인이 주관하는 식기 세트의 섬세한 찻잔과 두드려 만든 은제 식기들을 비춰 주었다. 공작 부인의 하얀 손이 찻잔 사이로 우아하게 오갔다, 그리고 그녀의 도톰한 붉은 입술은 도리언 그레이가 그녀에게 속삭인 말에 살포시 미소 지었다. 헨리 경은 비단으로 덮은 등나무 의자에 기대어 앉아 그들을 바라보았다. 복숭아색 긴 의자에 나보로 부인이 앉아서 공작이 수집품으로 추가한 마지막 브라질산 풍뎅이를 묘사하는 걸 듣는 척했다. 공들인 흡연용 정장을 입은 청년 세 명이 티-케이크를 몇몇 여자 손님들에게 건네주고 있었다. 온실에서 열린 파티는 열두 명이 참석 중인데, 다음날 몇 명이 더 오기로 되어있었다.

"두 분은 무슨 얘기를 하고 있나요?" 헨리 경이 탁자로 어슬렁어슬렁 걸어와 컵을 내려놓으며 말했다. "도리언이 모든 것에 다시 이름을 붙이려는 제 계획에 대해 말해주었길 바랍니다, 글래디스. 그것은 정말 멋진 생각이죠."

"하지만 나는 다시 이름 붙여지고 싶지 않은데요, 해리," 공작 부인이 놀라운 눈으로 그를 올려보며 대답했다. "나는 지금 이름에 정말 만족해요, 분명 그레이 씨도 자기 이름에 만족하시겠죠."

"글래디스, 세상 무엇과도 그 이름을 바꾸지 않겠어요. 둘 다 완벽하죠. 저는 주로 꽃들을 생각했어요. 어제 단춧구멍에 꽂으려고 난초를 하나 꺾었어요. 그건 아주 멋진 얼룩무늬 꽃으로, 7대 죄악만큼 인상적이었어요. 한순간 아무 생각 없이 정원사에게 꽃 이름이 뭔지 물었죠. 그가 대답하길 그 꽃은 '로빈소니아나', 아니 뭐 그와 비슷한 끔찍한 이름의 꽃의 훌륭한 표본이라더군요. 이게 슬픈 진실인데, 우리는 사물에 사랑스러운 이름을 붙이는 능력을 상실했죠. 가장 중요한 게 이름인데. 나는 행위와는 절대 싸우지 않거든요. 내가 유일하게 싸우는 것은 단어죠. 내가 문학의 천한 사실주의를 싫어하는 이유가 바로 그 때문이죠. 삽을 삽이라 부를 수 있는 사람은 어쩔 수 없이 그 삽을 쓸 수밖에 없죠. 그게 그 사람에게 맞는 유일한 거니까요."

"그럼 우리는 당신을 뭐라고 불러야죠, 해리?" 그녀가 물었다.

"그의 이름은 역설 왕자죠," 도리언이 말했다.

"딱 봐도 알아보겠네요," 공작 부인은 감탄했다.

"그건 용납할 수 없지," 헨리 경이 웃으며, 의자에 몸을 던졌다. "꼬리표는 한 번 붙으면 벗어날 길 없는 법! 나는 그 칭호를 거부하네."

"왕족은 함부로 물러날 수 없어요," 공작 부인의 예쁜 입술에서 경고의 말이 떨어졌다.

"그럼, 제 왕좌를 지키라는 거군요?"

"네."

"나는 내일의 진실을 말합니다."

"나는 오늘의 실수가 더 좋아요," 그녀가 대답했다.

"글래디스, 당신은 날 무장 해제시키는군요," 그가 물러서지 않으려는 그녀의 기분을 눈치채고 큰 소리로 말했다.

"방패만, 해리, 아직 창은 아니에요."

"저는 아름다움과 절대 맞서지 않죠." 그가 손사래를 치며 말했다.

"해리, 장담하건대 그게 바로 당신 잘못이죠. 당신은 아름다움을 너무 과대평가하죠."

"어떻게 그런 말을 할 수 있나요? 선함보다 아름다움을 더 낫다고 생각하는 걸 저는 인정해요. 한편으로 추함보다 선함이 더 낫다고 나보다 더 인정할 준비가 된 사람이 있으면 나와 보세요."

"그러니까, 추함이 7대 죄악 중 하나인 거죠?" 공작 부인이 크게 말했다. "그럼 이제 난초에 대한 비유는 어떻게 하고요?"

"추함은 7대 미덕 중 하나죠, 글래디스. 훌륭한 왕당파 당원으로서 당신은 그 미덕들을 과소평가하면 안 되죠. 우리 영국을 지금의 영국으로 만든 게 바로 맥주, 성경, 그리고 7대 미덕이니까요."

"그럼, 당신은 조국을 좋아하지 않나요?" 그녀가 물었다.

"나는 조국에 살고 있어요."

"당신은 조국이 더 잘되도록 비난하는 거군요."

"조국에 대한 유럽의 평결을 저보고 받아들이란 말이죠?" 그가 물었다.

"우리에 대해 그들이 뭐라고 하는데요?"

"타르튀프[47]가 영국으로 이민 와서 가게를 차렸다고 말하죠."

"해리, 그것은 당신 생각 아닌가요?"

"그 생각을 당신에게 드리죠."

"나는 그것을 못 써요. 너무 사실이라서요."

"걱정할 필요 없어요. 우리 영국 사람들은 결코 그 의미를 깨닫지 못해요."

"사람들이 실용적인 거죠."

---

47   프랑스 극작가 몰리에르의 희곡 『위선자』에 나오는 성직자로 위선을 대표하는 인물.

"실용적이라기보다 교활한 거죠. 우리 나라 사람들은 장부를 정리할 때, 우둔함을 부로, 부도덕은 위선으로 맞추거든요."

"그래도, 우리는 위대한 업적을 많이 이뤘죠."

"위대한 업적이 억지로 우리에게 떠맡겨진 거죠, 글래디스."

"그래도 우리가 그 짐을 짊어졌잖아요."

"부담은 증권 거래소까지만요."

그녀는 고개를 가로저었다. "그래도 난 우리 민족을 믿어요." 그녀가 소리쳤다.

"그건 밀어붙인 자들의 생존일 뿐이죠."

"발전도 있었죠."

"쇠퇴가 전 더 매력적인데요."

"예술은 어떤가요?" 그녀가 물었다.

"그건 병폐죠."

"사랑은요?"

"착각이죠."

"종교는요?"

"믿음을 대체하는 최신 유행이죠."

"당신은 회의주의자군요."

"절대 아니죠! 회의주의는 믿음의 시작이죠."

"그럼 당신은 어떤 사람인가요?"

"정의하는 순간 한계를 만드는 거죠."

"저에게 실마리라도 좀 주세요."

"실타래는 끊기고, 부인은 미로 속에서 길을 잃을 거예요."

"정신을 못 차리겠군요. 다른 사람 얘기나 하죠."

"그럼 우리 파티 주인 얘기를 하죠. 예전에 그는 백마 탄 왕자란 이름을 받았죠."

"아! 그 얘긴 꺼내지 마요," 도리언 그레이가 소리쳤다.

"오늘 우리 주인은 기분이 좀 안 좋군요," 공작 부인이 얼굴을 붉히며 대답했다. "내가 보기에 몬머스가 현대 나비 중 가장 훌륭한 표본을 찾아내듯, 순전히 과학적인 원칙에 따라 날 찾아내 결혼한 거라고 도리언은 생각하나 봐요."

"어, 남편분이 부인을 핀으로 고정하지 않길 바라요, 공작 부인." 도리언이 웃었다.

"오! 그레이 씨 그건 이미 하녀가 나한테 짜증이 날 때마다 하는데요."

"근데 뭐 때문에 하녀가 짜증이 날까요, 공작 부인?"

"아주 사소한 일들 때문이죠, 그레이 씨, 확실해요. 주로 내가 9시 10분 전에 들어와 8시 30분까지 옷을 입어야 한다고 말해서요."

"정말 정신 나간 하녀군요! 주의시켜야겠군요."

"감히 그럴 순 없죠, 그레이 씨. 그 애가 날 위해 모자도 만들어주거든요. 힐스톤 부인의 야외 파티에서 내가 썼던 모자 기억하죠? 기억 못 하면서 하는 척해주다니 정말 좋은 분이군요. 음, 별것도 아닌 것으로 그 모자를 만들었죠. 멋진 모자는 다 별것도 아닌 거로 만들죠."

"좋은 평판도 다 그렇죠, 글래디스," 헨리 경이 참견했다. "영향력이 생길 때마다 적이 생기기지요. 대중적인 사람이 되려면 평범해야만 하죠."

"여자들은 아니죠," 공작 부인이 고개를 저으며 말했다. "그리고 세상을 지배하는 건 여자죠. 확실히 당신네는 평범함을 못 참죠. 누군가 말했듯이 당신네 남자들이 행여 사랑이라는 걸 하면 눈으로 사랑하듯이, 우리 여자는 귀로 사랑하죠."

"제가 보기에는 우리 남자들은 사랑 말고 다른 일은 전혀 안하는 것 같은데요" 도리언이 낮게 말했다.

"아! 그건 당신이 진정으로 사랑하지 않아서죠, 그레이 씨," 공작 부인이 짐짓 슬픈 척하며 대답했다.

"사랑하는 글래디스!" 헨리 경이 외쳤다. "어떻게 그런 말을 하세요? 낭만적 사랑은 반복을 통해 살아가고, 반복은 욕망을 예술로 전환하죠. 게다가 사랑할 때마다, 그건 언제나 처음이자 단 한 번의 사랑이에요. 대상의 차이가 열정의 단일성을 바꾸진 않죠. 오히려 그 열정을 강렬하게 만들 뿐이죠. 우리는 인생에서 기껏해야 위대한 경험을 단 한 번만 할 수 있어요, 그리고 인생의 비밀은 그 경험을 가능한 한 자주 되풀이하는 데 있어요."

"심지어 누군가 그 경험 때문에 상처받을 때도요, 해리?" 잠시 후 공작 부인이 물었다.

"특히 그로 인해 누군가 상처받은 경우는 더욱 그렇죠," 헨리 경이 대답했다.

공작 부인이 몸을 돌려 눈가에 호기심 어린 표정을 지으며 도리언 그레이를 바라보았다. "당신은 해리의 말을 어떻게 생각해요, 그레이 씨?" 그녀가 물었다.

도리언은 잠시 머뭇거렸다. 그러고 나서 고개를 뒤로 젖히며 웃었다. "저는 항상 해리랑 같은 생각이죠, 공작 부인."

"그가 틀렸을 때 조차도요?"

"해리는 절대 틀리지 않죠, 공작 부인."

"그럼 해리의 철학이 당신을 행복하게 해주나요?"

"전 결코 행복을 추구한 적이 없어요. 누가 행복을 원하죠? 전 쾌락을 추구하죠."

"그래서 원하는 쾌락을 찾았나요, 그레이 씨?"

"자주요, 너무 자주 찾아서 탈이죠."

공작 부인은 한숨을 쉬었다. "나는 평화를 추구하는데," 그녀가 말했다. "내가 얼른 가서 옷 입지 않으면, 오늘 저녁 평화고 뭐고 아무것도 없을 것 같네요."

"제가 난초 몇 송이 갖다 드릴게요, 공작 부인," 도리언이 큰 소리로 말한 뒤, 벌떡 일어서 온실로 걸어 내려갔다.

"창피하게 도리언에게 시시덕거리다니," 헨리 경이 그의 사촌누이인 공작 부인에게 말했다. "조심하는 게 좋아. 그는 사람을 끄는 매력이 있어."

"그런 매력이 없으면, 싸울 일도 없겠지."

"그러니까, 그리스인이 그리스인을 만난 거네?"

"난 트로이 편이죠. 한 여자를 위해 싸웠으니까."

"그들은 패했죠."

"포로로 잡히는 것보다 더 나쁜 게 있지," 그녀가 대답했다.

"고삐를 풀고 내달리는 거네요."

"속도가 생명을 불어넣잖아," 재빨리 되받아쳤다.

"오늘 밤 내 일기에 써야겠군."

"뭘?"

"불에 덴 아이는 불을 사랑한다고."

"난 그을린 적도 없는데요. 내 날개조차 닿지 않았다고."

"그놈의 날개를 날 때는 안 쓰고 엄한 데만 쓰면서."

"용기가 남자에게서 여자에게 전해져 온 거야. 그건 우리에게 새로운 경험이지."

"당신도 경쟁자가 있어."

"누군데?"

그는 웃었다. "나보로 부인," 그가 속삭였다. "도리언한테 홀딱 빠졌죠."

"너는 나한테 근심만 가득 채워주는구나. 고대에 호소하는 것은 낭만주의자인 우리에게 치명적이지."

"낭만주의자라! 과학적인 방법은 다 갖추고 있으면서."

"남자들이 우리에게 가르쳐줬어."

"하지만 여자를 설명하지 못했어."

"우리를 하나의 성(性)으로 묘사해봐," 그녀가 도전했다.

"비밀이 없는 스핑크스죠."

그녀는 미소 지으며 그를 바라보았다. "그레이 씨가 정말 오래 걸리네!" 그녀가 말했다. "가서 도와줄까? 내가 입을 옷 색깔도 아직 말해주지 않았는데."

"아! 당신 옷을 그의 꽃 색깔에 맞춰야겠네, 글래디스."

"그러면 너무 일찍부터 항복하는 거지."

"어차피 낭만주의 예술은 절정에서 시작하니까."

"물러설 기회는 지켜야지."

"파르티아 방식으로?"[48]

"그들은 사막에서 안전한 곳을 찾았는데. 난 그럴 수 없잖아."

"여자들에게 항상 선택권이 주어진 건 아니지," 그가 대답했고, 그가 채 말을 끝내기도 전에 온실 저 안쪽 끝에서 억눌린 신음이 들리는가 싶더니 이내 육중하게 쓰러지는 둔탁한 소리가 들려왔다. 모두 깜짝 놀라 벌떡 일어섰다. 공작 부인이 겁에 질려 꼼짝 못 하고 서 있었다. 헨리 경은 두 눈에 두려움이 가득한 채 너울거리는 야자나무 잎을 뚫고 달려가 죽은 듯이 기

---

48 파르티아 군대는 전장에서 후퇴하는 척하며 공격을 하는 전술을 취함.

절한 채 타일 바닥에 얼굴이 파묻고 누워있는 도리언 그레이를 발견했다.

곧바로 도리언을 파란색 응접실로 옮겨 소파에 뉘었다. 얼마 후 그는 정신을 차리더니 어리둥절한 표정으로 주위를 둘러봤다.

"어떻게 된 거죠?" 그가 물었다. "오! 기억나요. 여기서 난 안전한 거죠, 해리?" 그는 부들부들 떨기 시작했다.

"도리언 이 친구야," 헨리 경이 대답했다. "그냥 졸도한 거야. 그뿐이야. 요즘 너무 무리한 것 같군. 저녁 식사에는 내려오지 않는 게 좋겠다. 내가 너를 대신할 테니."

"아뇨, 전 내려갈래요," 애써 몸을 일으키며 그가 말했다. "차라리 내려가는 게 나아요. 난 혼자 있으면 안 돼요."

그는 자기 방에 가서 옷을 갈아입었다. 저녁 식탁에 앉아 있는 동안 그는 거침없이 무모할 정도로 들뜬 태도였지만, 이따금 하얀 손수건처럼 온실 창유리에 이마를 짓누르며 자신을 쳐다보던 제임스 베인의 얼굴을 본 걸 기억하자 공포의 전율이 온몸을 훑고 내려갔다.

18장

　다음 날 도리언은 집 밖으로 한 발자국도 나가지 않았다, 그리고 극심한 죽음의 공포에 시달리며, 그러면서도 삶 자체에는 무심한 채 자기 방에서 정말 대부분 시간을 보냈다. 쫓기고, 올가미에 걸려, 결국 잡힐 거란 생각이 그의 의식을 지배하기 시작했다. 장식 양탄자가 바람에 조금만 흔들려도 그는 몸서리를 쳤다. 바람에 날려와 밀랍 창틀에 부딪히는 낙엽도 그에게는 자신이 헛되이 날려 버린 속죄와 회한 같았다. 눈을 감으면 김이 서린 창을 통해 뚫어져라 쳐다보던 그 선원의 얼굴이 다시 보였고, 공포의 손아귀가 다시 그의 심장을 움켜쥐는 느낌이었다.

　그러나 어쩌면 어두운 밤에 복수를 불러내어 그의 눈앞에 끔찍한 응징의 형상들을 펼쳐 놓은 건 그저 그의 상상이었을 것이다. 실제 생활은 혼란이지만 상상 속에는 뭔가 무서울 만큼 논리적인 무엇이 있었다. 양심의 가책이 죄의 발꿈치를 물고 늘어지게 한 것도 바로 상상력이었다. 죄마다 기형의 새끼들을 낳게 한 것도 바로 상상력이었다. 보통 현실 세계에서 악인들은 처벌받지 않고, 선한 이들도 보상받지 않는다. 성공은

강자에게 주어지고 실패는 약자에게 던져진다. 그뿐이다. 게다가 낯선 자가 누구든 집 주변을 기웃거렸다면 하인이나 문지기가 봤을 거다. 화단에 발자국 하나라도 발견됐다면 정원사가 보고했을 거야. 그래, 모든 게 그저 단순한 상상이야. 시빌 베인의 동생이 그를 죽이러 돌아온 건 아니다. 그는 배를 타고 멀리 떠나 겨울 바다 어디선가 배가 침몰하여 죽은 거다. 어쨌든, 제임스 베인에게서 그는 안전하다. 그래 그자는 그가 누구인지 모르고, 누구인지 알아낼 수도 없다. 젊음의 가면이 그를 구한 거다.

그런데 이 모든 게 환영에 불과할지라도 양심이 그렇게 무서운 환영을 불러내어 볼 수 있는 형체를 부여하고 눈앞에서 움직이게 할 수 있다고 생각하니 얼마나 섬뜩한 일인가! 밤낮으로 자기 죄의 그림자가 조용한 구석에서 그를 빤히 쳐다보고, 은밀한 장소에서 그를 조롱하며 만찬 자리에 앉을 때는 다가와 그의 귀에 속삭이고, 누워 잠들어 있을 때는 얼음장 같은 손끝으로 그를 깨운다면 그의 삶은 어떻게 되겠는가! 그런 생각이 머릿속을 기어 다니자 그는 두려움으로 창백해졌고 방 공기마저 갑자기 싸늘해지는 듯했다. 오! 자기 친구를 죽였다니 얼마나 난폭한 광기의 순간이었나! 그 장면을 기억하는 것만으로도 얼마나 무시무시한가! 그 모든 장면이 다시 보였다. 소름 끼치게 세세한 장면 하나하나가 다시 그에게 더 무서운 공포로 다가왔다. 시간의 어두운 동굴에서 주홍색으로 휘감은 자신의 무서운 죄의 형상이 솟아 올라왔다. 여섯 시에 헨리 경이 들어왔을 때 도리언은 가슴이 무너질 사람처럼 울부짖고 있었다.

그로부터 사흘이 지나서야 그는 외출할 용기가 났다. 솔향이 나는 청명한 겨울 아침 공기 속에는 그에게 즐거움과 삶에 대한 열정을 다시 찾아 줄 듯한 뭔가 있었다. 하지만 변화를 불러온 건 단순히 환경의 물리적 조건만은 아니었다. 그의 본성이 온전한 평정심을 마비시키고 해치려 했던 과도한 고통에 반발한 거였다. 섬세하고 정교하게 만들어진 기질 때문에 본성은 항상 그렇게 고통받는다. 그런 사람들의 격한 열정은 상처 입거나 꺾여야 한다. 열정은 그런 사람을 죽이거나 아니면 자기가 죽는다. 얄팍한 슬픔과 얄팍한 사랑이 계속 살아간다. 위대한 사랑과 슬픔은 그 자체의 풍부함으로 무너진다. 더군다나 그는 자신이 공포에 찌든 상상력의 희생양이라고 확신했고, 상당한 연민과 적지 않은 경멸을 느끼며 자신의 공포를 되돌아봤다.

아침 식사 후 한 시간 정도 그는 공작 부인과 함께 정원을 걸었다, 그런 다음 그는 마차를 타고 공원을 가로질러 사냥 무리와 합류했다. 소금처럼 서걱서걱한 서리가 풀에 덮여있었다. 하늘은 파란 금속 컵을 엎어 놓은 듯했다. 잔잔한 갈대 호수 주변을 따라 얇은 얼음층이 생겼다.

솔숲 모퉁이에서 그는 공작 부인의 동생 제프리 클루스턴 경이 총에서 다 쓴 탄약통 두 개를 빼내는 모습을 보았다. 그는 마차에서 뛰어내리고, 마부에게 암말을 데리고 집으로 가라고 말한 뒤, 시든 덤불과 거친 풀숲을 지나 그의 손님 제프리에게 다가갔다.

"재미 좀 봤어요, 제프리?" 그가 물었다.

"쏠쏠하진 않아, 도리언. 새들이 거의 다 울타리 밖으로 날아갔나 봐. 장담하건대 점심 먹고 새로운 사냥터에 가면 좀 나을 것 같아."

도리언은 그 옆에서 천천히 걸었다. 무르익은 향긋한 공기와 숲속에서 가물거리는 적갈색 빛줄기, 이따금 울려 퍼지는 몰이꾼의 목쉰 외침, 그리고 뒤이어 방아쇠를 당기는 날카로운 소리가 그를 사로잡았고, 기분 좋은 해방감으로 가득 채워줬다. 그는 행복의 무사태평함과 즐거움의 지극한 무심함에 사로잡혔다.

갑자기 그들 앞으로 이십 야드쯤 떨어진 곳, 철 지난 울퉁불퉁한 짚 더미에서, 산토끼 한 마리가 끝이 검은 귀를 쫑긋 세우고 긴 뒷다리로 펄쩍 뛰어오르며 튀어나왔다. 토끼는 오리나무 숲 쪽으로 쏜살같이 달려갔다. 제프리 경이 바로 어깨에 총을 걸었다. 하지만 토끼의 우아한 동작에는 묘하게 도리언 그레이를 홀리는 뭔가가 있었고, 순간적으로 그는 소리를 질렀다. "쏘지 마, 제프리. 살려줘."

"뭔 소리야, 도리언!" 친구는 웃으며 말한 뒤 산토끼가 숲으로 뛰어들 찰나 방아쇠를 당겼다. 비명이 두 번 들렸는데, 고통스러워하는 산토끼의 섬뜩한 비명과 그보다 더 섬뜩한 사람의 고통스러운 비명이었다.

"이를 어째! 몰이꾼을 맞췄나 봐!" 제프리 경이 소리를 내질렀다. "아니 어떤 멍청한 놈이 총 앞으로 나선 거야! 거기 총 쏘는 거 멈춰!" 그가 목청껏 소리쳤다. "사람이 다쳤어."

몰이꾼 대장이 손에 막대기를 들고 달려왔다.

"어디요, 주인님? 어디 있는데요?" 그가 소리쳤다. 동시에 사냥 대열을 따라 사격이 멈췄다.

"이쪽이야," 제프리 경이 화가 나 서둘러 숲을 향해 가며 대답했다. "도대체 자네 부하들을 왜 뒤에 안 둔 거야? 오늘 사냥은 글렀어."

도리언은 사람들이 나긋나긋 흔들리는 가지들을 옆으로 밀치며 오리나무 덤불 숲으로 뛰어가는 광경을 지켜보았다. 잠시 후 그들의 시체를 끌고 햇빛 속으로 나왔다. 도리언은 공포에 질려 고개를 돌렸다. 그가 가는 곳마다 불행이 뒤따르는 듯했다. 제프리 경이 그자가 정말 죽었는지 묻자 몰이꾼이 죽었다고 대답하는 소리가 들렸다. 별안간 나무숲이 사람들 얼굴로 생기를 띠는 듯했다. 수없이 많은 쿵쿵거리는 발소리와 낮게 웅성거리는 소리가 났다. 가슴이 구릿빛인 거대한 꿩 한 마리가 머리 위 가지들 사이로 퍼드덕 날아올랐다.

불안에 휩싸인 그에게 끝없는 고통의 시간 같던 그 짧은 순간이 지난 후, 그는 누군가 자신의 어깨에 손을 얹는 걸 느꼈다.

그는 깜짝 놀라 주위를 둘러봤다.

"도리언," 헨리 경이 말했다. "오늘 사냥은 여기서 끝내자고 저 사람들에게 말하는 게 좋겠군. 계속하는 게 썩 좋아 보이지 않아."

"영원히 그만뒀으면 좋겠어요, 해리," 그가 비통하게 말했다. "그 모든 게 끔찍하고 잔인해요. 그자는 ……?"

그는 말을 끝내지 못했다.

"안타깝지만 그런 것 같아," 헨리 경이 대답했다. "가슴에 정통으로 맞았어. 분명 즉사했을 거야. 자, 집으로 가자."

그들은 말없이 큰길 방향으로 한 오십 야드를 나란히 걸어갔다. 그러고 나서 도리언은 헨리 경을 바라보며 깊은 한숨을 쉬며 말했다. "불길한 징조예요, 해리, 아주 불길한 징조예요."

"뭐가?" 헨리 경이 물었다. "오! 이 사고 말이야. 이 친구야, 그건 어쩔 수 없었어. 그 남자 잘못이야. 왜 총 앞쪽으로 나온 거야? 게다가, 이일은 우리하고 아무 상관이 없어. 물론 제프리에겐 거추장스러운 일이지. 몰이꾼들에게 총을 쏜 게 잘한 건 아니지. 사람들은 그냥 막 쏜 거로 생각할 거야. 그런데 제프리가 막 쏘는 사람은 아니지. 그는 아주 정확하게 조준해서 쏘지. 하지만 이 문제를 놓고 왈가왈부해도 소용없어."

도리언은 고개를 저었다. "불길한 징조예요, 해리. 뭔가 끔찍한 일이 우리 중 누군가에게 일어날 것 같은 느낌이에요. 어쩌면, 바로 나한테." 고통스러운 몸짓으로 손으로 눈을 가리며 그가 덧붙여 말했다.

헨리 경은 웃음을 터뜨렸다. "이 세상에서 단 하나 끔찍한 건 권태야, 도리언. 바로 권태가 절대 용서할 수 없는 유일한 죄야. 하지만 사람들이 저녁때, 이 사고를 놓고 계속 떠들지 않는 한 우리는 권태를 겪을 일이 없어. 그 사고는 금기 주제라고 사람들한테 말해야겠어. 네가 징조를 얘기해서 말인데, 징조 같은 건 없어. 운명의 여신은 우리에게 예언자를 보내주진 않아. 그 여신은 너무 현명하거나 아니면 너무 잔인해서 그렇게 하질 않아. 더구나 대체 무슨 일이 너한테 생기겠어, 도리언? 누군가 세상에서 원할 수 있는 걸 너는 다 갖고 있잖아. 너랑 처지를 바꾸라고 하면 얼씨구나 하고 좋아하지 않을 사람이 없을걸."

"나는 아무하고라도 내 처지를 바꿀 수 있으면 좋겠어요, 해리. 그렇게 웃지 마. 나는 진심이야. 아까 죽은 불쌍한 그 농부도 지금 나보다 훨씬 나아요. 나는 죽음을 두려워하지 않아요. 나를 두려움에 떨게 하는 건 죽음이 다가오고 있다는 사실이죠. 흉물스러운 죽음의 날개가 육중한 대기 속에서 내 주변을 빙빙 도는 것 같아요. 어떡해! 저기 나무 뒤에서 움직이며, 날 쳐다보고 날 기다리는 사람이 안 보여요?"

헨리 경은 도리언이 덜덜 떨며 장갑 낀 손으로 가리키는 방향을 바라보았다. "응," 그가 미소지으며 말했다. "너를 기다리는 정원사가 보여. 오늘 저녁 식탁에 어떤 꽃을 올려놓고 싶은지 너한테 물어보려는 것 같은데. 이 친구 너무 터무니없이 초조하네! 시내로 돌아가면, 내 주치의를 꼭 만나 봐."

도리언은 정원사가 다가오는 걸 보고 안도의 한숨을 쉬었다. 그는 모자를 만지며 잠시 머뭇거리는 태도로 헨리 경을 흘끗 보더니, 편지 한 통을 꺼내 자기 주인에게 건네주었다. "공작 부인께서 답변을 기다린다고 하셨습니다," 그가 머뭇거리며 말했다.

도리언은 편지를 주머니에 넣었다. "공작 부인에게 내가 곧 간다고 전해," 그는 차갑게 말했다. 정원사는 돌아서서 급히 집 쪽으로 걸어갔다.

"여자들은 위험한 짓을 참 좋아한다니까!" 헨리 경이 웃었다. "그게 내가 여자들에게 가장 감탄해 마지않는 속성 중 하나야. 여자는 다른 사람들이 보고 있는 한 세상 누구한테도 추파를 던질 거야."

"해리, 당신은 위험한 발언을 좋아하네요! 이번에는 완전히 빗나갔어요. 나는 공작 부인을 매우 많이 좋아하지만, 사랑하는 건 아니죠."

"근데 공작 부인은 너를 아주 많이 사랑하지만 그만큼 좋아하는 건 아니니까 둘은 아주 잘 맞는 짝이네."

"지금 괜한 스캔들을 만들고 있어요, 해리, 아무 근거도 없잖아요."

"모든 스캔들의 근거는 부도덕한 확신이지," 헨리 경이 말했고, 담뱃불을 붙였다.

"해리 당신은 경구 하나를 위해서라면, 누구든 희생시키고도 남죠."

"세상은 제 발로 제단에 올라가지," 대답이었다.

"사랑할 수 있으면 좋겠어요," 목소리에 깊은 비애감을 담아 도리언 그레이가 큰 소리로 말했다. "하지만 난 열정도 잃고 욕망도 잊은 듯해요. 난 나 자신에 너무 몰두하고 있어요. 나 자신의 성격마저 내겐 짐이 되고 말았어요. 나는 어디론가 멀리 도망 가서 다 잊고 싶어요. 여기 내려오다니 정말 어리석었어요. 하비에 전보를 보내 요트를 준비하라고 해야 할까 봐요. 요트에서는 누구나 안전하니까요."

"뭐로부터 안전한데, 도리언? 너 뭐 문제가 있지. 그게 뭔지 왜 나한테 말 안 하는데? 내가 도와줄 걸 너도 알잖아."

"나는 말 못 해요, 해리," 그가 애처롭게 대답했다. "확실히 말하지만 모든 게 그냥 내 상상일 뿐이에요. 아까 그 불행한 사고 때문에 심란한 것뿐이에요. 그런 일이 나에게도 생길 수 있다는 끔찍한 예감이 들어서요."

"무슨 말도 안 되는 소리!"

"말도 안 되는 거면 좋겠어요. 하지만 어쩔 수 없이 그런 느낌이 드네요. 아! 새로 맞춘 가운을 입고 공작 부인이 아르테미스 같은 모습으로 오시네요. 봐요, 공작 부인, 우리가 돌아왔습니다."

"얘기 다 들었어요, 그레이 씨," 그녀가 대답했다. "가여운 제프리가 정말 심란해하고 있어요. 당신이 그 토끼를 쏘지 말라고 말했다면서요. 정말 신기하네요!"

"네, 정말 신기하죠. 뭐 때문에 그렇게 말했는지 모르겠어요. 내 생각엔, 순간 느낌이 그랬어요. 그 토끼가 살아있는 작은 동물 중 가장 사랑스러워 보였어요. 그 죽은 남자 얘기를 부인께 했다니 유감이네요. 끔찍한 얘기인데."

"기분이 언짢은 얘기지," 헨리 경이 끼어들었다. "어떤 심리학적 가치도 없지. 제프리가 고의로 그렇게 했다면 얼마나 흥미로웠을까! 난 진짜로 살인을 해본 사람을 알고 싶거든."

"정말 못됐어, 해리!" 공작 부인이 외쳤다. "안 그래요, 그레이 씨? 해리, 그레이 씨가 다시 편찮은가 봐. 쓰러질 것 같아."

도리언은 애써 정신을 추스르며 미소 지었다. "아무 일도 아니에요. 공작 부인," 그가 나지막이 말했다. "그냥 신경이 완전히 곤두서서요. 그뿐이에요. 오늘 너무 많이 걸어서 그럴 거예요. 해리가 뭐라 했는지 듣질 못했어요. 몹시 나쁜 얘기였나요? 나중에 꼭 말해줘요. 저는 가서 누워야겠어요. 먼저 실례해도 되겠죠?"

그들은 온실에서 테라스로 이어지는 큰 계단에 다다랐다. 도리언이 들어가고 유리문이 닫히자, 헨리 경은 돌아서서 졸음에 겨운 눈으로 공작 부인을 바라보았다. "저 애를 많이 사랑하고 있는 거야?" 그가 물었다.

한참 동안 그녀는 아무 대답 없이 온실 조경을 바라보고 서 있었다. "나도 내 마음을 알았으면 좋겠어," 그녀가 마침내 입을 열었다.

그는 고개를 가로저었다. "알면 다칠 수도 있어. 사람의 마음을 사로잡는 건 불확실성이거든. 안개가 사물들을 경이롭게 만들지."

"길을 잃을 수도 있지."

"모든 길은 결국 똑같은 곳에서 끝나, 글래디스."

"끝이 뭔데?"

"환멸."

"내 인생의 시작이 환멸이었지," 그녀가 한숨 내쉬었다.

"환멸이 관을 쓰고 네게 온 거네."

"난 딸기잎[49]이 지겨워."

"잘 어울리던데."

"사람들 앞에서나 그렇지."

"없으면 그리워할 걸," 헨리 경이 말했다.

"꽃잎하고는 안 헤어지질 거야."

"몬머스도 귀가 있는데."

"나이 들면 귀도 어두워져."

"한 번도 몬머스가 질투한 적 없어?"

"차라리 질투했으면 좋겠다."

헨리 경이 뭔가를 찾듯이 주위를 두리번거렸다. "뭘 찾아?"

---

49   공작 부인의 관은 딸기잎 모양 장식이 있음.

그녀가 물었다.

"누나 펜싱 칼에서 떨어진 단추,"[50] 그가 대답했다. "떨어뜨렸잖아."

그녀가 웃었다. "난 아직 마스크를 쓰고 있어."

"그래서 눈이 더 사랑스럽게 보인 거군." 그의 대답이었다.

그녀는 다시 웃었다. 붉은 과일의 하얀 씨처럼 그녀의 치아가 하얗게 드러났다.

위층 자기 방에서, 도리언 그레이는 공포에 질려 몸의 섬유질 하나하나가 욱신거리는 상태로 소파에 누워있었다. 그에게 갑자기 삶은 너무나 흉물스러운 짐이 되어 더는 견딜 수 없었다. 덤불 숲에서 불행한 몰이꾼이 산짐승처럼 총에 맞아 끔찍하게 죽은 게 자신에게도 다가올 죽음을 예고하는 듯했다. 그래서 우연히 빈정대듯 농담하는 분위기에서 헨리 경이 한 말에 거의 기절할 뻔했다.

다섯 시에 그는 종을 울려 하인을 불러 런던으로 가는 야간 특급 열차를 탈 수 있도록 자기 물건을 챙기고 여덟 시 반까지 문 앞에 브룸 마차를 대기시키라고 지시했다. 그는 셸비 로얄에서 하룻밤도 더 자지 않을 작정이었다. 불길한 장소였다. 그

---

50 연습용 펜싱칼 끝에는 상대를 보호하기 위한 단추가 있는데, 단추가 없다는 것은 상대방을 작정하고 공격한다는 뜻. 여기서는 헨리와 공작 부인 간의 말 대결에서 공작 부인이 아주 재치있게 바득바득 말을 받아치는 걸 비유함.

곳에선 벌건 대낮에도 죽음이 어슬렁거렸다. 숲속의 풀도 피로 얼룩졌다.

그런 다음 그는 헨리 경에게 쪽지를 썼는데, 자기는 시내로 가서 의사와 상담해야 하니 그가 없는 동안 손님들을 대접해달라고 부탁하는 내용이었다. 쪽지를 봉투에 넣을 때, 문을 두드리는 소리가 났고, 시종이 들어와 몰이꾼 대장이 그를 뵙기를 청한다는 말을 전했다. 그는 얼굴을 찌푸리며 입술을 깨물었다. "들여보내," 그는 잠시 머뭇거린 후 낮게 말했다.

몰이꾼 대장이 들어오자마자 도리언은 서랍에서 수표책을 꺼내 앞에 펼쳤다.

"오늘 아침에 있었던 불행한 사고 때문에 온 거지, 쏜톤?" 그가 펜을 집으며 말했다.

"그렇습니다, 주인님," 몰이꾼 대장이 말했다.

"그 불쌍한 친구 결혼은 했나? 그에게 딸린 식구가 있나?" 도리언이 따분한 표정으로 말했다. "만약 그러면 그 식구들을 궁핍하게 놔두고 싶지 않으니 자네가 필요하다고 생각하는 만큼 돈을 주겠네."

"저희는 그자가 누군지 모릅니다, 주인님. 그래서 이렇게 무례하게 찾아뵈는 겁니다."

"누군지 모른다고?" 도리언이 시큰둥하게 말했다. "무슨 소리야? 자네 사람이 아니란 말이야?"

"아닙니다, 주인님. 한 번도 본 적 없는 자입니다. 뱃사람 같습니다."

펜이 도리언 그레이의 손에서 떨어졌고, 갑자기 심장 고동이 멈춘 듯한 느낌이었다. "뱃사람이라고?" 그가 소리쳤다. "뱃사람이라고 했나?"

"네, 주인님. 뱃사람이었던 것 같습니다. 양팔에 문신 같은 그런 게 새겨져 있었죠."

"그에게서 뭐라도 발견되었나?" 도리언은 몸을 앞으로 기대며 놀란 눈으로 그를 바라보며 말했다. "그자 이름을 알려줄 만한 게 있나?"

"돈이 조금 있는데요, 주인님 — 많지는 않고요, 연발 권총도 있었어요. 이름 같은 것은 어디에도 없었어요. 생긴 건 괜찮은 편인데, 주인님, 다소 억세 보였죠. 저희 생각에 뱃사람인 것 같습니다."

도리언은 벌떡 자리에서 일어났다. 한 가닥 가느다란 희망이 퍼덕이며 그를 지나쳐 갔다. 미친 듯이 그 희망을 움켜쥐었다. "시체는 어딨나?" 그가 소리쳤다. "어서! 당장 봐야겠다."

"자경용 농장의 빈 마구간에 있습니다, 주인님. 사람들이 그런 걸 자기 집에 들이려 하질 않아서요. 시체는 액운을 불러들인다고들 하죠."

"자경용 농장이라고! 당장 거기로 가, 나도 갈 테니. 마부에게 내 말을 가져오라 해. 아냐, 됐어. 내가 직접 마구간으로 가지. 그래야 시간을 아낄 테니."

십오 분도 지나지 않아 도리언은 기나긴 길을 따라 있는 힘을 다해 말을 달렸다. 나무들이 유령 행렬처럼 그를 휙휙 스쳐지나갔고 어지러운 그림자들이 그의 길 앞에 몸을 던지는 듯했다. 한번은 암말이 흰 대문 기둥 앞에서 갑자기 방향을 바꾸다 그를 내동댕이칠 뻔했다. 그는 채찍으로 목을 세게 휘갈겼다. 말은 해 질 녘 공기를 가르며 쏜살같이 달렸다. 말발굽에 채어 돌들이 튀어 올랐다.

마침내 그는 자경용 농장에 도착했다. 두 남자가 마당에서 서성이고 있었다. 안장에서 뛰어내린 그는 고삐를 그들 중 한 명에게 던졌다. 가장 멀리 떨어진 마구간에서 불빛이 희미하게 어른거렸다. 시체가 거기 있다고 무언가가 그에게 말해주는 듯했고, 그는 서둘러 문으로 다가가 빗장에 손을 얹었다.

자기 인생을 파괴할 수도 있고 되살릴지도 모르는 확인의 순간에 맞닥뜨리고 있음을 느끼며, 그는 잠시 거기서 멈칫했다. 이내 그는 문을 밀쳐 열고 안으로 들어갔다.

안쪽 구석 자루 더미 위에 거친 셔츠와 파란 바지를 입은 한 남자의 시체가 누워있었다. 얼룩무늬 손수건이 얼굴을 덮고 있었다. 병에 꽂힌 싸구려 촛불이 그 옆에서 펄럭거렸다.

도리언 그레이는 몸서리쳤다. 도저히 자기 손으로 손수건을 치울 수 없어 그는 농장 일꾼 한 명에게 오라고 소리쳤다.

"저것 좀 치워. 얼굴을 보고 싶으니," 그는 몸을 지탱하려고 문설주를 잡으며 말했다.

농장 일꾼이 수건을 치웠을 때 그는 앞으로 다가갔다. 기쁨에 겨운 외마디 비명이 그의 입에서 터져 나왔다. 덤불 숲에서 총에 맞은 자가 바로 제임스 베인이었다.

그는 시체를 보며 잠시 그곳에 서 있었다. 말을 타고 집으로 돌아오는 길에 이제야 자신이 안전하다는 걸 깨닫고, 그의 눈은 눈물로 가득 찼다.

19장

"네가 착하게 살겠다고 나한테 말해봐야 소용없어," 헨리 경이 장미 물로 채워진 붉은 구리 그릇에 흰 손가락을 담그며 소리쳤다. "너는 지금도 아주 완벽해. 제발 더는 변하지 마."

도리언 그레이가 고개를 가로저었다. "아니에요, 해리, 나는 살면서 끔찍한 짓을 너무 많이 저질렀어요. 더는 그렇게 살지 않을래요. 어제부터 선행을 시작했어요."

"어제 너는 어디 있었는데?"

"시골에요, 해리. 나는 혼자서 작은 여인숙에 머물렀죠."

"애야" 헨리 경이 웃으며 말했다. "누구든지 시골에서 착하게 살 수 있어. 거기에는 유혹이 없어. 바로 그래서 도시를 떠나 사는 사람들이 절대 문명화될 수 없는 거야. 문명은 어떤 수를 써도 쉽게 얻을 수 있는 게 아니야. 인간이 문명에 이를 방법은 두 가지뿐이지. 하나는 교양을 갖추면 되고, 다른 하나는 타락을 하면 되지. 시골 사람들은 어느 쪽으로도 기회가 없어, 그래서 그냥 정체되는 거지."

"교양과 타락," 도리언이 되풀이했다. "둘 다 조금은 알죠. 지금 생각해 보면 그 둘이 행여 함께하면 끔찍할 것 같아요. 제게 새로운 이상이 생겨서 그래요, 해리. 난 바뀔 거예요. 이미 변했다고 생각해요."

"네가 어떤 착한 행동을 했는지 나한테 아직 말 안 했어. 아니, 한 번 이상 했다고 네가 말했나?" 그의 동료가 물었다, 그리고 그는 접시 위에서 씨가 박힌 딸기들의 진홍색 작은 피라미드를 흐트러뜨린 다음 구멍 난 조개 모양 숟가락으로 그 위에 흰 설탕을 눈처럼 뿌리며 말했다.

"내가 말해줄게요, 해리. 이 얘긴 내가 누구에게도 할 수 없는 얘기죠. 나는 누군가를 구해줬죠. 공허하게 들리지만 내 말이 무슨 뜻인지 당신은 이해하죠.

그 여자애는 아주 아름답고, 놀랄 정도로 시빌 베인을 닮았죠. 처음엔 아마 그거 때문에 그 애에게 끌린 것 같아요. 당신도 시빌 기억하죠, 그렇죠? 그 일은 얼마나 오래전 일 같은가요! 음, 물론 헤티는 우리와 같은 계급의 여자가 아니죠. 그저 시골 소녀예요. 하지만 난 진정으로 그 애를 사랑했죠. 그 애를 사랑한 건 아주 분명해요. 우리가 함께했던 멋진 오월 내내, 일주일에 두세 번은 그 애를 보러 시골에 내려가곤 했죠. 어제 작은 과수원에서 그 애가 나를 만났죠. 그 애 머리 위로 사과꽃이 계속 쏟아져 내렸고, 그 애는 해맑게 웃고 있었죠. 오늘 아침 동틀 때 함께 도망가기로 했었거든요. 근데 그 순간 나는 그 애를 처음 본 그때처럼 한 떨기 꽃으로 남겨두기로 마음을 먹었죠."

"감정의 신선함이 네게 진정한 쾌락의 전율을 준 게 분명해,

도리언," 헨리 경이 끼어들었다. "하지만 너를 대신해서 내가 너의 목가적인 이야기를 마칠 수 있어. 너는 그녀에게 좋은 충고를 했는데 그게 그녀의 맘을 산산조각 낸 거지. 그게 네 개선의 시작이군."

"해리, 당신은 너무 끔찍해요! 그렇게 끔찍한 말을 하면 안 되죠. 헤티의 마음이 찢어지진 않았어요. 물론 그 애는 울고불고했지만 그게 다예요. 그녀에게 수치스러운 일은 없죠. 민트와 매리골드가 핀 정원에서 페르디타[51]처럼 살아갈 거예요."

"그리고 자기를 저버린 플로지젤 왕자를 생각하며 울겠지," 헨리 경이 몸을 의자에 뒤로 기대고 웃으면서 말했다. "소중한 도리언, 너는 정말 신기할 정도로 철부지 같은 기분을 지녔구나. 이제 그 애가 자기 신분의 남자에게 만족하며 살 수 있을 거로 생각하니? 언젠가 무식한 짐꾼이나 능글능글한 쟁기꾼에게 시집가겠지. 그런데 너를 만나 사랑했단 사실만으로도 그 애는 남편을 경멸하게 되고, 그러다 비참해지겠지. 도덕적인 관점에서 말하자면, 나는 너의 그 위대한 단념을 높이 평가할 수 없어. 게다가 지금 이 순간 오필리아처럼 헤티가 사랑스러운 수선화에 싸여 별빛이 비치는 연못에서 둥둥 떠다니고 있을지 누가 알아?"

---

51 셰익스피어의 희곡 『겨울 이야기』에 등장하는 인물. 보헤미아 왕자 플로지젤과 사랑에 빠짐.

"나는 당신 말을 참을 수 없어요, 해리! 당신은 모든 걸 조롱하고 나서 그 뒤에는 가장 비극적인 결말을 제시하죠. 내가 당신에게 괜히 말했어요. 이제 당신이 나한테 무슨 말을 하든 신경 안 써요. 내가 한 행동이 옳다는 걸 알아요. 가엾은 헤티! 오늘 아침 말 타고 농가를 지나갈 때, 재스민 향수를 뿌린 듯 창가에 어른거리는 그녀의 흰 얼굴을 보았죠. 이제 그 얘기는 그만하고, 몇 년 만에 내가 한 최초의 선한 행동, 내가 아는 한 최초의 작은 자기희생이 사실은 죄악이라고 설득하려 하지 마요. 나는 더 좋은 사람이 되고 싶어요. 나는 더 착한 사람이 될 거예요. 이제 당신 얘기나 해줘요. 시내에는 무슨 일이 없나요? 며칠간 클럽에 간 적이 없어서요."

"사람들이 아직도 불쌍한 바질의 실종 얘기를 하고 있지."

"이때쯤이면 사람들이 그 얘기에 질렸을 거로 생각했는데," 도리언은 자기 잔에 포도주를 따르며 살짝 얼굴을 찌푸리며 말했다.

"애야, 사람들이 그 얘기를 한 게 겨우 육 주뿐이 안 되었어, 그리고 영국 대중들은 석 달에 하나 이상의 화제를 다룰 정신적 여유가 진짜 없거든. 근데 영국 대중들은 요즘 정말 운이 좋았어. 내 이혼 소송도 있고, 앨런 캠벨의 자살도 있었으니. 지금은 예술가의 불가사의한 실종 사건이 생긴 거야. 영국 경찰청은 11월 9일 자정 기차를 타고 파리로 떠난 회색 얼스터코트를 입은 사람이 불쌍한 바질이라 아직도 주장하는데, 프랑스 경찰은 바질이 파리에 도착하지 않았다고 단언하고 있거든. 한 보름 후면 바질을 샌프란시스코에서 봤다는 얘기가 들릴 거야. 엉뚱하지만 실종된 사람은 다 샌프란시스코에서 목격된다는 말이 있지. 거긴 분명 유쾌한 도시이고 다음 세계의 모든 매력을 지니고 있어."

"바질에게 무슨 일이 생긴 것 같아요?" 도리언은 부르고뉴 와인이 든 잔을 빛을 향해 들어 올리며 물었고, 그는 어떻게 이 문제를 이렇게 침착하게 논할 수 있는지 놀라웠다.

"나는 전혀 짐작도 못 하겠어. 바질이 작정하고 숨은 거면 내가 상관할 바 아니지. 죽은 거라면 그에 대해 생각하기 싫어. 나를 두렵게 하는 유일한 것은 바로 죽음뿐이거든. 나는 죽음이 싫어."

"왜요?" 도리언은 지쳐서 말했다.

"왜냐면," 헨리 경이 코끝에 뚜껑이 열린 향약 통의 금박 격자를 흔들며 말했다, "요즘 우리는 죽음 말고 다 이겨낼 수 있지. 죽음과 천박함이 19세기에 어떤 말로도 설명할 수 없는 유일한 두 가지 사실이지. 우리 음악실로 가서 커피를 마실까, 도리언. 나한테 쇼팽 연주해 줘. 내 아내와 눈이 맞아 도망간 남자가 쇼팽을 기가 막히게 연주했었지. 불쌍한 빅토리아! 내가 정말 좋아했는데. 그녀가 없으니까 집이 좀 쓸쓸해. 물론 결혼 생활은 습관, 그냥 나쁜 습관에 불과해. 하지만 사람은 자신의 가장 나쁜 버릇조차도 잃고 나면 아쉬워하지. 아마 나쁜 습관을 버리고 나면 가장 아쉬워할걸. 그게 인간 성격의 필수 요소라서 그래."

도리언은 아무 말 없이 탁자에서 일어나 옆방으로 가 피아노 앞에 앉았다, 그리고 흑백의 상아 건반 위로 손가락을 무의식적으로 흘려보냈다. 커피가 들어오자 그는 연주를 멈추고 헨리 경을 보며 말했다, "해리, 바질이 살해되었다는 생각은 안 해봤어요?"

헨리 경이 하품했다. "바질은 아주 인기가 많았고, 항상 싼 워터베리 시계를 차고 다녔지.[52] 뭐 땜에 그가 살해되어야 했을까? 그는 적을 만들 만큼 영리한 친구도 아니었어. 물론 그는 그림에 뛰어난 재능이 있었지. 하지만 사람이 벨라스케스처럼 그림을 잘 그려도 정말 둔해 빠졌을 수 있거든. 바질은 아주 둔해 빠진 친구였지. 그가 딱 한 번 내 관심을 끈 적이 있었는데, 몇 년 전에 그가 너를 엄청 숭배했을 때, 그리고 자기 예술의 주요한 동기가 너라고 말했을 때였지."

"나도 바질을 아주 좋아했어요," 도리언이 슬픔에 젖은 목소리로 말했다. "그래도 사람들이 그가 살해된 거라 말하진 않나요?"

"오, 신문 몇 군데서 그렇게 말했지. 내가 보기에는 전혀 있을 법하지 않아. 파리에 무시무시한 곳들이 있지만, 바질이 그

---

52   미국의 워터베리 회사가 만든 싸구려 시계라 강도가 탐낼만한 것이 아님.

런 데 드나들 위인이 아니란 것을 나는 알아. 호기심이 하나도 없는 친구야. 그게 그의 가장 큰 흠이었지."

"해리, 내가 바질을 죽였다고 하면 당신은 뭐라 하겠어요?" 도리언이 말했다. 이렇게 말한 뒤, 헨리를 유심히 살펴보았다.

"너한테 안 맞는 역할을 흉내 내는 거라고 말하겠지. 모든 천박함이 범죄인 것처럼 모든 범죄는 천박해. 도리언, 너는 살인을 저지를 사람이 아니야. 이런 말을 해서 네 허영심에 상처를 줬다면 미안해, 그러나 사실은 사실일 뿐이야. 범죄는 전적으로 하층 계급에 속하는 일이야. 만에 하나라도 그런 사람들을 비난하는 건 아냐. 내 생각에는 그들에게 범죄가 우리에게 예술이 그러하듯, 단순히 기이한 센세이션을 얻으려는 수단에 불과하다고 생각해."

"센세이션을 얻는 수단이라고요? 그럼 한 번 살인을 저지른 사람은 다시 똑같은 죄를 저지를 수 있다고 생각하는 건가요? 그렇다고 하지 마요."

"오! 누구나 뭔가를 너무 자주 하면 그게 쾌락이 되지," 헨리 경이 웃으며 큰 소리로 말했다. "그게 인생의 가장 중요한 비밀 중 하나야. 하지만 나는 살인은 항상 실수라고 생각해. 저녁 식사 후에 말할 수 없는 일이라면 우리는 하지 말아야 해. 하지만 이제 불쌍한 바질 얘기는 그만하자. 네 말대로 바질이 그렇게 낭만적으로 생을 마쳤길 바라지만, 그럴 리 없지. 합승 마차에서 떨어져 센강에 빠졌는데 차장이 그 사건을 쉬쉬한 걸 거야. 그래, 그게 그의 최후라고 생각해. 지금쯤 그는 탁한 녹조물 밑에 등을 대고 누워있는데 그 위로 커다란 바지선이 떠가고 길게 뻗은 수초들이 그의 머리채와 엉켜 있는 게 보여. 지난 십 년 동안 그의 그림은 아주 형편없었거든."

도리언은 한숨을 내쉬었다, 그리고 헨리 경은 방을 가로질러 가더니, 분홍색 볏과 꼬리 그리고 큰 회색 깃털이 있고, 대나무 횟대에서 몸을 가누고 있는 진기한 자바 앵무새의 머리를 쓰다듬기 시작했다. 그의 가늘고 긴 손가락들이 새를 만지자, 앵무새는 주름진 눈꺼풀의 허연 비듬을 검은 유리 같은 눈 위로 떨구더니 앞뒤로 몸을 흔들기 시작했다.

"그래," 그는 돌아서더니 손수건을 주머니에서 꺼내며 말을 이었다. "그의 그림은 완전히 형편없어졌지. 내가 보기에 뭔가를 상실한 듯했어. 이상을 상실한 거야. 너와 바질이 친구 사이를 끝내자 위대한 예술가로서 그도 끝이 난 거야. 뭐 때문에 헤어진 거야? 그 친구가 널 지루하게 만든 거 같은데. 그렇다면 그가 너를 절대 용서 안 했겠지. 그것은 지루한 사람들이 지닌 습관이지. 그런데, 그가 너를 그린 그 대단한 초상화는 어떻게 됐어? 그림을 완성한 뒤로 난 한 번도 못 본 것 같은데. 아! 몇 년 전에 네가 말한 게 기억난다, 셀비 하우스로 보냈는데 도중에 잃어버렸거나 도난당했다고 말했지. 다시는 못 찾은 거야? 정말 안됐다! 정말 걸작이었는데. 내가 사려고 했던 게 기억나. 지금 내가 갖고 있으면 좋을 텐데. 바질의 전성기 작품에

속했는데. 그 이후로 그의 작품은 의도만 좋고 그림은 별로인 그런 묘한 혼합이었어, 그래도 그를 대표적인 영국 예술가라고 불리게 해줬지. 그림을 찾으려고 광고는 안 냈어? 냈어야지."

"나는 잊었어요," 도리언이 말했다. "그랬던 것 같아요. 근데 나는 그 그림을 진짜 좋아한 건 아녜요. 초상화를 그리라고 앉아 있었던 게 유감이죠. 그 그림에 대한 기억조차 나는 싫어요. 왜 그 얘기를 하는 거죠? 그 초상화는 내게 어떤 연극—내 생각에 『햄릿』—의 묘한 구절을 상기시키곤 했는데, 구절이 뭐였더라? —

> 비탄의 그림처럼,
> 심장이 없는 얼굴.

맞아요, 제 초상화가 이런 거였어요."

헨리 경이 웃음을 터뜨렸다. "만약 사람이 인생을 예술적으로 다루다 보면, 그의 뇌가 심장이 되지," 그가 안락의자에 깊숙이 앉으며 대답했다. 도리언 그레이는 고개를 가로저으며 피아노에서 부드러운 선율을 들려주었다. "비탄의 그림처럼," 그는 되뇌었다, "심장이 없는 얼굴."

그 나이 든 남자가 뒤로 기대어 앉아 반쯤 감긴 눈으로 그를 바라보았다. "그런데, 도리언," 잠시 뜸을 들인 후 그가 말했다. "사람이 온 세상을 얻는다 해도 — 비유가 어떻게 되더라? —

자기 영혼을 잃으면 무슨 이득이 있을까?[53]'"

음악이 귀에 거슬렸고, 도리언 그레이는 흠칫하며 친구를 빤히 바라보았다. "왜 제게 그런 걸 묻는 거죠, 해리?"

"얘야," 헨리 경이 놀라 눈썹을 추켜세우며 말했다. "네가 대답할 수 있을 것 같아서 물어본 거야. 그뿐이야. 내가 지난 일요일 하이드파크를 지나 마블 아치 근처에 갔을 때, 행색이 초라한 사람들이 옹기종기 모여 천한 길거리 설교자 얘기를 듣고 서 있었지. 지나쳐 갈 때, 그자가 청중들에게 그 질문을 고함치는 걸 들었어. 꽤 극적이어서 강한 인상을 주었지. 런던에는 그런 유의 진기한 현상들이 많이 있지. 축축한 일요일, 방수 외투를 걸친 꼴사나운 기독교인, 물이 뚝뚝 떨어지는 부러진 우산 아래 병들어 창백한 얼굴들, 그리고 새되고 신경질적인 목소리로 공중에 내던지는 대단한 성경 구절 — 그건 정말로 나름대로 괜찮았고, 꽤 좋은 제안이었지. 예술에는 영혼이 있지만, 인간에는 영혼이 없다고 그 예언자에게 말해줄까 생각했지. 하지만 그자가 날 이해하지 못할까 봐 걱정이었지."

"그만 해요, 해리. 영혼은 무시무시한 실재예요. 그건 살 수도, 팔 수도 있고, 서로 교환할 수도 있죠. 독에 중독될 수도 있고 완벽해질 수도 있죠. 우리 각자에게 영혼이 있어요. 제가 잘 알아요."

---

53 「마가복음」 8장 36절의 내용을 인용한 것임.

"정말 그렇다고 확신할 수 있어, 도리언?"

"그럼요."

"아! 그럼 그건 틀림없이 환상일 거야. 우리가 완전히 확실하다고 느끼는 것들이 결코 사실이 아니거든. 그게 믿음의 숙명이고 낭만적 사랑의 교훈이지. 너 정말 진지하구나! 그렇게 심각하지 마. 너나 나나 우리 시대의 미신들과 무슨 상관이 있어? 없어, 우리는 영혼에 대한 믿음을 포기했어. 연주를 해줘. 야상곡을 연주해 줘, 도리언. 그리고 연주하면서 작은 소리로 네가 어떻게 젊음을 유지하는지 말해줘. 분명 무슨 비결이 있지. 나는 너보다 겨우 열 살 많은데, 주름지고 쳐지고 누르스름하잖아. 넌 정말 대단해, 도리언. 오늘 밤 너는 어느 때보다 더 매력적으로 보여. 너를 처음 본 날이 기억날 정도야. 그때 너는 조금은 건방져 보이면서도 수줍기도 하고 비범하기도 했었지. 물론 너도 변하긴 했지만, 외모는 그대로야. 비결을 말해주면 좋겠는데. 젊음을 되찾을 수만 있다면 나는 세상에 못 할 게 하나도 없을 거야, 운동하고 일찍 일어나고 착실한 거 빼고 말이야. 젊음! 세상에는 그만한 게 없어. 젊음을 무지라고 하는 건 말도 안 돼. 내가 요즘 조금이라도 존중하며 듣는 의견은 나보다 훨씬 젊은 사람들의 의견뿐이야. 그들이 나보다 앞선 것 같아. 삶은 늘 그들에게 가장 새로운 경이를 보여주거든. 나이 든 사람들은 말이야, 나는 항상 나이 든 사람들을 반박하지. 원칙을 갖고 그렇게 하는 거야. 만약 네가 나이 든 사람들에게 어제 일어난 일에 대해 의견을 물으면, 사람들은 꽉 조이는 목장식 옷을 입고, 아무거나 다 믿고 아는 건 하나도 없던 시절인 1820년에 유행했던 의견을 아주 근엄한 목소리로 전해주지. 네가 연주하는 곡은 참 사랑스럽구나! 이것을 쇼팽이 마요르카섬에서 작곡했을까? 빌라 주변에서는 바다가 울부짖고, 유리창에는 소금기 가득한 물보라가 부딪히던 곳에서? 놀랄 정도로 낭만적이네. 모방하지 않은 예술이 우리에게 남겨져 있다는 게 얼마나 큰 축복이야! 멈추지 마. 오늘 밤 나는 음악이 필요해. 내가 보기에 너는 젊은 아폴론이고, 나는 네 음악에 귀 기울이고 있는 마르시아스[54] 같아. 도리언, 나도 네가 절대 알 수 없는 나만의 슬픔이 있어. 나이 든 사람의 비극은 그 사람이 늙어서가 아니라 여전히 젊기 때문이야. 나도 가끔 나 자신의 진지함에 놀라. 아, 도리언, 너는 얼마나 행복할까! 얼마나 멋진 삶을 누리고 있는지! 너는 모든 걸 깊이 들이마셨지. 포도를 입천장에 대고 으깨었지. 네게 숨겨진 것은 하나도 없어. 그 모든 게 다 너에게는 음악 소리일 뿐이야. 그것은 너를 해치지 않았어. 너는 늘 똑같았지."

"나도 똑같진 않아요, 해리."

---

54 그리스 신화에서 마시어스는 플루트를 연주하는 법을 배운 숲의 신으로 음악 경연에서 아폴론에게 도전했다가 져서 산 채로 신에 의해 껍질이 벗겨짐.

"아냐, 너는 똑같아. 너의 남은 인생이 어떨지 궁금해. 자제한다고 인생을 망치지 말고. 지금 너는 완벽한 존재야. 자신을 불완전한 존재로 만들지 마. 지금 너는 흠 하나 없어. 고개를 저을 필요 없어. 너도 그걸 알잖아. 게다가, 도리언, 자기 자신을 속이지 마. 인생은 의지나 의도로 지배되지 않아. 인생은 신경들과 섬유조직 그리고 천천히 만들어지는 세포들의 문제야. 세포 속에 생각이 숨어있고 열정이 꿈을 간직하고 있어. 너는 너 자신이 안전하다고 상상하고 스스로 강하다고 생각할 수 있어. 하지만 어느 방 안에, 아침 하늘의 우연한 색조, 네가 한때 아주 좋아했고 그래서 지금은 아련한 기억을 불러내는 특별한 향기, 잊고 있었으나 우연히 다시 떠오른 시의 한 구절, 이제는 더는 연주하지 않는 어떤 음악의 선율 — 내가 말하지만, 도리언, 바로 이런 것들이 우리의 삶을 좌지우지해. 브라우닝이 어디선가 그런 걸 썼는데, 아니 우리 감각만으로도 우린 그걸 상상할 수 있어. 불현듯 흰 라일락 향기가 나를 스치는 순간들이 있고, 그러면 나는 내 인생에서 가장 기이한 시간을 다시 살 수밖에 없지. 너와 내 처지를 바꿀 수 있다면 좋겠어, 도리언. 세상은 우리 둘 다를 소리 높여 비난하지만, 그래도 항상 너를 숭배했지. 앞으로도 계속 숭배할 거야. 너는 우리 시대가 추구하는 바로 그런 유형이고, 찾아내고는 오히려 두려워하는 존재야. 네가 아무것도 안 한 것이, 즉 조각도 하지 않고 그림도 그리지 않고 너 자신 말고는 어떤 것도 만들어 내지 않아 정말 다행이야. 인생이 너의 예술이었지. 스스로 자신을 음악에 맞추었고. 그러니 네 하루하루가 소네트이지."

도리언이 피아노에서 일어나, 손으로 머리를 쓸어 넘겼다. "그래요, 인생은 절묘했죠," 그가 나지막이 말했다, "하지만 나는 더는 똑같이 살지 않을 거예요, 해리. 그리고 이제 당신도 그런 터무니없는 말을 하지 말아요. 나를 다 아는 것도 아니잖아요. 날 다 알게 되면 당신조차 나에게 등을 돌릴걸요. 웃으시는데. 웃지 마요."

"왜 피아노를 멈춘 거야, 도리언? 다시 앉아 야상곡을 한 번 더 들려줘. 어스름한 공중에 걸린 꿀처럼 노랗고 큰 달을 봐봐. 달도 네가 유혹하길 기다리고 있으니 네가 연주하면 지구에 더 가까이 다가올 거야. 마음이 안 내켜? 그럼 클럽에 가자. 매혹적인 밤이었으니, 아름답게 끝내야지. 엄청 너를 알고 싶어 하는 사람이 화이트 클럽에 있는데 — 본머스의 장남인 젊은 풀 백작이야. 벌써 네 넥타이랑 똑같은 넥타이를 매고 너를 소개해달라고 나를 조르고 있지. 아주 유쾌한 친구라 네 생각이 날 정도야."

"만나고 싶지 않아요," 눈으로 서글픈 표정을 지으며 도리언이 말했다. "오늘 밤 피곤해요, 해리. 클럽에 안 갈래요. 열한 시가 다 되었고 일찍 잠자리에 들고 싶어요."

"그럼 집에 있어. 네가 오늘 밤처럼 잘 연주한 적이 없었어. 피아노를 치는 손길에 뭔가 놀라운 게 있었어. 전에 들었던 것보다 더 표현이 풍부했어."

"그건 내가 착한 사람이 되려고 맘먹어서죠," 그가 웃으며 말했다. "이미 조금 변했거든요."

"너는 나한테 변함없어, 도리언," 헨리 경이 말했다. "너와 나는 영원한 친구야."

"하지만 예전에 당신은 책으로 나를 독이 들게 했죠. 나는 그걸 용서하지 않을 거예요. 해리, 다시는 그 책을 누구에게도 빌려주지 않겠다고 약속해요. 그건 해를 끼치죠."

"야, 정말 너 설교하려는 거야. 넌 머지않아 개종한 자나 부흥론자처럼 사람들에게 이제 네가 질려버린 죄를 경고하며 돌아다니겠네. 그렇게 하기에 너는 너무 사람을 기분 좋게 만드는데. 게다가 그건 쓸데없는 일이야. 너와 나는 그냥 지금 그대로이고 미래에도 그냥 그대로 우리 자신일 거야. 책에 의해 독이 든다고 했는데 그런 건 없어. 예술은 행동에 어떤 영향력도 미치지 않아. 오히려 행동하려는 욕망을 말살해 버리지. 예술은 대단히 훌륭하게도 불임이야. 세상이 부도덕하다고 말하는 책은 사실 세상의 치욕을 보여주는 책이라고. 그뿐이야. 하지만 문학 얘기는 그만하자. 내일 다시 와줘. 나는 열한 시에 말 타고 나갈 거야. 같이 가자. 그리고 나중에 브랭섬 부인과 점심 먹는데 데리고 갈게. 그녀는 매력적인 부인이야, 부인이 살까 고민하는 태피스트리에 대해 너와 상의하고자 해. 꼭 와줘. 아니면 우리의 어린 공작 부인과 점심을 할까? 그녀가 요즘 너를 통 보지 못했다고 하던데. 너 글래디스에게 물린 거야? 그럴 만도 해. 그녀의 영리한 혀가 네 신경을 거스르지. 음, 어쨌든 열한 시까지 여기로 와."

"꼭 내가 와야 하나요, 해리?"

"물론이지. 요즘 공원이 아주 멋지거든. 내가 너를 만난 해이후로 그렇게 멋진 라일락은 없었어."

"좋아요. 열한 시까지 올게요," 도리언이 말했다. "잘 있어요, 해리." 문가로 다가가던 도리언이 뭔가 할 말이 있는 듯 잠시 머뭇거렸다. 그러고 나서 그는 한숨을 내쉬고 밖으로 나갔다.

20장

사랑스러운 밤이었고, 밤공기가 너무 따스해서 그는 외투를 벗어 팔에 걸고, 심지어 목에 두른 비단 스카프를 풀었다. 그가 담배를 피우며 천천히 집으로 걸어갈 때, 연미복을 입은 두 젊은이가 그를 지나쳤다. 그는 그중 한 사람이 "저 사람이 도리언이야"라고 옆 사람에게 속삭이는 걸 들었다. 누군가 그를 가리키거나 빤히 바라보거나 혹은 자기 얘기를 하면 그는 얼마나 기뻐했는지 기억이 났다. 그는 이제 자기 이름을 듣는 게 지겨웠다. 최근에 그가 자주 찾은 작은 시골 마을의 매력 중 반 정도는 아무도 그가 누군지 모른다는 거였다. 그가 그를 사랑하도록 유혹했던 여자에게 자기는 가난하다고 자주 말했다, 그리고 그녀는 그의 말을 믿었었다. 한번은 그가 자신이 사악하다고 말했는데 그녀는 그를 보고 웃으며 사악한 사람은 항상 늙어빠지고 추하기 짝이 없는 사람들이라고 대답했다. 얼마나 해맑은 웃음이었던지! — 정말 지빠귀 노랫소리 같았다. 무명옷에 커다란 모자를 쓴 그녀가 얼마나 예뻤던지! 그녀는 아무것도 모르지만, 그녀는 그가 잃어버린 모든 걸 갖고 있었다.

집에 다다르자 하인이 그를 기다리고 있는 것을 보았다. 그는 하인에게 잠자리에 들라 하고 자신은 서재 소파에 몸을 던지고 헨리 경이 한 말들을 곰곰이 되씹어보았다.

사람이 결코 변할 수 없다는 게 정말 사실일까? 그는 때 묻지 않은 소년 시절의 순수함 — 헨리 경이 한때 말했던 백장미 같은 소년 시절을 미칠 듯이 열망했다. 그는 자신을 더럽혔고, 마음을 타락으로 채우고, 공포를 머릿속 상상에 맡겨버린 것을 안다. 다른 이들에게 나쁜 영향을 미치고, 그렇게 하면서 엄청난 즐거움을 경험한 것도 알고 있다. 살면서 그와 마주친 사람들 가운데 가장 아름답고 앞날이 창창한 이들을 수치로 이끈 것도 안다. 그 모든 것을 돌이킬 수 없을까? 그에게 희망이란 전혀 없는 걸까?

아! 얼마나 엄청난 오만과 격정의 순간에 그는 초상화가 세월의 짐을 짊어지고 자신은 영원한 젊음의 순수한 찬란함을 간직하게 해달라고 기도하지 않았던가! 그의 모든 잘못이 바로 그 때문이었다. 차라리 인생의 죄를 저지를 때마다 확실하고 신속한 처벌이 함께 왔다면 더 좋았을걸. 처벌에는 정화도 있지. '우리 죄를 사하여 주십사'가 아니라 '우리 부정을 혼내주소서'가 인간이 가장 정의로운 하느님께 드리는 기도여야 마땅해.

오래전에, 헨리 경이 그에게 준 기묘하게 조각된 거울이 탁자에 놓여 있었고, 팔다리가 하얀 큐피드가 전과 다름없이 웃고 있었다. 그가 처음으로 운명의 초상화에서 변화를 눈치챘던 공포의 그 밤처럼, 그는 거울을 들어 눈물로 흐릿해진 눈으로 매끄러운 거울 속을 들여다보았다. 한때 그를 열렬히 사랑했던 사람이 격정의 편지를 보낸 적이 있었는데, 이런 숭배의 말로 끝맺었다. "당신이 상아와 황금으로 만들어졌기에 세상이 바뀌었습니다. 당신의 아름다운 입술 곡선이 역사를 다시 쓰고 있습니다." 그 구절이 다시 기억났고, 거듭 자신에게 되뇌었다. 그 순간 그는 자신의 아름다움이 역겨웠고, 거울을 바닥에 내동댕이치고 발굽으로 짓밟아 은빛 조각으로 부숴버렸다. 그를 파멸시킨 것은 바로 그의 아름다움이었고, 그의 아름다움과 그가 그토록 염원했던 젊음이었다. 이 둘만 없었다면 그의 인생은 오점 없이 깨끗했을지도 모른다. 그의 아름다움은 가면이고 젊음도 조롱거리에 불과했을지도 모른다. 젊음이 기껏해야 뭐란 말인가? 푸르고 설익은 시절, 얄팍한 기분과 병든 생각의 시간일 뿐. 왜 젊음의 제복을 입었던 걸까? 젊음이 그를 망쳤다.

지난 일은 생각하지 않는 것이 나았다. 어떤 것도 과거를 바꿀 수 없다. 생각해야 하는 건 자기 자신이고 자신의 미래다. 제임스 베인은 셀비 교회의 이름 없는 무덤에 감춰졌다. 앨런 캠벨은 어느 날 밤 자기 실험실에서 스스로 총 쏴 죽었는데, 그가 어쩔 수 없이 알게 된 비밀은 폭로하지 않았다. 과거에도 그랬듯이 바질 홀워드의 실종을 둘러싼 소동도 곧 사라지겠지. 이미 시들해졌어. 그 점에서 그는 완벽히 안전해. 정말로 그의 마음을 가장 짓눌렀던 건 바질 홀워드의 죽음이 아니었다. 그를 괴롭히는 건 바로 자기 영혼의 살아 있는 죽음이었다. 바질이 그의 인생을 망친 초상화를 그렸다. 그 때문에 그는 절대 그를 용서할 수 없었다. 이 모든 걸 행한 게 바로 그 초상화야. 바질은 그에게 참을 수 없는 말을 했고, 그는 인내심을 가지고 참았다.

살인은 그저 한순간의 광기였을 뿐이었다. 앨런 캠벨의 경우, 그의 자살은 자기 자신의 행위였다. 그는 그렇게 하기로 선택한 거다. 그의 자살은 그와 상관없다.

새로운 삶! 이게 바로 그가 원하는 거야. 이게 바로 그가 기다리는 거야. 확실히 그는 이미 새로운 삶을 시작했다. 어쨌든 순결한 존재 한 명을 구했잖아. 그는 다시는 순수함을 유혹하지 않을 것이다. 그는 착한 사람이 될 것이다.

헤티 머튼을 생각하다가 그는 문득 잠긴 방에 있는 초상화가 변했는지 궁금해졌다. 분명 예전처럼 그렇게 섬뜩하지 않겠지? 만약 그의 삶이 깨끗해진다면, 그는 사악한 격정의 모든 자취를 초상화의 얼굴에서 지울 수 있을 거야. 어쩌면 사악함의 흔적들이 이미 사라졌을 수 있어. 올라가 봐야겠다.

그는 탁자에 놓인 등잔을 들고 살금살금 위층으로 올라갔다. 그가 문의 빗장을 풀 때 이상할 정도로 젊어 보이는 그의 얼굴에 환희의 미소가 피어오르더니 잠시 입가에 머물렀다. 그래, 그는 좋아질 것이다. 그가 감춰왔던 그 추악한 것이 더는 무섭지 않을 거다. 이미 그에게서 짐이 벗겨진 기분이었다.

그는 조용히 안으로 들어서서 늘 하던 대로 문을 잠그고 초상화를 덮고 있는 보라색 천을 끌어 내렸다. 그에게서 고통과 분노의 외마디 비명이 터져 나왔다. 어떤 변화도 볼 수 없었고, 오직 그는 눈에는 교활한 표정이, 입가에는 위선의 주름살만 있었다. 그 물건은 아직도 역겨웠다 — 아니 가능할지 모르지만, 전보다 더 역겨웠다, 그리고 손에 묻은 주홍색 이슬이 더 밝은 게, 새로 피를 더 흘린 듯했다. 순간 그는 몸서리쳤다. 그가 선행을 하나 행한 것이 순전히 허영심 때문이었나? 아니면 헨리 경이 비웃으며 넌지시 말한 대로 새로운 자극에 대한 욕망이었나? 혹은 가끔 우리가 본래의 모습보다 더 고귀한 일을 하게 만드는 그런 역할을 연기하고자 하는 열정에 불과했나? 아니 어쩌면 이 모든 것일까? 왜 붉은 얼룩이 전보다 더 커진 거야? 그것은 마치 주름진 손가락 위로 끔찍한 병이 기어 나온 듯했다. 색칠한 발에 피가 있어서, 마치 떨어진 것 같았다. 심지어 칼을 쥐지 않았던 손에도 피가 묻어있었다. 자백하라고? 그가 자백해야 한다는 뜻인가? 포기하고 사형당하란 뜻인가? 그는 웃음 터뜨렸다. 그건 터무니없다고 그는 생각했다. 게다가 그가 고백한들 누가 믿겠어? 세상 어디에도 살해된 사람의 흔적이 없는데. 그와 관련된 물건도 모두 없어졌는데. 벽장에 있던 걸 자신이 다 태웠잖아. 세상은 그저 그가 미쳤다고 말할 거야. 그래도 계속 자기 얘기를 우기면 입을 막아 버리겠지……. 하지만 자백하고, 공개적으로 수모를 당하고 공개적으로 죄를 갚는 게 그의 의무였다. 인간에게 그들의 죄를 하늘뿐만 아니라 지상에 고하라고 명한 신이 있었다. 그가 자기 죄를 말할 때까지 그가 할 수 있는 그 어느 것도 그를 깨끗이 씻어주지 못할 거야. 그의 죄라고? 그는 어깨를 으쓱했다. 바질 홀워드의 죽음은 그에게 별거 아닌 것 같았다. 그는 헤티 머튼을 생각해 보았다. 왜냐하면 그가 바라보고 있는 자기 영혼의 이 거울은 불공정한 거울이니까. 허영? 호기심? 위선? 그가 단념한 게 이것들 말고 더 뭐가 있단 말인가? 뭔가가 더 있었다. 적어도 그는 그렇게 생각했다. 하지만 누가 알겠어?...... 없다, 더는 아무것도 없었다. 허영심 때문에 그녀를 지켜준 거야. 위선으로 선량한 가면을 쓴 거에 불과해. 호기심을 위해 자기 부정을 해본 거지. 이제야 그는 그 사실을 깨달았다.

하지만 살인은 — 평생 그를 물고 늘어질까? 그는 늘 과거 때문에 짓눌려야 할까? 그가 진정 자백해야 한단 말인가? 절대 안 돼. 그에게 불리한 증거는 딱 한 조각밖에 없잖아. 초상화 — 그게 바로 증거야. 없애 버리겠어. 왜 그렇게 오랫동안 갖고 있었던 거지? 예전에 그게 변하고 늙어 가는 걸 보는 게 쾌감을 준 적이 있었지. 최근에 그런 쾌감을 전혀 느끼지 못했다. 초상화 때문에 뜬눈으로 밤을 새운 적도 있다. 멀리 떠나있으면 혹시 다른 누군가 보지 않을까 두려움에 가득 찼다. 그것은 그의 열정에 우울함을 가져왔다. 그 단순한 기억 때문에 많은 기쁨의 순간이 망가졌다. 그것은 그에겐 양심 같은 거였다. 그래 그게 양심이었어. 그는 그것을 파괴할 거다.

주위를 둘러보니 바질 홀워드를 찔렀던 칼이 보였다. 그는 자국이 하나도 남지 않을 때까지 여러 차례 칼을 깨끗이 닦았다. 이제 칼이 반짝거렸고 빛났다. 화가를 죽였듯이 그렇게 화가의 작품을, 그리고 그림이 의미하는 모든 것을 죽일 것이다. 그것이 과거를 죽일 것이다, 그리고 그렇게 과거가 죽으면 그는 자유로울 것이다. 그것이 이 괴물 같은 영혼-생명을 죽일 거고, 그래서 추악한 경고들이 없어지면, 그는 마음이 편할 것이다. 그는 칼을 꽉 쥐고, 초상화를 찔렀다.

비명이 들리고 쿵 부딪히는 소리가 났다. 그 비명이 끔찍할 정도로 고통스러워서 놀란 하인들이 잠에서 깨어나 방 밖으로 기어 나왔다. 아래쪽 광장을 지나던 두 신사가 발걸음을 멈추고 저택을 올려보았다. 그들은 계속 걸어가다가 경찰을 만나자 경찰을 데리고 다시 돌아왔다. 경찰이 종을 여러 번 울렸지만 아무 응답이 없었다. 맨 위층 창 하나에서 새어 나오는 불 말고 온 집은 어두웠다. 잠시 후 경찰은 문에서 떨어져 나와 근처 주랑에 서서 계속 지켜보았다. "누구 집인가요, 경관님?" 두 신사 가운데 나이 든 이가 물었다.

"도리언 그레이 씨 댁이죠, 선생님," 경찰이 말했다.

그들은 서로 마주 보더니 이내 자리를 뜨며 빈정거렸다. 그 중 한 사람이 헨리 애쉬턴 경의 삼촌이었다.

집 안의 하인들 거처에서는, 옷을 입다 만 가정부들이 서로 낮은 소리로 수군거리고 있었다. 나이 든 리프 부인이 두 손을 움켜쥐고 울고 있었다. 프란시스는 죽은 사람처럼 창백했다.

한 십오 분쯤 지나 그는 마부와 하인 한 명을 불러 조심스럽게 위층으로 올라갔다. 그들이 문을 두드려도 전혀 대답이 없었다. 그들은 소리쳐 불러보았다. 사방이 고요했다. 마침내, 문을 억지로 열려고 헛수고한 뒤에 그들은 지붕 위로 올라가 발코니로 내려갔다. 창문이 쉽게 열렸는데 볼트가 낡아서였다.

그들이 안으로 들어섰을 때, 마지막으로 주인님을 봤을 때처럼 더할 나위 없이 아름다움과 젊음이 주는 모든 경이로움을 지닌 멋진 초상화가 벽에 걸려있는 것이 보였다. 바닥에는 죽은 사람이 야회복을 입고 가슴에 칼이 꽂힌 채 누워있었다. 그는 야위고 주름지고 흉측한 얼굴이었다. 그들은 손가락에 낀 반지를 찬찬히 살펴보고 나서야 겨우 그가 누군지 알아봤다.

그로테스크한 유미주의: 추한 아름다움

남장현

1. 들어가는 말

19세기 말 영국 문학계는 빅토리아 시대의 엄격한 도덕주의에 비판적인 목소리를 내기 시작했다. 이러한 흐름 속에서 '예술을 위한 예술(Art for Art's Sake)'을 주장하는 유미주의(Aestheticism)가 탄생했는데, 이는 세속적인 윤리와 실용적 목적에서 예술을 해방하려는 급진적인 움직임이었다. 오스카 와일드(Oscar Wilde, 1854-1900)는 이 유미주의 운동의 선두에 있었으며, 당대 문예계뿐만 아니라 사회 전체에 논란과 환멸, 경탄을 동시에 안긴 인물이다.

와일드가 남긴 유일한 장편 소설 『도리언 그레이의 초상(The Picture of Dorian Gray)』은 1890년 처음 발표되었을 때 언론과 대중으로부터 "부도덕하다"는 비난을 받았다. 그러나 수정·보완을 거쳐 1891년에 출간된 이후 오늘날에는 '19세기 말 유미주의 문학의 정수'이자 '고딕 문학의 전통'을 현대적으로 재해석한 걸작으로 평가받는다. 특히 이 작품은 육체적 아름다움과 예술적 미를 극단적으로 추구하는 동시에, 기괴하고 음습한 고딕적 상상력, 즉 '그로테스크함'을 결합하여 독자들에게 강렬한 충격과 윤리적 성찰을 유도한다.

이 글에서는 『도리언 그레이의 초상』에 나타난 유미주의의 개념과 고딕 문학의 전통이 어떻게 결합하여 '그로테스크한 유미주의'라는 독특한 미학을 형성하는지 상세히 분석한다. 이를 위해 19세기 말 유미주의와 고딕 문학의 사상적 배경을 살펴보고, 작품에 드러나는 유미주의적 특징과 고딕적 요소를 구체적인 텍스트 예시와 함께 논의할 것이다. 나아가 이들이 작품에서 어떻게 상호작용하여 도리언 그레이의 파우스트적 욕망과 파멸을 극적으로 드러내는지, 그리고 이를 통해 와일드가 궁극적으로 어떤 메시지를 던지고 있는지를 고찰할 것이다.

2. 유미주의와 고딕 문학의 사상적 배경

19세기 후반 영국의 지식계와 예술계는 급격한 사회 · 경제적 변화 속에서 새로운 미학적 가치관을 모색했다. 산업혁명이 가져온 기술 발전과 생산력 증대는 삶의 조건을 향상시켰지만, 계층 간 긴장과 도시화로 인한 소외, 인간성의 상실이라는 문제도 심화되었다. 도시의 기계화된 일상과 대량생산품의 확산은 감각과 정서를 무디게 했고, 예술은 실용성과 도덕성에 종속되었다. 중산층의 성장과 함께 공리주의 철학이 확산되면서, 예술조차 윤리적 교훈이나 사회적 효용과 연계되어야 한다는 인식이 퍼졌다. 이에 따라 예술의 자율성은 위축되었고, 도덕적 훈계의 도구로 전락할 위험에 놓였다.

이러한 분위기에 대한 반발로 등장한 것이 바로 유미주의이다. 유미주의자들은 산업 시대의 추함과 속물근성에 맞서 예술 본연의 순수성과 자율성을 회복해야 한다고 보았다. 예술은 수단이 아닌 목적이며, 인간은 미적 감수성을 통해 삶을 풍요롭게 할 수 있다고 믿었다. 이러한 흐름은 1850년대 라파엘 전파 (Pre-Raphaelite Brotherhood)의 활동에서 그 전조를 볼 수 있는데, 이들은 산업사회를 벗어나 중세적 이상미와 상징을 중시하며 고전적 미의 회복을 추구했다. 이후 유미주의는 월터 페이터 (Walter Pater)에 의해 철학적으로 정립되었다.

페이터는 『르네상스에 관한 연구』(1873)에서 "시적 열정, 미에의 열망, 예술을 위한 예술에 대한 사랑"을 삶의 최고의 가치로 제시하며, 예술은 도덕이나 실용이 아닌 순수한 미적 체험을 제공해야 한다고 역설했다. "불꽃처럼 타오르는 순간들의 결합을 통해 감각을 최대화하는 것"이 인생의 목적이라는 그의 말은 당시 젊은 예술가들에게 신선한 충격을 안겨주었고, 특히 오스카 와일드에게 사상적 전환점을 제공했다. 와일드는 옥스퍼드 재학 시절 페이터에게 영향을 받아 그의 미학을 삶의 실천 원리로 받아들였다. 그는 페이터의 사상을 "경이로운 아름다움의 경전"으로 찬미하며, 예술을 위한 예술이라는 명제를 단순한 문학 이론이 아닌 삶의 태도로 구현해나갔다. 이후 와일드는 작품과 언행을 통해 유미주의 철학을 확산시켰으며, "인생이야말로 가장 위대한 예술 작품이다"라는 선언을 통해

도덕적 선이나 사회적 유익보다 미적 삶의 가치를 우선시하는 급진적 관점을 드러냈다. 그는 "아름다움이야말로 인생에서 가장 추구할 가치 있는 것"이며 "모든 예술은 본질적으로 부도덕하다(All art is immoral)"라고 강조하며 예술이 도덕성을 초월해야 한다는 신념을 펼쳤다. 그의 이러한 태도는 단순한 반항이 아니라 예술의 자율성을 지키기 위한 미학적·윤리적 선언이었다.

한편 고딕 문학은 18세기 후반 호러스 월폴(Horace Walpole)의 『오트란토 성(The Castle of Otranto)』에서 시작하여 앤 래드클리프(Ann Radcliffe), 매슈 루이스(Matthew Lewis), 메리 셸리(Mary Shelley) 등으로 이어지며 발전을 거듭했다. 고딕 문학의 핵심 요소로는 으스스한 성(城)이나 폐허, 초자연적인 존재(유령·괴물), 광기와 금기된 욕망, 음울하고 폐쇄된 공간에서 벌어지는 범죄와 공포 등이 꼽힌다. 특히 1760년에서 1820년 사이 영국의 고딕 소설은 초자연적 내용, 사회적 일탈, 사실주의와의 결별을 특징으로 한다.

빅토리아 시대 후기로 접어들면서 고딕 문학은 형태를 달리하여, '인간 내면의 어두움'을 더욱 치밀하게 파고드는 심리적 공포로 진화했다. 19세기 말의 고딕 장르는 사회적·윤리적 억압 속에서 억눌린 욕망이 분출하는 통로가 되었으며, 고전적 모티프(폐허, 유령 등)와 함께 인간 심리에 내재한 도착적 충동, 범죄적 행위 등이 중점적으로 다뤄지게 되었다. 이러한 변화는 당시 사회적 불안과 밀접하게 연관되어 있다. 19세기 말 고딕 소설의 부흥은 근대 도시 문화에 대한 불안, 제국주의적 긴장, 그리고 다윈의 진화론으로 인한 인간 정체성의 혼란 등 다양한 사회적 문제들을 반영한다. 특히, 진화론은 인간을 동물과 연속선상에 놓으며, 인간 신체의 가변성과 불안정성을 강조하는 고딕 소설만의 "아인간적 신체"의 형상화에 영향을 미쳤다. 켈리 헐리는 이런 19세기 말 고딕 소설에서 인간과 짐승, 남성과 여성, 문명과 야만의 경계를 허물며 혼란을 야기하고, 인간의 정체성이 해체되는 "아인간적 신체"를 형상화하는 것이 당시 사회의 불안을 극명하게 반영한다고 주장한다. 오스카 와일드의『도리언 그레이의 초상』은 이러한 19세기 말 고딕 소설의 특징을 잘 살리면서 유미주의를 통해 동시대의 억압적인 도덕률과 과학적 사실주의에 대한 저항을 보여준다. 특히 이 소설은 퇴화 모티프를 통해 개인의 타락이라는 고딕적 서사를 구성하며, 인간 내면의 어두운 욕망과 도덕적 타락을 탐구하는 동시에 예술의 자율성과 예술을 통한 사회적 변화에 대한 오스카 와일드의 믿음을 반영한다.

3.『도리언 그레이의 초상』의 유미주의적 특징

첫 화실에서의 장면은『도리언 그레이의 초상』전반에서 반복되는 중요한 질문을 던진다. "예술은 언제나 아름답기만 한가? 아니면 그것이 인간의 윤리와 심리에 치명적인 영향을 미칠 수 있는가?" 와일드는 바질을 통해 유미주의의 순수 이상을 제시하는 한편, 헨리 워튼 경(Lord Henry)을 통해 미의 쾌락주의적 왜곡과 무책임한 영향력을 드러낸다. 이 두 인물의 대비는 도리언이라는 인물을 둘러싼 미학적 이념의 갈등을 보여주며, 예술의 역할과 도덕적 책임 사이의 경계를 날카롭게 탐구하게 한다. 요컨대, 바질이 그린 초상화는 단순한 회화가 아니라, '예술로 구현된 이상미'이자 '미가 도덕을 대체할 때 발생할 수 있는 심리적 파국'을 경고하는 상징물이다. 이 작품의 도입부는 유미주의의 이상과 그 이면의 위기를 동시에 제시하며, 독자에게 "아름다움이 언제나 선한가?"라는 근본적 질문을 던지게 만든다.

바질 홀워드가 도리언 그레이의 아름다움을 경건하게 찬미하며 예술적 영감의 원천으로 삼은 것과는 달리, 헨리 워튼 경은 노골적인 쾌락주의의 전도사로 등장한다. 그는 젊음, 아름다움, 그리고 감각적 쾌락이야말로 인생에서 가장 중요한 가치라고 단언하며, 도리언에게 육체적 아름다움이 사라지기 전 그것을 최대한 향유하라고 유혹한다. 헨리 경은 유미주의의 미적 쾌락이라는 가치를 극단적인 방식으로 전개하며, 도덕이나 책임, 죄의식 같은 기존 윤리 질서를 거부하고 오로지 감각적 즐거움을 추구해야 한다고 설파한다. 그는 이론적 철학자가 아니라 말 그대로 도리언을 타락의 길로 이끄는 유혹자로 기능하며, 그의 철학은 도리언의 내면에 심각한 균열을 일으키는 도화선이 된다.

도리언이 사는 19세기 말 영국 상류 계층도 형식과 미학에 집착하며 삶의 양식 자체를 유미주의적 표면성의 구현으로 여긴다. 상류층의 파티 문화, 정원과 실내 장식, 대화에서 드러나는 세련된 외양은 미와 쾌락의 절정을 표현한다. 귀족들의 파티는 와일드 특유의 장식적 문체로 묘사되는데, "하늘빛 벽지 위에 금으로 박힌 연꽃, 프랑스산 실내 장식품과 수입 도자기, 오케스트라의 은은한 음악 속에서 무심히 건네지는 재치 있는 말들"(Wilde, Ch. 8)은 감각의 풍요로움을 극대화한다. 등장인물들은 대화 속에서도 실용성이나 윤리를 배제한 '순수한 스타일'을 지향한다. 헨리 경은 "누구든 너무 진지하면 매력이 없어"라며, 삶마저 예술의 한 장면처럼 연출되어야 한다고 주장한다(Wilde, Ch. 3). 이러한 묘사와 문체는 "모든 예술은 전혀 쓸모없어야 한다"(Wilde, Preface)는 와일드의 생각을 시각적·청각적으로 구현한 것이다.

이 사회에서 도리언은 육체적 쾌락만을 추구하는 퇴폐적 인물이라기보다는 예술적·학문적 탐구에 몰두하는 유미주의의 정수이다. 와일드는 도리언의 생활 전반에 걸쳐 '미의 추구'가 어떻게 실현되는지를 세심하게 구조화하며, 그의 취미와 연구가 미적 자율성과 비도덕성이라는 유미주의 미학을 전시하도록 구성한다. 도리언은 예술적, 고고학적, 자연과학적 연구에 심취하는데, 이는 단순한 지식 축적이 아닌 미에 대한 직관적 반응과 감각적 체험의 수단이다. 제11장에서 도리언은 보석학, 음악학, 향료학, 의상사, 자수와 직물, 중세 기독교 예술, 동양의 도자기 등 다양한 분야에 몰두한다. 그는 "한 시대의 정서를 전율 속에 담은 자수의 문양"을 연구하고, "기억 속의 환영을 불러일으키는" 향료의 배합을 실험하며, "빛의 굴절 속에 살아 숨 쉬는 듯한 보석들의 색채"에 집착한다.

도리언의 미적 집착은 지식의 축적이나 윤리적 성장을 위한 것이 아니라, 미적 감각의 극대화와 쾌락적 체험을 위한 것으로 유미주의의 핵심 이념인 '예술을 위한 예술'을 구현하는 동시에, 예술과 도덕의 단절을 극단적으로 실천한다. 그는 아름다움을 판단하는 데 있어 윤리적 기준을 철저히 배제하며, "선하다는 것은 단지 한 가지 형식의 아름다움일 뿐"(Wilde, Ch. 8)이라고 주장한다. 이처럼 윤리와 미학의 분리를 주장하는 태도는 와일드 자신이 "예술가는 도덕적으로 책임지지 않는다. 예술은 정서에 의해 판단되어야지, 윤리에 의해 판단되어서는 안 된다"(Wilde, Preface)고 선언한 입장과 정확히 일치한다. 결국 도리언의 감각적인 미의 세계는 마치 성스러운 예배처럼 묘사되며, 도리언의 삶 전체가 유미주의의 신전으로 변모한다.

도리언 그레이가 시빌 베인에게 느끼는 사랑도 본질적으로 개인에 대한 애정이 아니라 예술적 환영에 대한 숭배이다. 그는 시빌을 한 명의 인간으로서 사랑하는 것이 아니라, 그녀가 연기하는 셰익스피어 희극 속 여성상 줄리엣, 로잘린드, 이모젠 등의 화신으로서 찬미한다. 도리언은 시빌을 사랑하는 이유를 이렇게 고백한다. "그녀는 단지 시빌 베인이 아니라… 셰익스피어의 모든 여성 그 자체예요. 그녀는 천재이고, 그녀의 목소리는 풀피리 같아요"(Wilde, Ch. 7). 여기서 도리언이 사랑하는 것은 시빌이라는 실존 인물이 아니라, 그녀가 구현해내는 예술적 이미지—이상화된 연극적 인물들—이다. 시빌은 '실재'로 존재하기보다는, 도리언의 유미주의적 상상력 속에서 하나의 예술적 개념이자 미적 상징으로 기능한다. 이는 와일드가 『거짓의 퇴락(The Decay of Lying)』에서 주장한 "삶은 예술을 모방한다"(Life imitates Art)는 명제의 극적인 예시로, 삶 그 자체를 하나의 예술 작품으로 구성하려는 도리언의 절대적인 욕망과 의지이다.

와일드의 『의도들(Intentions)』(1891)에서 주장한 "도덕이 예술의 판단 기준이 되어서는 안 된다"는 신념처럼 현실의 한계를 초월하여 예술품처럼 스스로를 조형하려 한다. 삶 자체를 하나의 예술 작품으로 치환하려는 그의 노력은 초상화에서 절정에 이른다. 도리언은 초상화를 바라보며 "영원히 젊을 수 있다면, 그 대가로 내 영혼이라도 주겠어!"라고 외친다. 이 대사는 악마와의 단순한 계약을 넘어 유미주의의 사상이 인간의 욕망을 어떻게 자극하고 윤리와 충돌하는지를 선명하게 드러내는 장치다. 이 순간 도리언은 외적 아름다움과 영원한 젊음이라는 이상을 절대적 가치로 받아들이며, 도덕적 자아를 버릴 각오를 한다. 와일드는 이 장면을 통해, 예술과 미를 맹목적으로 추구하는 것이 인간을 도덕적으로 파괴할 수 있다는 가능성을 암시한다. 또한 유미주의가 추구하는 미의 자율성이 윤리와 분리될 때 어떤 파괴적인 결과를 초래할 수 있는지를 경고하는 문학적 장치이기도 하다.

오스카 와일드는 『도리언 그레이의 초상』 서문에서 "도덕적인 책이나 비도덕적인 책은 없다. 책은 잘 쓰였거나 못 쓰였을 뿐이다"라고 선언하며, 유미주의의 핵심 사상인 '예술의 자율성'을 강력하게 천명한다. 이 선언은 예술이 윤리적 목적이나 사회적 효용과는 무관하며, 오직 그 형식과 아름다움 자체로 평가받아야 한다는 견해이다. 이는 도덕적 교훈을 중시했던 빅토리아 시대의 지배적인 예술관에 정면으로 도전하는 선언이기도 하다.

그러나 정작 도리언 그레이가 점차 죄악을 거듭할수록, 그의 실제 육체는 언제나처럼 젊고 완벽한 아름다움을 유지하지만, 바질 홀워드가 그린 초상화는 점차 흉측하게 일그러진다. 이 초상화는 단순한 회화 작품이 아니라, 도리언의 내면적 타락과 도덕적 붕괴를 외부적으로 가시화하는 장치로 기능한다. 도리언이 죄를 짓는 매 순간, 초상화는 그의 양심과 내면의 부패를 고스란히 반영하며 점점 더 괴기스럽고 혐오스러운 모습으로 변모해 간다. 이 설정은 예술이 인간의 윤리적 현실과 전혀 무관한 자율적 영역에만 머무를 수 없다는 사실을 강하게 시사한다. 오히려 예술은 인간 내면의 도덕적 균열, 심리적 퇴행, 죄의 흔적을 고스란히 떠안으며, 감춰진 진실을 드러내는 거울이자 증언자로 작동한다.

결과적으로 『도리언 그레이의 초상』은 겉으로는 유미주의를 옹호하는 듯하지만, 그 내부에서는 그 사상의 위험성을 날카롭게 드러내는 이중 구조를 지닌다. 와일드는 예술과 도덕의 분리를 주장하면서도, 작품 속 예술(초상화)이 윤리적 진실을 고발하고 주인공의 몰락을 조명하는 도구가 되는 과정을 통해, '미'와 '선' 사이의 복잡하고도 불가분한 관계를 심층적으로 탐색한다. 다시 말해, 이 작품은 "아름다움은 선과 무관한가?"라는 질문을 던지며, 예술의 윤리적 책임과 그 한계를 동시에 성찰하게 하는 문학적 장치로 기능한다.

4. 도덕적 붕괴와 미학적 긴장: 『도리언 그레이의 초상』의 고딕적 장치들

작품 내부의 전개는 '예술을 위한 예술'이라는 선언과 일정한 긴장 관계를 형성한다. 로드 경의 유혹과 도리언의 선택을 통해, 와일드는 미와 쾌락이라는 이념이 윤리적 책임에서 완전히 이탈할 때 인간이 어떤 심연으로 떨어질 수 있는지를 날카롭게 조명한다. 19세기 빅토리아조의 건물 장식과 세련된 언어는 내면의 공허, 죄의식, 퇴폐를 가리는 가면이며, 도리언의 저택은 그 전형적인 공간이다. 그의 집은 외관상 완벽한 예술적 공간으로, "모든 방이 시대를 초월한 예술품으로 채워져 있다"(Wilde, Ch. 11). 그러나 이처럼 치밀하게 꾸며진 외관은 고딕적 관점에서 보면 일종의 은폐 장치이다. 상류층이 파티를 하는 건물의 공간 구조는 유미주의적 외양과 고딕적 심층의 병치이며 "고딕의 공간은 아름다움의 건축 속에 도사린 도덕적 붕괴의 징표로 기능한다"(Gothic, 96)고 프레드 보팅(Fred Botting)은 분석한다.

정원 역시 마찬가지다. 와일드는 정원을 시각적 아름다움과 향기의 유혹으로 가득 찬 장소로 묘사한다. 도리언이 시빌 베인의 죽음을 무심하게 듣고 산책하는 장면에서, "장미는 강렬한 향을 내뿜고, 꽃잎들은 태양 아래 투명하게 빛났다"(Wilde, Ch. 8). 이 정원은 쾌락과 감각의 정점이자 유미주의적 무관심의 배경이 되지만, 동시에 죄를 덮는 과도한 미의 장막이기도 하다. 시빌의 죽음이라는 윤리적 파국이 논의되는 가운데, 공간은 아무 일 없다는 듯 감각의 아름다움만을 재생산한다. 이는 전통적인 고딕에서 폐허와 숲이 감정적 억압과 도덕적 파탄을 숨기듯, 도리언의 정원은 쾌락적 미와 도덕적 공허가 교차하는 고딕적 장소성을 획득한다.

상류 계층 인물들의 대화 역시 겉으로는 우아하지만 내면에는 냉소, 상대의 타락을 향한 즐거움, 권태가 흐른다. 도리언은 예술적 삶을 추구한다는 명목 아래, 타인의 불행에 무관심하고, 자신의 삶에서 진정성을 제거해 나간다. 이러한 도덕적 무

감각과 미학적 과잉은 고딕 문학에서 자주 등장하는 '영혼 없는 사회' 혹은 '위선적 문명'에 대한 비판으로 확장된다. 데이비드 펀터(David Punter)는 "고딕은 문명화된 겉모습이 얼마나 쉽게 붕괴할 수 있는지를 보여주는 문학"이라 정의한다(Punter, 187).

도리언의 사랑도 시빌이 예술적 가면을 벗고 진실한 인간이 되려는 순간, 급격히 붕괴한다. 연기에 실패한 시빌에게 그는 잔인하게 말한다. "당신은 예술을 죽였어요. 당신은 이제 흥미롭지 않아요. 당신은 아무것도 아니에요"(Wilde. Ch. 7). 이 장면은 유미주의의 급진적 이상-예술이 인간성보다 우위에 있다는 신념이 얼마나 비정하고 파괴적인 결과를 낳을 수 있는지를 강하게 암시한다. 도리언은 시빌의 '진짜 자아'가 드러나는 순간, 그녀에 대한 사랑을 철회하며, 인간은 예술적 기능을 수행하는 동안에만 가치가 있다는 냉혹한 유미주의적 감각을 드러낸다.

시빌은 스스로 그 '예술적 가면'을 버리려 한다. 그녀는 도리언에게 "이제야 사랑이 무엇인지 알아요. 그래서 연기를 못 하겠어요. 지금의 나는 진짜예요"(Wilde, Ch. 7)라고 말한다. 그러나 도리언에게 이 '진짜'는 추한 것이다. 왜냐하면 그것은 더 이상 예술이 아니기 때문이다. 이 지점에서 와일드는 예술과 삶의 간극, 그리고 유미주의적 환상이 현실을 배제하며 작동하는 방식을 명확히 부각시킨다. 도리언은 예술적 형상으로서의 여성을 사랑할 수는 있지만, 인간으로서의 여성은 받아들이지 못

한다. 비평가 리처드 엘먼(Richard Ellmann)은 이 장면을 "예술을 숭배하는 자가 현실을 감당하지 못하는 유미주의의 패착"으로 보며, 도리언이 시빌에게 품은 감정은 "사랑이 아니라 감각의 포장지 속에 감춰진 미적 식민화"라고 지적한다(Ellmann, 302). 실제로 도리언은 시빌을 자신의 예술적 세계관 속에서 객체화 하며, 그녀를 '연극의 여신'으로 신격화하다가, 그 신성이 깨졌 을 때 가차 없이 추락시킨다. 이는 유미주의의 감각적 추구가 타인을 어떻게 예술화·도구화할 수 있는지를 여실히 보여주 는 장면이다.

결국 시빌의 자살은 유미주의적 사랑이 현실적 인간에게 가 할 수 있는 폭력을 고스란히 드러낸다. 그녀는 예술적 환상의 대상에서 벗어나고자 했지만, 도리언의 시선에서 제외되며 존 재 가치를 상실한다. 그녀의 죽음은 도리언에게 잠깐의 양심의 가책을 일으키지만, 곧바로 "시빌의 죽음은 하나의 비극이고, 비극은 아름다운 것이다"라는 미화된 감정으로 전환된다(Wilde, Ch. 8). 이처럼 도리언은 타인의 고통조차 예술적으로 감각화하 여 자신의 미학적 체계에 편입시킨다.

와일드는 고딕 문학의 전통적 요소들을 『도리언 그레이의 초상』에 효과적으로 활용하여 작품의 주제를 심화시킨다. 소설 에서 가장 두드러지는 고딕 요소이자 도리언에게 기이하고 파 괴적인 영향력을 행사하는 것은 '저주받은 물건'으로서의 초상 화이다. 도리언이 "자신은 영원히 젊은 모습으로 남고, 대신 초상화가 나이를 먹고 죄의 흔적을 짊어지기를" 바라는 순간, 그는 일종의 파우스트적 계약을 맺는다. 이때부터 초상화는 단순한 예술 작품이 아닌, 도리언의 은밀한 내면적 부패를 초자연적으로 기록하는 섬뜩한 실체가 된다. 이 초상화는 마치 그림자처럼, 혹은 형언할 수 없는 괴물처럼 묵묵히 도리언을 따라다니며 그의 죄악과 끊임없는 죄책감을 상기시키는 존재로 기능한다.

고딕 소설의 특징적인 또 다른 요소는 어둡고 밀폐된 공간, 은밀한 방과 같은 구조적 장치의 활용이다. 쇠락한 성, 굳게 잠긴 지하실, 비밀스러운 방들은 억압된 욕망이나 숨겨진 진실을 상징하는 무대로 자주 등장한다. 와일드는 이러한 고딕적 전통을 도리언이 자신의 추악한 비밀, 즉 변모하는 초상화를 다락방 깊숙이 숨기는 설정을 통해 효과적으로 활용한다. 외부의 시선으로부터 완전히 차단된 이 공간은 도리언의 끊임없는 죄악과 그로 인한 부패가 축적되는 장소인 동시에, 희미하게 남아있는 그의 양심이 은밀하게 잠재된 내면세계의 어두운 반영이기도 하다. 도리언은 그 누구에게도 이 방에 접근을 허락하지 않으며, 심지어 자기 자신조차 오랫동안 초상화를 직접 마주하기를 회피한다. 그러나 이러한 물리적 거리감은 역설적으로 초상화에 대한 그의 심리적 집착을 더욱 강화시키고, 그 영향력은 점차 무의식적인 영역으로까지 확장된다. 와일드는 도리언이 어둡고 먼지 쌓인 다락방을 방문하는 장면에서 고딕적인 분위기를 극대화한다. 희미하게 스며드는 빛, 먼지로 가득 찬 탁한 공기, 그리고 깊은 침묵에 잠긴 음산한 분위기는 전통적인 고딕 소설에서 자주 등장하는 폐쇄적이고 음침한 환경을 효과적으로 연상시킨다. 이 다락방은 겉으로는 영원한 아름다움을 유지하지만, 그 이면에는 끔찍한 타락의 실체가 숨겨져 있다는 섬뜩한 은유로 작용한다.

이 초상화는 단순한 상징적 의미를 넘어, 고딕 문학에서 빈번하게 등장하는 '분리된 자아'의 전형적인 형상화이다. 도리언은 오직 감각적인 경험만을 절대적인 가치로 추구하며 겉으로는 영원한 젊음을 향유한다. 하지만 그의 초상화는 도리언의 불변하는 외적 아름다움과 극명한 대조를 이루며, 시간이 흐를수록 초상화 속 얼굴은 더욱 잔혹하고 비열하며 기형적인 형태로 일그러져 간다. 이는 유미주의 미학이 의도적으로 배제한 윤리적 결과가 물리적인 형태로 되돌아오는 섬뜩한 귀환을 의미한다. 즉 아름다움의 세계에 깊이 매몰된 도리언은 점차 도덕적 판단 능력을 상실한다.

다락방이 도리언의 분열된 자아가 은밀하게 은폐된 공간으로 '내면의 분열'이라는 고딕 문학의 전통을 현대적인 심리 소설의 기법과 교묘하게 결합한 장치라면, 초상화는 그러한 그의 윤리적 타락을 음침하게 기록하는 고딕적인 '이중 자아'로 기능한다. 이 장치는 독자에게 심리적인 불안감과 시각적인 혐오감을 불러일으키며, 고전 고딕 문학 특유의 음산하고 기괴한 미학적 효과를 창출한다. 와일드는 이 섬뜩한 장치를 통해 절대적인 아름다움을 숭배하는 동시에, 그 아름다움이 윤리적 토대와 분리될 때 얼마나 기이하고 파괴적인 힘으로 변모할 수 있는지를 날카롭게 비판한다.

소설의 후반부에 이르러 도리언은 스스로 "나는 너무 많은 것을 알게 되었다. 그리고 그 모든 지식은 나를 황폐하게 만들었다"(Wilde. Ch. 20)라고 고백한다. 이 진술은 단순한 지식 과잉으로 인한 피로감을 넘어, 자신의 감각과 감정이 이미 죽어버렸음을 깨닫는 고딕적인 자기 인식의 순간으로 해석될 수 있다. 그의 내면을 덮친 '황폐함'은 쾌락과 아름다움을 끝없이 추구한 행위가 역설적으로 감각의 무감각이라는 자기 모순적인 결과에 도달했음을 보여주며, 이는 곧 그의 정체성과 자아의 근본적인 분열로 이어진다. 비평가 크리스 발딕(Chris Baldick)은 고딕 장르의 특징을 "문명화된 자아가 억압해온 충동과 윤리적 불안이 외적으로 형상화되는 구조"(Baldick, 57)라고 정의한다. 도리언의 경우, 초상화 속에 나타난 추악한 얼굴은 그의 내면 깊숙이 자리 잡은 죄의식과 파괴적인 욕망이 외부로 섬뜩하게 드러난 고딕적 기표이며, 이를 은폐하고 억압하려는 그의 끊임없는 시도는 오히려 파멸을 더욱 가속화시키는 결과를 초래한다. 그의 고립된 삶, 비밀스러운 다락방, 그리고 소설의 마지막 장면에서 초상화를 파괴하려는 시도는 고딕 문학의 전형적인 '폐쇄된 공간'과 '마지막 폭발'의 구조를 충실히 따르고 있다.

소설은 도리언의 끔찍한 살인과 그로 인한 정신적 붕괴를 통해 고딕적인 분위기의 정점을 향해 치닫는다. 초상화의 창조자인 화가 바질 홀워드가 도리언의 타락한 삶에 대해 직면하자, 도리언은 극도의 당황과 격렬한 분노 속에서 그를 잔혹하게 살해한다. 이 충격적인 장면은 단순한 우발적인 범죄가 아니라, 도덕성과 예술 사이의 관계가 폭력적으로 파국을 맞는 상징적인 사건이다. 도리언은 자신의 아름다움을 탄생시킨 인물을 가장 먼저 제거함으로써, 아름다움 그 자체가 결코 선과 동의어가 될 수 없다는 역설적인 진실을 섬뜩하게 드러낸다. 살인 직후, 도리언은 옛 친구인 과학자 앨런 캠벨을 협박하여 바질의 시체를 은밀하게 처리하도록 강요하고, 이후 점점 더 깊은 부패와 타락의 수렁으로 스스로를 밀어 넣는다. 이러한 일련의 행동들은 고딕 문학에서 자주 등장하는 '광기(madness)'의 테마를 극적으로 부각시키며, 겉으로는 완벽하게 유지되는 그의 외모와는 달리 내면의 혼돈이 걷잡을 수 없이 확대되는 섬뜩한 과정을 생생하게 보여준다. 특히 바질의 시체를 냉담하게 바라보는 도리언의 복합적인 감정—극심한 공포, 역겨운 혐오감, 그리고 섬뜩한 쾌감의 혼합—은 인간 내면의 예측 불가능한 양면성을 극적으로 드러내며, 전통적인 도덕관념으로는 도저히 설명할 수 없는 심리적 공포를 독자에게 강렬하게 선사한다.

마지막으로, 와일드는 도리언의 변치 않는 젊음과 극적으로 변형되어 가는 초상화를 병치함으로써, 고딕 문학의 중요한 요소 중 하나인 '도플갱어(doppelgänger)' 구조를 효과적으로 구현한다. 도리언의 외부 세계와 그의 내면세계가 점차적으로 괴리되어 가는 섬뜩한 과정은 독자에게 진정한 공포의 근원이 과연 어디에 있는가를 깊이 있게 질문하게 만든다. 그것은 외부에서 갑자기 나타나는 괴물이 아니라, 바로 우리 자신의 내면에 잠재되어 있는 억압된 욕망과 끊임없는 죄의식, 그리고 그로 인해 필연적으로 생성되는 분열된 자아로부터 비롯되는 것임을 『도리언 그레이의 초상』은 섬뜩하면서도 예술적인 방식으로 우리에게 경고하고 있다.

5. 그로테스크 유미주의와 미의 역설

『도리언 그레이의 초상』에서 와일드는 주인공 도리언을 현대적 파우스트로 구성한다. 그의 계약은 괴테의 파우스트처럼 메피스토펠레스와 맺는 것이 아니라, 영원한 젊음과 흠 없는 아름다움이라는 유혹적 환상과 맺어진 것이다. 괴테의 파우스트가 형이상학적 지식과 인간 존재의 초월을 추구했던 것과 달리, 도리언의 거래는 지식을 추구하기보다 감각을 갈망하는 심미적 자기 탐닉에 기초해 있다. 이는 외면과 본질, 아름다움과 도덕성, 예술과 삶 사이의 단절을 초래하는 비극적 선택이다.

이 계약은 단지 상징에 그치지 않고 고딕적 장치와 결합한다. 저주받은 초상화는 영혼의 부패, 즉 죄책감과 심리적 붕괴를 기록하는 초자연적 장부이고, 비밀스러운 다락방은 억압의 공간으로 은신처라기보다 상징적 납골당의 기능을 한다. 뒤틀린 입술, 잔혹한 눈빛, 자만에 가득 찬 표정은 미학적 이상의 해방이 아니라 구속으로 전락했다. 도리언은 범죄와 광기, 영적 타락의 길로 빠져들고, 이 고딕적 모티프들은 단순한 장식이 아니라 주제적 장치로서, 도덕적 지반 없는 심미적 삶이 지닌 어두운 함의를 조명하는 서사적 구조를 제공한다.

이 소설은 유미주의의 눈부신 표면과 고딕 소설의 섬뜩한 하층을 결합한 하이브리드 텍스트로, 유미주의가 "아름다움은 진리다"라고 선언한다면, 와일드는 그 주장을 복잡하게 만든다. 아름다움은 기만적일 수 있고, 심지어 치명적일 수 있음을 드러내며, 그는 독특한 '그로테스크 미학'을 구축한다. 이는 찬란함과 공포가 공존하며, 아름다움에의 추구가 도덕적 파멸의 문이 될 수 있음을 제시한다.

예술이란 자율적이고 도덕 판단에서 벗어난 순수한 대상이라는 찬미에서 출발하지만, 이야기 전개가 진행됨에 따라 예술은 중립적인 미적 대상에서 도덕적 결과를 초래하는 장소로 변모한다. 초상화는 더 이상 아름다움을 찬양하는 작품이 아니라, 영혼의 타락을 증언하는 고발장이 된다. 이러한 반전은 결정적이다. 초상화는 도리언을 책임에서 보호하는 대신, 그를 파멸로 이끄는 수단이 된다. 그를 심판하는 것은 사회가 아니라 예술이다. 도리언이 초상화를 파괴하려 할 때, 그는 자신의 죄와 단절하려 하지만, 결국 자신을 파괴하게 된다. 캔버스를 찌르는 칼은 자해의 은유적 행위가 되며, 아름다운 외양과 타락한 영혼을 분리하려던 시도가 허상에 불과했음을 드러낸다. 이 극적인 순간은 예술이 자유로운 창조의 산물일지라도, 진실과 도덕의 심판 도구가 될 수 있음을 말해준다. 와일드의 소설에서 예술은 단순한 아름다움의 거울이 아니라, 양심의 법정으로 기능한다.

유미주의는 아름다움과 미덕이 자연스럽게 조화를 이룬다고 전제하지만, 와일드는 이 가정을 체계적으로 해체한다. 도리언의 외모는 소설 내내 놀랍도록 완벽하지만, 그의 내면은 초상화를 통해 잔혹하고 타락한다. 외면과 내면의 괴리는 유미주의의 윤리적 딜레마를 드러내며, 아름다움이 과연 도덕적 나침반이 될 수 있는가, 아니면 윤리적 공허를 숨기는 매혹적인 껍데기에 불과한 것 아닌가라는 질문을 제기한다. 초상화는 소설 속 시각적 양심으로 작용하며, 진실이 외면이 아니라 숨겨진 내면에 있음을 보여준다. 이를 통해 와일드는 예술과 윤리를 분리하려는 미학의 교리를 심문하며, 그들이 오히려 치명적으로 얽혀 있음을 보여준다. 아름다움은 윤리로부터의 도피처가 아니라, 미학·정체성·도덕이 충돌하는 위험한 투쟁의 장이다.

오스카 와일드의 『도리언 그레이의 초상』은 19세기 말 영국 문학사에서, 나아가 근대 문학 전체에서 독보적인 위치를 차지한다. 빅토리아 시대의 엄격한 윤리 관념과 예술의 순수 자율성을 주장하는 유미주의가 충돌하는 지점에, 와일드는 '고딕 문학'의 전통적 요소-음산한 분위기, 초자연적 공포, 범죄와 광기를 결합시켰다. 그 결과 탄생한 '그로테스크한 유미주의'는 아름다움에 대한 인간의 욕망이 어떻게 도덕적 파괴와 초자연적 공포로 이어질 수 있는지를 탁월하게 보여준다. 와일드는 작품의 서문에서 예술과 도덕이 무관하다고 선언하지만, 정작 도리언의 파멸과 죽음은 "아름다움만으로는 인간 영혼의 어두움을 덮을 수 없다"라는 윤리적 교훈을 전달하는 듯하다. 결국 『도리언 그레이의 초상』이 남긴 큰 의미는, '그로테스크한 유미주의'가 제시하는 강렬한 역설, 즉 예술을 절대 숭배할수록 도리언 같은 인간의 어두운 본성 역시 부각될 수 있다는 점이다. 그렇기에 이 작품은 지금까지도 다양한 관점에서 재해석되고 있으며, 독자들에게 끊임없는 '아름다움과 공포의 대결'을 관찰할 기회를 제공하는 고전으로 남아있다.

참고 문헌

Wilde, Oscar. *The Picture of Dorian Gray*. London: Lippincott's Magazine, 1890: Revised Edition, 1891.

Baldick, Chris. *In Frankenstein's Shadow: Myth, Monstrosity, and Nineteenth-Century Writing*. London: Clarendon Press, 1987.

Botting, Fred. *Gothic*. London: Routledge, 1996.

Ellmann, Richard. *Oscar Wilde*. London: Hamish Hamilton, 1987.

Pater, Walter. *Studies in the History of the Renaissance*. London: Macmillan, 1873.

Punter, David. *The Literature of Terror*. London: Longman, 1996.

Shelley, Mary. *Frankenstein: or, The Modern Prometheus*. London: Lackington, Hughes, *Harding*, Mavor & Jones, 1818.

Walpole, Horace. *The Castle of Otranto*. London: Thomas Lownds, 1764.

시드니, 애런. 『유미주의와 고딕 문학: 19세기 영국 소설의 전통과 혁신』. 서울: 문학과사상사, 2005.

오스카 와일드(Oscar Wilde, 1854년 ~ 1900년) 연보

1854년 10월 16일:

아일랜드 더블린에서 태어남. 본명은 오스카 핑걸 오플라어티 윌스 와일드(Oscar Fingal O'Flahertie Wills Wilde). 아버지는 저명한 안과 의사이자 작가였던 윌리엄 와일드 경(Sir William Wilde), 어머니는 시인이자 아일랜드 민족주의 운동가였던 세인 프란체스키 엘지(Jane Francesca Elgee). 어머니는 '스페란자(Speranza)'라는 필명으로 활동.

1864년 ~ 1871년:

포토라 왕립학교(Portora Royal School)에 다니며 학업에서 뛰어난 재능을 보임.

1871년 ~ 1874년:

더블린의 트리니티 칼리지에서 고전을 공부함. 이곳에서 그리스어와 라틴어 등 고대 언어에 대한 깊은 지식을 습득, 월터 페이터(Walter Pater)와 존 러스킨(John Ruskin) 같은 예술 비평가들의 영향을 받음.

1874년 ~ 1878년:

옥스퍼드 대학교의 모들린 칼리지(Magdalen College)에서 학업을 이어감. 이곳에서 와일드는 자신만의 독특하고 화려한 의상과 태도로 '심미주의자'로서의 명성을 얻기 시작. 졸업하던 해에 시 '라벤나(Ravenna)'로 옥스퍼드 최고 권위의 시상인 뉴디게이트 상(Newdigate Prize)을 수상하며 문학적 재능을 인정받음.

1881년:

첫 시집인 '시들(Poems)'을 출판. 같은 해 길버트와 설리번의 오페라 '페이션스(Patience)'에서 풍자적인 인물로 그려지며 대중에게 널리 알려짐.

1882년:

미국과 캐나다를 순회하며 예술과 유미주의에 대해 강연함. 이 강연 투어는 그에게 경제적 성공과 국제적 명성을 가져다줌.

1884년 5월 29일:

부유한 법률가의 딸인 콘스턴스 로이드(Constance Lloyd)와 결혼. 그들은 런던 첼시 지역에 정착했으며 두 아들, 시릴(Cyril)과 비비안(Vyvyan)을 둠.

1887년 ~ 1889년:

여성 잡지 '우먼스 월드(Woman's World)'의 편집장. 이 기간에 〈캔터빌의 유령(The Canterville Ghost)〉, 〈행복한 왕자(The Happy Prince)〉 등 여러 단편 소설과 동화를 발표.

1891년:

와일드의 유일한 장편 소설인 《도리언 그레이의 초상(The Picture of Dorian Gray)》이 출간. 이 작품은 예술과 도덕의 관계를 탐구하며 당대 평론가들로부터 격렬한 비판을 받았지만, 오늘날에는 그의 대표작으로 평가받고 있음. 이 무렵 와일드는 퀸즈베리 후작의 아들인 앨프리드 더글러스 경(Lord Alfred Douglas)을 만나 깊은 관계를 맺음.

1892년 ~ 1895년:

《살로메(Salomé)》, 《윈더미어 부인의 부채(Lady Windermere's Fan)》, 《하찮은 여인(A Woman of No Importance)》, 《이상적인 남편(An Ideal Husband)》, 《진지해지는 것의 중요성(The Importance of Being Earnest)》 등 연이은 성공적인 희곡들을 발표하며 런던 연극계의 스타가 됨.

1895년:

앨프리드 더글러스의 아버지인 퀸즈베리 후작이 와일드를 "소도마이트(sodomite)"라고 비난하는 쪽지를 남김. 이에 와일드가 명예훼손 혐의로 후작을 고소했으나, 후작 측의 반박 증거에 의해 오히려 와일드가 '중대한 풍기문란(gross indecency)' 혐의로 기소되는 비극적인 상황에 처함. 재판 결과 와일드는 유죄를 선고받고 2년간의 중노동 금고형에 처함.

1897년:

감옥에서 〈옥중기(De Profundis)〉 완성. 이는 앨프리드 더글러스에게 보내는 장문의 편지 형식으로, 자신의 삶과 고통을 성찰하는 내용을 담음. 같은 해 출소 후 '세바스찬 멜모스(Sebastian Melmoth)'라는 가명으로 프랑스 파리로 망명.

1898년:

감옥 생활의 비참함을 담은 시 〈레딩 감옥의 노래(The Ballad of Reading Gaol)〉를 발표. 같은 해 그의 아내 콘스턴스가 이탈리아 제노아에서 사망.

1900년 11월 30일:

빈곤과 병마에 시달리다 프랑스 파리에서 뇌수막염으로 사망. 그의 시신은 파리의 페르 라셰즈 묘지(Père Lachaise Cemetery)에 안장. 그의 묘비는 '스핑크스'와 '비행하는 천사'의 형상이 조각되어 있어 많은 이들이 방문하는 명소가 됨.